KB271855

증편 한국구비문학대계

5-8

전라북도 무주군

이 저서는 2008년도 정부(교육과학기술부)의 재원으로 한국학중앙연구원(한국학진흥사업단)의 지원을 받아 수행된 연구임(AKS-2008-AIA-3101)

증편 한국구비문학대계
5-8
전라북도 무주군

김익두·김월덕·허정주·백은철

한국학중앙연구원

역락

발간사

민간의 이야기와 백성들의 노래는 민족의 문화적 자산이다. 삶의 현장에서 이러한 이야기와 노래를 창작하고 음미해 온 것은, 어떠한 권력이나 제도도, 넉넉한 금전적 자원도, 확실한 유통 체계도 가지지 못한 평범한 사람들이었다. 이야기와 노래들은 각각의 삶의 현장에서 공동체의 경험에 부합하였으며, 사람들의 정신과 기억 속에 각인되었다. 문자라는 기록 매체를 사용하지 못하였지만, 그 이야기와 노래가 이처럼 면면히 전승될 수 있었던 것은 그것이 바로 우리 민족의 유전형질의 일부분이 되었기 때문이며, 결국 이러한 이야기와 노래가 우리 민족을 하나의 공동체로 묶어 주고 있는 것이다.

사회와 매체 환경의 급격한 변화 가운데서 이러한 민족 공동체의 DNA는 날로 희석되어 가고 있다. 사랑방의 이야기들은 대중매체의 내러티브로 대체되어 버렸고, 생활의 현장에서 구가되던 민요들은 기계화에 밀려 버리고 말았다. 기억에만 의존하여 구전되던 이야기와 노래는 점차 잊히고 있다. 한국학중앙연구원이 1970년대 말에 개원함과 동시에, 시급하고도 중요한 연구사업으로 한국구비문학대계의 편찬 사업을 채택한 것은 바로 이러한 시대적 상황에 대한 우려와 잊혀 가는 민족적 자산에 대한 안타까움 때문이었다.

당시 전국의 거의 모든 구비문학 연구자들이 참여하였는데, 어려운 조사 환경에서도 80여 권의 자료집과 3권의 분류집을 출판한 것은 그들의 헌신적 활동에 기인한다. 당초 10년을 계획하고 추진하였으나 여러 사정으로 5년간만 추진되었으며, 결과적으로 한반도 남쪽의 삼분의 일에 해당하는 부분만 조사하게 되었다. 그럼에도 불구하고 한국구비문학대계는 주관기관인 한국학중앙연구원의 대표 사업으로 각광 받았을 뿐 아니라, 해방 이후 한국의 국가적 문화 사업의 하나로 꼽히게 되었다.

21세기에 들어서면서 한국학중앙연구원에서는 미완성인 채로 남아 있는 구비문학대계의 마무리를 더 이상 미룰 수 없다는 생각으로 이를 증보하고 개정할 계획을 세웠다. 20년 전의 첫 조사 때보다 환경이 더 나빠졌고, 이야기와 노래를 기억하고 있는 제보자들이 점점 줄어들고 있었던 것이다. 때마침 한국학 진흥에 대한 한국 정부의 의지와 맞물려 구비문학대계의 개정·증보사업이 출범하게 되었다.

이번 조사사업에서도 전국의 구비문학 연구자들이 거의 다 참여하여 충분하지 않은 재정적 여건에서도 충실히 조사연구에 임해 주었다. 전국 각지의 제보자들은 우리의 취지에 동의하여 최선으로 조사에 응해 주었다. 그 결과로 조사사업의 결과물은 '구비누리'라는 이름의 데이터베이스에 탑재가 되었고, 또 조사자료의 텍스트와 음성 및 동영상까지 탑재 즉시 온라인으로 접근할 수 있는 시스템을 갖추었다. 특히 조사 단계부터 모든 과정을 디지털화함으로써 외국의 관련 학자와 기관의 선망의 대상이 되고 있다.

이제 조사사업의 결과물을 이처럼 책으로도 출판하게 된다. 당연히 1980년대의 일차 조사사업을 이어받음으로써 한편으로는 선배 연구자들의 업적을 계승하고, 한편으로는 민족문화사적으로 지고 있던 빚을 갚게 된 것이다. 이 사업의 연구책임자로서 현장조사단의 수고와 제보자의 고귀한 뜻에 감사를 표하지 않을 수 없다. 아울러 출판 기획과 편집을 담당한 한국학중앙연구원의 디지털편찬팀과 출판을 기꺼이 맡아준 역락출판사에 감사를 드린다.

2013년 10월 4일

한국구비문학대계 개정·증보사업 연구책임자 김병선

책머리에

구비문학조사는 늦었다고 생각하는 지금이 가장 빠른 때이다. 왜냐하면 자료의 전승 환경이 나날이 달라지고 있기 때문이다. 전승 환경이 훨씬 좋은 시기에 구비문학 자료를 진작 조사하지 못한 것이 안타깝게 여겨질수록, 지금 바로 현지조사에 착수하는 것이 최상의 대안이자 최선의 실천이다. 실제로 30여 년 전 제1차 한국구비문학대계 사업을 하면서 더 이른 시기에 조사를 했더라면 하는 아쉬움이 컸는데, 이번에 개정·증보를 위한 2차 현장조사를 다시 시작하면서 아직도 늦지 않았다는 사실을 실감했다.

구비문학 자료는 구비문학 연구와 함께 간다. 자료의 양과 질이 연구의 수준을 결정하고 연구수준에 따라 자료조사의 과학성이 결정되기 때문이다. 실제로 1차 조사사업 결과로 구비문학 연구가 눈에 띠게 성장했고, 그에 따라 조사방법도 크게 발전되었다. 그러나 연구의 수명과 유용성은 서로 반비례 관계를 이룬다. 구비문학 연구의 수명은 짧고 갈수록 빛이 바래지만, 자료의 수명은 매우 길 뿐 아니라 갈수록 그 가치는 더 빛난다. 그러므로 연구활동 못지않게 자료를 수집하고 보고하는 일이 긴요하다.

교육부에서 구비문학조사 2차 사업을 새로 시작한 것은 구비문학이 문학작품이자 전승지식으로서 귀중한 문화유산일 뿐 아니라, 미래의 문화산업 자원이라는 사실을 실감한 까닭이다. 따라서 학계뿐만 아니라 문화계의 폭넓은 구비문학 자료 활용을 위하여 조사와 보고 방법도 인터넷 체제와 디지털 방식에 맞게 전환하였다. 조사환경은 많이 나빠졌지만 조사보고는 더 바람직하게 체계화함으로써 누구든지 쉽게 접속하여 이용할 수 있는 데이터베이스를 구축했다. 그러느라 조사결과를 보고서로 간행하는 일은 상대적으로 늦어지게 되었다.

2차 조사는 1차 사업에서 조사되지 않은 시군지역과 교포들이 거주하는 외국지역까지 포함하는 중장기 계획(2008~2018년)으로 진행되고 있다. 한국학중앙연구원 어문생활연구소와 안동대학교 민속학연구소가 공동으로 조사사업을 추진하되, 현장조사 및 보고 작업은 민속학연구소에서 담당하고 데이터베이스 구축 작업은 한국학중앙연구원에서 담당한다. 가장 중요한 일은 현장에서 발품 팔며 땀내 나는 조사활동을 벌인 조사자들의 몫이다. 마을에서 주민들과 날밤을 새우면서 자료를 조사하고 채록하여 보고서를 작성한 조사위원들과 조사원 여러분들의 수고를 기리지 않을 수 없다. 조사의 중요성을 알아차리고 적극 협력해 준 이야기꾼과 소리꾼 여러분께도 고마운 말씀을 올린다.

구비문학 조사를 전국적으로 실시하여 체계적으로 갈무리하고 방대한 분량으로 보고서를 간행한 업적은 아시아에서 유일하며 세계적으로도 그 보기를 찾기 힘든 일이다. 특히 2차 사업결과는 '구비누리'로 채록한 자료와 함께 원음도 청취할 수 있는 데이터베이스를 구축해서 세계에서 처음으로 인터넷과 스마트폰으로 이용할 수 있는 디지털 체계를 마련했다. '구슬이 서 말이라도 꿰어야 보배'인 것처럼, 아무리 귀한 자료를 모아두어도 이용하지 않으면 소용이 없다. 그러므로 이 보고서가 새로운 상상력과 문화적 창조력을 발휘하는 문화자산으로 널리 활용되기를 바란다. 한류의 신바람을 부추기는 노래방이자, 문화창조의 발상을 제공하는 이야기주머니가 바로 한국구비문학대계이다.

2013년 10월 4일

한국구비문학대계 개정·증보사업 현장조사단장 임재해

한국구비문학대계 개정·증보사업 참여자(참여자 명단은 가나다 순)

연구책임자

　김병선

공동연구원

　강등학　강진옥　김익두　김헌선　나경수　박경수　박경신　송진한　신동흔
　이건식　이인경　이창식　임재해　임철호　임치균　조현설　천혜숙　허남춘
　황인덕　황루시

전임연구원

　장노현　최원오

박사급연구원

　강정식　권은영　김구한　김기옥　김월덕　노영근　서정매　서해숙　유명희
　이균옥　이영식　이윤선　조정현　최명환　최자운

연구보조원

　강소전　구미진　김보라　김성식　김영선　김옥숙　김유경　김은희　김자현
　문세미나　박동철　박은영　박현숙　박혜영　백계현　백은철　변남섭　서은경
　송기태　송정희　시지은　신정아　오세란　오정아　유태웅　이선호　이옥희
　이원영　이진영　이홍우　이화영　임　주　장호순　정아용　정혜란　편성철
　편해문　한유진　허정주　홍현성　황진현

주관 연구기관 : 한국학중앙연구원 어문생활사연구소
공동 연구기관 : 안동대학교 민속학연구소

일러두기

■『증편 한국구비문학대계』는 한국학중앙연구원과 안동대학교에서 3단계 10개년 계획으로 진행하는 "한국구비문학대계 개정·증보사업"의 조사보고서이다.

■『증편 한국구비문학대계』는 시군별 조사자료를 각각 별권으로 간행하는 것을 원칙으로 한다. 서울 및 경기는 1-, 강원은 2-, 충북은 3-, 충남은 4-, 전북은 5-, 전남은 6-, 경북은 7-, 경남은 8-, 제주는 9-으로 고유번호를 정하고, -선 다음에는 1980년대 출판된『한국구비문학대계』의 지역 번호를 이어서 일련번호를 붙인다. 이에 따라『증편 한국구비문학대계』는 서울 및 경기는 1-10, 강원은 2-10, 충북은 3-5, 충남은 4-6, 전북은 5-8, 전남은 6-13, 경북은 7-19, 경남은 8-15, 제주는 9-4권부터 시작한다.

■ 각 권 서두에는 시군 개관을 수록해서, 해당 시·군의 역사적 유래, 사회·문화적 상황, 민속 및 구비 문학상의 특징 등을 제시한다.

■ 조사마을에 대한 설명은 읍면동 별로 모아서 가나다 순으로 수록한다. 행정상의 위치, 조사일시, 조사자 등을 밝힌 후, 마을의 역사적 유래, 사회·문화적 상황, 민속 및 구비문학상의 특징 등을 중심으로 설명하고, 마을 전경 사진을 첨부한다.

■ 제보자에 관한 설명은 읍면동 단위로 모아서 가나다 순으로 수록한다. 각 제보자의 성별, 태어난 해, 주소지, 제보일시, 조사자 등을 밝힌 후, 생애와 직업, 성격, 태도 등을 중심으로 서술하고, 제공 자료 목록과 사진을 함께 제시한다.

■ 조사자료는 읍면동 단위로 모은 후 설화(FOT), 현내 구전설화(MPN), 민요(FOS), 근현대 구전민요(MFS), 무가(SRS), 기타(ETC) 순으로 수록한다. 각 조사자료는 제목, 자료코드, 조사장소, 조사일시, 조사자, 제보자, 구연상황, 줄거리(설화일 경우) 등을 먼저 밝히고, 본문을 제시한다. 자료코드는 대지역 번호, 소지역 번호, 자료 종류, 조사 연월일, 조사자 영문 이니셜, 제보자 영문 이니셜, 일련번호 등을 '_'로 구분하여 순서대로 나열한다.

■ 자료 본문은 방언을 그대로 표기하되, 어려운 어휘나 구절은 ( ) 안에 풀이말을 넣고 복잡한 설명이 필요할 경우는 각주로 처리한다. 한자 병기나 조사자와 청중의 말 등도 ( ) 안에 기록한다.

■ 구연이 시작된 다음에 일어난 상황 변화, 제보자의 동작과 태도, 억양 변화, 웃음 등은 [   ] 안에 기록한다.

■ 잘 알아들을 수 없는 내용이 있을 경우, 청취 불능 음절수만큼 '○○○'와 같이 표시한다. 제보자의 이름 일부를 밝힐 수 없는 경우도 '홍길○'과 같이 표시한다.

■『증편 한국구비문학대계』에 수록된 모든 자료는 웹(gubi.aks.ac.kr/web)과 모바일(mgubi.aks.ac.kr)에서 텍스트와 동기화된 실제 구연 음성파일을 들을 수 있다.

차례

2. 무풍면

█ 조사마을

█ 제보자

● 설화

● 민요

● **근현대 구전민요**

● **기타**

3. 부남면

▌**조사마을**

▌**제보자**

● 설화

● 민요

● 근현대 구전민요

● 기타

4. 설천면

▌조사마을

● 민요

● 근현대 구전민요

6. 적상면

▌조사마을

▌제보자

● 설화

● **민요**

● 근현대 구전민요

● 기타

무주군 개관

삼한시대에 현재의 무주읍에 형성되었던 주계(朱溪)는 마한국(馬韓國)에 속해 있었고 현재의 무풍면에 형성되었던 무산(茂山)은 변진의 감문국(甘文國)에 속하였다. 삼국시대에도 주계와 무산은 백제와 신라에 각각 속해 있다가 통일신라시대 때에 와서 같은 국가에 속하게 되었다. 그러나 경덕왕 16년(757) 주계를 단천현(丹川縣)으로 개칭해 전주(全州) 진례현(進禮顯, 지금의 錦山)의 속현으로 삼았고, 무산은 무풍현(茂豊縣)으로 개칭해 상주(尙州) 개령군(開寧郡, 지금의 金陵)의 속현으로 삼아 서로 다른 행정구역으로 분리되어 있었다. 주계와 무산은 고려시대 때 같은 행정구역인 강남도(江南道)에 속하기도 했지만, 고대부터 조선시대까지 서로 다른 행정구역으로 분리되어 있던 시간이 더 길다.

조선 초 행정구역 개편 때 단천에서 다시 본래 명칭으로 바뀐 주계현과 개령군에 속했던 무풍현이 통폐합되었고 무풍현의 '무(茂)'자와 주계현의 '주(朱)'자를 따서 지금의 지명인 무주현(茂朱縣)이 되었다. 그 후 광해 6년(1614)에 적상산(赤裳山)에 사고(史庫)를 설치한 것이 계기가 되어 금산에 속해 있던 안성(安城)과 구천동(九千洞)을 편입하여 무주현이 무주도호부로 승격됨으로써 오늘날 무주군의 기틀이 형성되었다. 고종 33년(1896) 전라도가 남북으로 나뉘면서 무주군은 전라북도 전주부에 편제되었다. 1914년 행정구역 개편 때 무주군 12개 면에 금산군 부남면(富南面)을 편입, 6개 면으로 개편하여 전라북도 무주군이 되었고, 1979년 5월 1일 군청소재지의 면이 읍으로 승격되면서 무주면은 무주읍이 되었다.

　무주군의 행정구역은 무주읍(茂朱邑), 무풍면(茂豊面), 설천면(雪川面), 안성면(安城面), 적상면(赤裳面), 부남면(富南面) 1읍 5면 48리로 이루어져 있고, 무주군의 인구는 2007년 현재 26,552명(이하 통계는 『무주군 2008통계연보』에 따라 2007년 통계를 기준으로 함.)이다. 군의 북부에 위치한 무주읍은 면적 79.42km², 인구 9,790명, 읍소재지는 읍내리이다. 읍내(邑內)·당산(堂山)·오산(吾山)·장백(長白)·내도(內島)·대차(大車)·용포(龍浦)·가옥(佳玉) 등 8개 법정리가 있다. 군의 동부에 위치한 무풍면은 면적 91.23km², 인구 2,474명, 면소재지는 현내리이다. 현내(縣內)·금평(金坪)·지성(池城)·철목(哲木)·증산(曾山)·은산(銀山)·덕지(德池)·삼거(三巨) 등 8개 법정리가 있다. 군의 동북부에 위치한 설천면은 면적 157.89km², 인구 4,526명, 면소재지는 소천리이다. 소천(所川)·기곡(基谷)·길산(吉山)·청량(淸凉)·대불(大佛)·미천(美川)·장덕(長德)·두길(斗吉)·심곡(深谷)·삼공(三公) 등 10개 법정리가 있다. 군의 남부에 위치한 안성면은 면적 97.28km², 인구 5,197명, 면소재지는 장기리이다. 장기(場基)·공진(貢進)·죽천(竹川)·공정(公正)·덕산(德山)·금평(琴坪)·사전(沙田)·진도(眞道) 등 8개 법정리가 있다. 군의 중앙에 위치한 적상면은 면적 135.90km², 인구 2,969명, 면소재지는 사천리이다. 사천(斜川)·사산(斜山)·삼가(三加)·삼류(三柳)·방리(芳梨)·북창(北倉)·포내(浦內)·괴목(槐木) 등 8개 법정리가 있다. 군의 북서부에 위치한 부남면은 면적 69.98km², 인구 1,596명, 면소재지는 대소리이다. 대소(大所)·대류(大柳)·고창(高昌)·장안(長安)·굴암(屈巖)·사당(祠堂) 등 6개 법정리가 있다.

　무주군은 군 전체가 소백산맥에 속하는 내륙고원지대로 예로부터 심산유곡을 이루어 산이 높고 물이 맑은 고장으로 유명하며, 군내의 덕유산국립공원과 무주구천동은 전국적으로 손꼽히는 관광명소이다. 하천으로는 금강의 최상류가 흐르고, 산으로는 덕유산(德裕山, 1,614m)·적상산(赤裳山, 1,038m)·민주지산(珉周之山, 1,242m)·대덕산(大德山, 1,290m)·거칠봉(居七峰, 1,178m)·홍덕산(興德山, 1,274m)·두문산(斗文山, 1,051m)·망봉(望峰, 1,047m)·순룡산(舜龍山, 1,492m) 등 1,000m 이상의 높은 산들이 솟아 있다. 고원이라는 지형적 특성상 겨울철에 눈이 많고, 여름철에는 서늘한 고랭지기후 지역이 많다. 무주군은 농가인구가 50% 이상을 차지하는 농업지역으로, 군 전체에 산지가 많고 경작지가 매우 좁아 밭농사 중심의 농업을 주로 하고 있다. 총 경지면적은 63.19km²로 10.5%의 매우 낮은 경지율을 보이며 논이 33.56km², 밭이 36.58km²로 논과 밭의 비율이 비슷하다. 그 중 분지 지형을 이루는 안성면은 무주군에서 경지면적이 가장 넓으며 논이 비교적 넓게 발달해 있다. 주요 농산물은 쌀이 대표적이며, 이 외에 보리·콩·감자·옥수수·메밀 등을 재배한다. 그 밖에 고추·마늘·잎담배·인삼 재배도 활발하며, 산지가 많아 밤·호두·잣·버섯·약초·산나물 등 임산물도 많이 생산된다. 최근 무주군에서는 친환경농업을 적극 추진하고 있으며 전통공예나 식품 등 전통문화에 기반을 둔 문화상품을 개발하고 발굴하는 데에도 힘쓰고 있다.

무주군은 동쪽으로 경북 김천시와 경남 거창군, 서쪽으로 진안군, 남쪽으로 장수군, 북쪽으로 충남 금산군과 충북 영동군과 인접하고 있다. 인접한 충청도·경상도와는 교통이 편리하게 연결되며, 접하고 있는 위치에 따라 생활권이 무주읍 지역은 대전권, 무풍면과 인근 지역은 김천권, 안성면과 인근 지역은 전주권으로 각각 나뉜다. 교통은 무주읍을 중심으로 동남쪽으로 경북 김천과 경남 거창으로 통하고, 남서쪽으로 장수를 거쳐 남원·전주로 통하며, 북서쪽으로 충남 금산과 충북 영동으로 통하며 국도가 사방으로 뻗어 있다. 무주는 소백산맥에 위치한 산간지대로 교통이 매우 불편했지만 덕유산국립공원이 개발되면서 교통로가 정비되었다.

2005년에는 대전-통영간 고속도로 전구간이 개통되어 내륙교통이 편리해졌다. 스키장 등 동계스포츠 시설을 위주로 한 종합휴양지인 무주리조트가 1990년에 개장했고, 1997년에는 여기서 동계 유니버시아드가 개최되었다. 덕유산국립공원 무주구천동은 여름철 피서객과 겨울철 스키 여행객으로 성황을 이루며, 숙박과 음식업 등 관광업이 발달했다. 구천동의 남쪽 입구에 해당하는 안성면 지역에 용추폭포와 칠연폭포가 있고, 안성면 공정리에는 전라북도 자연환경연수원이 있어서 관광객과 관람객의 방문이 연중 끊이지 않는다. 무주군은 산간지대에 위치하고 있어서 6·25전쟁 발발 당시에는 피해가 그다지 크지 않았으나 9·28서울수복 때 패주한 북한군이 덕유산 일대에 은신하며 주민들을 약탈하면서 많은 인명과 재산 피해를 입었다. 무주군에서는 청정한 자연환경을 테마로 한 생태환경 축제로 '무주반딧불이축제'를 1997년부터 매해 6월에 개최해오고 있다. 공업 분야로는 1993년에 안성면에 중소기업체 위주의 안성농공단지가 조성되어 있다. 군내에는 무주장·안성장·무풍장·설천장 등 4개 정기시장이 열린다.

조선시대 교육기관으로는 무주읍 향교리에 무주향교, 안성면 사전리에 도산서원, 무풍면 현내리에 백산서원 등이 있다. 근대 교육기관으로는 1909년 무주향교에 사립 명륜학교(明倫學校)가 설립되었고, 1910년에는 안성사립학교(安城私立學校, 뒤에 신안성초등학교)가 설립되었다. 1946년에 설립된 무주중학교는 1951년 무주종합고등학교로, 1987년 무주고등학교로 개편되었다. 2008년 현재 교육기관으로는 초등학교 10개교, 중학교 6개교, 고등학교 5개교가 있다. 종교기관으로는 불교사찰 11개, 천주교성당 1개, 개신교교회 45개가 있다(『무주군 2008통계연보』에 따름).

선사시대 유적으로 적상면 사천리에 지석묘가 있고, 산성으로는 적상면 북창리에 적상산성(사적 제146호)이 있다. 적상산은 백제와 신라가 각축을 벌였던 군사적 요충지로서, 고려시대에 거란족이 침입했을 때 인근 군현의 백성들이 피해를 당했지만 이곳 사람들은 안전하였기 때문에 고려 말 도통사였던 최영(崔瑩)이 적상산의 험한 지세를 이용해 산성을 쌓고 창고를 지어 난리에 대비하도록 왕에게 요청한 일이 있었다. 지금의 성터는 세종 때 체찰사(體察使) 최윤덕(崔潤德)이 답사한 후 축성과 보존을 건의한 후, 세종 때 또는 그 이후에 축조된 것으로 알려져 있다. 임진왜란이 끝난 광해군 6년(1614) 이곳에 실록전(實錄殿)을 세웠고 인조 11년(1633) 묘향산에 안치된 조선왕조실록을 적상산사고로 옮겨와 보관하였다. 이것을 계기로 현종 15년(1674) 무주현이 무주도호부로 승격되었으며, 금산의 속현이었던 안성(安城)과 횡천(橫川)이 편입되었다.

사찰로는 적상산성 내에 있는 안국사를 비롯해 설천면 소천리에 관음사, 무주읍 읍내리에 향산사(香山寺), 설천면 삼공리에 인월암(印月庵)·백련사 등이 있다. 그 밖에 불교 문화재로 설천면 삼공리에 백련사지(白蓮寺址), 적상면 괴목리에 안국사괘불(安國寺掛佛), 안성면 죽천리에 원통사지(圓通寺址) 등이 있다. 유교 문화재로는 무주읍 읍내리에 무주향교, 안성면 사전리에 도산서원, 무풍면 현내리에 백산서원 등이 있다. 설천면 소천리에는 백제와 신라의 관문이었다고 알려진 나제통문(羅濟通門)이 있다. 암벽을 뚫어 만든 이 통문은 삼국시대 때부터 있던 것이 아니라 일제강점기 때 뚫었다는 주장이 최근에 제기되어 논란이 되고 있다. 안성면 공정리에는 한말 의병들의 무덤인 칠연의총(七淵義塚), 설천면에 구천동격전지, 적상면에 방이리격전지가 있다.

무주군에서는 정월 대보름 민속놀이 중에서 달집태우기가 성행하고 있으며, 봄철에는 화전놀이와 천렵 등도 전승된다. 무주군의 동제로는 당산제·산신제·천룡제·조탑제(造塔祭)·짐대제(솟대)·장승제·도깨비제 등이 다양하게 행해지는데, 마을에 따라서 이 중 한 가지 제사만 행하기도 하지만 대개 마을 뒷산에서의 산신제를 상당제로, 마을 안이나 앞에서 당산제 또는 조탑제 등을 하당제로 행하는 경우가 많다. 마을수호신격은 산신, 당산할머니, 당산할아버지, 서낭신, 수신(樹神) 등으로 다양하고, 제당(祭堂)은 당집, 입석, 당산목, 누석단 등의 형태이다.

무주군에서 최근까지 전승되었거나 전승되고 있는 대표적인 동제로는 무주읍 대차리 서면마을 당산제, 무주읍 산의실마을 짐대제, 설천면 심곡리 원심곡 산제, 적상면 길왕리 산신제, 서창마을 당산제, 사천리 구억마을 당산제 등이 있다. 동제 외에 디딜방아 훔쳐오기를 모티브로 한 액막이 풍속으로 부남면 '방앗거리놀이'가 발굴되어 전승되고 있다. 또 주술적 성격을 띠지 않는 놀이로서, 옛날 서생들이 즐겼던 일종의 불꽃놀이인 '낙화놀이'가 안성면 두문마을에서 발굴되어 무주군 지역축제인 '반딧불이축제'에서 무주군의 민속놀이로 행해지고 있다. 이 외에도 무주군에서는 무풍면 현내리에서 전승되다가 단절된 기(旗)절놀이를 복원하고 있다.

무주군에는 자연물과 인물에 얽힌 다양한 설화가 전승되고 있다. 덕유산과 구천동, 용추폭포와 임장수굴 등에 얽힌 이야기는 무주의 구체적 장소를 배경으로 함으로써 지역과 밀착되고, 역사인물 또는 허구의 인물을 주인공으로 삼아 이야기에 박진감을 더해 준다. 예컨대, 덕유산 산신령에게 산제를 지내고 등극하려 했다는 이성계 이야기는 이성계라는 역사인물에 관한 설화이기도 하면서, 무주 '벌안'마을 배씨의 집안 내력을 설명해주는 지역 설화이기도 하다. 산신령이 이성계의 등극을 허락한 꿈을 꾼 소금장수가 지나던 사람이 이성계인 줄 모르고 그 꿈 이야기를 하자 이성계는 소금장수가 천기를 누설할까 염려하여 그를 죽이고, 등극한 후에 그 후손들에게 정승 벼슬을 주었는데 그들이 벌안의 배씨들이라는 것이다.

우리나라 오지의 대명사로 널리 알려진 구천동의 유래에 대한 이야기들도 전해진다. 그 중 하나는 구씨와 천씨 사이의 갈등을 어사 박문수가 해결해준 이후로 구씨와 천씨의 성을 따서 '구천동'이라고 했다는 것이고, 다른 하나는 덕유산 남쪽 기슭에 살았던 조선 명종 때 문신 임훈(林薰)이 9천 명의 성불공자(成佛功者)가 머문 땅이라고 하여 '구천둔(九千屯)'이라

칭했는데 이것이 변하여 구천동이 되었다는 것이다. 후자의 구천동 유래 담에서 주목할 점은 구천동이 많은 사람들이 함께 살아갈 만한 터전으로 이야기되고 있다는 것이다. 조선 중기의 학자 남사고(南師古)는 덕유산 아래 무풍을 복지(福地)로, 구천동을 전란의 화가 미치지 않는 십승지(十勝地)의 하나로 꼽기도 했다. 십승지란 단순히 난리를 피하기 위한 땅이 아니라, 새로운 시대에 대비하는 땅으로서 미래의 삶에 대한 민중들의 열망을 반영하고 있다. '무주구천동 설화'에는 개인 차원의 명당 발복이나 안위에 대한 소망을 넘어서 공동체의 공생과 미래를 지향하는 인식이 담겨 있다.

안성면의 용추폭포에 얽힌 설화는, 폭포 자리가 옛날에 큰 부자가 살았던 동네였는데 시주를 받으러 온 스님을 박대하여 보낸 후, 부자는 망하고 그 자리에 물이 불어나서 지금의 폭포와 내가 생겼다는 내용이다. 이것은 전국적으로 분포하는 장자못 전설의 지역형이라 할 수 있다. 적상면 방이리 배골에 있는 임장수 굴과 말무덤에는 아기장수 설화 유형의 이야기가 전해진다.

무주군 노동요를 논일노래와 밭일노래로 크게 나누어 본다면, 논일노래는 '모찌는 소리'와 '모심는 소리'가 다른 어떤 노래보다 우세하다. 여성과 남성이 함께 1 : 1, 1 : 多, 多 : 多 등의 인적구성으로 교환창 형식으로 부른다. 무주군은 지리적으로 영남과 충청지방에 인접해 있어서 민요의 성격과 특징 또한 무주 인접지역의 민요와 유사한 측면이 많다. 예컨대 '모심는 소리'는 영남지역과 소백산맥 인근의 충북 일부 지역의 메나리조가 대부분이며, '논매는 소리'는 충청도의 '방아타령', '잘하고 잘하네', '어화럴럴 상사디요', '얼카산이' 등이 유사하게 나타난다. '모심는 소리'는 "담송담송 닷마지기 일천석만 쏟아지소 / 일천석만 쏟아지면 부모공양 하련마는", "이 논에다 모를 심어 장잎 나서 영화로다 / 어린 동생 곱게 길러 갓을 씌워 영화로세"와 같이 정형화된 대구 형식의 다양한 노랫말을 단순한 몇 개의 곡조에 맞추어 부른다.

여성노래로서 밭일노래의 사설 내용은 작업을 독려하는 것, 시집살이, 신세한탄 등 다양하다. 예컨대 시집살이 노래에서는 "울 어머니 날 곱게 키워서 요 산중 아니면 나 줄 디가 없었던가"라고 하면서 산촌에서의 힘 겨운 삶을 한탄하는 가사가 나온다. 여성 노동의 영역은 밭일뿐만 아니라 나물 뜯기나 길쌈 등 다양하나 무주에서는 이러한 노동에 따르는 노래를 모두 단순한 타령조로 부르며, 가사도 노동의 성격에 구애받지 않고 서로 넘나드는 경우가 많다. 이런 타령조 노래들은 빠르기만을 바꾸어서 노동 뿐만 아니라 유흥이나 오락 등 여성들의 다양한 활동 영역에서 두루 불린 다. 밭일이나 나물 채취 등의 노동을 할 때, 그리고 여럿이 어울려 놀 때 청춘가와 노랫가락, 창부 타령 등의 통속민요도 널리 가창된다.

장례의식요인 '상여 소리'에는 회심곡 사설이 두루 쓰이며, 터다지는 소리인 '달구 소리'를 하지 않는 경우가 많다. '상여 소리'의 받는소리로 "오홍–헤야"라는 독특한 구절이 쓰이기도 한다.

1. 무주읍

■ 조사마을

전라북도 무주군 무주읍 내도리

조사일시 : 2009.2.7
조 사 자 : 김익두, 허정주

　　내도(內島)는 내륙 속의 섬이라는 뜻으로, 금강 상류를 끼고 있는데 금
강천이 마을을 휘어 감고 돌아 나가서 마을이 마치 섬처럼 보인다고 해서
붙여진 명칭이라고 한다. 내도리는 조선시대에는 무주군 북면(北面)지역으
로 무주군의 최북단에 위치한다. 내도리 동쪽은 충북 영동군과 도계를 이
루고, 남쪽은 앞섬 앞으로 흐르는 금강을 사이에 두고 읍내리와 인접하며,
서쪽은 충남 금산군과 도계를 이룬다. 금강 주변으로 기암절벽이 형성되
어 있어 내도리는 많은 관광객이 찾는 곳이기도 하다. 내도리는 산의(산

의실·방죽안), 내동(안골), 굴천, 후도(뒷섬), 전도(앞섬) 등의 자연마을로 이루어져 있다.

　내동마을은 앞섬마을의 뒤편인 북쪽의 금강천 건너에 위치하고 있다. 마을 명칭은 산의실(山義谷) 중에서 가장 안쪽에 있는 동네라 하여 '안골'로 불려 온 데서 연유했다. 마을에는 32가구, 80여 명의 주민이 거주하고 있으며, 거의 대부분이 농업에 종사하고 있다.

전라북도 무주군 무주읍 대차리

조사일시 : 2009.2.6, 2009.2.8
조 사 자 : 김익두, 허정주

　대차리는 백제 때부터 관아가 설치되었던 읍성(邑城)이 소재한 마을로, 무주 읍내리 서쪽에 위치한 고성지(古城址)인 성안에서부터 금강 천변까

지 이어지는 곳에 자리 잡고 있다. 동쪽으로 성안에서 읍내리와 인접하고 남쪽으로는 남대천을 사이에 두고 용포리와 인접하며, 서쪽과 북쪽은 금강을 경계로 충남 금산군과 도계를 이룬다.

조선시대 서면(西面) 소재지였던 대촌(大村)과 부내면에 속했던 차산(車山)마을이 1914년 행정구역 개편 때 합해지면서 대촌의 '대(大)'자와 차산의 '차(車)'자를 따서 대차리가 되었다. 그 후 몇 차례 행정리와 자연마을이 통합되고 분리되는 과정에서 명칭 개정이 이루어졌다. 현재 대차리에는 서면마을과 차산마을이 있다.

대차리 서쪽 금강가에 위치하는 서면마을은 1972년 행정 분리 명칭을 자연마을 명칭으로 바꾸면서 붙여진 명칭인데, 무주부가 있었을 당시에 서면의 소재지였다고 해서 그렇게 붙였다고 한다. 서면마을에는 무주부에서 금산으로 가는 대로와 연결되는 소이진(召爾津) 나루가 있었으며, 나루에는 소이원(召爾院)과 망풍루(望風樓) 같은 명소가 있었다고 한다.

현재 서면마을에는 100여 세대가 거주하고 있다. 서면마을 주민들은 무주의 대표적인 축제인 반딧불축제 때 통나무와 솔가지 등을 이용해서 남대천에 섶다리를 설치하고 농악과 상여행렬 등을 재현하는 행사에 참여하고 있다.

전라북도 무주군 무주읍 용포리

조사일시 : 2009.2.7
조 사 자 : 김익두, 허정주

용포(龍浦)라는 지명은 부남면을 거쳐 내려오는 금강이 용처럼 꿈틀거리며 흐르는데 옛날에 금산으로 건너가던 나루가 있던 곳이라서 붙여졌다고 한다. 용포리는 무주읍의 서남쪽에 위치하며 조선시대에는 서면에 속했다가 1914년 행정구역 개편 때 무주면에 편입되었으며, 그 때 용포·

공정(公正)·추동(楸洞)·잠두(蠶頭)·요대(要垈)를 병합하여 용포리라 하였다. 마을 동쪽은 금강을 사이에 두고 가옥리와 인접하고 남쪽은 조항산을 경계로 적상면과 면계를 이루며, 서쪽은 금강을 사이에 두고 부남면과 면계를, 북쪽은 요대 뒷산에서 충남 금산군과 도계를 이룬다. 현재 용포리는 공정, 요대, 잠두, 추동 등의 자연마을로 이루어져 있다.

잠두마을은 황새목 북쪽에 있는 마을로, 뒷산인 조항산에서 북쪽으로 뻗어 내린 능선이 일곱 개의 봉(峰)을 이루며 누에 모양을 하고 있어 붙여진 이름이라 한다. 한편 거북이 머리가 잠긴 형상이라는 설이 내려오기도 한다. 잠두마을에는 46세대, 100여 명의 주민이 거주하고 있으며, 대부분 농업에 종사하고 있다.

전라북도 무주군 무주읍 읍내리

조사일시 : 2009.2.7, 2009.2.8
조 사 자 : 김익두, 허정주

　　무주군 읍내리는 현재 무주군의 소재지로 백제 때부터 치소(治所)가 설
치된 무주군의 행정중심지이다. 읍내리 동쪽은 향로산에서 남으로 뻗어
내린 능선을 따라 오산리와 경계를 이루고, 남쪽은 동쪽에서 읍내리 앞을
지나 서쪽으로 흐르는 남대천을 사이에 두고 당산리와 경계를 이룬다. 서
쪽은 옛 주계읍성인 성안을 경계로 대차리와 인접하고, 북쪽은 진산(鎭山)
인 향로산 너머 금강을 따라 내도리와 경계를 이룬다.

　　읍내리는 조선시대에는 부내면 읍내로 불렸으며, 1914년 행정구역 개
편 때 부내면을 무주면으로 고치고, 북리(北里)·상리(上里)·중리(中里)·
하리(下里)를 병합하여 읍내리를 법정리 명칭으로 삼았다. 그 뒤 읍내1리

부터 6리까지 6개 행정분리로 편제되었고, 1961년에 4개, 1972년에 8개로 조정되었고, 1990년 9개 행정분리가 되었다. 현재는 상리(上里), 사정(射亭), 교동(校洞), 다양(多陽), 향산(香山), 운교(雲橋), 남천(南川), 죽산(竹山), 대교(大橋) 등의 자연마을이 읍내리에 속한다.

상리(上里)는 읍내리의 가장 위쪽에 있는 마을로 '웃말' 또는 '상동니'라고도 하였다. 상리에는 무주향교가 위치하고 있는데, 1909년 무주향교에 사립 무주명륜학교가 설립되어 오늘날 무주초등학교가 되었다.

죽산(竹山)마을은 아랫말의 뒷동산을 중심으로 형성된 마을로 '잿말'과 같은 동네에 속했던 마을이다. 1972년에 행정분리를 조정하면서 대나무가 많았던 곳이라 하여 '죽산'이라고 명명했다 한다.

대교(大橋)마을은 읍내리의 마을 중 가장 아래에 위치하고 있어 '아랫말', '하리', '하동니' 등으로 불렀다. 마을에는 조선시대부터 남대천을 건너던 '대천교(大川橋)'가 가설되었고, 일제 때 신작로를 개설하면서 대천교 위에 콘크리트 교량인 '무주교(茂朱橋)'가 가설되었다. 마을 명칭인 대교는 지역에서 이 다리를 '공굴다리' 또는 '큰다리'로 불렀던 데서 연유한다.

김광배, 남, 1931년생

주 소 지 : 전라북도 무주군 무주읍 내도리
제보일시 : 2009.2.7
조 사 자 : 김익두, 허정주

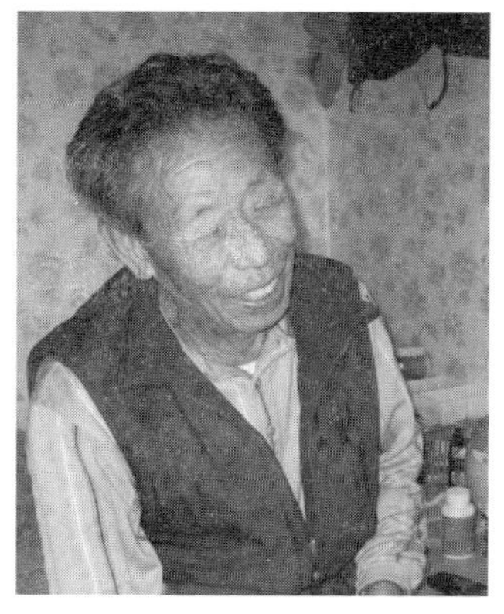

　무주읍 읍내리에서 태어나 줄곧 살아온
토박이로서 농업에 종사해 왔다. 6·25 참
전용사이기도 하다. 제보자가 거주하는 내
동마을은 김해김씨 동족마을이었으나 지금
은 김해김씨가 많이 이주해 나갔다고 한다.
제보자는 김해김씨 사면파 15대손이라 한
다. 오랫동안 마을에서 상여 소리 앞소리꾼
을 해 오셨고, 상여 앞소리를 회심곡으로 하
기 때문에 회심곡 책을 사다가 보기도 했다. 지금은 건강이 좋지 않아 잘
하지 않는다고 하셨으나, 조사자들의 요청에 따라 농요와 상여 소리를 불
러 주셨다. 기억력이 뛰어나고 목소리에도 힘이 넘쳤다.

제공 자료 목록
07_04_FOS_20090207_KID_KGB_0001 모심는 소리
07_04_FOS_20090207_KID_KGB_0002 논매는 소리
07_04_FOS_20090207_KID_KGB_0003 성주 풀이
07_04_FOS_20090207_KID_KGB_0004 상여 소리

김기환, 남, 1922년생

주 소 지 : 전라북도 무주군 무주읍 읍내리 김기환
제보일시 : 2009.2.7

조 사 자 : 김익두, 허정주

무주읍에서 태어나 무주읍에서 살아왔으며, 생업은 농업과 정미업에 종사했다. 요즘에는 주로 복지관에 주로 나가서 생활하신다. 젊을 때는 노래를 잘 부르셨다고 하신다. 고령임에도 불구하고 조사자들의 요청에 흔쾌히 모심는 소리를 해 주셨다. 목소리에 기력은 좀 약한 편이지만 연세에 비해 총기가 좋고 발음도 정확하다.

제공 자료 목록

07_04_FOS_20090207_KID_KGH_0001 모심는 소리

김종구, 남, 1936년생

주 소 지 : 전라북도 무주읍 용포리
제보일시 : 2009.2.7
조 사 자 : 김익두, 허정주

무주읍 용포리에서 태어나 성장한 토박이로서, 논밭과 과수 농업에 종사해 왔다. 무주초등학교를 중퇴하고 그 뒤로 집안일을 도와 농사를 지었으며, 슬하에 6남매를 두었다. 옛날에 마을 어르신들이 해 오던 노래를 들으면서 자랐기 때문에 자연스레 상여소리를 하게 되었다고 한다. 제보자가 상여 앞소리를 하자 마을회관에 계신 다른 분들이 뒷소리를 받아 주었다.

제공 자료 목록
07_04_FOS_20090207_KID_KJG_0001 상여 소리

박두하, 남, 1934년생

주 소 지 : 전라북도 무주군 무주읍 읍내리
제보일시 : 2009.2.8
조 사 자 : 김익두, 허정주

설천면 두길리에서 태어나 37세 때 무주 
읍내로 이주하였다. 슬하에 5남매를 두었다.
읍내로 이사하기 전에는 농사일을 했기 때
문에 모심는 소리를 불렀다고 한다. 모심는
소리는 주로 여자가, 논매는 소리는 주로 남
자가 하는 것이라고 했다. 노래 부르지 않은
지가 오래되어 노래가 기억이 잘 나지 않는
다고 하였다. 옛날에는 장구를 잘 쳤고 노래
도 잘 했다. 놀면서 노랫가락을 주로 많이 했는데 날이 새도록 불렀다. 노
래를 좋아해 전국노래자랑에 나간 적도 있다고 한다. 읍내리 이호영 노인
회장님의 소개로 만난 제보자는 조사자들의 요청에 흥겹게 노래를 불러
주셨다.

제공 자료 목록
07_04_FOS_20090208_KID_PDH_0001 청춘가
07_04_FOS_20090208_KID_PDH_0002 노랫가락
07_04_FOS_20090208_KID_PDH_0003 양산도 타령

박인길, 남, 1948년생

주 소 지 : 전라북도 무주군 무주읍 대차리
제보일시 : 2009.2.8
조 사 자 : 김익두, 허정주

　　무주읍 대차리에서 태어나 성장하였다.
중간에 3~4년 정도 서울에 거주한 적이 있
으나 다시 고향에 돌아와 과수농사와 인삼
재배 등을 하며 농업에 종사하고 있다. 대차
리 서면마을에는 옛날에 상두계가 있었고
상여 소리를 맡아 하는 분도 계셨으나 어른
들이 점차 돌아가시면서 상여 소리 하는 사
람도 줄어들게 되었다. 상여 소리를 따로 배
운 적은 없고 웃어른들이 하는 것을 보고 따라하며 익혔다. 14~5년 전부
터 상여 소리를 하기 시작했고, 마을에서는 상여 소리를 잘 하는 사람으
로 인식되어 있다.

제공 자료 목록
07_04_FOS_20090208_KID_PIG_0001 상여 소리

이복순, 여, 1933년생

주 소 지 : 전라북도 무주군 무주읍 읍내리
제보일시 : 2009.2.7
조 사 자 : 김익두, 허정주

　　무주읍 대교리 죽산노인회 여회장님으로
활동하고 계신다. 초등학교 다니다 해방 무
렵에 학교를 그만두시고 시집을 가서 슬하

에 1녀를 두었다. 주로 농사일을 하셨다고 한다. 조사자의 요청에 모심는
소리를 짧게 불러 주셨다.

제공 자료 목록
07_04_FOS_20090207_KID_LBS_0001 모심는 소리

이완영, 남, 1928년생

주 소 지 : 무주군 무주읍 읍내리 상리
제보일시 : 2009.2.8
조 사 자 : 김익두, 허정주

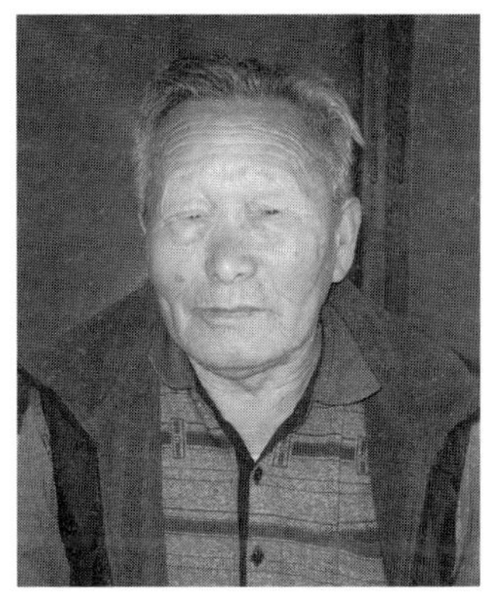

　　무주읍 읍내리에서 태어나 줄곧 살아온
토박이로서, 농업에 종사해 왔으며 슬하에
3남 2녀를 두었다. 마을 노인회 회장직을
맡고 있어서 마을에 관한 여러 가지 정보를
차근차근 설명해 주셨다. 조사 취지를 이해
하고 모심는 소리를 불러 주셨으며 다른 제
보자도 소개해 주셨다. 목소리가 매우 가늘
어 여성적인 느낌이 들었다.

제공 자료 목록
07_04_FOS_20090208_KID_LWY_0001 모심는 소리
07_04_FOS_20090208_KID_LWY_0002 탄로가

이호영, 남, 1917년생

주 소 지 : 전라북도 무주군 무주읍 읍내리
제보일시 : 2009.2.7
조 사 자 : 김익두, 허정주

무주읍에서 태어나 살아온 토박이로, 농업에 종사해 왔다. 슬하에 3남 2녀를 두었다. 노인당에서 가장 연세가 높다. 고령이기 때문에 기력도 약하고 숨도 가빠서 노래를 길게 부를 수 없었다. 그래도 조사자의 요청에 따라 성심껏 노래를 몇 소절 불러 주셨다.

제공 자료 목록
07_04_FOS_20090207_KID_LHY_0001 모심는 소리
07_04_FOS_20090207_KID_LHY_0002 노랫가락

정판옥, 여, 1922년생

주 소 지 : 전라북도 무주군 무주읍 읍내리
제보일시 : 2009.2.7
조 사 자 : 김익두, 허정주

무주 구천동 인근인 설천면 심곡리 배방에서 태어나 17세에 시집가서 6남매를 두었다. 6·25 때 집에 불이 나서 무주읍으로 이주하여 지금까지 살고 있다. 주로 농사를 지었고 어물장사를 하기도 하였다. 고령임에도 발음이 정확한 편이다. 모심는 소리를 짧게 불러 주셨다.

제공 자료 목록
07_04_FOS_20090207_KID_JPO_0001 모심는 소리

모심는 소리

자료코드 : 07_04_FOS_20090207_KID_KGB_0001
조사장소 : 전라북도 무주군 무주읍 내도리 내동마을 120번지 3-3 제보자 자택
조사일시 : 2009.2.7
조 사 자 : 김익두, 허정주
제 보 자 : 김광배, 남, 79세
구연상황 : 이장님을 통해 제보자를 소개받아 조사자들이 제보자 자택을 방문하였다. 조
사자가 모심는 소리를 요청하자 제보자는 보통 할머니들이 부르는 노래라고
하면서 모심는 소리를 불러 주었다.

담송 담송 닷 마지기 반달만큼 남았구나
니가 무슨 반달이냐 초생달이 반달일세 아호호호
해는 지고 저무신 날에 우리 님은 어데를 가셨걸래(가셨길래)
골골마다 저녁 연기가 나도 오실지를 모르는가 아호호호

논매는 소리

자료코드 : 07_04_FOS_20090207_KID_KGB_0002
조사장소 : 전라북도 무주군 무주읍 내도리 내동마을 120번지 3-3 제보자 자택
조사일시 : 2009.2.7
조 사 자 : 김익두, 허정주
제 보 자 : 김광배, 남, 79세
구연상황 : 조사자가 논맬 때 하시던 노래 기억이 나시냐고 묻자 그 전에 논맬 때 두 가
지가 있었는데 호맹이질 하면서 "에~헤루 방애호" 하면서 부르는 부르셨다
고 한다. 늦은 방애소리와 잦은 방애소리가 있는데, 듣기도 좋아 어른들이 논
매면서 부르던 것을 제보자는 많이 구경하곤 했다고 한다. 방애소리를 청하자
잦은방애소리를 불러 주었다.

에~헤루 방아호~

에~헤루 방아호~

저기 가는 저 양반들 여기 조끔 바라보게

에~헤루 방아호~

저기 가는 저 양반은 팔자 좋아 좋겠네마는

우리들은 이 짓 안 하믄 밥을 못 먹는가

에~헤루 방아호~

이 배미를 얼릉 매고

에~헤루 방애호~

장구배기로 넘어서자

에~헤루 방애호~

방아소리 잘만 하면

에~헤루 방아호~

논배미는 절로 줄네

에~헤루 방아호~

성주풀이

자료코드 : 07_04_FOS_20090207_KID_KGB_0003
조사장소 : 전라북도 무주군 무주읍 내도리 내동마을 120번지 3-3 제보자 자택
조사일시 : 2009.2.7
조 사 자 : 김익두, 허정주
제 보 자 : 김광배, 남, 79세
구연상황 : 마당밟기를 터전밟기, 지신밟기라고 했는데 그전에 나무로 집을 지을 적에 굿
       하는 사람들이 성주풀이를 불렀다면서 성주풀이를 불러 주셨다. 제보자는 정
       초에 마을에서 풍물패가 집집마다 돌아다니며 제액초복을 빌어주는 지신밟기
       를 할 때 자주 따라다니면서 성주풀이를 듣고 익혔다고 한다. 사설 한 마디를
       하고 나서 꽹과리 소리를 직접 구음으로 내면서 실감나게 노래를 불러 주었다.

성주로다 성주로다 성주본이 어디메야

[꽹과리 소리를 구음으로] 갬므깨갱 갬므개갱

경상도 안동 땅에 갬므깨갱 갬므개갱

제비원이 본이로다 갬므깨갱 갬므개갱

제비원의 솔씨를 받아 갬므깨갱 갬므개갱

용문삼천에 던졌더니 갬므깨갱 갬므개갱

그 솔이 점점 자라나 갬므깨갱 갬므개갱

소부동이 되었구나 갬므깨갱 갬므개갱

대부동이 되었구나 갬므깨갱 갬므개갱

크다 큰 황장목이 되었구나 갬므깨갱 갬므개갱

우리 동네 김대목아 갬므깨갱 갬므개갱

뒷집이 최대목아 갬므깨갱 갬므개갱

(나중에 이 부분에 "갖은 연장을 둘러매고"가 빠졌다고 함.)

나무 비로(베러) 가세 갬므깨갱 갬므개갱

어디로 갈꼬 갬므깨갱 갬므개갱

거지봉산을 들어가서 갬므깨갱 갬므개갱

아서라 그 낭기(나무) 못 쓰것다 갬므깨갱 갬므개갱

용문삼천을 찾아가서 갬므깨갱 갬므개갱

그 중으로 좋은 나무로 골라 비어(베어) 갬므깨갱 갬므개갱

동네 포중(가운데라는 뜻이라 함.)에 갖다 놓고 갬므깨갱 갬므개갱

열흘 만이 지직하야(나무를 다듬는다는 뜻이라 함.) 갬므깨갱 갬
므개갱

굽은 나물랑(나무는) 굽다듬고 갬므깨갱 갬므개갱

곱은 나물랑 곱다듬아 갬므깨갱 갬므개갱

소톱을 멕일꺼나 갬므깨갱 갬므개갱

대톱을 멕일꺼나 갬므깨갱 갬므개갱

그걸랑은 거기다 두고 갬므깨갱 갬므개갱

용머리다 터를 닦아 갬므깨갱 갬므개갱

네 귀에 유리지동 갬므깨갱 갬므개갱

상량을 얹어 놓고 갬므깨갱 갬므개갱

네 귀에 풍경을 달고 갬므깨갱 갬므개갱

동남풍이 어뜻하면 갬므깨갱 갬므개갱

풍경소리가 여전하네 갬므깨갱 갬므개갱

그걸랑은 거기다 두고 갬므깨갱 갬므개갱

방 안으로 들어가서 갬므깨갱 갬므개갱

방 안 치레를 볼작시면 갬므깨갱 갬므개갱

인물병풍 화초병풍 갬므깨갱 갬므개갱

사발 같은 요강대는 갬므깨갱 갬므개갱

발치로다 밀어 놓고 갬므깨갱 갬므개갱

올라다 보니 소라장판 갬므깨갱 갬므개갱

내려다보니 각자장판 갬므깨갱 갬므개갱

(나중에 이 부분에 "인물병풍이 완연하네"가 빠졌다고 함.)

아들애기 낳거들랑 갬므깨갱 갬므개갱

곱기(곱게) 곱기 길러 내고 갬므깨갱 갬므개갱

딸애기 낳거들랑 갬므깨갱 갬므개갱

곱기 곱기 길러 내서 갬므깨갱 갬므개갱

옥자동아 금자동아 갬므깨갱 갬므개갱

칠구청산에 보배동아 갬므깨갱 갬므개갱

이 댁에 천 석을 불러주자 갬므깨갱 갬므개갱

이 댁에 만 석을 불궈주세 갬므깨갱 갬므개갱

대배기기절은 비상천 갬므깨갱 갬므개갱

인천동천은 일월우(좋은 일은 들어온다는 뜻이라 함.) 갬므깨갱

갬므개갱
잡귀 잡신은 물알루!

[이렇게 하면 그 집을 빌어주는 것이라고 설명한다.]

상여 소리 / 달구 소리

자료코드 : 07_04_FOS_20090207_KID_KGB_0004
조사장소 : 전라북도 무주군 무주읍 내도리 내동마을 120번지 3-3 제보지 자택
조사일시 : 2009.2.7
조 사 자 : 김익두, 허정주
제 보 자 : 김광배, 남, 79세
구연상황 : 이장의 소개로 제보자의 자택으로 찾아갔는데 제보자 혼자 계셔서 조용한 가
운데 노래를 들을 수 있었다. 옛날 상여 나갈 때 이야기를 하시다가 회심곡을
하겠다면서 불러 주셨다. 뒷소리까지 하면서 부르느라 힘들어 하셨는데, 손장
단을 맞추면서 가끔 멈칫하다가도 청이 좋으니까 좀 더 해 주시라고 요청하
자 계속 이어 불러 주셨다.

07_04_FOS_20090207_KID_KGB_0004_s01 〈상여 소리〉

천지지간 만물 중에 귀한 것은 인생이라

어허홍 어허홍

귀한 것이 인생이라

어허홍 어허어

여보시오 시주님네

어허어 어허어

이내 말씀을 들어 보소

어허어 어허어

이 세상에 나온 사람

어허홍 어하옹

뉘 덕으로 나왔는가

어허홍 어하허

석가여래 공덕으로

어허홍 어하허

아버님 전 뼈를 빌고

어허홍 어하허

어머님 전에 살을 빌어

어허홍 어하허

제석님 전에 복을 빌고

어허허 어하아

칠성님 전 명을 빌어

어허어 어하허

이내 일신이 태어나서

어허허 어하허

한두 살에 철을 몰라

어허허 어하허

부모은공을 알을쏜가

어허어 어하허

이삼십을 당도하니

어허어 어하허

무정세월 여류하여 인간 칠십 고령이네

어허어 어하어

하릴없네 하릴없어

어허허 어허어

원수 백발 하릴없네

어허허 어허어

녹주청송 불로귀는

어허허 어하허

괴불귀로다

어허엉 어하어

우리 인간 백을 다 살아도

어허엉 어하어

잠든 날과 병든 날 근심 걱정 다 빼면은

어허엉 어하어

단 사십을 못 살 우리 인생

어허엉 어하어

어제까지 성던 몸에

어허엉 어하어

밤새 이에 병이 들어

어허엉 어하어

실낱같이 가는 몸에

어허엉 어하어

황소 같은 병이 들어

어허엉 어하어

부르나니 어머니요 찾는 것은 냉수로다

어허엉 어하어

인삼녹용 약 효험이

어허엉 어하어

냉수만도 못하구나

어허엉 어허엉

무녀 불러 굿을 한들 굿덕을 입을쏘냐

어허엉 어하어

판수 불러 경 읽은들 경의 덕을 입을쏜가

어허엉 어하어

자미쌀(재미쌀)을 쓸고 쓸어 명산대천 찾아가서

어허엉 어하어

상탕에 밥을 짓고

어허어 어하어

중탕에 목욕하고

어허어 어하어

하탕에 손발 씻고

어허어 어하어

칠성당을 모아 놓고

어허어 어하어

촛대 한상을 세워 놓고 향로향을 불 피우고

어허어 어하어

소지 일 장 올린 후에

어허어 어하어

비나니다 비나니다

어허어 어하어

하느님 전 비나니다

어허어 어하어

하느님 전 하감하옵시고

어허어 어하어

오방장군 응하옵소서

어허어 어허어

제일전의 진광대왕
어허어 어허어
제이전에는 초관대왕
어허어 어허어
제삼전에는 송지대왕
어허어 어허어
제사전에는 오관대왕
어허어 어허어
제오전에는 염라대왕
어허어 어허어
제육전에는 제석대왕
어허어 어허어
제칠전에 토지대왕
어허어 어허어
제팔전에 고성대왕
어허어 어허어
제구전에는 평등대왕
어허어 어허어
제십전에는 전율대왕
어허어 어허어
십삼왕의 명을 받아
어허어 어허어
일직사자 월직사자
어허어 어허어
십삼왕의 명을 받아
어허어 어허어

한 손에 철통 들고

어허어 어허어

또 한 손 창을 들고

어허어 어허어

쇠사슬을 비껴 차고

어허어 어허어

활통 같은 굽은 길을

어허어 어허어

활대같이 달려가서

어허어 어허어

닫은 문을 박차면서

어허어 어허어

성명 삼 자를 불러내니

어허어 어허어

뉘 분부라 지체할까

어허어 어허어

정신없이 떨리는데

어허어 어허어

팔뚝 같은 쇠사슬로

어하아 어허어

결박하여 끌어내니

어허어 어허어

혼비백산 나 죽는다

어허어 어허어

정신 차려 살펴보니 약탕수 벌여 놓고

어허어 어허어

지성으로 간호한들

어허어 어허어

죽을 인생 살릴쏘냐

어허어 어허어

저 자의 손을 잡고

어허어 어허어

간다 간다 나는 가니

어허어 어허어

이승을 하직하고 저승으로 나는 가니

어허어 어허어

부디 부디 잘 살아라

어허어 어허어

옛 늙은이 말 들으니 저승길이 멀다더니 문턱 너메가 저승이고

어허어 어허어

북망산천 멀다더니

어허어 어허어

대문 밖이 북망이라

어허어 어허어

일직사자 앞을 서고

어허어 어허어

월직사자 등을 밀어

어허어 어허어

가자 가자 어서 가자

어허어 어하아

쇠지팽이 쿡 찌르며 가자 가자 어서 가자

명사십리 해당화야 꽃 진다고 서러 마라

어허어 어허어

우리 인생 한번 가면

어허어 어허어

다시 오기 어렵지만

어허어 어허어

너는 명월 삼월이면

어허어 어허어

다시 또 피려니라

어허어 어허어

어허어 어허어

칠판간판 끌려가니

어허어 어허어

짚은 디는(데는) 낮아지고

어허어 어허어

높은 디는 낮아지고

어허어 어허어

대문 밖을 썩 나서니

어허어 어허어

적삼 매어 손에 들고

어허어 어허어

혼백 불러 축원하니

어허어 어허어

없는 곡성이 진동하네

어허어 어허어

여보시오 사자님네

어허어 어허어

이내 말씀 들어 보소
어허어 어허어
배고프니 점심하고
어허어 어허어
신발이나 고쳐 신고
어허어 어허어
노잣돈을 가져가세
어허어 어허어
대문 밖을 썩 나서니
어허어 어허어
없는 곡성이 진동을 하네
어허어 어허어

07_04_FOS_20090207_KID_KGB_0001_s02 〈달구 소리〉

다지호오~
산지조종은 곤륜산이요 수지조종은 황해수라
에~헤~루 다지~호오오~
덕유산 명기가 뚝 떨어지고
무주군 무주읍 내도리 새절골(내도리 뒷산) 여기 와서 우줄우줄
서는구나
에~헤~루 다지~호오오~
충청도라 계룡산 명기가 뚝 떨어지고
무주군 무주읍 내도리 내동 새절골 여기 와서 우줄우줄 서네
에~헤~루 다지~호오오~

모심는 소리

자료코드 : 07_04_FOS_20090207_KID_KGH_0001
조사장소 : 전라북도 무주군 무주읍 읍내리 대교마을 노인정
조사일시 : 2009.2.7
조 사 자 : 김익두, 허정주
제 보 자 : 김기환, 남, 88세
구연상황 : 제보자는 모노래든 뭐든 노래가 따로 있는 게 아니라면서 입에서 나오는 대
로 부르는 것이 노래였다고 하신다. 중간에 동생 분이 오셔서 조사자들의 의
도를 알고 노래를 하시도록 독려해 주셨다. 노인정에 놀러 오시는 분들이 계
셨는데 그 중간에 노래를 하시겠다고 하며 불러 주셨다. 슬프다가도 흥을 돋
우는 농사꾼들의 노래였다며 중간 중간에 말씀해 주시다가 이어서 노래를 하
였다.

서 마지기 논배미가 반달만큼 남아 있네
니가 무슨 반달이냐 초승달이 반달이지
딸끄당 딸끄당 찧는 방아 저 달이 지도록 방아만 찧세
이 방아 찌가지고(찧어 가지고) 내일이면
우리 모 심구는 사람들이 밥을 지어 가세
바람 불어 쓰러진 나무 눈비가 온다 일어설까
송죽같이 굳은 절개 매 많이 맞는다고 허락하리
팔라당 팔라당 곤(고운) 갑사댕기 곤때도 아니 묻어 날받이 왔네
꽃을 꺾어 머리 꽂고 잎은 뜯어 입에 물고
행길로 복판에 우뚝 서니 길 가는 행인들이 길 못 가고 길 멈추네

상여 소리 / 달구 소리

자료코드 : 07_04_FOS_20090207_KID_KJG_0001
조사장소 : 전라북도 무주군 무주읍 용포리 잠두 마을회관
조사일시 : 2009.2.7

조 사 자 : 김익두, 허정주
제 보 자 : 김종구, 남, 74세
구연상황 : 이장님과 마을회관에 모여 계시던 어르신들이 잘하신다고 추천을 하셨는데,
이장님이 직접 전화를 해서 마을회관으로 나오시도록 청하셨다. 상여 나가는
소리라고 하면서 처음 서두에 이별의 내용이 들어간다고 했다. 어르신들이 박
수소리로 노래를 청했고 이별곡부터 시작한다고 하고 부르기 시작하자 이장
님과 다른 분들도 뒷소리를 받아 주셨다. 듣고 계시던 분들이 눈물이 난다고
하면서 눈을 훔치셨다.

07_04_FOS_20090207_KID_KJG_0001_s01 〈상여 소리〉

어허홍 어어홍

이별이네 이별이다

어허홍 어어홍

오늘날로 이별이고

어허홍 어어홍

동네 분들 잘 있어요

어허홍 어어홍

이내 몸은 떠나간들

어허홍 어어홍

맘과 정은 두고 가오

어허홍 어어홍

우리 아들 효도도 했지만

어허홍 어어홍

병원 약도 써 보고요

어허홍 어어홍

약방 약도 지어 보고

어허홍 어어홍

무당 불러 굿도 하고

어허홍 어어홍

온갖 병은 다 했지만

어허홍 어어홍

저리 한 몸 약한 몸에

어허홍 어어홍

쇠사슬로 묶었으니

어허홍 어어홍

요러 모로 작별일세

어허홍 어어홍

가자 가자 어서 가자

어허홍 어어홍

황천길이 멀다더니

어허홍 어어홍

문전 앞이 황천일세

어허홍 어어홍

07_04_FOS_20090207_KID_KJG_0001_s02 〈달구 소리〉

어허룰 다지오

어혜루 다지오

덕유산 명당이 이곳에 왔네

어혜루 다지오

온갖 명정을 이곳에 두고

어허루 다지오

청춘가

자료코드 : 07_04_FOS_20090208_KID_PDH_0001
조사장소 : 전라북도 무주군 무주읍 읍내리 852-3번지 제보자 자택
조사일시 : 2009.2.8
조 사 자 : 김익두, 허정주
제 보 자 : 박두하, 남, 76세
구연상황 : 무주읍 상리 노인회장의 소개로 제보자의 집을 찾아갔다. 골목길 입구에 박두하 어르신께서 마중 나오셔서 집을 찾아갈 수 있었다. 집 안이 너무 깔끔하여 조심스러울 정도였다. 사모님은 약주를 너무해서 힘들어 죽겠다고 하면서도 술 드시면 노래를 날이 새도록 잘 부르셨다고 한다. 무주군 설천면이 고향이었는데 그곳에서 농사를 지으면서 모심는 소리도 많이 불렀지만, 고향을 떠난 뒤로는 노래를 하지 않아서 다 잊어 버렸다고 한다. 그래도 장구도 치고 노래도 잘 불러서 마을에서는 재주꾼으로 통하며 전국노래자랑에 나간 적도 있다고 한다.

청춘(청천) 하늘에요 잔별두 많고요

젊은 놈 요내 가슴에 좋고나 수심도 많고나

언지는(언제는) 날 좋다고 날 사령하더니(사랑하더니)

고 담새(그 사이) 맘 변해서 좋구나 날 괄세하는구나(괄시하는구나)

노랫가락

자료코드 : 07_04_FOS_20090208_KID_PDH_0002
조사장소 : 전라북도 무주군 무주읍 읍내리 852-3번지 제보자 자택
조사일시 : 2009.2.8
조 사 자 : 김익두, 허정주
제 보 자 : 박두하, 남, 76세
구연상황 : 조사자들은 정월 열나흗날 제보자를 방문했다. 제보자가 청춘가에 이어서, 보름날이 더 많은 사람들이 노래 부를 거라면서 노랫가락을 불러 주었다.

에헤에 친구가 남이련마는 어이 그리도 유정한가

보면은 반가웁고 못 본다면은 그리워라

아마도 무정 유정은 사귄 탓이~

양산도 타령

자료코드 : 07_04_FOS_20090208_KID_PDH_0003

조사장소 : 전라북도 무주군 무주읍 읍내리 852-3번지 제보자 자택

조사일시 : 2009.2.8

조 사 자 : 김익두, 허정주

제 보 자 : 박두하, 남, 76세

구연상황 : 제보자는 청춘가와 노랫가락에 이어서, '양산도'를 부른다고 하면서 이 노래
　　　　　를 불렀다.

헤-헤에이히요 우리가 살면은 몇 백 년을 사나~

한 오백 년 살다 에루하 죽어나 보리

에여라 노여라(놓아라) 아니 못 노리로구나 허어허허

느능기(능지(凌遲), 대역죄를 범한 자에게 과하던 극형)를 하여도

나는 못 노리로고나

상여 소리 / 회다지 소리

자료코드 : 07_04_FOS_20090208_KID_PIG_0001

조사장소 : 전라북도 무주군 무주읍 대차리 서면마을 대차식당 2층

조사일시 : 2009.2.8

조 사 자 : 김익두, 허정주

제 보 자 : 박인길, 남, 62세

구연상황 : 대차리 마을에는 주민자치 식당이 있는데 조사자들은 그곳에서 식사를 여러
　　　　　번 하여서 주민들과 익숙한 상황이었다. 일주일 전에 마을 이장님께 상여 소
　　　　　리 팀을 꾸려 달라고 부탁을 했었는데 막상 와 보니 마을은 대보름날 준비로

분주했다. 그 대신 마을 주민이 박인길 어르신을 소개해 주어서 찾아갔더니 상여 소리를 해 주었다. 제보자가 마을자치 식당 2층으로 안내를 하여 거기서 노래를 들었다. 이 마을에는 오래 전부터 상두계가 있었는데 그 상두계에는 대개 상여 소리를 하는 분들이 계셨다고 한다. 예전에는 김동철, 김유봉 어르신들이 주로 앞소리를 하셨다. 상두계는 또래끼리 어울려서 14명 정도가 한 조로 계원이 이루어진다고 한다. 제보자는 서면마을 토박이라서 어릴 때부터 어른들이 상여 소리 하는 것을 들어왔기 때문에 따로 배운 적은 없고, 옛날 어른들 하던 것을 생각나는 대로 부른다고 하였다. 제보자는 그 어른들이 돌아가시고 난 뒤에 14, 15년 전부터 상여 소리를 하기 시작했다. 제보자는 이 마을에서는 상여 소리를 할 때 한 소절 뒤에 받는 소리를 하기 때문에 주고받는 사람이 서로 바쁘고 소리의 맥이 끊어지는 느낌이라고 설명했다.

07_04_FOS_20090208_KID_PIG_0001_s01 〈상여 소리〉

[제보자가 노래를 시작하겠다고 말한다.]

어호홍 어하호 여기여차 넘나호
어허호 어허호 어허홍 어허호
간다 간다 나는 간다 북망산천으로 나는 가네
어허홍 어하호 어허허 어화홍
저승길이 멀다더니 오늘 내게 당하서는(당해서는)
어허홍 어허호 어허허 어허호
대문 밖이 저승이네
어허호 어허호 어허허 어허호
형지간이(형제간이) 많다 한들 어느 누가 대신 갈꼬
어허호 어허호 어허어 어허어
명사십리 해당화야 너 진다고 서러 마라
어허호 어허호 어허허 어허호
춘삼월이 돌아오면 너는 다시 피련마는

어허호 어허호 어허허 어허호
우리 부모 나를 낳아 곱게 곱게 길러 놓고
어허호 어허허 어허어 어허호
호강 한 번도 못해 보고 북망산천 가는구나
어허홍 어허허 여기영차 너허어
명전공포는(명정공포는) 앞을 스고(서고) 상지들은(상제들은) 뒤를
딸고(따르고)
어허홍 어허호 여허영차 허허호
북망산천 가는 길이 이렇게도 험악한가
어허호 허어호 어허허 허허호

07_04_FOS_20090208_KID_PIG_0001_s02 〈회다지 소리〉

백두산 명지가(명기가) 우루주춤 내려와
뚝 떨어진 곳이 여기로세
에~루우 다~지여~

[묘를 다지는 것을 소리를 회다지라고 했으며, 회다지 소리는 전국 명
산 계속 불러대는 것이라고 설명한다.]

계룡산 명지도(명기도) 우루주춤 내려와서
뚝 떨어진 곳이 여기로세
에~루우 다~지여~
지리산 명지가(명기가) 우루주춤 내려와서
뚝 떨어진 곳이 여기로세
에~루우 다~지여~

모심는 소리

자료코드 : 07_04_FOS_20090207_KID_LBS_0001
조사장소 : 전라북도 무주군 무주읍 읍내리 대교마을 노인정
조사일시 : 2009.2.7
조 사 자 : 김익두, 허정주
제보자 1 : 이복순, 여, 77세
제보자 2 : 이호영, 남, 93세
구연상황 : 노인정에 놀러 오셨다가 다른 분들의 노래 소리를 듣고 화가 나는 일이 있었는데
　　　　　나도 노래나 불러야겠다며 모심는 소리를 한 마디 불러 주었다. 이복순 제보자가
　　　　　먼저 짧게 노래를 하자, 93세의 고령인 이호영 제보자가 뒤이어 노래를 불렀다.

오늘 해도 다 되었네 골골마다 연기가 나네
남문 열고 바루를 치니 계명산천이 밝아 오네

모심는 소리

자료코드 : 07_04_FOS_20090208_KID_LWY_0001
조사장소 : 전라북도 무주군 무주읍 읍내리 상리 마을회관
조사일시 : 2009.2.8
조 사 자 : 김익두, 허정주
제 보 자 : 이완영, 남, 82세
구연상황 : 무주읍 상리 노인정에 방문하여 조사 목적을 설명하자 노인정에 계시던 이완
　　　　　영 어르신이 제보자로 박두하 어르신을 소개해 주었다. 이완영 어르신은 말씀
　　　　　이 느린 듯하셨지만 목소리가 좋아 노래를 여러 번 부탁을 드렸더니 노래를
　　　　　불러 주셨다. 옛날에 모를 심으며 노래를 많이 부르셨다며 모심는 소리를 불
　　　　　러 주셨다. 노인정에 방문한 다음날이 보름날이어서 행사 준비로 바쁘다면서
　　　　　자꾸 가라고 재촉하시면서도 천천히 노래를 불러 주었다.

이 논에다 모를 심어 감실감실 영화로다
명사십리 해당화야 꽃 진다고 서러 마라
명년 삼월 돌아오면 그 꽃 다시 피느니라

산천초목에 불 질러 놓고 진주 남강에 물 실러 가세

탄로가

자료코드 : 07_04_FOS_20090208_KID_LWY_0002
조사장소 : 전라북도 무주군 무주읍 읍내리 상리 마을회관
조사일시 : 2009.2.8
조 사 자 : 김익두, 허정주
제 보 자 : 이완영, 남, 82세
구연상황 : 상리 마을회관에 방문했을 때 이완영 어르신을 만나서 조사 취지를 설명하였
　　　　　다. 그러자 박두하 어르신의 전화번호와 댁 위치를 친절하게 소개해 주셨다.
　　　　　조사자들은 노인회관에서 이완영 어르신과 좀 더 이야기를 나누며 노래를 청
　　　　　하자 짧게 노래를 몇 마디 불러 주었다.

이팔청춘 소년들아 우리도 어젯날 청춘이더니
어이타 보닝까 백발 됐네

모심는 소리

자료코드 : 07_04_FOS_20090207_KID_LHY_0001
조사장소 : 전라북도 무주군 무주읍 읍내리 대교마을 노인정
조사일시 : 2009.2.7
조 사 자 : 김익두, 허정주
제 보 자 : 이호영, 남, 93세
구연상황 : 회관에 모인 청중 가운데서 한 분이 제보자를 오시도록 전화를 해서 제보자
　　　　　가 회관으로 나와 노래를 불러 주셨다. 제보자는 마을 노인정에서 제일 연세
　　　　　가 높다고 한다. 이복순 제보자가 모심는 소리를 한 소절 부르자 뒤이어 구순
　　　　　의 이호영 제보자가 노래를 불러 주었다.

남문을 열고 바래를 쳐니 계명산 산천이 밝아 오네

비는 철철 오시는데 임은 철철 가시는구나

해는 지고 검은 날에 골골마동(고을마다) 연기만 나네

노랫가락

자료코드 : 07_04_FOS_20090207_KID_LHY_0002
조사장소 : 전라북도 무주군 무주읍 읍내리 대교마을 노인정
조사일시 : 2009.2.7
조 사 자 : 김익두, 허정수
제 보 자 : 이호영, 남, 93세
구연상황 : 조사자와 청중 가운데 한 분이 제보자에게 모심는 소리를 요청하자 연세가
　　　　　높으신 제보자는 숨이 가빠서 모심는 소리는 길게 하지 못하고, 대신 노랫가
　　　　　락을 짧게 불러 주었다.

바람 불어 쓰러진 나무 눈비 온다 일어날까

송죽같이 곧은 절개 매 많이 맞는다고 일어날까

몸은 비로소 기생일망정 절개조차 없을쏘냐 얼씨구나 좋다

모심는 소리

자료코드 : 07_04_FOS_20090207_KID_JPO_0001
조사장소 : 전라북도 무주군 무주읍 읍내리 죽산마을 노인당
조사일시 : 2009.2.7
조 사 자 : 김익두, 허정주
제 보 자 : 정판옥, 여, 88세
구연상황 : 조사를 나갔을 때 여러 할머니들이 계셨는데 제보자는 적극적으로 이야기를
　　　　　건네셨다. 노래를 청하자 감기가 걸리셨다고 하면서 짧게 불러 주었다.

이 논배미 모를 심어 장잎이 훨훨 영화로다

서 마지기 논배미가 반달만치 남았구나

2. 무풍면

전라북도 무주군 무풍면 금평리

조사일시 : 2009.1.13, 2009.1.14
조 사 자 : 김익두, 김월덕, 백은철, 허정주

　금평리는 동쪽으로는 경북 김천시 부항면과 경계를 이루고, 서쪽으로는
금평천을 경계로 지성리와 마주한다. 금평리의 금척마을은 쇠 금(金)에 자
척(尺)을 쓰는데, 예전에는 '쇠자' 또는 '쇠재'라고 했다고 한다. 금척마을
의 명칭은 마을회관 뒤쪽에 있는 '옥녀봉'에 옛날에 하늘에서 선녀들이
내려와 베틀을 놓고 비단을 짜서 하늘에서 가져온 금자로 재어 주민들에
게 골고루 나누어주었다는 이야기에서 유래한다고 한다. 그 금자가 신통
력이 있다고 알려지자 병을 치료하려는 사람들이 전국에서 구름같이 마

을로 몰려들었다. 그러자 마을 사람들이 일도 하지 않고 수명이 늘어나 나태해지게 되고, 그래서 그만 금자를 옥녀봉 아래 베틀혈에 묻어버렸다고 한다.

나제통문 바깥쪽에 위치한 무풍면은 무주군의 6개 면 중에서 옛 신라 권에 속하여 언어나 풍습이 경상도와 비슷하고 생활권도 경상도이다. 3일과 8일 오일장이 서는데 상인들도 거의 경상도와 전라도가 더불어 상거래를 하고, 통혼권이 무주군내뿐만 아니라 경상도, 충청도까지 포함되어 지역감정 같은 것이 전혀 없다.

마을의 역사는 약 800년 정도로 추정하고 있으며, 최씨와 이씨가 마을에 먼저 정착을 했다고 한다. 한때는 120호까지도 거주했으나, 현재는 이농현상으로 약 50가구가 거주하고 있다. 특산물은 고냉지 사과가 유명하고, 그 밖에 호두, 오미자, 찰옥수수 등이 주요작물이다. 특히 호두는 품질이 아주 우수해서 일제시대 때 일본 와세다농대시범소가 이곳에 있었다고 한다. 현재 금척마을은 전통테마마을로 지정이 되어 전통 풍습이나 문화를 계승하는 데 앞장서고 있으며, 다른 마을과 차별화를 위해 노력하고 있다.

전라북도 무주군 무풍면 삼거리

조사일시 : 2009.1.30
조 사 자 : 김익두, 허정주

삼거리는 무주 구천동에서 거창으로 넘어가는 37번 국도가 개설된 무풍면의 남단에 위치하고 있다. 동쪽의 삼봉산과 남쪽의 빼재를 경계로 경남과 도계를 이루고 서쪽은 투구봉으로 부르는 흔들산을 사이에 두고 설천면과 면계를 이룬다. 경남과 경계인 빼재에서 발원한 물이 원당천을 이루고 오두재에서 발원한 오두천도 상오정 마을 앞에서 원당천과 합류한다. 남쪽에 위치한 삼봉산에서 발원한 물이 세 갈래 골짜기를 이루면서 서쪽으로 흐르다가 오도치 큰골에서 나온 물과 남쪽의 모도막골에서 흘러나온 물이 합류하여 원당천을 이루며 삼공리로 흘러간다. 삼거리에는 상오정, 원삼거, 독가촌 등의 자연마을이 있다.

상오정(上吾亭, 上梧亭)은 조선 인조 때 병자호란을 피해 들어온 사람들이 마을을 개간하고 개척하여 마을이 형성되었다고 한다. 현재 50여 호가 거주하는데, 마을에 콘도가 들어선 이후 인구 유입이 많아졌는데 거의 외부인이라고 한다. 생업은 논농사 외에도 고로쇠 및 약초 채취 등을 주로 하고, 또 관광 수입이 있어 다른 농촌에 비해 소득원이 다양한 편이다.

전라북도 무주군 무풍면 지성리

조사일시 : 2009.1.13, 2009.1.23
조 사 자 : 김익두, 김월덕, 백은철, 허정주

　지성리는 무주군의 동쪽 끝에 위치한다. 30번 국도를 따라 동쪽으로 가면 경상북도 김천시와 연결된다. 주변에 금평리, 증산리, 철목리, 현내리 등과 인접해 있다. 마을 남쪽으로는 해발 망덕산(해발 872m)과 경상북도와 전라북도 사이에 걸쳐 있는 대덕산(해발 1290m)이 솟아 있다. 마을 주위에 해발고도가 높은 산으로 둘러싸인 산간마을로, 논농사보다 밭농사를 주로 많이 한다. 주곡농업 외에 고추와 담배 등을 재배한다. 역사적으로 삼국시대에 신라에 속했던 곳으로 현재도 경상도와 접하여 언어와 풍속이 영남권과 매우 가깝다. 지성리는 율오, 율평, 오동, 서동, 부등, 모산 등의 자연마을로 이루어져 있다.

지성리는 연못이 있던 곳이라 하여 '못산(池山)' 또는 모산으로 부르는 마을이 있고, 마을 북쪽에는 왜적을 막기 위해 쌓았다는 성재가 있다. 이런 연유로 지산의 '지(池)'자와 성재의 '성(城)'자를 따서 지성리라 했다고 한다. 율오마을에 위치한 율평(栗坪)은 '밤불'이라고도 하는데, 옛날부터 밤나무가 많았던 들이라서 붙여진 이름이라고 한다. 오동(烏洞)마을을 둘러싼 대덕산에는 범바위가 있고 범바위 맞은편 동네 뒷산에는 까마귀바위가 있다.

부등(扶等)은 '불등'이라고도 불리는데, 모산, 서동마을과 인접해 있다. 부등은 물이 굽이치며 흐르는 곳이라 하여 한때는 '분천(汾川)'으로 불렸다고도 한다. 지형적 특성 때문에 주변이 기암절벽이 많고 부등에서도 쥐바위, 괘바위, 범바위 등 바위에 관한 이야기가 전해 온다. 마을 가까이에는 분양서원이 있는데, 본래 달성서씨 문중 자제들을 가르치기 위해 세운 풍성당(豊城堂)이라는 서당을 현재의 자리로 옮겨 수리하였다. 분양서원에서는 조선 초기의 충신 남은(南隱) 서섭(徐涉)과 조선 선조 때의 학자 취정(翠亭) 서효재(徐孝載)의 위패를 모시고 있다. 국무총리를 지내셨던 황인성 생가도 근처에 있다.

부등에서는 지금도 정월 대보름에 우물에서 매구를 치는 풍습이 남아 있다. 옛날에는 무풍면에 풍물대회도 있었는데, 부등마을의 풍물 팀이 상을 타서 도 단위 대회에도 출전하기도 했다고 한다. 옛날에 부등마을에는 마을 입구와 서낭당, 산제당에서 산제를 지냈으나 6·25 이후 단절되었다 한다.

전라북도 무주군 무풍면 철목리

조사일시 : 2009.1.14, 2009.1.22
조 사 자 : 김익두, 김월덕, 백은철, 허정주

　철목리는 무풍면 소재지에서 거창으로 이어지는 1089번 지방도로를 따
라 남쪽으로 가다가 오른쪽으로 위치한 마을이다. 철목리는 조선시대까지
증산리, 은산리와 함께 풍남면에 속해 있었다. 그러다가 1914년 행정구역
개편 때 무풍면으로 편입되면서 원철목을 비롯한 원들애, 괘바우, 소들
등의 마을을 한 행정구역으로 묶고 철목리라는 지명을 붙여 법정리로 삼
았다. 현재 철목리에는 원철목(元哲木), 묘암(猫岩), 우평(牛坪), 온월(溫月),
신기(新基) 등의 자연마을이 있다.

　높고 평탄한 지형으로 서쪽은 신라 때 화랑이 소요(逍遙)했다는 사선암
(四仙巖)이 설천면과 경계를 이루고, 북쪽은 무풍면 소재지인 현내리와 인

접해 있다. 동쪽은 지성리와, 남쪽은 은산리와 연접해 있다. 마을 뒷산인 사선암 산줄기에서 발원한 물이 수마실천, 철목천, 온월천의 세 줄기로 내려와 남대천과 합류한다.

철목리는 조선 세종대에 원주이씨 이여공(李汝恭)이라는 사람이 이 고을에 머물면서 마을을 이루었고, 그 뒤 안동권씨인 권칭(權稱)이 서울에서 이곳에 내려와 정착하게 되었고, 선조 11년에 순흥안씨인 안호라는 사람이 이거했고, 이어 전주최씨인 최영보가 보성에서 무주현감으로 왔다가 이곳에서 머물러 살게 되면서 마을이 크게 번창했다고 한다.

철목마을 안에는 근대 초기에 건립된 천주교회당 건물이 남아 있다. 이 마을에 천주교가 포교된 지는 100여 년이 되었다고 한다. 생업은 주로 농업이며, 밭작물로 고추를 재배하고, 그 외에 소득작물로 사과와 표고 등을 생산한다.

전라북도 무주군 무풍면 현내리

조사일시 : 2009.1.14, 2009.1.22
조 사 자 : 김익두, 김월덕, 허정주

현내리는 무풍면의 행정 중심지로서, 현재 면소재지이다. 옛 무풍현의 치소가 있던 곳이라는 뜻으로 현내(縣內)라는 이름이 붙여졌다. 대덕산에서 발원하여 서쪽으로 흘러가는 남대천이 있으며 주변이 해발이 높은 산악 지형이다. 현내리의 동쪽은 경상북도 금릉군과 도계를 이루고, 서북쪽은 두둘기라고 부르는 두평마을 뒷산에서 설천면과 면계를 이루며, 남쪽은 철목리와 금평리에 인접해 있다.

행정구역으로 전라북도에 속하지만 생활권은 김천과 거창에 두고 있으며 말투도 경상도 방언이 강하다. 마을에는 오래 전부터 영남과 문물을 교역하던 무풍장(茂豊場)이 있다. 조선 말기에 위기에 처한 명성황후를 모시기 위해 민병석이라는 사람이 99칸에 이르는 행궁을 세웠다고 한다. 명례궁으로 불리는 행궁은 일제강점기에도 있었지만 해방 뒤에 이리저리 헐려서 팔려나갔다고 한다. 현내리에는 고도, 북리, 상하, 원평 등의 자연마을이 있다.

고도(古島)는 현내리의 중앙에 위치하여 지형상 섬과 같다고 하여 붙여졌다고 한다. 또는 옛날에 사방이 냇물로 둘러싸여 섬을 이루었던 곳이라서 붙여진 이름이라고도 한다.

김양근, 남, 1927년생

주 소 지 : 전라북도 무주군 무풍면 현내리
제보일시 : 2009.1.14, 2009.1.22
조 사 자 : 김익두, 김월덕, 백은철, 허정주

충남 공주 태생으로, 20세에 처가가 있는 무주 무풍면으로 이주해 와서 줄곧 농업에 종사해 왔다. 고향에서는 모심는 소리를 배우지 못했고, 무풍으로 와서 논일을 하면서 어른들로부터 소리를 듣고 따라하게 됐다. 찬찬하고 점잖은 성격으로 보이며, 연세에 비해 목소리에 힘이 있고 노래를 즐기는 편이다. 모심는 소리 할 때 서로 노래를 주고받은 박순이 제보자는 김양근 제보자의 처남댁이다. 두 분은 젊어서 모를 심을 때 함께 소리를 주고받고 했다고 한다.

제공 자료 목록
07_04_FOS_20090114_KID_KYG_0001 모심는 소리
07_04_FOS_20090122_KID_KYG_0001 모심는 소리
07_04_FOS_20090122_KID_KYG_0002 상여 소리
07_04_FOS_20090122_KID_KYG_0003 천자 뒤풀이
07_04_FOS_20090122_KID_KYG_0004 창부 타령

김재식, 남, 1937년생

주 소 지 : 전라북도 무주군 무풍면 삼거리
제보일시 : 2009.1.30

조 사 자 : 김익두, 허정주

　무풍면 삼거리에서 태어나 줄곧 살아온
토박이이다. 안동김씨인 제보자는 선조가
200여 년 전에 무풍에 들어와 개척을 해서
정착을 해 살았다고 한다. 6·25 때 정부군
의 지리산 소탕 이후 현역으로 입대를 하였
다고 한다. 학교를 다닌 적은 없고 어려서
부터 많은 고생을 했다. 마을 어른들에게
들었던 유장군 이야기를 해 주셨는데 자세
하게 이야기하기보다는 대략적인 내용만 전달하였다. 삼거리가 경상도에
가까워 경상도 말씨를 썼다.

제공 자료 목록
07_04_FOT_20090130_KID_KJS_0001 덕유산 중인 오주사에게 죽임을 당한 유장군

김진관, 남, 1930년생

주 소 지 : 전라북도 무주군 무풍면 지성리
제보일시 : 2009.1.13
조 사 자 : 김익두, 김월덕, 백은철, 허정주

　충북 제천군 금성면 위림리에서 6형제의 막내로 태어났다. 6·25전쟁
참전 후 제대하여 고향에 돌아가서 농사를 짓다가 다시 일자리를 찾아 대
구에 정착했다. 약 25년 전에 부인과 사별한 후 큰딸 부부를 따라 무주
무풍면 율오마을로 와서 살고 있다. 이주 경력이 많은 만큼 말씨도 여러
지역 사투리가 혼합되어 있다. 제보자는 자신을 문맹자라고 하면서 배우
지 못해서 노래를 잘 하지 못한다고 겸손해 하였다. 그러면서도 민요란
것은 "일청 이곡조"라 청이 좋아야 듣기가 좋다는 자신의 생각을 표현하

였다. 노래를 할 때는 목소리가 매우 힘차고
생기가 넘쳤다. 율오마을에서 상여 앞소리
꾼을 맡아 왔다. 충청도 고향마을에 살 때
마을 청년들이 함께 회심곡 문서를 어른들
에게 빌려다가 배운 적이 있는데 그 사설을
아직도 기억하고 있으며, 상여 앞소리를 할
때 그 사설을 유용하게 쓰고 있다. 제보자는
어렸을 때 형들이 탄광에서 일하는 것을 봤

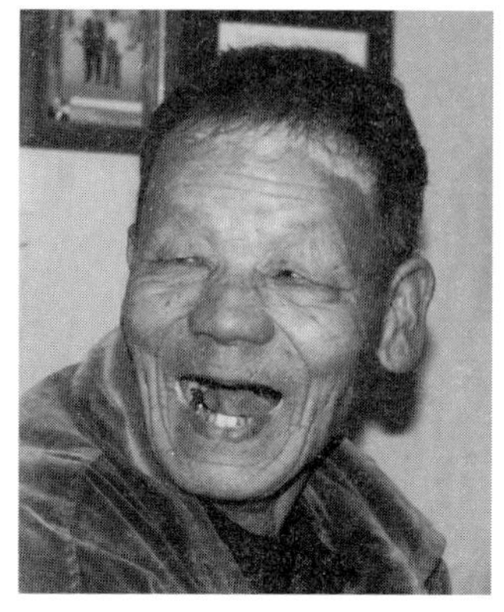

고, 거기서 들었던 막노동꾼들의 노래를 기억하고 있었다.

제공 자료 목록

07_04_FOS_20090113_KID_KJG_0001 상여 소리
07_04_FOS_20090113_KID_KJG_0002 목도질 소리
07_04_FOS_20090113_KID_KJG_0003 각설이 타령
07_04_ETC_20090113_KID_KJG_0001 탄광촌 노래

박금순, 여, 1939년생

주 소 지 : 전라북도 무주군 무풍면 금평리
제보일시 : 2009.1.14
조 사 자 : 김익두, 김월덕, 백은철, 허정주

무풍면 금평리 쇠재마을 할머니들은 대체
로 조용한 편이며 할아버지들과 함께 있는
자리에서는 거의 노래를 부르지 않았다. 할
머니방으로 옮겨 오자 몇 분이 노래를 부르
셨는데 제보자는 처음에 노래하기를 사양하
다가 조사자가 지정하여 요청한 노래를 아주
짧게 불러 주셨다. 제보자는 감기에 들어 마

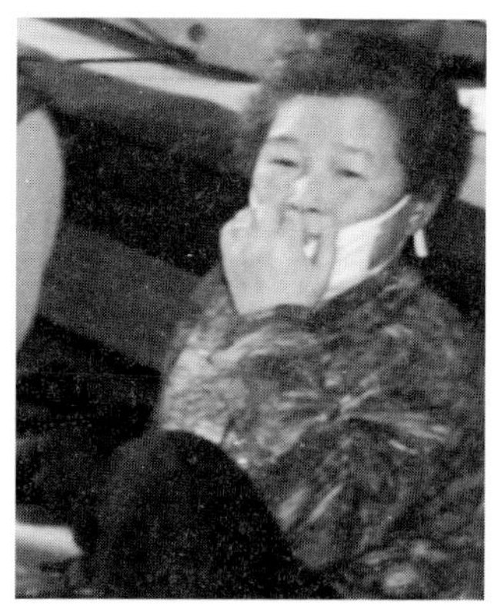

스크로 입을 막고 있었는데 마스크를 해서 사진을 찍고 싶지 않다고 했다.

07_04_FOS_20090114_KID_PGS_0001 잠자리 꽁꽁

박순이, 여, 1923년생

주 소 지 : 전라북도 무주군 무풍면 현내리
제보일시 : 2009.1.22
조 사 자 : 김익두, 김월덕, 백은철, 허정주

　　무풍면 현내리 고도마을에서 태어나고 자라서 결혼하고 지금까지 살고 있다. 제보자는 현내리를 자신의 "안태고향"이라고 하였다. 슬하에 8남 1녀를 두었으며, 농사도 좀 지었고 식당을 운영하기도 했다. 젊어서 놀기도 좋아하고 노래도 잘 해서 쾌활하고 잘 논다는 소리를 들었다. 연세에 비해 아직도 목소리가 곱고 흥이 넘쳤다. 농사를 지을 때는 집에 머슴을 두었기 때문에 본인이 논일을 직접 많이 하지는 않았지만 천성이 좋아서 일을 하러 논에 나가면 자녀들의 고모부 되는 김양근 제보자와 모심는 소리를 서로 주고받았다고 한다. 노래 안 한 지가 오래되어서 처음에는 노래가 생각날지 모르겠다고 걱정하였으나 김양근 제보자와 노래를 주고받는 사이에 차츰 옛 기억이 되살아나 노래를 해 주셨고, 제보자 자신도 그렇게 생각나는 것이 신통하다고 했다.

제공 자료 목록
07_04_FOS_20090122_KID_PSI_0001 아기 어르는 소리
07_04_FOS_20090122_KID_PSI_0002 자장가

07_04_FOS_20090122_KID_PSI_0003 시집살이 노래
07_04_FOS_20090122_KID_PSI_0004 창부 타령
07_04_FOS_20090122_KID_PSI_0005 청춘가
07_04_MFS_20090122_KID_PSI_0001 도라지 타령

서정덕, 남, 1933년생

주 소 지 : 전라북도 무주군 무풍면 지성리
제보일시 : 2009.1.23
조 사 자 : 김익두, 허정주

무풍면 지성리 부등마을에서 태어나 줄곧 살아온 토박이로, 농업에 종사해 왔다. 오랫동안 마을 이장일을 맡아서 해 왔다. 부등마을에는 달성서씨가 일족을 이루고 있어서 마을 분들 중에 달성서씨가 많았다. 달성서씨 종중에서 관리하는 분양서원에 대한 이야기와 부등마을 인근의 지명에 얽힌 이야기를 차분하게 들려 주셨다. 지성리가 경북 김천시와 지리적으로 가까워 제보자는 경상도 말씨를 썼다.

제공 자료 목록

07_04_FOT_20090123_KID_SJD_0001 쥐바위가 있는 서동과 괘바위가 있는 묘암의 유래

신영철, 남, 1931년생

주 소 지 : 전라북도 무주군 무풍면 금평리
제보일시 : 2009.1.14
조 사 자 : 김익두, 김월덕, 백은철, 허정주

무풍면 금평리에서 태어나 줄곧 살아온 토박이로 농업에 종사해 왔다.

마을에서는 엄익성(1931년생) 어르신이 상
쇠를 맡아 해 왔으나 제보자 역시 50여 년
전에 보름에 액막이를 하고 집터를 누르러
다니면서 성주풀이를 들었기 때문에 일부는
기억을 한다고 하였다. 목청이 상당히 크고
좋은 편이다. 회관에 모인 다른 어른들에 비
해 가창에 적극적이었고, 모심는 소리와 성
주풀이를 불러 주셨다.

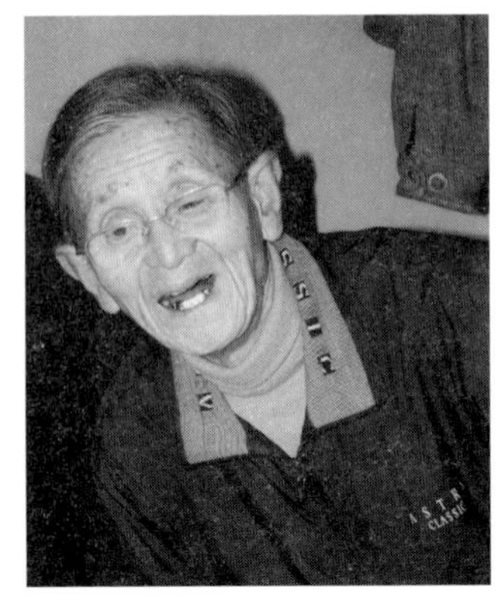

제공 자료 목록

07_04_FOS_20090114_KID_SYC_0001 모심는 소리
07_04_FOS_20090114_KID_SYC_0002 성주풀이

양남순, 여, 1936년생

주 소 지 : 전라북도 무주군 무풍면 금평리
제보일시 : 2009.1.14
조 사 자 : 김익두, 김월덕, 백은철, 허정주

무풍면 금평리 쇠재마을 할머니들은 대체
로 조용한 편이고 할아버지들과 함께 있는
자리에서는 노래를 거의 하지 않았다. 할머
니들은 할머니방으로 따로 옮기자 몇 분이
노래를 불러 주셨다. 제보자는 그 중에서
비교적 활발한 성격으로, 다른 할머니들이
노래하기를 사양할 때 먼저 노래를 몇 곡
불러 주었다. 말씨는 경상도 말씨를 썼고,
노래할 때 목청은 좋은 편이었다.

제공 자료 목록

07_04_FOS_20090114_KID_YNS_0001 나물 뜯는 소리
07_04_FOS_20090114_KID_YNS_0002 파랑새
07_04_MFS_20090114_KID_YNS_0001 도라지 타령

이권영, 남, 1931년생

주 소 지 : 전라북도 무주군 무풍면 금평리
제보일시 : 2009.1.14
조 사 자 : 김익두, 김월덕, 백은철, 허정주

　무풍면 금평리 태생으로 줄곧 마을에서
살아온 토박이로서 농업에 종사해 왔다. 무
풍면이 경북 김천과 가까워 경상도 말씨를
썼다. 회관에 모인 마을 분들 가운데서 제일
먼저 노래를 한 마디 하겠다고 나서 조용했
던 분위기를 전환시켰다. 마을에서 상여 소
리를 하였기 때문에 상여 소리를 몇 마디
해 주셨다. 약주를 약간 하신 상태라서 부분
부분 발음이 흐렸지만, 목소리가 매우 컸고 성심껏 노래를 불러 주셨다.
또 우스갯소리를 하면서 다른 분들이 노래할 수 있도록 분위기를 유도해
주셨다. 마을 분들은 제보자가 옛날에 노래를 참 잘한 사람이라고 하였다.

제공 자료 목록

07_04_FOS_20090114_KID_LGY_0001 상여 소리

이상문, 남, 1934년생

주 소 지 : 전라북도 무주군 무풍면 금평리
제보일시 : 2009.1.14

조 사 자 : 김익두, 김월덕, 백은철, 허정주

무풍면 금평리 태생으로 이곳에서 줄곧 살아온 토박이로 농업에 종사해 왔다. 무풍면이 경북 김천시와 가까워 경상도 말씨를 썼다. 처음에는 노래를 하지 않았으나 앞서 이권영 제보자가 노래를 하고 나서 주위에서 노랫가락 한 마디 해 보라고 자꾸 권하니 크고 힘찬 소리로 청춘가를 불러 주셨다.

제공 자료 목록
07_04_FOS_20090114_KID_LSM_0001 청춘가

이연희, 남, 1940년생

주 소 지 : 전라북도 무주군 무풍면 철목리
제보일시 : 2009.1.22
조 사 자 : 김익두, 김월덕, 백은철, 허정주

무풍면 철목리에서 태어나 몇 대째 살고 있는 토박이로서 생업은 농업에 종사해 왔다. 주위에서는 제보자의 선친이 풍수와 침술을 했는데 이웃에게 선행도 많이 베풀었다고 말했다. 제보자는 선친에게 물려받은 회심곡 책을 보유하고 있었는데 상여 소리를 하면서 노랫말에 회심곡 사설을 쓴다고 하였다. 최근에는 상여 소리를 하지 않아서

사설을 많이 잊어버렸기 때문에 실제 상황이 아닌 자리에서 기억으로만 소리를 할 수 없다고 거절하였다. 책을 보지 않고 하게 되면 사설이 어그

러져 잘 맞지 않고 괜히 그런 걸 녹음했다가 무식하다는 소리를 듣게 된
다면서 집에 가서 회심곡 사설이 적힌 책을 가져와서 그것을 보면서 가창
을 했다.

제공 자료 목록

07_04_FOT_20090122_KID_LYH_0001 남사고와 고시레의 유래
07_04_FOT_20090122_KID_LYH_0002 외나무다리에 나타났던 도깨비
07_04_FOS_20090122_KID_LYH_0001 액막이 타령
07_04_FOS_20090122_KID_LYH_0002 조왕굿 사설
07_04_FOS_20090122_KID_LYH_0003 회심곡

이종태, 남, 1933년생

주 소 지 : 전라북도 무주군 무풍면 철목리
제보일시 : 2009.1.22
조 사 자 : 김익두, 김월덕, 백은철, 허정주

　　무풍면 철목리 태생으로 13대째 이 마을
에 살고 있는 토박이이며 농업에 종사하고
있다. 점잖은 성격으로 연세에 비해 목소리
가 카랑카랑하고 힘이 넘쳤다. 1차 조사 때
는 지신밟기를 하면서 했던 성주풀이 사설
이 생각이 안 난다며 노래 부르기를 사양하
였으나 2차 조사 때 사설을 생각해 두었다
가 노래해 주셨다. 노래뿐만 아니라 제보자
가 어려서 들었던 이야기를 찬찬하고 자상하게 구연해 주셨다.

제공 자료 목록

07_04_FOT_20090122_KID_LJT_0001 이성계에게 정승을 제수받은 소금장수 배씨 후손
07_04_FOT_20090122_KID_LJT_0002 복 있는 부인을 만나 부자 된 노총각 몽달이
07_04_FOS_20090122_KID_LJT_0001 모심는 소리

07_04_FOS_20090122_KID_LJT_0002 성주풀이
07_04_FOS_20090122_KID_LJT_0003 객귀 물리는 소리

정차석, 남, 1933년생

주 소 지 : 전라북도 무주군 무풍면 지성리
제보일시 : 2009.1.23
조 사 자 : 김익두, 허정주

무주군 무풍면 금평리에서 태어나 48년 전
에 무풍면 부등마을로 이주하였다. 줄곧 고추
농사 위주로 밭농사를 해 왔다. 금평리가 경
북 김천시와 경계를 이루고 있어서 경상도
말씨를 썼다. 젊어서는 노래를 좋아하여 많이
불렀으나 오랫동안 부르지 않아 노랫말을 거
의 다 잊어버렸다 한다. 제보자가 노랫말이
막힐 때 회관에 모여 계신 분들이 노랫말을 
생각해서 알려주고 그렇게 도움을 받아 모심는 소리를 몇 소절 불러 주셨다.

제공 자료 목록
07_04_FOS_20090123_KID_JCS_0001 모심는 소리
07_04_FOS_20090123_KID_JCS_0002 상여 소리

진영숙, 여, 1952년생

주 소 지 : 전라북도 무주군 무풍면 현내리
제보일시 : 2009.1.22
조 사 자 : 김익두, 김월덕, 백은철, 허정주

고향은 공주 계룡산 근처인데, 설천면 두길리 구산마을로 시집을 갔다
가 다시 현내리 고도마을로 재가해서 살고 있다. 시집온 지가 약 2달밖에

안 되어서 연세는 많아도 매우 수줍어하였다. 사진을 찍으려 하자 다른 데로 시집을 가면 "영샘이 끊겨진다"라고 말하며 사진 찍히기를 거부하였다. 가늘고 여린 목소리로 베틀가를 불러 주었다.

제공 자료 목록
07_04_MFS_20090122_KID_JYS_0001 베틀가

최상철, 남, 1942년생

주 소 지 : 전라북도 무주군 무풍면 철목리
제보일시 : 2009.1.14, 2009.1.22
조 사 자 : 김익두, 김월덕, 백은철, 허정주

무풍면 철목리에서 태어나서 성장한 토박이로서 농업에 종사해 오고 있다. 마을 사람들은 제보자를 "체신은 작아도 야무지고 초성이 좋아 노래도 잘하고 웃기기도 잘하는 사람"이라고 평가한다. 주변에서 작은 고추가 맵다는 평판을 들으며 '멋쟁이', '재주꾼'으로 통한다. 성격이 매우 활달하고 신명이 넘친다. 꽹과리와 장구도 칠 줄 알며, 마을에서 모심는 소리와 상여 소리를 도맡아 했다.

제공 자료 목록
07_04_FOS_20090114_KID_CSC_0001 모심는 소리
07_04_FOS_20090114_KID_CSC_0002 논매는 소리
07_04_FOS_20090114_KID_CSC_0003 상여 소리
07_04_FOS_20090122_KID_CSC_0001 회심곡

덕유산 중인 오주사에게 죽임을 당한 유장군

자료코드 : 07_04_FOT_20090130_KID_KJS_0001
조사장소 : 전라북도 무주군 무풍면 삼거리 상오정 마을회관
조사일시 : 2009.1.30
조 사 자 : 김익두, 허정주
제 보 자 : 김재식, 남, 73세
구연상황 : 마을회관에 들어섰을 때 많은 주민들이 모여 있었는데 고로쇠나무에서 수액
　　　　　채취하기 위한 회의가 열리고 있었다. 조사자들의 의도를 말하자, 옆방에 상
　　　　　어르신들이 계신다고 알려 주었다. 어른들 서너 분이 계셔서 이야기를 들을
　　　　　수 있었다.
줄 거 리 : 덕유산에 오주사라는 중이 있었는데 마을에 있는 여인과 내통을 하였다. 그러
　　　　　다 여인이 아들을 낳아 아비 없이 유복자로 자랐는데 아이가 너무 총명하고
　　　　　재주가 많았다. 오주사가 자기 자식임을 눈치 채고 아이를 죽였다. 유장군이
　　　　　죽자, 임자 없는 유장군의 말을 붙들어다 달리게 했다는 달리밭골, 말을 묶어
　　　　　놓았다는 말거리, 말을 타고 넘었다는 빼재 등의 지명이 유장군과 관련된 것
　　　　　이며, 모두막골의 큰 바위에는 유장군의 말이 뛰었다는 말 발자국도 남아 있
　　　　　다고 한다.

(조사자 : 삼오정인가요?)

아니, 상, 상.

(청중 : 상오정.)

웃 상(上)자, 오동 오(梧), 정자 정(亭) 그랬어요.

(조사자 : 예, 여기에 무슨 오동나무 정자가 있었나요?)

그 뭐 뭐 유래를 잘 모르겠습니다마는 뜻은 그런 뜻인데.

(조사자 : 이 마을 이름에 대한 유래는 따로 들으신 바가 없으시고요?
혹시.)

뭐 저 저 인자 그 저 뭐여 복잡하게 그 이야기가 나오는데, 그저 뭐 저 저 옛날에는 왜 그 뭐 저 저 뭐라 그래, 전설적으로 그 이야기를 왜 하잖아. 근데 우리같이 무식한 사람이 그냥 생각으로는, 전설적으로 얘기도 근거 없는 이야기가 없을 거다 그런 말을 내가 하는데.

여 위에가 뭐 뭐 옛날에 뭐 어른들한테 뭐 전해져 오는 얘기가, 여기 뭐 옛날에 뭐 유장군이 났다, 뭐 말이 났다, 뭐 어데는 어떻게 해서 말거리다, 투구바위가 있다, 뭐 이런 소리를 많이 하더라고.

근데 그게 지방마다 왜, 지금은 학교를 통해 가지고 이름이 다 들어가지만은 옛날에는 숨은 인물밲이 없었잖아, 왜. 과거시험이나 보면은 들어가지. 그래서 그 전설 얘기가 근거 없이는 전설 얘기가 나올 수가 없다고 나는, 무식한 사람이 그렇게 이야기를 많이 하는데, 이치적으로 안 그렇습니까?

(조사자 : 그렇죠.)

옛날에는 숨은 인물이 그냥 지금처럼 실기를, 뭐 이래, 학교를 다니면서, 뭐 이래, 간판이 걸리는 게 아니고, 과거시험이나 쳐서 뭐 뭐 참 과거에 등급이나 되야, 등급이나 되야, 뭐 이름이 들어가고 그러지 않습니까, 옛날에는.

그래 인자 어른들한테 들은 얘기가 뭐 유장군이 나고, 뭐 말이 나고, 뭐 이런 얘기를 많이 해 쌓습디다. 그런 거를 내 들어 왔는데, 그게 또 언뜻 보면 또 그럴 듯하니 그렇더라구.

(조사자 : 고 이야기를 좀 아시는 대로 좀.)

그 이야기가 요 밑에 마을에 가면은, 내려 가이다 보면 쪼끔 가면 길가 마을이 있는데, 길가 마을에 호두나무가 있는데 옛날에는 그게 인자 집터였었다는데, 그 저 저 호두나무 아주 그 쭉 뭐야, 안채에, 말하자면 집이 한 채 있었대야. 거기에서 유장군이라는 유복자 장군이 났었다는데, 그 오주사라카는 중이, 덕유산 중이, 그 양반이 새치기, 엄마의 말하자면 새치기.(유장군의 어머니와 내통했다는 뜻으로 이야기함.) [옆에서 다른 제보자를 회관으로 나오라고 전화하는 소리에 제보자 이야기 소리가 묻힘.] 이 아이가 너무나 그 어렸을 때도 잔재주를 많이 부리니까, 아 이거 놔두면 안 된다고서는, 마 이래 해서 죽였는가벼 아마. 그래 가지고 묘를 썼다는 묘도 내가 가 보고 그랬는데.

(조사자 : 유장군이라는 사람이 났는데, 그 오주사라는 중이?)

어, 중이, 엄마의 말하자면 이래 새치기 영감 노릇을 했는가봐, 그 오주사라는 중이.

(조사자 : 유장군의 어머니가, 중, 오주사라는 중하고 관계를 맺었구만요?)

응, 그랬는데 이 아이가 너무 총명하고 그러니깐 이런 아이 놔두면 안 된다고서는 이래 해가지고 아마 죽였는개벼. 그런 얘기가 전해져 오드라고.

(조사자 : 아, 오주사라는 중이 죽었고만요?)

아니, 어린애가 죽었지, 유장군이.

(조사자 : 오주사라는 중이 죽었고만.)

아, 아, 암. 그런 이야기가 전해져 오드라고. 유장군 묘는 저 저 높은 산에 우리도 젊어서 다님서 묘는 우리도 봤어.

(조사자 : 유장군 묘가 현재 있고만요? 어디 있는가요?)

그 묘가 저 저, 이 밑에 마을에서 그 뒷산 산등이 굉장히 길차여, 상당히 날이 길어. 저 위 중간쯤 올라가다가.

(조사자 : 그 마을 뒷산에 있는가요? 그런데 그 마을 이름이 뭐예요?)

삼거리, 거기는 원삼거리고, 여기는 삼거리고.

(조사자 : 마을 이름이 원삼거리예요?)

응. 같은 리라도 거기는 원삼거리라 하고, 여기는 삼거리라 하고 그라지.

(조사자 : 그럼 유장군 묘도 현재 있고, 그럼 말거리 말은 또 유래가 없는가요?)

말거리라 하는 데가 그 마을 건너편에 그 골짜기 그 말거리란 고을인데, 그게 뭐 옛날에 그 뭐 저 저 그 뭐 용쏘(龍沼)라고 해 가지고 말이 났다고 해서 용쏘라고 했던 게 있었는데, 우리 어렸을 적에 장난을 많이 쳤었거든. 근데 지금은 많이, 그 쏘가 말하자면 물이 깊은 게 얕아졌더라고, 지금. 그리고 인자, 저 골짜구에 올라가면은 투구봉이라고 뭐 봉우리가 있고 그래.

(조사자 : 투구봉요?)

응.

(조사자 : 예. 그럼 유장군하고 뭔 관련이 있는 것 같습니다. 투구봉하고 말거리가.)

그렇지. 유장군하고 관계가 있다고 얘기를 하더구만. 그래 옛날에는 말이 유장군이 죽고 없으니까 삼일 만에 말이 나 가지고 막 뛰다니는 걸, 옛날에는 임자 없는 말은, 뭐 이래, 붙들어 가지고 어따(어디다) 뭐 이래 달린다고 그러대. 어다 갖다 맽긴다고 그래. 그래서 요 건너 골짜기 이 골짜기, 달리밭골이라는 골짜기고. 그래.

(조사자 : 유장군이 죽고 없으니까 말이?)

아마 말이 나 가지고 막 뛰다니 걸 붙들어서 임자가 없으면 옛날에는 어디다 갖다 맡기는 데가 있는갑더라고. 그래 달리밭골이라고 해서 요 골짝은 그래 또 이름이 돼 있고. 또 여 신풍령 고개 넘어가는 데가 옛날에는 빼째라, 빼재, 재 이름이. 그리 그래 말이 그래 뭐 저거 해서 그리 뺐다카고. 그래 빼재라카고. 옛날에 뭐 그런 말이 나오더라고.

(조사자 : 요 건너편 골짜기 이름은 뭐예요?)

어떤 거?

(조사자 : 뭐 말, 뛰어다니는 말을 갖다가 어떻게 했다는 골짜기 이름.)

그 골짜기 이름은 말거리.

(조사자 : 말거리.)

그 골짝 꼭대기에 아주 높은 데 투구봉이라는 큰 바위가 하나 있고 그래.

(조사자 : 그래서 그 골짜기에다 말을 어떻게 묶어 놨나요? 아니면 맡겨 놨나요?)

그 이야기는 자세히는 모르지. 뭐 대충 뭐 이야기를 들어 왔으니까.

(조사자 : 아, 그래서 그 마을, 골짜기 이름을?)

말거리.

(조사자 : 빼재는 아까 어르신 말씀이 왜 빼재라고 하신다고 그러셨죠?)

말을 타고서 넘어 갔다고 해서 그래 빼재라고 한다고 그러대. 저 우에 가면 뭐 큰 바위가 있는데 뭐 발 발자국이 있고, 우리가 뭐 바위에 올라 가서 말 발자국도 보고 그래 살았어. 이게, 왜 뭐 저 저, 옛날에, 뭐 저 저 뭐, 경남, 뭐 저 저 고성지방에 가면은, 뭐 저 저, 공룡이 뭐 살았다고 공룡 발자국 거 있잖아 왜. 그러듯이. 그런 식으로, 말이 막 뛰가면서 바위에 말하자면 디디고 뛰가니라고 그래 발자국이 생겼다고 이래 쌓어.

(조사자 : 지금도 어디 가면 말 발자국이 있나요? 말 발자국이.)

딱 하나 있어, 하나, 이래. 이 위에 올라가면은.

(조사자 : 거기 말 발자국이 있는 동네 이름이 뭐죠?)

거기가 저 저 그 골짜기 들어가는 입군데, 큰모두막골이라고 해서, 모두막골. 입구에 좌측에 보면은 바위가 하나 있어요. 근데 옛날에는 그 바위가 커 보였어, 지금은 얼마 안 되데 거.

(청중 : 지금은 얼마 안 돼.)

으응, 지금은 얼마 안 돼 보여. 옛날에는 그 바위가 큰 것같이 보이더만은. 뭐 특별한 건 난 모르겠네요. 그런 거는 들어 왔는데.

(조사자 : 유장군 전설이고만요 말하자면.)

아마 전설이라. 응.

쥐바위가 있는 서동과 괘바위가 있는 묘암의 유래

자료코드 : 07_04_FOT_20090123_KID_SJD_0001
조사장소 : 전라북도 무주군 무풍면 지성리 부등 마을회관
조사일시 : 2009.1.23
조 사 자 : 김익두, 허정주
제 보 자 : 서정덕, 남, 77세
구연상황 : 제보자는 전에 오랫동안 마을 이장을 했었기 때문에 마을에 대한 많은 정보
들을 갖고 계셨다. 이 마을은 서씨 집성촌을 이루고 있었다. 이야기 중간 중
간에 들어오시는 분들이 거의 다 일가친척이었다. 점심을 먹고 나자 제보자는
이야기가 생각이 났다면서 마을에 내려오는 이야기를 해 주셨다.
줄 거 리 : 옛날에 서수골이라고도 불렸던 서동(鼠洞)에는 쥐바우가 있었고, 마을 건너편
묘암(猫巖)에는 괘바우(또는 괭이바위)가 있었다. 일제 때까지만 해도 서동에
는 박부자라는 큰 부자도 살고 서동마을의 형편이 묘암보다 나았다. 그래서
서동마을에서는 풍수적으로 두 마을 사이에 다리를 놓으면 묘암에서 고양이
(괭이)가 건너와서 좋지 않다고 하면서 다리를 놓지 못하게 했다고 한다. 그
러나 지금은 사정이 바뀌어 서동보다 묘암의 형편이 더 낫다고 한다.

(조사자 : 처음부터 해 주세요.)

서동은 내내 이짝 우리 구역이라. 요 올라오는 오른쪽에 쪼그만 마을이
있어.

(조사자 : 예. 서동.)

옛날에 서수굴, 그라다가 인제 요새 행정구역으로는 서동. 또 저 건너,
다리 건너 보셨지요? 저게 덕지리로 가는 데.

(청중 : 괘바우.)

거기는 괘바우, 옛날에는 괘바우, 지금은 행정으로는 묘암. 거(거기)는
인자 괭이바우가 있어요. 그래 가지고 옛날에는 이쪽에 여기 사람들이 좀
괘바우 사람들보다 더 좀 형편이 나았어. 그래 가지고 일정(일제) 때는,
거 인제, 이 다리가 나무다리로 놔 졌었었어. 그래 가지고 마 거기를 고양
이가 와 가지고 지리를 거식(거시기)한다고 막 다리를 못 놓고라고 막 이

야단을 쳐 쌓대야. 요 건너 패바우하고 서동마을하고 그런 유래가 좀 있더라고.

그라고 대덕산에 보면요 그저 거 범바우라고 있습니다. 오동 위에, 거게, 그 바우도 거게 아주 참 잘생긴 바운데 그게.

그래 가지고 옛날 그 산소는 누구 산소락카더라? 숙환이?

(청중 : 수환이.)

(청중 : 수환이 산소락 하드라.)

(조사자 : 그러면 저기 다리를 놓아 가지고 무슨 한쪽이 더?)

아, 그래 가지고 못 놓코를(놓게를) 저게 다리를 못 놓코를 했었어. 패바위서 고양이가 건너온다고.

그랬더니 머 지금은 그런 것이 다 없어졌잖아. 옛날 미신이지 그게 다.

(청중 : 미신이라.)

(청중 : 지금은 다리를 다 놔가지고 머 인자 여가 못산다 해 쌓고 머 그라지.)

그래서 옛날 요량하면(같으면) 지금 좀, 옛날엔 거 박부자가 있고 이랬을 때는 부자 아니었었어요?

(청중 : 그렇지.)

(조사자 : 서동에 쥐바우가 있고.)

예, 패바우는 거.

(조사자 : 건너 마을.)

묘암, 패바우.

(청중 : 서동에는 말하자면 쥐바우가 있고.)

여기 소나무가 있는 데가 거 하나 있어요.

(조사자 : 그 패바우 있는 마을이 뭐죠?)

서동, 서승.

(청중 : 서승 아니고, 묘암.)

아니, 그건 괭이바우고, 쥐바우는 서동.

(조사자 : 예, 서동에는 쥐바우가 있고.)

괘바우는 괭이바위.

(조사자 : 묘암에는 괘바우가, 괭이바우가.)

응 맞아. 괭이바우가 있고.

(조사자 : 묘암을 옛날 이름은 뭐라고 불렀죠?)

묘암을? 괘바우.

(조사자 : 옛날에는요?)

예.

(조사자 : 그래서 다리를 못 놓게 했다는 거죠?)

예, 그런 말도 마이(많이) 있었어요.

(조사자 : 다리를 지금은 놓았는가요?)

예, 그럼은요. 옛날에 놓았지.

(청중 : 지금은 다리 놓았죠.)

동섭 씨하고, 거 머, 인○○ 이런 양반들이 그 때 동섭 씨는 아주 머 거
식(거시기)으로 혔지.

그라고 옛날에는 여게서 박부자라카는 사람이 서동에 참 부자였었어요.

(조사자 : 지금은?)

(청중 : 지금은 그런 부자 하나도 없어요.)

없지.

(청중 : 인제 괘바우만 못해요.)

못하지.

남사고와 고시레의 유래

자료코드 : 07_04_FOT_20090122_KID_LYH_0001
조사장소 : 전라북도 무주군 무풍면 철목리 철목 마을회관
조사일시 : 2009.1.22
조 사 자 : 김익두, 김월덕, 백은철, 허정주
제 보 자 : 이연희, 남, 70세
구연상황 : 노래판이 끝난 후에 이야기판에서 제보자는 남사고 이야기를 해 주었다.
줄 거 리 : 남사고가 자기 어머니 묘를 좋은 데 쓰려고 여덟, 아홉 번을 옮겨도 맘에 흡
족하지 않아 울고 있었더니 하늘에서 김제만경 들에 묘를 쓰라고 계시가 내
렸다. 계시에 따라 김제만경 들에 어머니 묘를 썼더니 그 들에 곡식이 되지
않았다. 그래서 그 할머니(묘 주인 할머니, 또는 남사고 어머니)에게 제를 지
냈는데 그 할머니가 고씨였다. 제를 지낸 후 "고씨네"를 부르면서 기원을 하
였는데 차츰 그게 변해서 "고시레"가 되었다는 것이다.

유두 때로나 이 지금도 왜 제사 지내고 어짜고 머 고사 하면 왜 고시레
하는 거 있지요? 고시레.

(조사자 : 고시레. 예.)

고시레 유래가 그전에 머 어른들 하는 얘기는 풍수, 저 남씨라는 풍수
가 있는데 이 풍수가 자기 엄마 묘를 아주 보니깨 명당 자리드랴. 그래서
이제.

(청중 : 남서구)

남사과라카든가 머 그런데.

(조사자 : 남사고.)

남사고. 그래 인제 그 사람이 자기 엄마를 거기 써야 되겠다 싶어 가지
고, 모르게 딴 사람 모르게 가서 혼자 밤에 가서 넘의 산이라 보니깨 인
제 묘를 썼는데 써 놓고 보니깨 또 장소가 또 틀린 기라. 자가 틀려. 그래
서 인자 또 밤에 가 혼자 파 가지고 요렇게 좀 틀어놓고 쓰고 그래 또 가
보면 또 자기 맘에 또 틀리고. 그래 가지고 거기서 여덟 번을 팠대요.

(청중 : 아홉 번. 아홉 번.)

아니. 여덟 번을 파고 묻기를 그러니까 여덟 번 파니까 처음에 묻은 거하고 열 번을 묻었지. 그래 가지고 십장. 열 번 장사하고. 십장팔구. 아홉 번 파고. 십장팔구 남사고야. 그래 놓고 하다하다 안 돼 가지고 어분드려 (분해) 가지고는 울고 있으니까 하늘에서 그라드래요.

"그래 십장팔구 남사고야 울기는 왜 우느냐."

(청중 : 구불십장 남사고야 누구 위해 썼냐고 그래.)

"너그 엄마 묏자리는 어느 징개맹개 어느 들에 그 들에 가서 묘를 써면은, 거기 갖다 써 놓으면 평생 밥은 얻어먹을 기니까 거기 갖다 써라" 그랬는데. 풍수가 하늘에서 그래 설명하는 소리를 듣고 거기다 묘를 써 놓고 나니까 그 들에 곡식이 안 되더래요. 그 들에.

(조사자 : 징개맹개.)

예. 징개맹개. 곡식이 안 되드랴. 그래 가지고 곡식이 안 되니께, 그 할머니가 고씨드래, 고씨. 그래 가지고 그 할머니한테 제사를 지내라.

(조사자 : 예. 어떤 할머니요?)

뫼 쓴 맹인. 죽은 할머니. 뫼 속에 들어간 할머니가.

(조사자 : 친할머니가?)

남사과 자기 엄마가. 남풍수 엄마 성이 인제 고씨드래.

그래 가지고 인제 묘를 쓰고 그 들에서 제사를 지내면서 인제 저기 고씨네 고씨네 고씨네 농사 좀 잘 되게 해 주십사 하는 것이 유래가 돼 가지고, 요즘은 고시레 고시레 그라지, 원칙은 그게 고씨네 고씨네 좀 잘 봐주시오 하는 뜻으로.

(청중 : 들에 가면 밥하고 반찬하고 바가지 담아 가지고 고시레 이러며 좀 내삐리고 그런 식이여.)

그래 가지고 그 할머니 제사를 지냉께 그래 농사가 잘 되더래요.

(조사자 : 근데 징개맹개에서는 농사가 잘 됐다 이 말이죠?) 그래서 하여튼 징개맹개 들인지 들은 확실히 모르는데 그전에 인제 어른들 모여 가

지고 풍수지리 나와 가지고 얘기가 나오면, 그래서 인제 명당이 아무리 명당이라도 죽은 사람하고 거 들어가는 명인하고 운이 맞아야 명당이지 명당이 아니라는 거.

그랑깨 집, 아무리 좋은 집에 들어가도 그 사람 운이 없으면 안 된다는 인제 그런 설화에서 아마 그런 얘기가 나왔겠지요.

외나무다리에 나타났던 도깨비

자료코드 : 07_04_FOT_20090122_KID_LYH_0002
조사장소 : 전라북도 무주군 무풍면 철목리 철목 마을회관
조사일시 : 2009.1.22
조 사 자 : 김익두, 김월덕, 백은철, 허정주
제 보 자 : 이연희, 남, 70세
구연상황 : 노래판이 끝나고 이야기판이 되자 이연희 제보자가 어떤 이야기든지 된다면 자신의 아버지가 직접 경험한 일이라며 도깨비 이야기를 하였다.
줄 거 리 : 이것은 제보자의 아버지가 직접 도깨비를 만나서 경험한 일이라고 한다. 동네로 들어오는 길목에 외나무다리가 있는데, 어느 날 제보자의 선친이 시장 나갔다가 늦게 돌아오는데 도깨비가 이름을 부르면서 같이 가자고 해서 어깨동무를 하고 동네까지 같이 왔다. 와서 보니 옷이 땀에 흠뻑 젖어 있었다고 한다. 도깨비가 많아서 그런지 어쩐지 그 후에 도로를 닦은 후에도 그 자리에서 사고가 많이 났다. 그래서 그 자리에서 굿을 크게 한 번 했더니 그 후에 사고가 덜 난다.

우리 여 무풍 지역은요. 요기 학교 있는 데서 여기 돌아오는 데 모랭이 있지요.

우리 부락 들어오는 데, 그 옛날에는 여 도깨비가 많았었대요.

(조사자 : 거기가요? 그 얘기 한 번 해주셔요. 도깨비 얘기.

(청중 : 알아야 하지.)

(조사자 : 동네 들어오는 다리 건너서요?)

다리 건너서 저쪽에 도깨비가 저 많았었다는데 우리는 도깨비를 보지도 않고 이래 아무것도 모르거든요. 그런데 이거는 인제 우리 아버님이 그 때는 다닐 때가 이 다리가 없고 이 냇가에 외나무다리였었어요. 외나무다리.

(조사자 : 나무다리?)

예. 나무다리. 나무다린데, 그 때만 해도 이 시장을 보러 다니면은 노인들이 지금은 차가 있고 하니깨 머 일찍 일찍 오고 하는데, 시장에 가면은 거 고깃집 같은 데 가서 술을 자시고 막 놀고 하다가 어둡게 밤 어둡게도 이래 걸어서 오시고 그러거덩. 아까도 얘기했지만 벌한이 사람들하고 자주 어울려 가지고 인제 그렇게 놀고 오시고 그러는데. 한 번은 여 오시다가 아, 그만 아버지 인제 이름을 명을 부르면서 같이 가자카드래요. 같이 가자카면서 뒤에서 어깨동무를 하고 이래 같이 왔어. 오다가 철목다리 여기 딱 외나무다리를 딱 건너는데 건너고 나니깨 없드래요. 그래 가지고 아버님이 집에까지 오지도 못했어요. 못 오고 손 거 머시라, 왜 여 한재댁 여기 방애 보던 사람. 원천재집에, 지금 원천재 집에 살던 사람. 손 뭣이.

(청중 : 이름이 손판수. 손판수.)

손판순가, 저쪽 아래채에. 그 집에 들어가 가지고 그만. 저, 저, 막 옷을 다 버려 가지고는 그 집에 들어가 가지고는, 아, 나 지금 막 떨면서 거, 저, 놀래면서 인제 그렇게 있응개 왜 그라냐카드랴. 그래 분명히 같이 온 사람이 없어져 가지고 내가 정신을 모르겠다고 말여. 그래 가지고 인자 그 집에서 그 양반하고 같이 우리 집까지 모시고 왔었거든요. 근데 보니까 온데 땀을 흘리고 막 옷도 다 젖고 막 엉망이 돼 가지고 왔었는데, 근데 그거는 얘기가 들은 것이 아니고 아버지가 직접 당한 일인데.

(조사자 : 경험을....)

예. 경험을 당한 일인데. 그래 거 머 도깨비가 많아서 그런지 어떤지 요즘에 도로 닦아 놓고 사고가 막 빗발치게 나요.

(조사자 : 그 근방에서요.)

그 근방에서 우리 앞.

(조사자 : 조그 근방이 어디냐면, 저)

모랭이 딱 돌아서면서 하이튼 여기 질 하나 보이는 데.

(조사자 : 현내리에서 다리 건너오면 거기 학교 있잖아요.)

학교 모랭이 딱 돌아가지고.

(조사자 : 모랭이 돌아와서 거기.)

돌아와 가지고 반듯한 코스 있지.

(조사자 : 반듯한 코스 직전.)

예. 하여튼 반듯한 코스까지. 그래 가지고 그전에는 거기서 햇불 같은 것도 보이데.

도깨비불이. 그러고, 하여튼 그래 그런지 어쩐지 저 도로 닦고 차 많이 다니고 나서는 어쩐지 그랬는데. 요즘에는 그래 가지고 면에서 우리 부락에서 가서 꽹매기 금방 성주풀이 식으로 막 뚜드리고 길굿을 한 번 했어요.

(조사자 : 그 길에서요.)

길에서. 우리 부락 들어오는 길에서. 그라고 나서는 쪼끔 들해요(덜해요). 하여튼 지금 저기에서 죽은 사람이 칠팔 명 거의 여남은 명 돼요. 그 위치에서만. 오토바이 타고 가다가도 휘떡 넘어져 죽고, 경운기 끌고 쿡 쑤셔 백혀(박혀) 죽고, 부부간에 차타고 가다가도 그만, 차도 많이 안 다치고 휘떡 넘어가 죽고. 그래 도깨비천이라고 그런데 인제, 저거는 옛날에도 어른들이 무슨 경험을 겪고 어떻게 됐는지는 모르지마는, 금방 나는 우리 아버님이 한번 술 잡수고 겪은 일인데 어쩐지 그래 그런지 사고가 빗발치게 나요. 그래 요즘에 굿을 하고 나서 좀 들하지.

이성계에게 정승을 제수받은 소금장수 배씨 후손

자료코드 : 07_04_FOT_20090122_KID_LJT_0001
조사장소 : 전라북도 무주군 무풍면 철목리 철목 마을회관
조사일시 : 2009.1.22
조 사 자 : 김익두, 김월덕, 허정주
제 보 자 : 이종태, 남, 77세
구연상황 : 노래판이 끝난 후에 옛날 이야기를 청하자 제보자가 먼저 그럼 심심하니 옛
날 동네 어른들에게 들었던 이야기 하나 해본다고 하면서 이야기를 시작했다.
제보자는 우리나라 수백 개 성씨 중에서 정승이 난 집은 몇 집 없는데 벌한
배씨가 정승을 냈다고 하였다. 이야기의 배경인 벌한 사람들이 자기들의 할아
버지가 정승을 했다고 자랑하는 것을 직접 들었다고 하며 이야기의 사실성을
강조하려고 했다.

줄 거 리 : 이성계가 나라를 차지하려고 팔도강산 산신에게 산제를 지내며 정성을 들이
는데 마지막에 덕유산에 와서 산제를 지냈다. 그 때 배씨 성을 가진 소금장
수가 소금을 지고 꺼름넝재를 넘다가 해가 져서 거기서 하룻밤을 자게 되었
다. 소금장수가 산신들이 이성계에게 나라를 맡겨야겠다고 합의하는 꿈을
꾸었다. 꿈에서 깨어 마침 산제를 마치고 내려가던 이성계와 마주치게 되고
소금장수가 자기 꿈 이야기를 해준다. 이성계는 천기가 누설될 것을 염려하
여 소금장수 사는 동네와 후손에 대해서 물어본 후 그를 죽인다. 이성계가
왕이 된 후에 소금장수 후손인 배씨에게 정승을 내려 주었다. 이야기의 배
경인 벌한은 설천면 구천동 쪽으로 가다보면 두길리가 있는데 두길리의 맨
끝동네이다.

배씨가 정승 낸 줄 알아요 몰라요?

(조사자 : 몰라요. 정승 얘기 해주세요.)

(조사자 : 그거 한 번 해주세요. 그 얘기 좀.)

배씨가 정승을 했는데 어떻게 정승을 했느냐 하면 이성계가 나라를 차
지할라고 팔도강산에 산제를 다 지냈어. 팔도강산 다 지내고는 여 무주
덕유산에 거, 저, 와 가지고 마지막 산제를 지내는데 거 꺼름넝재라카는
데가 있어. 꺼루미넝재. 거 리조트 있는 뒤고재에 껄넘능재라고 있다고.

(조사자 : 꺼리먹는재?)

껄넘능재. 꺼름넝재라고 이라거든. 꺼름넝재인데 거기 나무가 있어요. 나무가. 배가 시조가 소금을 지고는 그 날망을 가다가 날이 어두워 가지고 거기 자게가 됐어. 밤에. 소금 지고 자게가 됐다 이 말이라.

(조사자 : 껄넘재를 넘다가?)

재를 넘어서 딴 동네로 가다가.

(조사자 : 껄넘재가 어디에 있어요?)

저 리조트 뒤에. 거기가 인자 꺼름넝재거든. 거길 넘어가면 안성이라카는데 그리 넘어가다가,

(청중 : 옛날엔 그리 질러 대녔어.)

밤이 저물어 자는데 꿈을 꾸니까 허연 영감님이 올라오면서

"이 사람아 저 이성계가 저 위에 산제 지내로 가는데 자네 음복하러 안 갈랑가?" 그라드라네.

(조사자 : 음복하러?)

예. 음복하러. 영감님이 나와 가지고

"아이 내 집에는 손님이 들어가지고 그래 저 음복을 못하러 가게 생겼으니 자네들이나 잘 하고 오게."

그래서 인제. 그라고는 올라갔다 이 말여. 꿈에.

(조사자 : 허연 노인이.)

예. 꿈에. 그래서 한참 있응개 또 꿈에 영감들이 내려온단 말여. 영감이. 그래,

"이 사람아 이성계가 산제 잘 지냈든가?"

"아 정성을 잘 들여 가지고 이성계한테 이 나라를 맽겨야 되겠네."

그라고는 없어졌단 말이요. 그라고는 깨서 봉개 새복(새벽)이라. 아, 그거 희한하다 싶은데 조금 있응개 이성계가 산제를 모시고는 내려왔단 말여.

(조사자 : 어디 산에다가요?)

덕유산에다가.

(조사자 : 덕유산.)

예. 산제를 모시고 내려왔어. 내려와 가지고는 봉개 사람이 하나 있거든. 그래 갖고 대근하고 쉬어 가지고 갈라고 인제 이런 얘기 저런 얘기를 걸으니까 그 소금장사가 머라카는 게 아니라,

"아 이 나 여 손님 희한한 밤에 여기 자다가 꿈을 꿨소." 이라드라네. 그래,

"무슨 꿈을 꿨는가?" 하고 물으니께

"여 저 꿈을 꾸매 하얀 영감들이 올라가면선 이성계가 여기 산제를 지내로 모시로 올라갔는데 산제를 지내고 내려오면서 이성계가 정성이 좋아서 그래 나라를 맽기기로 우리가 결정하고 오는 판이라고."

이렇게 꿈을 꿨다 이라드라네. 이성계가 가만 들응개 클났거든. 그 말이 외부에로 저 많이 번지면 안 된단 말이여. 그래,

"당신 어데 있소?" 그랑깨로

"벌한이라카는 데 어느 동네 있소." 그러니까.

(조사자 : 보라가 어디에요?)

벌안이라고 여 있어요.

(조사자 : 벌안?)

벌안이. 벌안이라고. 그래서 인자,

"아들은 몇이고 딸은 몇이요?" 이라니까

"아들이 형제고 딸이 하나 있고." 그렇다카드라네.

"아들 이름이 뭐냐?"

아들 이름 적고 딸 이름 적고 그라고 나서는 모가지를 칼로 모가지를 쳐 뻐렸어. 쳐 가지고 없애 뻐릿어 그 사람을.

(조사자 : 소금장사를?)

예. 소금장사를 없애 버렸어. 없애고 인자 서울 올라가 가지고는 왕권

을 잡았단 말여.

(조사자 : 왕권을 잡은 다음에)

잡아 가지고는 배가를 불러다가 공부를 갈쳐 가지고 초대 정승을 줬대야. 그런 전설이 있어요. 그런 전설이. 배가가 정승이 나왔어. 배가가.

(조사자 : 어디? 그 사람 정승 나온 데가 어디에요?)

벌안이라카는 배씨가. 성산 배가. 성산 배가가 정승을 했다 이 말여.

(청중 : 설천면 두길리)

(청중 : 대불리)

(조사자 : 대불리?)

(청중 : 대불리가 아니고 거기가 두길리.)

내가 그런 얘기를 전승으로 들었다 이 말여. 그러니까 볼한이 배가가 정승 났다고 배가들이 배 벗고 우리는 뒤에서 할아버지가 정승을 했다고 이래 이래.

복 있는 부인을 만나 부자 된 노총각 몽달이

자료코드 : 07_04_FOT_20090122_KID_LJT_0002
조사장소 : 전라북도 무주군 무풍면 철목리 철목 마을회관
조사일시 : 2009.1.22
조 사 자 : 김익두, 김월덕, 허정주
제 보 자 : 이종태, 남, 77세
구연상황 : 일주일 전 사전조사에서 생각이 안 나서 못했던 이야기를 해 주셨다. 노래판
          이 끝나자 자연스럽게 이야기판이 되었고 제보자가 먼저 심심하니까 숯굽재
          이야기를 해주겠다고 하면서 이야기를 시작하였다.
줄 거 리 : 몽달이라는 사람은 본래 양반이었지만 숯을 구워 살고 있는 노총각이다. 백정
          이 딸이 셋 있는데 딸을 몽달이에게 시집보내려고 물어보니 다른 딸들은 몽
          달이한테 시집가기를 거부하고 막내딸은 승낙했다. 막내딸이 시집을 가서 몽
          달이가 일하는 숯 구덩이에 밥을 해서 가져갔다가 그 입구를 막아놓은 것이

금인 것을 발견하고 남편을 시켜서 금을 내다 팔게 해서 부자가 되었다. 제 보자는 이 이야기가 경남 거창에 유래가 있고, 남자가 복이 없어도 복이 있는 여자를 만나면 잘 산다는 이야기라고 하였다.

숯굽재 얘기 한 번 해 보까요?

(조사자 : 숯굽재?)

숯 굽는 사람 얘기를 한 번 해 보까? 심심항깨. 옛날에 거 몽달이가.

(조사자 : 몽달이가 머예요?)

장개 못간 게 몽달이지. 장개 못간 사람이 몽달이 아니라. 총각. 총각. 노총각. 하나 있었는데. 거창 여, 경상남도 거창이라카는 데가 유래가 있는데. 백정이 있었어. 백정이. 딸이 저 참 이쁜 딸을 백정이 삼형제를 뒀는데, 그래 저, 시집을 보낼라카니 백정 딸이라 시집을 갈 수가 있어? 그래 인제 몽달이가 숯을 굽고 불쌍한 사람이 있어. 거 양반이거든.

그래도 양반이라 그리 시집을 보낼라카니까 큰딸한테 물으니까 안 갈라카드랴. 작은딸한테 둘째 딸한테 시집을 안 갈라카드라네. 셋째 막내딸한테 저 아무개 거 숯 굽는 사람 그 총각 몽달이한테로 시집갈래 그랑개 간다카드라네. 백정이 인자 그리, 그 사람한티 시집을. 사우를 삼았어. 사우를 삼았는데, 거저, 사우 되는 사람이 복이 그렇게 없어. 복이.

(조사자 : 예. 몽달이가.)

복이 없어 가지고. 빌어먹을 복이라. 팔자가. 사우를 삼고 봉개 사주가 빌어먹을 복인데 여자라도 복이 있는 사람이 있어야 되거든. 그래 숯을 굽는데 인제 밥을 해 가지고 갔드랴. 밥을. 부인이 밥을 해 가지고 숯구데기 가니깨 숯구데기 히망돌을 금으로 이래 해 놨드랴. 금으로.

(조사자 : 금으로 뭘?)

금으로 숯구뎅이를 막은 데를 금돌을 갖다 해 놨드랴. 금돌을. 금돌을. 그 여자가 부인이 보니까 금돌이거든. 아, 그 참 희한한디 그 뒤를 나오니 분명히 금돌이라. 그래 가지고는 저 그 이튿날 밥을 해 가지고 가서 작대기를 가지고 가서 숯구뎅이를 쌔려뿌샀단 말여. 그란개로 왜 이라냐 카드랴.

"당신 이 숯 안 꾸워도 먹고 살티니깨 내 말만 들으라고."

"그래 뭘 먹 사냐." 그게.

돈 되는 게 금이라카드라네. 참말로 금이라카니까 참말로 금이라카드 래. 그래 가지고 거 꺼내 가지고 시까(씻어) 가지고 보니깨 금덩이리가 이 만 하단 말여. 이 놈을 가지고 집에 가져 내려와서 짚으로 인제 꺼적이를 묶어 가지고 서울 상감님한테로 갖다 주라카드라네.

그래 가지고 가 가지고 거 가 가지고 나라 상감님한테 봉개 순 금덩어 리거든. 금덩어리 부자 아니라? 그래 돈을 줘 가지고 복 없는 사람이 부 인을, 복 있는 부인을 만나 가지고 몇 백 석을 하고 살았댜. 거창이라카는 데서.

모심는 소리

자료코드 : 07_04_FOS_20090114_KID_KYG_0001
조사장소 : 전라북도 무주군 무풍면 현내리 고도 마을회관
조사일시 : 2009.1.14
조 사 자 : 김익두, 김월덕, 허정주, 백은철
제 보 자 : 김양근, 남, 83세
구연상황 : 마을 어르신들이 회관에 모여서 놀고 계시다가 방문 취지를 설명하자 김양근
　　　　　제보자를 추천하였다. 제보자는 모심는 소리 한 토막을 불러 주셨고 더불어
　　　　　옛날에 같이 소리를 주고받던 박순이 할머니를 추천하였다. 박순이 할머니를
　　　　　마을회관 할머니방에서 만났으나 바로 생각이 잘 안 난다고 해서 다음 주에
　　　　　두 분 제보자를 모시고 다시 녹음하기로 약속했다.

　　　오늘 해도 다 됐는가 골골마다 연기 나네
　　　우련님은 어디를 가고 저녁밥 먹으러도 안 오시나
　　　서 마지기 논배미가 반달만치 남어가네
　　　지가 무슨 반달이냐 우련님이 반달이지
　　　진주남간(진주 남강) 공골못에 연밥 따는 저 큰아가
　　　연밥일랑 내 따주마 이내 품 안에서 잠들어라

모심는 소리

자료코드 : 07_04_FOS_20090122_KID_KYG_0001
조사장소 : 전라북도 무주군 무풍면 현내리 고도길 22 김양근 제보자 자택
조사일시 : 2009.1.22
조 사 자 : 김익두, 김월덕, 허정주
제보자 1 : 김양근, 남, 83세

제보자 2 : 박순이, 여, 87세
구연상황 : 1월 14일에 미리 부탁을 드렸던 제보자 두 분(김양근, 박순이)을 모시고 제보
자(김양근) 자택에서 노래를 녹음하였다. 제보자들은 서로 인척관계로서 옛날
에 함께 모를 심을 때 소리를 주고받은 기억을 되살려 교환창으로 모노래를
불러 주었다. 다른 마을에서 시집온 지 얼마 안 되는 진영숙(1952, 임진생,
여, 58세)과 김양근의 이웃 김현국(1934, 갑술생, 남, 76세)이 함께 하였다. 박
순이 제보자는 지난 주에는 노래가 기억이 안 난다고 하였지만 한 번 노래가
나오자 새록새록 기억이 난다며 자꾸 불러 주었고, 김현국은 상여 소리 뒷소
리를 해 주었다.

서 마지기 논배미가 반달만치(반달만큼) 남어 가네

제가 무신(무슨) 반달이냐 초승달이 반달이지

초승달만 반달이냐 우련 님이 반달이지

이 논배미 모를 심어 장잎 나서 영화로세

[둘이 함께] 어린 동생 곱게나 길러 갓을 씌와(씌워) 영화로세

농청 농창 베루(벼루)에 끝에 무정하요 정오라버니

[둘이 함께] 나도 죽어 후세상에 가면 낭군부터 섬굴라네(섬길라네)

진주 난강(남강) 공골못에 연밥 따는 저 큰아가

연밥 줄밥 내 따야 줌세 요내 품에 잠들어 주게

해는 지구(지고) 날은 저물어 가는데 처녀 둘이 도망가네

우련 님(우리 님)은 어데(어디)를 가시고 저녁 할 중(줄) 모르시나

오늘 해는 다 갔는데 골골마동(골골마다) 연기 나네

우련 님(우리 님)은 어데를 가시고 저녁할 줄 모르시나

다폴다폴 다박머리 해 다 진데(해 다 졌는데) 어데 가나

[둘이 함께] 우리 엄마 산소 등에 젖 먹으로 나는 가네

물꼬 철철 물은 넘어 가는데 쥔네 양반 어데 갔소

살포질포(삽의 일종) 양손에다가 들고 작은마누라 집에 놀러 왔네

저 건너라 황새야 등에 청실홍실로 그니(그네)를 맸네

임이 띠만(뛰면) 내가야 밀고 내가 뛰면은 임이 밀어

[둘이 함께] 임아 임아 줄 살살 밀어라 줄 끊어지면은 영 이별한다

서울이라 낭기(나무) 없어 금봉채(금비녀)로 다리 났네(놨네)

그 다리를 건널라니(건너려니) 쿵쿵 절사 소리 나네

서울이라 유다락에 금비둘기 알을 났네

[둘이 함께] 만져 보고 지어나 보고(쥐어나보고) 못 가져온 기(게)
후회로세

서울 가신 선배뉨요(선비님요) 우리 선배 안 오시오

[둘이 함께] 오시기야 오데요마는 칠성판에 실려 와요

요 논배미 모를 심어 장잎 나서 영화로세

[둘이 함께] 어린 동생 곱게나 길러 갓을 씌와(씌워) 영화로세

해 다 지고 저문 날에 처녀 서이가(셋이) 뒷골재로 넘나드네

[둘이 함께] 석 자 수건 목에다 걸고 총각 서이가(셋이) 뒤따라가네

저 건너라 줄뽕낭케(줄뽕나무에) 머리 좋고 키 큰 처녀 줄뽕낭케
걸앉았네(걸터앉았네)

울뽕줄뽕 내 따줌세 요내 품에 잠들어 주게

살랑살랑 부는 바람 우련 님(우리 님)의 한삼바람

[둘이 함께] 지가 무슨 한삼바람 꽃 필라고 부는 바람 이후후후후

늦어가네 늦어가네 점심참이 늦어가네

질과 같은 독 안에서 쌀 퍼지라고 늦었는가

숟갈 닷 단 열닷 단 시아레다가 보니(헤아리다보니) 늦어가네

다폴다폴 다박머리 해 다 젼데(해 다 졌는데) 어데 가나

우리 엄마 산소메에(산소묘에) 젖 먹으로 나는 가요

오늘 해는 다 갔는데 골골마동 연기 나네

우련 님은 어데를 가고 저녁할 줄 모르는가

상여 소리 / 달구 소리

자료코드 : 07_04_FOS_20090122_KID_KYG_0002
조사장소 : 전라북도 무주군 무풍면 현내리 고도길 22 김양근 제보자 자택
조사일시 : 2009.1.22
조 사 자 : 김익두, 김월덕, 허정주
제 보 자 : 김양근, 남, 83세
구연상황 : 상여 소리를 해 달라고 요청하자 정초부터 집구석이 재수 없어서 안 된다고
하였으나 재청하자 노래를 해주었다. 상여 나갈 때는 회심곡으로 주로 하고
어헝소리도 하는데, 그 중에서 어헝소리와 산에서 봉분 다질 때 하는 '달구
소리' 몇 마디를 해 주었다. 달구 소리 후렴은 청중으로 앉아있던 이웃사람
김현국이 해 주었다.

07_04_FOS_20090122_KID_KYG_0002_s01 〈상여 소리〉

[첫번째 나갈 때 후렴이 어하허 어허헝이라고 제보자가 설명한다.]

간다간다 나는 간다
어허헝 어허헝
집을 두고 나는 간다
어허헝 어허헝

[집을 떠나면 소리가 달라진다고 제보자가 설명을 한다.]

인자 가면은 언제나 오나
어허헝 어허헝
내년 이때 춘삼월이
어허헝 어허헝

[여러 가지 소리를 하다가 장지가 보이면 다 온 것이라고 제보자가 설
명한다.]

어허 어허

북망산천이 멀다고 하더니

어형 어형

다 왔구나 다 왔구나

어허어 어허어

불쌍하고 가련하다

어허영 어허어

친척집이라고 찾어가니

어허어 어허어

객귀라고 해물리고

어허어 어허어

친구집이라고 찾어가도

어허어 어허어

객귀라고 해물리고

어허어 어허어

갈디 올디(갈 데 올 데) 없는 신세

어허어 어허어

가련하고 불쌍하다

어허어 어허어

07_04_FOS_20090122_KID_KYG_0002_s02 〈달구 소리〉

어허루항 달구여

[여럿이 "달구여" 소리를 한다고 설명하고, 김현국이 그 소리를 한다.]

연니봉(연지봉) 날줄기가 뚝 떨어져서 이 못자리가 생겼구나

[또 "달구여" 소리를 한다고 제보자가 설명한다.]

    이 뫼 쓰고서 사흘 만에면 당대발복이 되리라
    어허어 달귀여

천자 뒤풀이

자료코드 : 07_04_FOS_20090122_KID_KYG_0003
조사장소 : 전라북도 무주군 무풍면 현내리 고도길 22 김양근 제보자 자택
조사일시 : 2009.1.22
조 사 자 : 김익두, 김월덕, 허정주
제 보 자 : 김양근, 남, 83세
구연상황 : 박순이 제보자와 서로 노래를 주거니 받거니 하다가 분위기가 고조되자 천자
    뒤풀이를 해 주겠다고 하면서 노래를 불렀다.

    하늘 천 자 따 지 땅에다 집 우 자로다 집을 짓고
    날 일 자 영창문에다 달 월 자로다 달어 내고
    밤이면은 임을 모셔다 별 진 잘 숙
    앞동산엔 봄 춘 자요 뒷동산에는 푸를 청 자
    가지가지 꽃 화 자요 굽이굽이는 내 천 자라

창부 타령

자료코드 : 07_04_FOS_20090122_KID_KYG_0004
조사장소 : 전라북도 무주군 무풍면 현내리 고도길 22 김양근 제보자 자택
조사일시 : 2009.1.22
조 사 자 : 김익두, 김월덕, 허정주
제 보 자 : 김양근, 남, 83세
구연상황 : 제보자들이 술도 한 잔씩 하시고 분위기가 무르익자 제보자가 놀 때 부르는

창부 타령을 불렀다.

아니- 아니 노지는 못하리라

해는 지고 날은 저문데 옷갓(옷것)을 하구서 어데를 가요

작은마누라한티를 갈라거들랑 나 죽는 꼴을 보고 가지

작은마누라 집은 꽃밭이요 나의 집은 연못이라

꽃과 나비는 봄 한철인데

연못에 갇힌 금잉어는 하시하철 한때로다

따러가지요 따러를 가지 우런 님을 따러가지

천 리라도 따러를 가고 만 리라도 따러가지

임도 뺏긴 이내 신세 누구를 믿구서 산단 말이냐

임한테 갈라고 기른 머리 따듬어(다듬어) 빗었더니

동남풍이 불어서 다 흔틀어졌구나(흐트러졌구나)

너 하나 사겨(사귀어) 볼려구 그 많던 재산 다 버리고

속의 속정 정들었던 임은 나를 버리고 어디를 가나

날 버리고 가는 너는 십 리도 못가서 발병이 난다

상여 소리

자료코드 : 07_04_FOS_20090113_KID_KJG_0001
조사장소 : 전라북도 무주군 무풍면 지성리 율오마을 김진관 제보자 자택
조사일시 : 2009.1.13
조 사 자 : 김익두, 김월덕, 허정주, 백은철
제 보 자 : 김진관, 남, 80세
구연상황 : 율오마을은 조사자가 1990~1991년에 MBC 한국민요대전 민요 채록 당시 조
사했던 마을로, 당시에 민요를 구연해 주셨던 많은 분들이 작고한 상태였다.
김진관 옹은 MBC 한국민요대전 녹음에는 참여하지 않았으나 이 마을 상여
소리 앞소리꾼을 오래 맡아왔기 때문에 상여 소리를 부를 수 있었고, 이 외에

도 목도소리, 각설이 타령을 불러 주었다. 민요대전 이후에도 조사자가 민요 조사차 김진관을 만난 적이 있어서 이번 조사에서 녹음에 적극적으로 협조해 주었다.

가네 가네 나는 가네 황천길로 돌아가네
황천길이 멀다더니 대문 밖이 황천일세
인제 가면 언제 오나
가마솥에 푹 삶은 개가 경경 지스면(짖으면) 오마더냐
오호이 오호호

[상두꾼들이 뒷소리를 이렇게 한다고 설명한다.]

실광(살강) 밑에 찐 조밥이 싹이 나면 오마더냐
오호이 오호홍
여보시오 청춘들아 백발보고 웃지 마라
나도 어저께 청춘일러니 오날(오늘) 백발 한심하다
실광(살강) 밑에 찐 조밥이 싹이 나면 오마더냐
가마솥에 푹 삶은 개가 경경 지스면(짖으면) 오마더냐
평풍(병풍)에도 그린 닭이 꼬꼬 하면 오마더냐

[사설의 의미를 설명한다.]

먼뎃사람 듣기 좋게 가까운뎃사람 보기 좋게
오호호 옹헤야

[조사자가 제보자에게 후렴소리를 부탁하자 다시 후렴소리를 해 준다.]

오호오 옹헤야

목도질 소리

자료코드 : 07_04_FOS_20090113_KID_KJG_0002
조사장소 : 전라북도 무주군 무풍면 지성리 율오마을 김진관 제보자 자택
조사일시 : 2009.1.13
조 사 자 : 김익두, 김월덕, 허정주, 백은철
제 보 자 : 김진관, 남, 80세 외 1인
구연상황 : 제보자는 조사자가 수년 전에 만난 적이 있어서 조사의 취지를 쉽게 이해하
고 노래를 불러 주었다. 목도질 소리는 두 사람이 서로 주고받는 형식으로 한
다. 구연상황에서는 제보자가 소리를 할 수 있도록 조사자가 소리를 받아 주
었다.

어야차 어야차 아

어야차

어야차

어야차

어야차

차제-

차제-

간다-

간다-

어야차

어야차

어영차

어양차

어에

어에

[지나가는 사람한테 욕을 한다고 설명한다.]

목도질 소리

저기 가는 허양

[지나가는 사람은 자기 욕을 하는 줄을 모른다고 설명한다.]

저기 가는 허야
저기 가는 허야
저 처자 허양
바라― 허야
잘두나 허야
빠졌네 허야
인물도 허야
그럴싸 허야
한데 허여차 허야
우리이 허야
저기 가는 허야
저 처자 허야
빠지기는 허야
잘 빠졌네 허야
어여차 허야
인물은 허야
잘 빠졌지만 허야
걸어가는 허야
자체(걸어가는 자태를 말한다 함.)는 허야
삐딱걸음이다 허야

각설이 타령

자료코드 : 07_04_FOS_20090113_KID_KJG_0003
조사장소 : 전라북도 무주군 무풍면 지성리 율오마을 김진관 제보자 자택
조사일시 : 2009.1.13
조 사 자 : 김익두, 김월덕, 허정주, 백은철
제 보 자 : 김진관, 남, 80세 외 1인
구연상황 : 제보자는 조사자가 수년 전에 만난 적이 있어서 조사의 취지를 쉽게 이해하고
노래를 불러주었다. 마지막 구절이 생각이 나지 않아서 마무리를 하지는 못했다.

일 자나 한 자나 들고나 보니

일이나 송송 나 송송 밤중에 샛별이 완연하다

두 이자나 들고나 보니

이행금의 북소리 팔도나 기생이 춤얼(춤을) 춘다

석 삼자나 들고나 보니

삼친걸이는 오촛대 짓장금으로만 놀아난다

넉 사자나 들고나 보니

사시나 행차 바쁜 길 외나무다리를 만나서 정승참(점심참)이나 늦
어간다

다섯 오자나 들고나 보니

오관의 신령 도신령 적토마를 집어타고 제갈 선생을 찾어간다

여섯 육자나 들고 보니

육관에 있는 중이나 세대삿갓을 숙이(숙여) 쓰고 마을 앞으로 나
려온다

칠 자나 한 자나 들고나 보니

칠년 대한 왕가물 앞뒷산에나 비 묻으니 만인간에나 웃음이라

여덟 팔 자나 들고나 보니

아들 형제나 팔형제 한 서당에다 글을 갈켜(가르쳐)

천자 한 권도 못 읽고 과거 보기만 힘을 쓴다

아홉 구자나 들고나 보니
구관에 있는 중이나 구시월 시단풍에 호걸들이 놀아난다
열 십자나 들고나 보니

[마지막 구설은 기억이 나지 않아 마무리를 하지 못했다.]

잠자리 꽁꽁

자료코드 : 07_04_FOS_20090114_KID_PGS_0001
조사장소 : 전라북도 무주군 무풍면 금평리 금척(쇠재) 마을회관
조사일시 : 2009.1.14
조 사 자 : 김익두, 김월덕, 허정주, 백은철
제 보 자 : 박금순, 여, 71세
구연상황 : 할머니들은 할아버지들과 함께 모여 있을 때는 전혀 노래를 하지 않다가 할
　　　　　 머니들방으로 옮기자 노래를 부르기 시작했다. 제보자는 감기가 들어 사진 찍
　　　　　 히는 것이 싫다며 사진 찍기를 사양했다. 아이들이 놀 때 부른다는 이 노래를
　　　　　 불러 주었다. 노랫말에 잠자리가 나오지만 잠자리를 잡을 때 부르는 것은 아
　　　　　 니고, 그냥 아무 때라고 부르는 것이라고 한다.

잠자리 꽁꽁 앉을 자리 앉아라
멀리 가믄 똥물 먹고 죽는다

아기 어르는 소리

자료코드 : 07_04_FOS_20090122_KID_PSI_0001
조사장소 : 전라북도 무주군 무풍면 현내리 고도길 22 김양근 제보자 자택
조사일시 : 2009.1.22
조 사 자 : 김익두, 김월덕, 허정주
제 보 자 : 박순이, 여, 87세

구연상황 : 전날 예비조사에서 제보자를 만난 후 일주일 후에 친척 관계인 김양근 제보
자 자택에서 박순이 할머니를 모시고 노래를 들었다. 처음에는 노래가 잘 생
각나지 않는다고 하였으나 김양근 제보자와 함께 모심는 소리를 주고받으면
서 차츰 노랫말이 생각이 나서 여러 노래를 불러 주었다. 조사자들이 아기 어
르는 소리를 요청하자 바로 해 주었다.

어허둥둥 내 사랑

니가 내 사랑이더냐

은을 주니 너를 사냐

금을 주니 너를 사냐

옥구름에는 전중가요

얼음구녕에(얼음구멍에) 수달피네

어허 둥둥둥 내 사랑아

자장가

자료코드 : 07_04_FOS_20090122_KID_PSI_0002
조사장소 : 전라북도 무주군 무풍면 현내리 고도길 22 김양근 제보자 자택
조사일시 : 2009.1.22
조 사 자 : 김익두, 김월덕, 허정주
제 보 자 : 박순이, 여, 87세
구연상황 : 김양근 제보자와 친인척 관계인 박순이 제보자는 처음에는 노랫말이 잘 생각
나지 않는다고 하였지만 김양근 제보자와 선후창으로 모심는 소리를 부른 후
에 노래가 새록새록 생각이 난다고 하였다. 조사자가 자장가를 요청하자 이
노래를 불러 주었다.

아가 아가 울지 마라

해가 지면 울던 닭도 아니 울고

짖던 개도 안 짖는다

아가 아가 울지 말고 잠들어라

시집살이 노래

자료코드 : 07_04_FOS_20090122_KID_PSI_0003
조사장소 : 전라북도 무주군 무풍면 현내리 고도길 22 김양근 제보자 자택
조사일시 : 2009.1.22
조 사 자 : 김익두, 김월덕, 허정주
제보자 1 : 박순이, 여, 87세
제보자 2 : 김양근, 남, 83세
구연상황 : 박순이 제보자가 새로운 노래가 생각나서 먼저 한 마디 노래를 하자 김양근
　　　　　 제보자가 그와 같은 구조의 노래를 따라 불러 주었다.

　　　날 가라네 날 가라네 날 가라네

　　　삼베 질쌈 못 한다고 날 가라네

　　　삼베 질쌈 못 하는 건 배우만(배우면) 하고

　　　아들 딸 못 놓거든 날 가라소

　　　날가라네 날 가라네 날 가라네

　　　삼베 질쌈 못 한다고 날 가라네

　　　삼베 질쌈 못 하는 건 배우믄(배우면) 하지

　　　어린 가장 데리고 잠자나 마나

창부 타령

자료코드 : 07_04_FOS_20090122_KID_PSI_0004
조사장소 : 전라북도 무주군 무풍면 현내리 고도길 22 김양근 제보자 자택
조사일시 : 2009.1.22
조 사 자 : 김익두, 김월덕, 허정주
제 보 자 : 박순이, 여, 87세
구연상황 : 활발하고 어디 가서 신명으로는 남에게 뒤지지 않았던 제보자는 젊어서 노래
　　　　　 하는 것도 매우 즐겼다고 한다. 모심는 소리를 비롯해 여러 곡을 부른 제보자
　　　　　 는 흥에 겨워지자 창부 타령을 불러 주었다.

높은 산에 눈 날리구 얕은(낮은) 산에는 재 날리고
악수장수(억수장마)에 비 퍼붓듯 대처한 바다에 물 실리듯
오늘 여기 오신 손님 재수사망을 빌어주소
얼씨구나 좋다 기화자 좋다 아니 노지는 못하리라

청춘가

자료코드 : 07_04_FOS_20090122_KID_PSI_0005
조사장소 : 전라북도 무주군 무풍면 현내리 고도길 22 김양근 제보자 자택
조사일시 : 2009.1.22
조 사 자 : 김익두, 김월덕, 허정주
제 보 자 : 박순이, 여, 87세
구연상황 : 분위기가 고조되자 제보자가 가볍게 술을 한 잔 마신 후에 흥에 겨워서 청춘
가를 불러 주었다. 어울려 놀 때 많이 불렀다고 한다.

신작로 나자마자 에이요 임을 잃고요
신작로 끝나도록 좋다 임 생각 나는구나
치매끈(치마끈) 졸라 가미여(졸라 가며) 땅 사났더니
신작로 복판으로 좋다 다 들어가는구나
신작로 널러서요(넓어서) 질(길) 가기 좋고요
전깃불 밝아서 좋다 임 찾기 좋구나
술은 술술 이이요 잘 넘어가고요 호오
찬물아 내양수(냉수)는 좋다 입 안에 도는구나
알뜰이 살뜰이요 그리 그릿던(그렸던) 내 사랑을
얼마나 보면은 좋다 싫도록 볼꺼나 아하
술과 담배는 이이요 내 심중을 알건마는
한 품에 든 임은 좋다 내 심중을 몰라주네

모심는 소리

자료코드 : 07_04_FOS_20090114_KID_SYC_0001
조사장소 : 전라북도 무주군 무풍면 금평리 금척(쇠재) 마을회관
조사일시 : 2009.1.14
조 사 자 : 김익두, 김월덕, 허정주, 백은철
제 보 자 : 신영철, 남, 79세

구연상황 : 제보자는 목청이 상당히 좋아서 회관에 나와 계시던 할머니들의 호응이 매우 높았다. 모내기와 김매기를 안 한 지가 50년이 넘어서 가사는 거의 기억이 안 나서 한 소절만 불렀다.

이 논에다 모를 심어 장잎 나서 영화로세

서마지기 이 논배미 반달만치 남았구나

제가 무슨 반달인가 초생달이 반달이지 우후후후

성주풀이

자료코드 : 07_04_FOS_20090114_KID_SYC_0002
조사장소 : 전라북도 무주군 무풍면 금평리 금척(쇠재) 마을회관
조사일시 : 2009.1.14
조 사 자 : 김익두, 김월덕, 허정주, 백은철
제 보 자 : 신영철, 남, 79세

구연상황 : 미리 마을 대표자에게 연락을 하여 마을 어르신들이 모두 마을회관에 모여 계셨다. 신영철 제보자는 마을상쇠는 아니었지만 옛날에 50여 년 전에 보름에 액막이를 하고, 집터 누르러 다니고, 매구 치고 동네를 다녔던 경험을 떠올리며 노래를 불러 주었다.

성주본이 어데냐 경상도 안동땅

제비원에 본이로세 제비원에 솔씨 받아

소평대평 던졌더니 소부덕이 되었네

대부덕이 되었네 황장목이 되었네

도래지둥이 되었네 그것은 거다 두고

앞집에라 김대목 뒷집에라 박대목

김대목 박대목 어울라서(어울려서) 연장짜로 걸머지고

제주도라 한라산 에- 그 나무 못쓰것네

서울이라 삼각산 에- 그것도 못쓰것다

전라도라 지리산 호두나무 등치고

굽은나무는 배를 쳐서 이 집 터전이 생겼네

그것은 거다 두고 네 귀에 핑경(풍경) 달아

동남풍이 들이불면 절그렁 소리가 요란하다

나물 뜯는 소리

자료코드 : 07_04_FOS_20090114_KID_YNS_0001
조사장소 : 전라북도 무주군 무풍면 금평리 금척(쇠재) 마을회관
조사일시 : 2009.1.14
조 사 자 : 김익두, 김월덕, 허정주, 백은철
제 보 자 : 양남순, 여, 74세
구연상황 : 할머니들은 할아버지들과 함께 모여 있을 때는 전혀 노래를 하지 않다가 할
　　　　　머니들방으로 옮기자 노래를 불렀다.

올라가면 올고사리

내려오면은 늦고사리

뱅뱅 돌아 도라지 캐고

더듬더듬 더덕을 캐어

날망에 가서 점심을 먹으니

총각밥은 머슴밥이요

[두 사람이 함께 하여 목소리가 합쳐졌다.]

총각밥은 꽁보리밥이요

처녀밥은 쌀밥이요

파랑새

자료코드 : 07_04_FOS_20090114_KID_YNS_0002
조사장소 : 전라북도 무주군 무풍면 금평리 금척(쇠재) 마을회관
조사일시 : 2009.1.14
조 사 자 : 김익두, 김월덕, 허정주, 백은철
제 보 자 : 양남순, 여, 74세
구연상황 : 할머니들은 할아버지들과 함께 모여 있을 때는 전혀 노래를 하지 않다가 할
　　　　　머니들방으로 옮기자 노래를 불렀다.

새야새야 포롱새야(파랑새야)

녹디낭케(녹두나무에) 앉지마라

녹디꽃(녹두꽃)이 떨어지면

청포장사 울고 간다

상여 소리

자료코드 : 07_04_FOS_20090114_KID_LGY_0001
조사장소 : 전라북도 무주군 무풍면 금평리 금척(쇠재) 마을회관
조사일시 : 2009.1.14
조 사 자 : 김익두, 김월덕, 허정주, 백은철
제 보 자 : 이권영, 남, 79세
구연상황 : 제보자는 아침부터 약주를 하셨으나, 먼저 나서서 노래를 불러 주겠다고 하며
　　　　　분위기를 유도하셨다. 회관 안에 모여 계시던 할머니 10여 명도 잘 한다며
　　　　　적극 호응을 해 주었다.

산지조종은 곤룡산이요 수지조종은 황해수(황하수)라

좌청룡 우백호 보기 좋게 잘 감았구려

이 명당 이 터전에 삼호발표(삼대발복의 와전인 듯하나, 정확한

뜻은 알 수 없다) 하겠구려

세거천지(세상천지) 만물 중에 사람배끼(밖에) 더 있는가

이 세상에 나온 사람 석가여래 은덕으로 이 세상에 태어났네

한두 살에 철을 몰라 누구 공덕 알을쏜가

인생살이 임글다 하니(힘들다 하니, 정확한 뜻은 알 수 없다.) 문

밖에 저승일세

산지조종은 대동한데 친구 벗이 좋다한들 누가 같이 갈 수 있는가

청춘가

자료코드 : 07_04_FOS_20090114_KID_LSM_0001
조사장소 : 전라북도 무주군 무풍면 금평리 금척(쇠재) 마을회관
조사일시 : 2009.1.14
조 사 자 : 김익두, 김월덕, 허정주, 백은철
제 보 자 : 이상문, 남, 76세
구연상황 : 제보자는 처음에는 조용히 있다가 이권영 제보자가 상여 소리를 한 후, 마을
분들이 노래를 권하자 한 마디 노래를 불러 주었다.

산이 높아야 골도나 깊지요

여자속이 좋다 얼마나 깊을쏘냐

우수야 경첩(경칩)에 대동강 풀리고

정든 임 말씀에 좋다 내 간장 풀리는구나

시고야 텱어도(떫어도) 막걸리 좋고요

돈 잃고 잠 못 자도 좋다 노름방 좋다드라

액막이 타령

자료코드 : 07_04_FOS_20090122_KID_LYH_0001
조사장소 : 전라북도 무주군 무풍면 철목리 철목 마을회관
조사일시 : 2009.1.22
조 사 자 : 김익두, 김월덕, 허정주
제 보 자 : 이연희, 남, 70세
구연상황 : 정초부터 보름까지 집집마다 돌면서 지신밟기 할 때 성주풀이 끝에 가서 일
년 열두 달 액을 막아달라는 뜻으로 이 액막이를 한다. 이종태 제보자가 지신
밟기 때 하는 성주풀이를 가창하자 그 끝에 이 액막이를 하는 거라며 불러
주었다. 제보자가 주도하고 다른 사람들도 같이 불렀다.

정월이라 막힌 날은 이월 한식에 막아주고

이월이라 막힌 날은 삼월 삼진에 막아주고

삼월이라 막힌 날은 사월 초파일에 막아주고

사월이라 막힌 날은 오월 단오 막아주고

오월이라 막힌 날은 유월 유디(유두) 막아주고

유월이라 막힌 날은 칠월 칠석에 막아주고

칠월이라 막힌 날은 팔월 한가위 막아주고

팔월이라 막힌 날은 구월 구일에 막아주고

시월이라 막힌 달은 시월 상달에 막아주고

시월이라 막힌 달은 동짓달에 막아주고

동짓달에 막힌 달은 섣달그믐에 막아주자

일년 하고도 열두 달

과년 하고도 열석 달

삼백하고도 육십일

하루같이 막아주자

조왕굿 사설

자료코드 : 07_04_FOS_20090122_KID_LYH_0002
조사장소 : 전라북도 무주군 무풍면 철목리 철목 마을회관
조사일시 : 2009.1.22
조 사 자 : 김익두, 김월덕, 허정주
제 보 자 : 이연희, 남, 70세
구연상황 : 제보자는 정초부터 보름까지 지신밟기 때 하는 성주풀이를 이종태 제보자가
부르자, 성주풀이 끝에 하는 액막이와 부엌에서 하는 성주굿 사설을 구연해
주었다. 조왕에 들어가면 솥뚜껑을 엎어 놓고 그 위에 쌀과 술을 갖다 놓고
초도 켜 놓고 그 집 가족들이 번성하기를 조왕신에게 기원하는 뜻에서 이 조
왕굿 사설을 한다.

누르세 누르세

조왕각신을(조왕각시를) 누르세

밥솥이라 닷 말새

국솥이라 서 말새

숟가락 닷 단을 누르세

앞으로 보니 천석이요

뒤로 보니 만석이라

천만석을 점지하자

잡귀야 잡신은 물알로

밀양대복은 이 집으로

어허루 지신아

회심곡

자료코드 : 07_04_FOS_20090122_KID_LYH_0003
조사장소 : 전라북도 무주군 무풍면 철목리 철목 마을회관

조사일시 : 2009.1.22
조 사 자 : 김익두, 김월덕, 허정주
제 보 자 : 이연희, 남, 70세
구연상황 : 조사자들이 상여 소리를 해 달라고 요청하자 철목리에서는 상여 나갈 때 보통 회심곡을 많이 한다고 하였다. 제보자는 마을에서 상여 앞소리꾼을 맡아서 하긴 했지만 녹음할 때는 문서를 안 보고 하면 막히고 잘못 되는 부분이 많아서 괜히 무식하다는 소리 듣는다면서 책을 보고 하겠다고 하였다. 선친이 보관하고 있던 회심곡 문서를 가져와서 보면서 구연하였다.

세상천지 만물 중에 사람밖에 또 있는가
여보시오 시주님네 이내 말씀 들어 보소
이 세상에 나온 사람 뉘 덕으로 나왔는가
석가여래 공덕으로 아버님전 뼈를 빌고
어머님전 살을 빌어 칠성님전에 명을 빌고
제석님전에 복을 빌어 이내 일신 탄생하니
한두살에 철을 몰라 부모은공 못 다 갚고
이삼십을 당도하니 어이없고 애달프다
부모은공 못다 갚고 무시정세월(무정세월) 여류하여
원수백발 돌아오니 절통하고도 애닯도다
인간칠십 고래희라 없든 망령 절로 난다
망령이라 흉을 보고 구석구석 웃는 모냥(모양)
애닯고 설운지고 절통하고 통분하다
할 수 없다 할 수 없어 인간의 공통을 뉘가 능히 막을쏜가
춘초는 연년록이요 왕손을 시귀가라(귀불기라) 다시절이 뜻하리라
어제오늘 성턴 몸이 저녁 날에 병이 드니
철철하고 약한 몸에 태산 같은 병이 드니
부르나니 어머니요 찾나니 냉수로다
인삼녹용 약을 쓴들 효렴(효험)이나 있을쏘며

북경(독경) 불러 굿을 한들 굿덕이나 있을쏘냐

하릴없이 무가내라 명산대천 찾어가네

상탕에 하세하고 중탕에 목욕하고

하탕에 수족 씻고 촛대 한 쌍 벌여 놓고

향로향야 불 갖추어 소지삼장 드린 후에

비나이다 비나이다 하나님전 비나이다

칠성님전에 발원하고 부처님전 공양한들

어느 부처 영험 있어 감흥이나 할까 보나

제일에 진광대왕 제이에 초강대왕

제삼에 송제대왕 제사에 오관대왕

제오에 염라대왕 제육에 변성대왕

제칠에 태산대왕 제팔에 평등대왕

제구에 도시대왕 제십에 보도전륜대왕

열시왕 중 부린 사자 열시왕의 명을 받아

일직사자 월직사자 한 손에는 철봉 들고

또 한 손에 창검 들고 쇠사슬을 비껴 들어

활대같이 굽은 길로 살대같이 몰아 와서

닫은 문을 박차면서 뇌성같이 소리 질러

어서 가자 바삐 가자 뉘 분부라 거역하리

실낱 같은 이내 몸에 팔뚝 같은 쇠사실(쇠사슬)로

절박(결박)하여 끌어내니 혼비백산 나 죽겠네

여보시오 사자님네 노수돈이나 가지고 가세

만단개유 애걸한들 어느 사자 들을쏜가

애고답답 설운지고 이를 어이 하잔 말인가

불쌍하다 이내 일신 인간하직 망극하다

이내 몸을 죽고 보니 북망산 돌아갈 제

어찌할꼬 심신 없는 한정 없는 길이로다
언제 다시 돌아오리 이 세상을 하직하니
불쌍하고 가련하다 처자에게 손을 잡고
만단설화 다 못하여 정신 차려 살펴보니
약탕관을 달여 놓고 지성으로 간절한들
죽을 목숨 살릴쏘냐 옛 늙은이 말 들으니
저승길이 머다 해도 오늘 내게 당해서는
대문 밖이 저승이라
친구벗이 많다 한들 어느 친구 대신 가며
일가친척 많다 한들 어느 일가 동행할까
구사당에 하직하고 신사당에 허배하고
대문 밖을 썩 나서니 적삼 벗겨 손에 들고
혼백 불러 초혼하니 없던 곡성 낭자하다
일직사자 손을 끌고 월식사자 등을 밀어
풍우같이 재촉하여 천방지방 몰아갈 제
높은 데는 낮아지고 낮은 데는 높아지고
악의악식 모은 재물 못 다 먹고 못 다 썼네
사자님아 사자님아 내 말 잠깐 들어 주소
시장하니 점심 먹고 신발이나 고쳐 신고
쉬어 가자 애결(애걸)한들 들은 척도 아니하고
허둥지둥 쇠뭉치로 등을 치며 어서 가자 바삐 가자
시간 없고 때가 늦다 이럭저럭 여러 날에
저승문 다다르니 우두나찰 마두나찰
소리치며 달려들어 인정 달라 하는구나
인정 쓸 돈 한 푼 없네 단배 곯고 모은 재물
일전 한 푼 써나 볼까 회생으로 옮겨 올까

의복 벗어 인정 쓰며 열두 대문 들어가니

무섭기도 그지없다 두렵기도 측량 없다

대령하고 기다리니 옥사장이 분부 듣고

최판관이 문서 잡고 남녀죄인 잡아들여

신문하고 통조할 때 귀두어면 나찰들은

전후좌우 벌여 섰고 기치창검 나열한데

형벌기구 차려 놓고 대성호령 기다리니

엄숙하기 측량 없다 남자죄인 잡아들여

행벌하여 묻는 말이 이놈들아 들어봐라

설심을 발원하여 인생 안에 나아가서

무슨 선심 하였는가 바른 대로 아뢰어라

가망하지 못하리라

모심는 소리

자료코드 : 07_04_FOS_20090122_KID_LJT_0001
조사장소 : 전라북도 무주군 무풍면 철목리 철목 마을회관
조사일시 : 2009.1.22
조 사 자 : 김익두, 김월덕, 허정주
제보자 1 : 이종태, 남, 77세
제보자 2 : 이연희, 남, 70세
제보자 3 : 최상철, 남, 68세
구연상황 : 지난 주 선행 조사 때 미리 말씀을 드려 놓았기 때문에 제보자가 노랫말을 미리 생각해 두었다고 한다. 제보자 이종태가 주로 노래를 하고, 이연희와 최상철도 받는 소리를 해 주었다. 한 사람이 먼저 사설의 첫머리를 하면 나머지 부분을 여럿이 함께 따라서 하는 선후 입제창 방식으로 노래를 했다. 모를 심으면서 한 사람이 선두를 하면 남은 사람들은 모를 심으면서 그렇게 노래를 했다고 한다.

상주함창 공갈못에 연밥 따는 저 처자야

연밥줄밥 내따주매 이내 말쌈(말씀) 들어보소

농창농창 베루 끝에 무정할사 저 오랍아

나도 죽어 후세상에 낭군부터 섬길라네

요 논에다 모를 심어 장잎 나서 영화로다

어린 자식 곱게나 길러 갓을 씌워 영화로다

오늘 해는 다 됐는데 골골마다 연기가 나네

우리 님은 어델 가고 저녁할 줄 왜 모르나 이후후후

어제 저녁 얻은 첩이 발도(신발도) 벗고 가고 없네

가래댕기 육마총혜 따라가며 신겨주네

서 마지기 논배미가 반달만큼 남아 있네

지가 무슨 반달인가 초생달이 반달이지

성주풀이

자료코드 : 07_04_FOS_20090122_KID_LJT_0002

조사장소 : 전라북도 무주군 무풍면 철목리 철목 마을회관

조사일시 : 2009.1.22

조 사 자 : 김익두, 김월덕, 허정주

제 보 자 : 이종태, 남, 77세

구연상황 : 설부터 지신밟기를 시작해서 보름날까지 풍물패가 동네 각 집집마다 돌아가
면서 농악을 하면서 성주풀이를 했다. 이 때 쌀을 걷는데 그걸로 술도 받아서
먹어 가면서 했다고 유래를 이야기 해 주었다. 예전에 잘 하던 분들은 다 돌
아가셨고, 제보자도 오랫동안 안 해서 잊어버렸다고 했다. 그러나 일주일 전
사전 조사에서 미리 부탁을 드렸더니 제보자는 한 주일 동안 가사를 좀 생각
해 봤고 저녁에 연습을 했다고 했다. 많이 잊어버렸다고 했지만 그래도 성심
껏 생각해 낸 사설로 노래를 해 주었다. 꽹과리는 최상철 제보자가 쳐 주었
고, 이종태 제보자가 노래를 주로 하고 다른 사람들도 함께 불렀다.

누르세 누르세

이 집 터전을 누르세

성주본이 어데냐

경상도 안동땅

제비원의 솔씨를 받아

허평대평 던졌더니

그 솔이 점점 자라서

소부동이 되었네

소부동이가 자라서

대부동이 되었네

대부동이 자라서

황장목 되었네

황장목이 자라서

도리지둥(도리기둥)이 되었네

앞집에라 김대목

뒷집에라 박대목

갖은인장(갖은연장)을 짊어지고

저기 저 산에 올라서

그 중에 좋은 나무

추름추름 골라서

동네 인부를 잡혀서

동네 가운데 갖다 놓고

잦은 나무는(앞으로 나온 나무) 배를 치고

굽은 나무는 등을 쳐

먹줄로 탱군 듯이(먹줄을 튕겨서 재 놓은 듯이)

사귀를 앗아 놓고(나무의 네 귀 모서리를 깎어놓고)

이 집 터전을 둘러 보자
서울이라 올라서
서울 뒷산은 삼각산
삼각산 날줄기 뚝 떨어져
한양에 주춤 내려와
이 집 터전이 생겼네
아시라 그 터 못 쓰것다
전라도라 지리산
지리산 날줄기 뚝 떨어져
무주에 주춤 내려와
무주라 덕유산
덕유산 날줄기 뚝 떨어져
이 집 터전이 생겼네
아시라 그 터 못 쓰것다
뒷동산이 생겼네
뒷동산 날줄기 뚝 떨어져
이 집 터전이 생겼네
이 집 터전이 생겼네
아따 좋다 분명하다
터 닦세 터 닦세
오늘날로 터 닦세
동네 일꾼을 잡혀서
네모 번듯 닦아 놓고
호박주추 유리지등
팔주목으로 도리를 얹어
개개연목(서까래) 걸어 놓고

대죽으로 상자를 얽어

오색토로 알매를 떨어(기와를 올리려면 오색토로 흙을 올린다고 한다)

자기(자개)로 개와(기와)를 올려

네 귀다 핑경(풍경) 달아

동남풍이 불어오니

풍경소리도 요란하다

아따 그 집 찬란하다

방안치레를 둘러 보자

자기홈농(자개함농) 반다지에

웃목에다 포개 놓고

인물 좋은 화초평풍(병풍)

좌우 저편에 시와노니(세워놓으니)

방안치레도 찬란하다

어따 그 집 찬란하다

아들애기 팔형지(팔형제)

한 서당에 글 갈쳐

서울이라 올라서

알성급제 점지하여

팔도감사를 점지하고

딸아기 놓거들랑(낳거들랑)

곱게곱게 길러서

부모에게는 효녀 되고

남편에게 열녀 뇌어

열녀효자 본을 받아

춘추만대 유전하자

이 집 짓던 삼년 만에

소를 멕이면 금소가 되고

말을 멕이면 용마가 되고

개를 멕이면 삽사리 되고

닭을 멕이면 봉황이 되고

앞으로 보니 천석이요

뒤로 보니 만석이라

어허루 지신아

잡귀잡신은 물알로

밀양대복은 이 집으로

어허루 지신아

객귀 물리는 소리

자료코드 : 07_04_FOS_20090122_KID_LJT_0003
조사장소 : 전라북도 무주군 무풍면 철목리 철목 마을회관
조사일시 : 2009.1.22
조 사 자 : 김익두, 김월덕, 허정주
제 보 자 : 이종태, 남, 77세
구연상황 : 옛날에는 아픈 사람이 있으면 무당을 불러서 객귀물리기를 했다. 무당은 아픈
사람 머리에다 칼을 대고 귀신을 위협해서 객귀를 물렸다. 객귀(객구, 객고)는
잡신으로 몸이 아픈 것은 이 귀신이 들어온 것이라고 생각했다. 무당은 "홋
세!"라고 외치면서 칼을 확 던지는데 잘 물리면 칼이 밖으로 쑥 나가고, 잡귀
가 잘 안 물러 나가면 칼이 앞으로 들어오는데 그러면 다시 한다. 제보자는
옛날에 서당 다닐 때 한문선생님한테 이 주문을 배웠다 한다. 주문은 한문으
로 하면 뜻이 통할 터이나 자세한 뜻은 제보자도 모른다 한다.

홋세! 홋세!

천개 무자지방

지배 기축지방

인생에 경인지방

천지인출이 입지문오호

범물론 기진지독이 불파여론에 혹은염라대왕

홋세!

[그러면 감기가 썩 나가 버린다고 말한다.]

모심는 소리

자료코드 : 07_04_FOS_20090123_KID_JCS_0001
사장소 : 전라북도 무주군 무풍면 지성리 부등 마을회관
조사일시 : 2009.1.23
조 사 자 : 김익두, 허정주
제 보 자 : 정차석, 남, 77세
구연상황 : 마을회관 안에 다른 청중들과 이야기를 나누고 있는 도중에 제보자가 들어오
　　　　　자, 다른 분들의 권유로 제보자가 갑작스럽게 노래를 부르게 되었다.

　　모야 모야 노랑모야 니가 언제 커서 영화 볼까

　　엄마 엄마 울 엄마야 어디 가고 저녁 할 줄을 모르시나

　　농창농창 베루(벼랑) 끝에 무정한 정 오라비

　　나는 죽어 후세상에 낭군부터 심길라요(섬길라요)

상여 소리 / 달구 소리

자료코드 : 07_04_FOS_20090123_KID_JCS_0002
조사장소 : 전라북도 무주군 무풍면 지성리 부등 마을회관
조사일시 : 2009.1.23
조 사 자 : 김익두, 허정주
제 보 자 : 정차석, 남, 77세

구연상황 : 마을회관에서 조사자들이 청중들과 이야기를 나누는 중에 제보자가 들어왔다. 제보자는 다른 청중들의 권유로 모심는 소리를 불렀고, 조사자가 제보자에게 상여 소리를 부탁하자 청중들도 하라고 권하였다. 제보자의 앞소리에 청중들이 뒷소리를 받아 주었다.

07_04_FOS_20090123_KID_JCS_0002_s01 〈상여 소리〉

어넘차 어하홍

인제 가면 언제 오나

멩년(명년) 춘삼월 해도 돋고

가는 나를 붙잡아도 두 하늘 내어 놓고

[청중 한 분이 후렴으로 "어하홍 어하홍"을 넣는다고 말한다.]

먼 데 사람 소리를 듣고 곁에 사람은 구경을 해요

어하홍 어하홍

인지(인제) 가면 언제 오나

어하홍 어하홍

멩년(명년) 춘삼월 세를 넘고

어하홍 어하홍

너는 가고 어데 갔나

어하홍 어하홍

○○을 차려 놓고

어하홍 어하홍

멩년(명년) 춘삼월 ○○ 놓고

어하홍 어하홍

얼씨구 잘도 한다

어하홍 어하홍

07_04_FOS_20090123_KID_JCS_0002_s02 〈달구 소리〉

[조사자가 달구 소리를 부탁하자 청중 가운데 한 분이 그 소리는 신명 나게 해야 한다고 말한다.]

어허허 달구여
어하홍 달구여
인제 도로 들여 놓고
이하·홍 달구여
먼 데 사람 구경하요
어하홍 달구여
곁에 사람 소리를 듣고
어허옹 어허옹 달구여
망덕산이 가로막혀 이 뫼가 대명산이라
달구여
대덕산 날줄기가 떨어져서 여게(여기에) 왔소
달구여
○○○○ 같은 나를 나를 두고 어데 가요
달구여~

모심는 소리

자료코드 : 07_04_FOS_20090114_KID_CSC_0001
조사장소 : 전라북도 무주군 무풍면 철목리 철목 마을회관
조사일시 : 2009.1.14
조 사 자 : 김익두, 김월덕, 허정주, 백은철
제 보 자 : 최상철, 남, 68세
구연상황 : 마을회관에 모여 계신 동네 어른들에게 조사단이 방문 취지를 설명하자 마을

사람들은 제대로 찾아왔다며 제보자에게 노래하기를 적극 권하였다. 동네 '가수'라고 추켜세우면서 노래를 권하였고 제보자도 선뜻 노래를 해 주었다. 회관에 모여계신 분들은 받는 소리를 같이 하면서 호응해 주었다.

이 논에다 모를 심어 장잎 나서 영화로다
어린 동생 곱게 길러 갓을 씌워 영화로세 이후후후
농창농창 베루 끝에 무정할새(무정할사) 정오라배

[여럿이]

나도 죽어 후세상에 낭군부터 섬길라네 이후후후
오늘 해도 다 됐는가 골골마다 연기 나네

[선창자가 같이 하자고 하자 여럿이 함께]

우런 님(우리 임)은 어데 가고 저녁 할 줄 모르는가 이후후후

논매는 소리

자료코드 : 07_04_FOS_20090114_KID_CSC_0002
조사장소 : 전라북도 무주군 무풍면 철목리 철목 마을회관
조사일시 : 2009.1.14
조 사 자 : 김익두, 김월덕, 허정주, 백은철
제 보 자 : 최상철, 남, 68세
구연상황 : 마을회관에 모여 계신 동네 어른들에게 조사단이 방문 취지를 설명하자 마을 사람들은 제대로 찾아왔다며 제보자에게 노래하기를 적극 권하였다. 동네 '가수'라고 추겨주면서 노래를 권하였고 제보자도 선뜻 노래를 해 주었다. 논매는 소리는 한 사람이 앞소리를 메기고 나머지 사람들이 "상사디야"라는 후렴으로 받는데, 회관에 계시는 분들이 뒷소리를 받아주었다.

어럴럴 상사디야

[뒤에 사람이 죽 서서 같은 소리를 받는다고 설명한다.]

어허룰룰 상사뒤야

이 논배미 어서 매고

어허룰룰 상사뒤야

도장배미(논 중에서 제일 좋은 논이라고 함.)로 넘어서자

어허룰룰 상사뒤야

상사소리만 잘하고 보면

주인양반 술 가져온다

넘어간다 상사뒤야

어허룰룰룰 상사뒤야

상여 소리 / 달구 소리

자료코드 : 07_04_FOS_20090114_KID_CSC_0003
조사장소 : 전라북도 무주군 무풍면 철목리 철목 마을회관
조사일시 : 2009.1.14
조 사 자 : 김익두, 김월덕, 허정주, 백은철
제 보 자 : 최상철, 남, 68세
구연상황 : 제보자는 마을에서 흥이 많고 놀기를 잘 하는 사람으로 평판이 자자하다. 동
네에서 초상이 나면 상여 앞소리를 메기기도 하였다. 본래 여럿이 받는 소리
를 해야 하지만 제보자 혼자 노래를 하기 때문에 후렴이 나오는 부분은 말로
설명을 했다. 상여 소리는 상여가 나갈 때 하는 '어하홍 소리'와 '회심곡', 그
리고 묘에서 묘를 다지는 '달구 소리'를 불러 주었다.

07_04_FOS_20090114_KID_CSC_0003_s01 〈상여 소리〉

어하홍 어하홍

[상두꾼들이 똑같이 따라한다고 설명한다.]

　　간다 간다 나는 가네

[뒷소리꾼들이 후렴소리 "어하홍 어하홍" 하고 받는다고 설명한다.]

　　나 사던 고향을 뒤에 두고

[뒷소리꾼들이 후렴소리 "어하홍 어하홍" 하고 받는다고 설명한다.]

　　북망산천을 나는 가네

[뒷소리꾼들이 받는다고 설명한다.]

　　인제 가면 언제 오나

[뒷소리꾼들이 받는다고 설명한다.]

　　명년 이 때 죽동지절에

[이 사설은 철에 따라 한다고 달리 한다고 설명한다.]

　　독야청청 하리로다

07_04_FOS_20090114_KID_CSC_0003_s02 〈회심곡〉

　　이 세상에 나온 사람 누구 덕으로 나왔는가
　　어하홍 어하홍
　　아버님 전 뼈를 타고 어머님 전 살을 빌어
　　부처님 전에 공덕으로 칠성님 전 명을 빌어
　　석가여래 탄생으로 일년 열두달 재배 후에

이 세상에 탄생했네

한두 살에 철을 몰라 부모 은덕 못다 갚고

삼사십이 당도하여 부모 은공 갚잤더니

태산 같은 이내 몸에 하늘 같은 병이 들어

부르나니 어머니요 찾나니 냉수로다

인삼녹용 약을 쓴들 약효력이 있을쏘냐

무녀불러 굿을 한들 굿덕이나 있을쏘냐

재배하여 누웠을 때 저승길이 멀다 하여

저승차사 들어오며 제일문전 들어서니

무섭기도 한량없고 두렵기도 측량없네

제일전에 진광대왕 제이전에 소강대왕

제삼전에 소강대왕 제사전에 염라대왕

제오전에 편성대왕 제육전에 도시대왕

제칠전에 편성대왕 제구전에 도시대왕

제십전에 보도정무대왕 일식사자 월식사자

등을 치며 호령할 때 아이구 답답 내 신세야

열두대문 들어서니 무섭기도 측량없고

두렵기도 한량없다

07_04_FOS_20090114_KID_CSC_0003_s03 〈달구 소리〉

어- 허- 루 달구여

[옆에서 모여서 똑같이 따라한다고 설명한다.]

산지조종은 곤룡산이요 수지조종은 황해수라

어- 허- 루 달구여

이 뫼 쓰고 삼년 만에 정승판서 줄줄이 난다

어- 허- 루 달구여

오늘같이 좋은 날이 사시사철 돌아와라

어- 허- 루 달구여

이후후후

회심곡

자료코드 : 07_04_FOS_20090122_KID_CSC_0001
조사장소 : 전라북도 무주군 무풍면 철목리 철목 마을회관
조사일시 : 2009.1.22
조 사 자 : 김익두, 김월덕, 허정주
제 보 자 : 최상철, 남, 68세
구연상황 : 지난 주에 회심곡을 불러주었던 제보자가 이연희 제보자가 가져온 책자를 보
고 다시 불러주었다. 본래 상여 소리는 회심곡이 1편, 2편, 3편이 있어서 다
하면 혼자 18시간을 해야 하는데 제보자는 3시간 정도 할 수 있다고 한다.
지금은 상여 소리로 어항소리밖에 안 하지만 옛날에는 운구소리로 회심곡도
했었다고 설명하였다.

세상천지는 만물 중에 어하헝 어하헝

사람밖에 또 있는가 여보시오 시주님네

이내 말씀 들어 보소 이 세상에 나온 사람

뉘 덕으로 나왔는가 석가여래 공덕으로

아버님전 뼈를 빌고 어머님전 살을 빌어

칠성님전 명을 빌 제 칠성님전 복을 빌어

이내 일신 탄생하니 한두 살에 철을 몰라

부모은공 다 갚을쏜가 이삼십이 당도하여

어이없고 애달프다 부모은공 못다 갚고

무정세월 여류하여 원수백발 돌아오니

절통하고 애닯도다 인간칠십 고래희라

없던 망령 절로 난다 망령이라 흉을 보고

구석구석 웃는 모양 애닯고도 슬픈지고

절통하고 통원하다 할 수 없다 할 수 없다

인간의 고통을 뉘가 능히 막을쏘냐

춘초년의(춘초는 연년록이나) 녹음마다 다시 젊지 못하리다

어제오늘 성턴 몸이 저녁날에 병이 들어

청청하고 약한 몸에 태산 같은 병이 드네

부르나니 어머니요 찾나니 냉수로다

인삼녹용 약을 쓴들 약효력이나 있을쏘냐

북경(독경) 불러 독경한들 경덕이나 있을쏘냐

무양(무녀)잡어 굿을 한들 굿덕인들 있을쏘냐

중탕에 모욕(목욕)하고 하탕에 수족 씻고

손대암장 빌어놓고 양초양장 불 갖추고

소지삼장 드린 후에 비나이다 비나이다

하나님전 비나이다 칠성님전 발원하고

부처님전 공양한들 어느 부처 영접 있어

당홍이나 할까보다

제일전에 진광대왕 제이전에 초광대왕

제삼전에 손제대왕 제사전에 오광대왕

제오전에 염라대왕 제육전에 건성대왕

제칠전에 태상대왕 제팔전에 평등대왕

제구전에 도시대왕 제십전에 보도정류대왕

일식왕성 부릴 사자 열시왕의 명을 받아

일식사자 월식사자 한 손에는 철봉 들고

또 한 손에 창검 들고 쇠사줄을 비껴 들고
활대같이 굽은 질로 살대같이 따라와서
닫은 문을 박차면서 ○○○○ 소리 질러
뉘 분부라 거역할까 뉘 영이라 제원할까
실낱같은 이내 목숨 팔뚝 같은 쇠사슬로
결박하여 끌어내니 혼비백산 나 죽것네
여보시오 사자님네 노수돈 가지고 가서
만당개유 애걸한들 어느 사자 들을쏘냐
애구답답 설운지고 이를 어이 하잔말가
불쌍하다 인간하직 ○○○ 쇠사슬로 ○○했구나
여보시오 사자님아 노수돈 가지고 가서
마당줄로 애걸한들 어느 사자 들을쏘냐
애고답답 설운지고 이를 어이 하잔말가
불쌍하다 이내 일신 일반양기 망극하다
어찌할꼬 심상으로 한정 없는 길이로다
언제 다시 돌아오리 이 세상을 하직하니
불쌍하고 가련하다 처자의 손을 잡고
만단설화 다 못하고 ○○사자 살펴보니
한탄 없는 뼈를 놓고 지성으로 극신한다
죽을 목숨을 살릴쏘냐
옛 늙은이 말 들으니 저승길이 멀다더니
이제 내게 당해오니 저승길이 안산일세
대문 밖에 저승이라
친구벗님 많다 한들 어느 친구 대신 가리
일가친척 많다 한들 어느 일가 동행할까
구사당에 하직하고 신사당에 하배하고

대문 밖을 썩 나서니 적삼 벗어 손에 들고
혼백 불러 조으나니 없던 곡도 낭자하다
일식사자 손을 걸고 월식사자 돈을 잃어
부모같이 재촉하여 허방지방 몰아갈 제
높은 데는 낮아지고 낮은 데는 높아지고
악에 악신 모은 재몰 못 다 먹고 못 다 썼네
사자님아 사자님아 내 말 잠깐 들어주소
시장한데 점심 먹고 신발이나 고쳐 신고
쉬어가자 애걸한들 들은 체도 아니하고
쇠몽치로 등을 치며 어서 가자 바삐 가자
시간없고 때가 늦다 이럭저럭 여러 달에
저승문에 다다르니 우두나찰 마두나찰
소리치며 달려들어 인정달라 하는구나
일정 쓸 돈 한푼 없네 담배 끊고 모은 재물
인정만큼 써나 볼까 귀성으로 옮겨올까
예복 벗어 인정 쓰며 열두대문 들어가네
무섭기도 그지없다 두렵기도 한량없다

도라지 타령

자료코드 : 07_04_MFS_20090122_KID_PSI_0001
조사장소 : 전라북도 무주군 무풍면 현내리 고도길 22 제보자(김양근) 자택
조사일시 : 2009.1.22
조 사 자 : 김익두, 김월덕, 허정주
제 보 자 : 박순이, 여, 87세
구연상황 : 제보자는 연세에 비해 목소리도 힘이 있고 흥취도 좋았다. 분위기가 무르익자
　　　　　노래 여러 곡을 불러 주었다. 나물 뜯는 소리를 요청하자 이 노래를 해 주셨
　　　　　다. 이 노래는 나물뜯을 때나 여럿이 모여서 놀 때 등 정해진 때 없이 부를
　　　　　수 있다고 한다.

도라지 도라지 도라지 심심산천에 백도라지

어데 날 데가 없어서 양 바우 틈에가 났느냐

에헤용 에헤용 어여라 난다 디여라

니가 내 간장을 스리슬스리 다 녹히고

석탄백탄 타는 데 연기만 퐁퐁 나고요

요내 가슴 타는 데는 한품에 든 임도 모르네

에헤용 에헤용 어여라 난다 디여라

니가 내 간장을 스리슬스리 다 녹힌다

임은 오실 때가 됐는데 원수 놈으 빗바람

임 계신 곳을 알아야지 자동차 가시끼리(貸し切りは 貸與라는 일
본말)를 보내지

도라지 타령

자료코드 : 07_04_MFS_20090114_KID_YNS_0001
조사장소 : 전라북도 무주군 무풍면 금평리 금척(쇠재) 마을회관
조사일시 : 2009.1.14
조 사 자 : 김익두, 김월덕, 허정주, 백은철
제 보 자 : 양남순, 여, 74세 외 5명
구연상황 : 할머니들은 할아버지들과 함께 모여 있을 때는 전혀 노래를 하지 않다가 할
　　　　　머니들방으로 옮기자 노래를 불렀다.

도라지 도라지 도라지 심심 삼천에 백도라지

한두 뿌리만 캐어도 대바구리만 철철철 넘는구나

에헤용 에헤용 에헤헤요 어야라난다 기화자자 좋다

니가 내 간장 스리 살살 다 녹인다

도라지를 캐러 간다고 요리 핑계 조리 핑계 가더니

총각낭군 무덤에 삼우제 지내로 가는구나

에헤용 에헤용 에헤헤요 어야라난다 기화자자 좋다

니가 내 간장 스리 살살 다 녹인다

베틀가

자료코드 : 07_04_MFS_20090122_KID_JYS_0001
조사장소 : 전라북도 무주군 무풍면 현내리 고도길 22 제보자(김양근) 자택
조사일시 : 2009.1.22
조 사 자 : 김익두, 김월덕, 허정주
제 보 자 : 진영숙, 여, 58세
구연상황 : 이웃 마을에서 고도마을 사람에게로 재가해 온 지가 얼마 되지 않아서 제보
　　　　　자는 매우 생동을 조심하였다. 김양근, 박순이 제보자가 노래하는 것을 듣고
　　　　　참 좋다고 하면서 자신은 베틀가를 하겠다며 신민요조로 이 노래를 불러 주
　　　　　었다. 목소리가 가늘고 곱다.

베틀 놓세 베틀을 놓세 동난강에다 베틀을 놓세

베 짜는 아가씨는 베틀에 앉아서 수심도 많고

이 베를 짜서 누구를 주나 눈물이로구나

닦아 닦아 우지를 말어라 베틀에 장단에 다 넘어간다

밤에는 월광단을 짜고 낮에는 일광단을 짜고

오는 사람마다 자랑도 하고요

베틀 놓세 베틀 놓세 에헤 동난강에다 베틀을 놓세

베 짜는 아가씨는 베틀에 앉아서 수심도 많고

이 베를 짜서 누구를 주나 아아 눈물이로구나

닦아 닦아 우지를 말어라 아아 베틀에 장단에 다 넘어간다

오는 사람 가는 사람 베틀 아래 자랑도 하고요

탄광촌 노래

자료코드 : 07_04_ETC_20090113_KID_KJG_0001
조사장소 : 전라북도 무주군 무풍면 지성리 율오마을 김진관 제보자 댁
조사일시 : 2009.1.13
조 사 자 : 김익두, 김월덕, 허정주, 백은철
제 보 자 : 김진관, 남, 80세 외 1인
구연상황 : 제보자는 조사자가 수년 전에 만난 적이 있어서 조사의 취지를 쉽게 이해하
고 노래를 불러주었다. 어릴 적 강원도 탄광촌에서 일하는 형들을 만나러 가
서 들은 노래라고 하면서 이 노래를 불러 주었다.

국군에 다대기면 공고리판(콘크리트판)이라

구월산이면 나물꾼이라

뽕따러 가잔다

떨떨이 광-창

일자도 모르는 판판무식이라

촌놈의 딸 아니면 쌍놈의 딸이라지

청춘에 늙노나

3. 부남면

전라북도 무주군 부남면 가당리

조사일시 : 2009.2.14
조 사 자 : 김익두, 허정주

　가당리는 조선시대까지 금산군에 속하였다가 1914년 행정구역 개편 때 무주군 부남면으로 편입되면서 종전의 가정자(柯亭子)와 평당(平當)을 합하여 법정리가 되었다. '가당'이라는 명칭은 가정자와 평당에서 한 글자씩을 취한 것이다. 북서쪽은 덕기봉(德基峰)을 기점으로 충청남도 금산군과 경계를 이루고, 동남쪽은 굴암리와 경계를 이루며, 서쪽은 하평당마을과 인접한다. 북쪽은 지삼치(芝三峙)를 경계로 충청남도와 도계를 이루고 있다. 현재 가당리에는 가정, 상평당, 하평당 등의 자연마을이 있다.

가정마을은 금산군과 경계를 이루는 지삼치 고개 밑에 위치한 마을로 조선시대까지 '가정자'라고 하였으며 금산군에 속해 있다가 행정구역 개편 때 무주군에 편입되었다. 동북쪽의 갈선봉(葛仙峰)과 북쪽의 수로봉(水路峰) 사이의 지삼치는 금산군의 외각성이던 지삼치성지(芝三峙城址)로 후백제와 고려가 패권을 다투던 격전장이기도 했다 한다. 지삼치 아래 가정자에는 조선시대 제원찰방에 속했던 기평원이 위치하고 있어서 무주와 금산을 왕래하던 관원들에게 휴식공간을 제공했고, 동학농민혁명 때에는 농민군의 이동 경로가 되기도 했다.

가당리는 전라북도 무주에 속해 있지만, 주민들은 금산으로 장을 보러 다니는 등 실제 생활권은 충청도라 할 수 있다. 말씨도 전라도 말씨보다 충청도 말씨에 가깝다. 현재 70여 호가 거주하며 생업은 주로 농업이다.

전라북도 무주군 부남면 고창리

조사일시 : 2009.2.13
조 사 자 : 김익두, 허정주

고창리는 동쪽의 구왕산에서 북쪽의 조항산에 이르기까지 길다란 능선을 이루고, 서쪽은 지장산을 기점으로 남쪽의 쌍교봉과 북쪽의 지소산이 연결되어 동서가 가로막힌 깊은 협곡을 이루고 있다. 올려다 보이는 것이 높은 산과 짙푸른 숲이라서 이 산악지형에 형성된 골짜기를 고창곡(高昌谷)이라 불러왔고, 마을 이름도 거기에서 유래되었다. 고창리에 자연마을로는 고창골, 방골(방곡), 심배나뭇골, 건너들 등이 포함되어 있다.

고창리는 조선시대까지 금산군에 속해 있었는데, 행정구역 개편 때 무주군으로 편입되었다. 마을 뒷산 '메밭골' 아래 줄기에 있는 소나무 산제당에서 마을 산제를 지냈으나, 산제당은 15년 전에 없어지고 지금은 산제도 지내지 않는다고 한다. 현재 40여 호가 거주하며 주민 대부분은 농사를 짓는다.

고창마을

전라북도 무주군 부남면 대소리

조사일시 : 2009.2.13, 2009.2.14, 2009.2.28
조 사 자 : 김익두, 허정주

　　대소리는 부남면의 소재지이다. 대소리의 동쪽은 조항산과 경계를 이루고, 남쪽은 고창리와 인접하며, 서쪽은 지소산을 경계로 진안과 군계를 이룬다. 북쪽은 금강을 사이에 두고 대유리와 경계를 이루고, 북동쪽은 봉길마을 강 건너 굴암리와 인접해 있다. 대소라는 지명에 대한 유래는 자세히 알 수 없으나, 고려 때 장안리 지역에 국가의 특수기관인 대곡소(大谷所)가 설치되었고, 이러한 연유로 대소(大所), 도소(島所), 율소(栗所), 목소(木所), 지소(紙所) 등의 지명을 갖는 마을이 많다. 현재 대소리에는 대소, 도소, 유평 등의 자연마을이 속해 있다.

　　대소마을은 대소리에서 가장 큰 마을로, 대곡소가 폐소된 이후 부남면의 행정 중심지로 발전하였다. 마을에서는 화재를 막기 위해 쌓은 돌탑 3

기가 있었고 여기서 탑제를 지냈다고 하나, 현재는 돌탑도 없어졌고 탑제도 더 이상 지내지 않는다. 이 마을에서는 일종의 액막이인 '방아거리놀이'로 민속경연대회에 출전하여 수상한 바 있으며, 무주군 축제 때 이 놀이를 재현하고 있다. 현재(2009. 8) 100여 호가 거주하고 있다.

유평마을은 금강천변에 위치한 마을로, 옛날부터 버드나무가 많고 넓은 들이 있어 유평(柳坪)이라는 이름이 붙여졌다고 한다. 조선시대에는 금산군에 속했고, 1914년 행정구역 개편 때 무주군 부남면으로 편입된 뒤 대소, 도소마을과 함께 대소리에 편제되었다. 그러다가 1972년 행정분리 개정 때 옛 지명인 유평으로 했다고 한다. 현재 50여 가구가 거주하고 있으며, 옛날에는 황씨와 유씨 집성촌이었으나 현재는 각성촌을 이루고 있다. 유평마을에서도 '방아거리놀이'에 많은 분들이 참가하고 있다.

전라북도 무주군 부남면 대유리

조사일시 : 2009.2.27
조 사 자 : 김익두, 허정주

대유리는 본래 금산군에 속하였는데 1914년 행정구역 개편 때 무주군 부남면으로 편입되면서 대티(大峙)와 유동(柳洞)의 앞 글자를 따서 법정리의 명칭으로 삼았다. 대소리에서 빠져나온 금강을 사이에 두고 동쪽은 굴암리, 남쪽은 대소리와 인접하고, 서쪽은 구봉(鉤峰)을 기점으로 남쪽은 진안군과 군계를 이루고, 북쪽은 목사리재 능선을 따라 가면서 충청남도 금산군과 도계를 이룬다. 북쪽은 한티(大峙)재 너머로 가당리와 이웃하고 있다. 현재 대티와 유동 등의 자연마을로 이루어져 있다.

대티마을에는 옛날에 평당(平堂)으로 넘나들던 큰 고개가 있는데, 이 고개를 '한재', '한티재', '대티재' 등으로 불렀다. 모두 큰 고개를 뜻하는 말로, 대티마을도 큰 고개 아래 위치한 마을이라 하여 붙여진 이름이다.

　한때는 80여 호가 살았으나 현재는 40여 호가 거주하고 있으며, 주로 김씨와 주씨가 많다. 마을에 소나무 두 그루가 있는 산제당에서 산제를 지내기도 했으나, 6·25 이후에 중단되었다. 마을에 장군대좌혈로 알려진 명당이 있다고 한다.

전라북도 무주군 부남면 장안리

조사일시 : 2009.2.13
조 사 자 : 김익두, 허정주

　장안리는 부남면 최남단에 위치한 지역으로 옛날에는 부남방(富南坊) 전 지역 행정을 관장한 곳이었다. 장안리 동쪽은 버들뫼에서 구왕산(九王山)으로 이어지는 능선을 따라 적상면과 경계를 이루고, 남쪽은 노루고개에서 안성면과 인접하며, 노루고개 서편인 형제봉과 쌍교봉 능선을 따라 진안군과 군계를 이룬다. 또한 북쪽은 방골재 밑으로 고창리와 이웃하고

있다. 장안리는 교동, 당곡, 상대곡, 하대곡, 시목, 식암 등의 자연마을로 이루어져 있다.

장안마을의 명칭 유래에 대해서는 여러 가지 설이 전해오고 있다. 장안이란 본래 서울 성안을 나타내는 말인데 옛날에 이 일대의 지역을 관할하던 대곡소와 부남방을 관장하던 행정의 중심지였기 때문에 장안이라 했다는 설이 있다. 마을 사람들은 장안리 일대에서 행정을 관장하던 당시에 큰 장(場)이 섰기 때문에 장안이라 했다고 추정하기도 한다. 또 일부는 옛날에 이곳이 대곡장(大谷場)이 있던 곳이라서 장안(場安)으로 불렀는데 이것이 장안(長安)으로 변했다고 한다.

장안마을의 주변 산세는 디딜방아 형국이라 한다. 장안마을에서는 음력 정월 초하루에 산제와 탑제를 지내왔는데 10여 년 전부터 지내지 않는다고 한다. 현재 35호 정도가 거주하고 있으며, 주민 대부분이 농업에 종사하고 있다.

강두석, 남, 1931년생

주 소 지 : 전라북도 무주군 부남면 대소리
제보일시 : 2009.2.13
조 사 자 : 김익두, 허정주

부남면 대소리 유평마을에서 마을 풍물굿을 할 때 상쇠 역할을 했다. 조사자들의 요청에 따라 모심는 소리를 몇 소절 불러 주셨다. 목소리는 매우 힘차고 생동감이 있었다.

제공 자료 목록
07_04_FOS_20090213_KID_KDS_0001 모심는 소리

강점순, 여, 1934년생

주 소 지 : 전라북도 무주군 부남면 고창리
제보일시 : 2009.2.13
조 사 자 : 김익두, 허정주

부남면 식암리 태생으로 16세에 부남면으로 시집왔다. 결혼 후에는 농사도 짓고 몇 년 동안은 가게도 운영했다. 곶감을 만들어 팔기도 했는데 감을 따다가 허리를 다쳐서 그만두고, 그 뒤로는 표고버섯 등을 재배하였다. 슬하에 6남을 두었는데 모두 객지에 나가 있고, 14년 전 남편과 사별한 후로는 마을 주민들과 어울려 소일한다. 조

사자들의 질문에 자상하게 대답해 주셨다. 목소리는 부드럽고 가는 편이며, 유흥요를 성심껏 노래를 불러 주셨다.

제공 자료 목록

07_04_FOS_20090213_KID_KJS_0001 노랫가락

07_04_FOS_20090213_KID_KJS_0002 청춘가

곽유엽, 여, 1947년생

주 소 지 : 전라북도 무주군 부남면 고창리

제보일시 : 2009.2.13

조 사 자 : 김익두, 허정주

전남 목포에서 태어나 여수에서 성장했다. 멸치장수의 중매로 20세에 무주로 시집을 왔다. 넉넉한 체구에 호탕하고 시원시원한 성격으로 보였다. 목청도 좋으며, 노동요보다는 주로 유흥요를 중심으로 다양한 노래들을 막힘없이 불렀다. 특히 음담요를 태연하게 불러서 좌중의 폭소를 자아냈다. 음담요를 할 때는 할머니들의 요청으로 남성 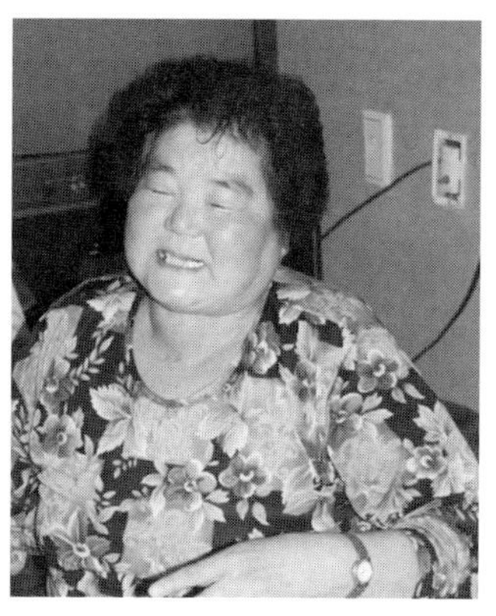 조사자가 밖으로 나가기도 했다. 제보자는 친정어머니가 장사를 하며 돌아다닐 때 부르던 노래를 즐겨서 따라 불렀는데, 그래서 노래를 많이 알게 된 것 같다. 주위에서는 동네 보배라고 하면서 노래 잘 부르는 제보자의 재주를 인정하고 칭찬했다.

제공 자료 목록

07_04_FOS_20090213_KID_KYY_0001 창부 타령

07_04_FOS_20090213_KID_KYY_0002 청춘가

07_04_FOS_20090213_KID_KYY_0003 추야 추야 옥단추야

07_04_FOS_20090213_KID_KYY_0004 성주 풀이
07_04_FOS_20090213_KID_KYY_0005 너냥 나냥
07_04_FOS_20090213_KID_KYY_0006 노래 재촉하는 노래
07_04_FOS_20090213_KID_KYY_0007 댕기 노래
07_04_FOS_20090213_KID_KYY_0008 월경 노래
07_04_FOS_20090213_KID_KYY_0009 잠지 노래
07_04_MFS_20090213_KID_KYY_0001 노들강변
07_04_MFS_20090213_KID_KYY_0002 진도 아리랑
07_04_MFS_20090213_KID_KOG_0001 아리랑

김경애, 여, 1928년생

주 소 지 : 전라북도 무주군 부남면 가당리
제보일시 : 2009.2.14
조 사 자 : 김익두, 허정주

부남면 용포리에서 태어나 6·25 무렵에 부남면 가당리 가정마을로 시집와서 지금까지 살고 있다. 슬하에 3남 5녀를 두었고, 할아버지와는 4년 전에 사별하고 지금은 혼자 소일거리를 하며 지낸다. 노래판에 참여하지는 않고, 다른 제보자들이 이야기하는 내용에 관심을 갖고 조용히 듣고 계시다가 울뱅이(우렁) 노래 이야기를 해 주신다며 우렁각시 이야기를 해 주셨다. 이야기의 대략적인 내용만 전달하였다.

제공 자료 목록
07_04_FOT_20090214_KID_KGA_0001 총각의 노래를 듣고 나오는 우렁각시

김봉순, 여, 1927년생

주 소 지 : 무주군 부남면 대소리 유평마을
제보일시 : 2009.2.13, 2009.2.14
조 사 자 : 김익두, 허정주

　　진안에서 태어나 13살 때 부산으로 가서
방직회사를 다녔다. 19세에 부산에서 돌아
와 고향집에 가보니 집이 무주로 이사를 해
서 무주에서 살게 되었다. 그 해 부남면 대
소리로 시집을 갔다. 슬하에 3남 6녀를 두
었고, 결혼 후에는 논농사와 밭농사를 지었
다. 주위에서는 노래도 잘하고 우스갯소리
도 잘한다고 말한다. 조사자들의 요청에 여
러 곡 노래를 불러 주셨으며 그 밖에 관련 이야기도 자분자분 해 주셨다.
목소리는 곱고 생동감이 있는 편이었다. 회관에 모인 분들이 장타령을 하
라고 재촉하자 장타령을 불렀고 청중의 호응도 좋았다.

제공 자료 목록
07_04_FOS_20090213_KID_KBS_0001 베틀가
07_04_FOS_20090213_KID_KBS_0002 잠타령
07_04_FOS_20090213_KID_KBS_0003 아기 어르는 소리
07_04_FOS_20090213_KID_KBS_0004 노랫가락
07_04_FOS_20090214_KID_KBS_0001 노랫가락

김분임, 여, 1926년생

주 소 지 : 전라북도 무주군 부남면 가당리
제보일시 : 2009.2.14
조 사 자 : 김익두, 허정주

마을회관에 모이신 분들 가운데서 가장 연장자이셨다. 예전에는 아주 총기가 좋으셨다고 한다. 목소리는 카랑카랑하지만, 고령이시다 보니 노래를 길게 하지는 못하였고, 모심는 소리와 베틀 노래 두 곡조를 음송하듯이 짧게 불러 주셨다.

제공 자료 목록

07_04_FOS_20090214_KID_KBI_0001 모심는 노래
07_04_FOS_20090214_KID_KBI_0002 베틀 노래

김상수, 남, 1931년생

주 소 지 : 전라북도 무주군 부남면 가당리
제보일시 : 2009.2.14
조 사 자 : 김익두, 허정주

부남면 가당리 태생으로 충남 금산군 금산읍에서 약 3년 정도 거주하다가 다시 고향으로 돌아와 살고 있다. 슬하에 1남 2녀를 두었고 주로 농사일을 해 왔다. 마을 이장을 4-5년 정도 맡아서 일했으며, 새마을 지도자도 10여 년간 했다. 일제 때 교육을 받아 옛것을 많이 잊어버렸다고 하면서 논매는 소리를 짧게 불러 주셨다. 연세에 비해 목소리에 힘이 있었다. 매봉과 베틀봉의 유래에 대해서는 직접 밖에 나가서 봉우리를 가리키며 안내해 주셨다.

김옥길, 여, 1937년생

주 소 지 : 전라북도 무주군 부남면 고창리
제보일시 : 2009.2.13
조 사 자 : 김익두, 허정주

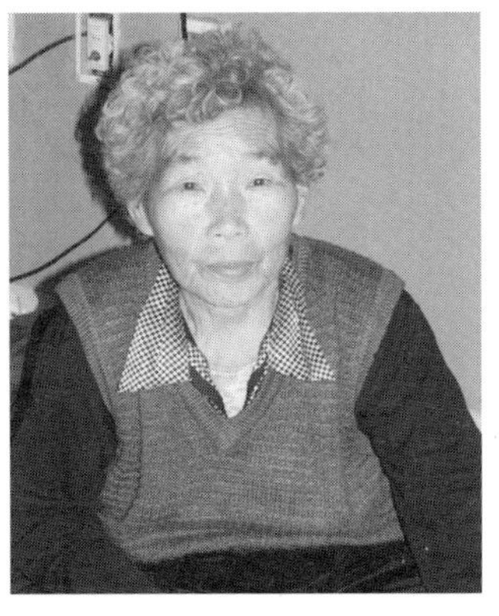

　　제보자는 드물게 여성으로서 상여 소리를 불러 주었다. 몇 년 전 마을에 초상이 났을 때 상여 소리 할 사람이 없어서 직접 상여 소리를 한 적도 있다. 회관에서 제보자가 상여 소리를 하자 청중들은 이런 상황이 우스워 처음에는 크게 웃었으나 소리가 진행될수록 점차 숙연해졌다. 모심는 소리는 고음으로 불렀으며 특유의 늘여 빼면서 떠는 창법을 구사하였다. 목소리는 힘차고 생동감이 있으며, 목소리가 커서 청중을 압도하는 분위기였다. 마을회관에 모인 할머니들을 차근차근 소개도 해 주시고, 다른 분들이 제보를 잘 할 수 있도록 분위기를 이끌어 주셨다.

서상금, 여, 1936년생

주 소 지 : 전라북도 무주군 부남면 고창리
제보일시 : 2009.2.13
조 사 자 : 김익두, 허정주

진안군 안천면 태생으로 18세 때 무주군
부남면으로 시집왔다. 논농사를 주생업으로
하고 토종벌꿀 생산을 부업으로 하고 있다.
적극적으로 나서서 노래를 부르지는 않았고,
조사자가 노래를 권하자 짧게 한 곡 불러
주었다.

제공 자료 목록
07_04_FOS_20090213_KID_SSG_0001 노랫가락

유문호, 남, 1938년생

주 소 지 : 전라북도 무주군 부남면 대소리
제보일시 : 2009.2.14
조 사 자 : 김익두, 허정주

진안군 용담면 감동마을에서 태어나 국민
학교 다닐 때 부남면으로 이주하였다. 40여
년 전에 '금강대도'라는 종교에 어머니와
함께 입교하였다. 남들이 잘 부르지 않는
노래를 부르겠다면서 금강대도 창시자인 토
암 이승여가 지은 『도덕가(道德歌)』 두 부분
을 불러 주셨다. 노래자랑에 나간 적도 있
을 만큼 노래 부르는 것을 즐기는 편이다.

지금은 노래를 잘 못한다고 사양하다가 나중에 다른 사람의 장구 장단에
맞추어 『도덕가』를 불러 주셨다.

제공 자료 목록
07_04_ETC_20090214_KID_YMH_0001 도덕가
07_04_ETC_20090214_KID_YMH_0002 도덕가 중 붕우장

유순, 여, 1934년생

주 소 지 : 전라북도 무주군 부남면 대소리
제보일시 : 2009.2.14
조 사 자 : 김익두, 허정주

부남면 대소리 유평에서 태어나 같은 마
을로 시집을 갔다. 마을에서 부녀회장을 맡
고 계셔서 책임감을 갖고 조사자들이 많은
정보를 얻을 수 있도록 적극적으로 도와 주
셨고, 마을 분들이 노래를 부르도록 독려하
였다. 조사자의 요청에 짧게 노래를 불러 주
셨다.

제공 자료 목록
07_04_FOS_20090214_KID_YSS_0001 모심는 소리
07_04_FOS_20090214_KID_YSS_0002 노랫가락

유순예, 여, 1925년생

주 소 지 : 전라북도 무주군 부남면 대소리
제보일시 : 2009.2.28
조 사 자 : 김익두, 허정주

　　부남면 대소리 대소마을 태생으로 같은
마을로 시집을 갔다. 시아버지가 시집오라
고 하도 해서 시집을 가 줄곧 이 마을에서
살고 있다고 웃으며 말씀하셨다. 슬하에 4
남 2녀를 두었고 자식 덕에 산다며 모두 효
자효부라고 칭찬하셨다. 할아버지는 15년
전에 돌아가셨는데 22살에 일본에 징용을
갔다가 살아오셨다 한다. 제보자는 부모님

에게 학교를 보내 달라고 했으나 학교를 다니지는 못했다. 어려서부터 친
정 오빠한테 노래와 이야기를 많이 듣고 배웠다. 연세에 비해 총기가 매
우 좋고 목소리도 맑았다. 농요와 유흥요 등 다양한 노래를 불러 주셨고,
노래를 한 후에 자분자분 이야기도 잘 하셨다. 방송국에서 해마다 와서
노래하는 모습을 촬영해 간다고 하였다.

제공 자료 목록

07_04_FOS_20090228_KID_YSY_0001 모찌는 소리
07_04_FOS_20090228_KID_YSY_0002 모심는 소리
07_04_FOS_20090228_KID_YSY_0003 밭매는 소리
07_04_FOS_20090228_KID_YSY_0004 베 짜는 소리
07_04_FOS_20090228_KID_YSY_0005 나물 뜯는 소리
07_04_FOS_20090228_KID_YSY_0006 아기 어르는 소리
07_04_FOS_20090228_KID_YSY_0007 영감아 땡감아
07_04_FOS_20090228_KID_YSY_0008 임 노래
07_04_FOS_20090228_KID_YSY_0009 구혼 노래
07_04_FOS_20090228_KID_YSY_0010 파랑새
07_04_FOS_20090228_KID_YSY_0011 임 생각
07_04_FOS_20090228_KID_YSY_0012 신세 타령

유재두, 남, 1941년생

주 소 지 : 전라북도 무주군 부남면 대소리
제보일시 : 2009.2.28
조 사 자 : 김익두, 허정주

　　부남면 대소리 토박이인 제보자는 무주군
의 향토사학자로 널리 알려져 있다. 무주군
내 민속문화 발굴과 향토문화 조사를 오랫
동안 해 왔고 각종 문화 행사에도 적극적으
로 관여해 왔다. 부남면 방아거리놀이를 발
굴하기도 하였다. 현재 무주 향토사연구회
모임을 주도하고 있다. 대소리에 있는 바위
들에 얽힌 전설을 어려서 듣고 보았던 내용
을 섞어 생동감 있게 구연해 주셨다.

제공 자료 목록

07_04_FOT_20090228_KID_YJD_0001 주인이 잊어버린 시구를 외운 하인
07_04_FOT_20090228_KID_YJD_0002 황소를 끊어 삼킨 대문바위 이무기
07_04_FOT_20090228_KID_YJD_0003 매산바위와 각시바위

이명순, 여, 1935년생

주 소 지 : 전라북도 무주군 부남면 대소리
제보일시 : 2009.2.13
조 사 자 : 김익두, 허정주

　　전북 전주시에서 태어나 진안군으로 이사
했다가, 17세에 무주군 부남면으로 시집을
갔다. 슬하에 9남매를 두었으며 농사일은
그다지 많이 하지 않았고 주로 집안 살림을

해 왔다. 늘여 빼면서 떠는 창법으로 모심는 소리를 불러 주셨다.

제공 자료 목록

07_04_FOS_20090213_KID_LMS_0001 모심는 소리

이영순, 여, 1938년생

주 소 지 : 전라북도 무주군 부남면 대소리
제보일시 : 2009.2.13
조 사 자 : 김익두, 허정주

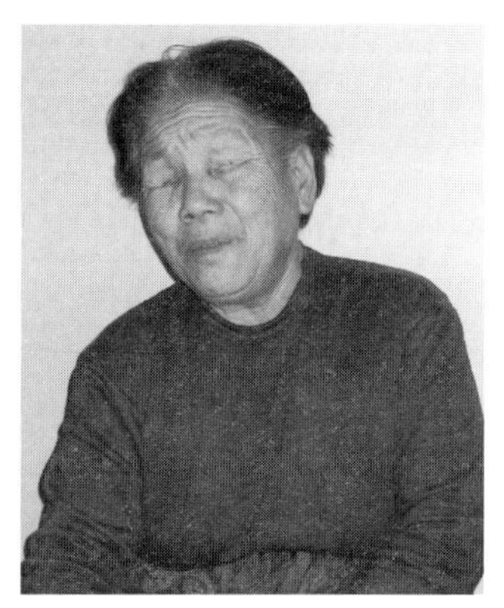

젊었을 적에 노래를 잘 부르셨다고 하면
서 주위 어르신들이 노래를 권하였으나 소
리가 잘 나오지 않는다며 처음에 사양을 하
였다. 재차 노래를 청하자 시집살이 노래 일
부와 유흥요를 불러 주셨다. 방송국에 나가
서 노래로 부르고 상을 탄 적도 있다고 한
다. 오랫동안 노래를 부르지 않아 목소리는
예전처럼 나오지 않는 것 같았다.

제공 자료 목록

07_04_FOS_20090213_KID_LYS_0001 시집살이 노래
07_04_FOS_20090213_KID_LYS_0002 양산도
07_04_FOS_20090213_KID_LYS_0003 청춘가

이태형, 남, 1933년생

주 소 지 : 전라북도 무주군 부남면 장안리
제보일시 : 2009.2.27
조 사 자 : 김익두, 허정주

부남면 장안리에서 태어나 계속 살아온 토박이로서 농업에 종사해 왔다. 장안리 교동마을에 사는 제보자는 마을에서 풍물패 상쇠를 맡아 해 왔고, 상여 소리 앞소리꾼도 하며, 마을에서 노래를 잘 하는 분으로 인정받는 분이다. 마을 분을 통해 이태형 제보자를 미리 추천받았는데 조사자들은 이씨 종친계 모임에서 제보자를 직접 만날 수 있었다. 모심는 소리를 늘여 빼면서 꺾는 창법으로 불러 주셨고, 달거리도 구성지게 불러 주셨다. 답사 이후에 건강검진 결과 중병임이 드러나 병원에서 요양중이라는 소식이 들려 왔다.

제공 자료 목록
07_04_FOS_20090227_KID_LTH_0001 모심는 소리
07_04_FOS_20090227_KID_LTH_0002 청춘가
07_04_FOS_20090227_KID_LTH_0003 달거리

이호생, 여, 1938년생

주 소 지 : 전라북도 무주군 부남면 대소리
제보일시 : 2009.2.13, 2009.2.14
조 사 자 : 김익두, 허정주

무주군 적상면에서 태어나 20살 무렵에 부남면 대소리 유평마을로 시집와서 지금까지 살고 있다. 결혼하여 줄곧 농사일을 해 왔는데, 논농사 이외에도 인삼과 표고버섯 등을 재배했고 잠업도 좀 했다. 옛날에 부모님이 학교를 보내주지 않아 몰래 야학교에

가서 어깨너머로 글을 배우셨다고 한다. 자그마한 체구로 차분하게 노래를 불러 주셨다. 2차 조사 때는 집에서 미리 연습을 해 와서 달거리를 불러 주셨다.

제공 자료 목록

07_04_FOS_20090213_KID_LHS_0001 노랫가락
07_04_FOS_20090214_KID_LHS_0001 달거리

전일색, 여, 1930년생

주 소 지 : 전라북도 무주군 부남면 장안리
제보일시 : 2009.2.27
조 사 자 : 김익두, 허정주

이씨 종친계가 장안마을 한 집에서 있어서 스무 명 정도의 어르신들이 그 집에 모였다. 조사자들이 조사 취지를 설명하자 모두 제보자를 추천하였다. 제보자는 처음에는 부끄러워하셨지만 막상 노래를 시작하자 방 한가운데로 나와 춤까지 추시면서 열창을 하셨고, 계모임에 참석한 청중들도 모두 흥겨워하였다. 목소리는 곱고 가는 편이다. 
늘여 빼는 창법으로 모심는 소리를 부르셨고, 이태형 제보자와 함께 유흥요도 불러 주셨다.

제공 자료 목록

07_04_FOS_20090227_KID_JIS_0001 모심는 소리
07_04_FOS_20090227_KID_JIS_0002 노랫가락
07_04_FOS_20090227_KID_JIS_0003 청춘가

정향순, 여, 1928년생

주 소 지 : 전라북도 무주군 부남면 대소리
제보일시 : 2009.2.13
조 사 자 : 김익두, 허정주

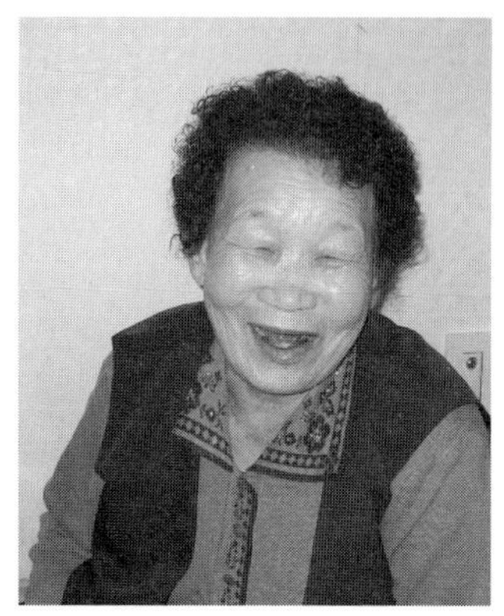

적상면에서 부남면 대소리로 15살 때 남편 얼굴도 모르고 시집왔다고 웃으면서 말씀하신다. 슬하에 2남 5녀를 두셨는데, 남편이 부남면 면장으로 퇴임을 하셨다. 농사를 지은 적은 없고 집에서 살림만 하셨다고 한다. 조사자의 요청에 노래를 짧게 불러 주셨다.

제공 자료 목록
07_04_FOS_20090213_KID_JHS_0001 창부 타령

주규식, 남, 1938년생

주 소 지 : 전라북도 무주군 부남면 대유리
제보일시 : 2009.2.27
조 사 자 : 김익두, 허정주

부남면 대유리에서 선대부터 15대째 살고 있는 마을 토박이이다. 신안주씨인 제보자는 중국 주희의 증손이 고려 고종 갑신년에 고려에 건너와서 정착한 집안이라고 소개하였다. 집안에 내려오는 책들을 보여 주시면서 여러 가지 이야기들을 해 주셨다. 지역사회에 대한 관심도 많고 식견도 높았다. 일제 때 국민학교 입학 전에 학습 강습소라

는 데서 일본말을 배웠다고 한다. 마을 어른들에게 들었던 일지대사 이야기와 선친으로부터 들었던 김씨네와 송씨네의 재판 이야기를 들려 주셨다. 주로 현재시제를 써서 자분자분하면서도 생동감 있게 이야기를 전달하는 편이었다.

제공 자료 목록

07_04_FOT_20090227_KID_JGS_0001 아들을 잃고 집을 나가 명풍수가 된 일지대사
07_04_FOT_20090227_KID_JGS_0002 송씨네에게 빼앗겼던 선산을 되찾은 김씨네

한분임, 여, 1925년생

주 소 지 : 전라북도 무주군 부남면 가당리
제보일시 : 2009.2.14
조 사 자 : 김익두, 허정주

　　부남면 가당리에서 태어나 18세에 같은 마을로 시집을 가서 지금까지 살아 왔다. 할아버지와 사별한 지가 30년이 되었다. 슬하에 4남 3녀를 두셨고 작은 아들네와 함께 살고 있다. 예전에는 노래를 잘 부르기도 하고 아는 노래도 많았으나, 자주 부르지 않다 보니 지금은 다 잊어버렸다고 하면서 처음에는 노래하기를 사양하였다. 그러나 막상 노래를 시작하자, "내가 모를 제법 심군다"라고 하면서 모심는 모습까지 재현하면서 늘여 빼는 창법으로 모심는 소리를 불러 주셨다.

제공 자료 목록

07_04_FOS_20090214_KID_HBI_0001 모심는 소리

총각의 노래를 듣고 나오는 우렁각시

자료코드 : 07_04_FOT_20090214_KID_KGA_0001
조사장소 : 전라북도 무주군 부남면 가당리 가정 마을회관
조사일시 : 2009.2.14
조 사 자 : 김익두, 허정주
제 보 자 : 김경애, 여, 82세
구연상황 : 한분임 어르신의 노래가 끝나자 제보자가 이 노래와 연관된 이야기가 생각이
　　　　　나서 이야기를 했다.
줄 거 리 : 혼자 사는 총각이 집에 오면 누군가 밥을 차려 놓는다. 총각이 우렁노래를 부
　　　　　르고, 시간이 되면 우렁 속에서 예쁜 색시가 나와서 총각과 만나서 산다.

　옛날이, 그 얘기를 허야겠네. 옛날에 긍개 총각이 혼자 살았대요. 총각
이 혼자 살았는디. 아이 뭐여, 집이를 오면 밥을 해 놓고, 밥을 해 놓고
그라드라네. 아 그래서 인제, 뭐여, 거기 총각이 노래를 불렀디야.

　"우렁 우렁 우렁아, 밥은 해 놓고 어데를 갔냐, 너랑 나랑 먹자더니."
그렇게 노래를 총각이 불렀데야. 그랬는디. 아, 때가 된깨 이쁜 각시가 나
오더라네, 우렁 속에서. 그래서 그 사람이랑 살더랴.

　(청중 : 그랑깨 그 논배미다 모를 심궈서 누구랑 나랑 먹고 살까냐고 총
각이 노래 불렀다잖아.)

　총각이 그 노래를 했는디. 그게 우렁노래여, 우렁노래. 우렁노래. 홀애
비로 총각은 혼자 살 테지. 이 논배미 모를 심거 누구랑 누구랑 먹을끄나.
인자, 밥은 해 놓고 가고, 밥헌 사람은 없고. 시간이 돼야 와서 그걸 그
사람하고 만나서 사는디 시간이 안 된개 인자 그 사람하고 만나서 못 살
어. 시간이 되다 본깨 울뱅이(우렁의 방언임.) 속에서 각시가, 이쁜 샥시가
나오더래요. 그래서 그 샥시랑 살더랴. 그래 그게 우렁노래여, 우렁노래.

누구랑 누구랑 먹고 사냐고. 울뱅이가 각시 되겠어? 그게 거짓말이지.

천지개벽 때 물에 잠기지 않은 매봉산과 베틀봉

자료코드 : 07_04_FOT_20090214_KID_KSS_0001
조사장소 : 전라북도 무주군 부남면 가당리 가정 마을회관
조사일시 : 2009.2.14
조 사 자 : 김익두, 허정주
제 보 자 : 김상수, 남, 79세
구연상황 : 마을회관에서 점심을 먹고 난 후 제보자는 밖으로 나와서 조사자들을 불러내
　　　　　어 주변 산들을 둘러보면서 이야기를 구연했다.
줄 거 리 : 천지개벽이 일어났을 때 천지가 물에 다 잠기고 매봉산과 베틀봉 두 봉우리
　　　　　만 물에 잠기지 않았다. 매봉산은 매가 앉을 만큼만 남았고, 베틀봉은 베틀
　　　　　하나 놓을 만큼만 남았다고 해서 그렇게 불리게 되었다.

　전설 유래가 같은데,
　[손으로 산 쪽을 향해 가리키면서] 저기 저 빼쭉한 데는 매봉산이라고
그라고.
　(조사자 : 매봉산.)
　예. 그리고 저기 저게는 베틀봉. 그런데 이 전설은 왜 매봉산이라고 허
고, 저 베틀봉이라고 했는고 하니, 옛날에 천지개벽 됐을 적에 여기가 물
이 전부 다 찼다 그거여. 딴 산들은 다 가라앉고, 저기 높은 산 두 봉만
남았는디, 저기는 매 하나 앉을 만큼 남아서 매봉산이라고 그러고, 저기
는 저 베틀, 베틀 하나 놓을 만큼 남아서 그렇다고 그러지요.
　(조사자 : 천지개벽 얘기예요?)
　네. 천지개벽이 됐을 적에 여기 물이 전부 다 다 차 가지고서는 다 물
속에 들어갔는데, 저 봉우리 두 봉우리만 남아서, 그래 여기는 매 하나 앉
을 만큼 남았다고 해서 매봉산이고.

(조사자 : 저쪽은요?)

베틀 하나, 베틀 하나 놓을 만큼 남아서 그렇다고, 전설이 그렇지요. 하평당에 가면 수리봉이라고 있는데.

(조사자 : 하평당, 아, 저기 하평당.)

네. 거기 수리봉이 내내 여기 이 능선이지, 이 능선의 최고봉이지. 근데, 거기도 수리 하나 앉을 만큼 남았다 그래서.

(조사자 : 매보다 독수리가 크니까 수리봉이구나. 거기가 좀 더 크니까.)

네.

주인이 잊어버린 시구를 외운 하인

자료코드 : 07_04_FOT_20090228_KID_YJD_0001
조사장소 : 전라북도 무주군 부남면 대소리 부남면사무소 앞
조사일시 : 2009.2.28
조 사 자 : 김익두, 허정주
제 보 자 : 유재두, 남, 69세
구연상황 : 제보자가 다른 제보자를 소개해 주면서 그 제보자의 집을 찾아가는 길에 제보자가 이야기를 한 것이다.
줄 거 리 : 하인이 주인 양반을 말에 태우고 한양을 가는 길에 주인이 심심하여 시 한 수를 읊는다. 앞 구절을 읊고 나니 다음 구절이 생각이 나지 않아 자꾸만 앞 구절을 반복한다. 이를 보던 하인이 답답하여 평소에 하도 많이 들어서 외우고 있던 뒷구절을 말한다. 그러자 주인은 하인이 그 구절을 훔쳐가서 자신이 잊어버린 것이라고 한다.

선비가 말을 타고 가는디, 이제 그 말 모는 하인이 있을 거 아녀. 하인이. 그래 지나가다가 위에서 그 양반이,

"마상에, 마상에, 봉한식하니(馬上逢寒食이라는 시구를 말함.)"

말 위에서 한식을 만나니, 이 소리란 말여. 봉한식하니. 아 그 뒷말이

아무래도 안 나와. 그래서 감서나(가면서),

"마상에 봉한식하니." 감서 인제 계속, 감서 인제 계속

"마상에 봉한식하니." 아, 답답하거든, 이 하인이 들을 때. 그래서 하는
소리가,

"노중에 송모춘이라, 노중에 송모춘이라(路中送暮春이라는 시구를 말
함.). 길 가운데서 모춘이라. 늦은 봄을 보낸다."

(조사자 : 노중에 송모춘.)

"노중에 송모춘이라니, 네끼 이놈! 니가 훔쳐 갔구나, 니가 훔쳐 가 내
가 잃어버렸구나." 그라더랴.

옛날 게 보면 참 재미있는 에피소드가 있어요. 마상에 봉한식하니 노중
에 송모춘이라. 노중. 길 로 자, 가운데 중 자, 보낼 송 자. [뒷부분은 심
한 바람소리 때문에 청취 불가]

삼월 달 되면 인제, 봄을 삼월 달로 치잖아요. 삼사 십이로 치니까. 길
위에서 이렇게 늦은 봄, 늦봄을 보낸다. 그런 뜻인데. 짓고 있기를. 아니,
왜냐면 하인이 날마다 들었으니까 외는 거여. 긍개 답답해서 해 버렸어.

"노중에 송모춘이라."

"네끼 이놈! 니가 훔쳐 갔구나."

황소를 끊어 삼킨 대문바위 이무기

자료코드 : 07_04_FOT_20090228_KID_YJD_0002
조사장소 : 전라북도 무주군 부남면 대소리 부남면사무소 앞
조사일시 : 2009.2.28
조 사 자 : 김익두, 허정주
제 보 자 : 유재두, 남, 69세
구연상황 : 면사무소 앞에서 마을을 쪽을 바라보며 마을에 관한 이야기를 하다가 조사자가
이 마을에 관한 전설이 있느냐고 질문하니 제보자가 이 이야기를 해 주었다.

줄 거 리 : 최부잣집 하인이 대문바위 근처 강변에 아침에 황소를 매 놨는데 저녁이 되
어 가 보니까 소는 없어지고 대가리만 남아 있었다. 나중에 알고 보니 대문
바위 밑에 이무기가 살아서 황소를 끊어 먹은 것이었다. 그래서 그 뒤로는
사람들이 그곳에 가지 않았고, 지금도 여름이 되면 그 위에서 김이 나온다고
한다.

그 전에는 대문같이 좁았었어요. 거기가. 근데 인제 옛날에 여기가 인
제 최부잣집에서 머슴을 살던 사람이, 지금은 인제 올려 가지고 담을 쌓
았지만 그전에는 강변여, 강변, 강변.

그 인제 아침에 소를 갖다 맸는데 황소를 갖다 맸는데, 저녁에 소를 몰
러 와서 보니까 소가 없어진 거요. 대가리만 남고. 나중에 알고 보니까 대
문바위 밑에 이무기가 살아서 이무기가 끊어 먹었다. 그래서 대문바위 이
무기라는 전설이 있죠. 지금도 그 우에 보면, 여름에 보면, 그 짐이(김이)
나와요. 짐이, 우에서.

(조사자 : 김이 나와요?)

예. 그래서 한참은 그게 막 김 나온다고 온천이 나온다고 그랬는데.

지금도 그 굴이 뚤펴(뚫려) 있어 갖고 아침에 기온차이 되면 강에서 수
증기가 올라와 갖고 여기서 보면 불 해 놓은 것같이 푹 솟아요.

(조사자 : 거기가 유 선생님 뭐 시비(詩碑) 있는 그 바위죠?)

예, 시비 그 바위죠. 시비 그 바위 밑이가 그 전에는 무서웠어요, 옛날
에는. 그래서 그 뒤로는 서로 안 갔다네요. 사람들이, 거기를. 그래서 거
기가 그 대문바위 이무기라는 것이 굴이 지금도 있다고 해서 지금도 그
위 보면, 산 중턱에서 막 김이 나와요. 여름 되면 푹 솟아. 불 해 놓은 거
같이. 온도계를 대면 영하 한 육칠 도 이렇게 내려가는 바우 속에가, 그래
이무기 관계된 것이 있고.

매산바위와 각시바위

자료코드 : 07_04_FOT_20090228_KID_YJD_0003

조사장소 : 전라북도 무주군 부남면 대소리 부남면사무소 앞

조사일시 : 2009.2.28

조 사 자 : 김익두, 허정주

제 보 자 : 유재두, 남, 69세

구연상황 : 대문바위와 이무기 이야기를 하고 난 다음에 바로 연이어서 매산바위와 각시
바위에 관한 이야기를 해 주셨다.

줄 거 리 : 매산이라는 어린 처자가 최부잣집에서 일을 해주는 홀어머니와 함께 가난하
게 살았다. 하루는 매산이가 어머니를 아무리 기다려도 오지 않았는데 어머
니는 최부자의 첩이 되어 집에 오지 못한 것이었다. 매산이는 어머니를 기다
리다가 그 자리에서 바위가 되었다고 한다. 사람들은 마치 매산이에게 말하
듯이 매산바위를 향해서 외치곤 했다. 또 그 강 건너에는 각시가 서 있는 모
양의 각시바위가 있는데, 시어머니 시집살이를 견디지 못하고 죽으려고 바위
에 올라간 며느리가 굳어서 된 것이라고 한다. 며느리가 죽으러 간 바위는
하늘을 향해 막 커 올라갔는데 시어머니가 소리를 치는 바람에 더 이상 커지
지 못했다.

매산바위는, 봉길리라는 마을에 있어요, 봉길리란 마을에. 근디 인제 매
산바위라는 바위는 우리가 어려서 가게 되면, 우리 우에(위에) 사람들이.
강변에 옛날에, 여기는 전부 자갈이 있었고 나무가 없었잖아요. 거기에
고기를 잡으러 가게 되면, 우리 우에 선배들이,

"매산아!" 그라거든. 그러면 저기서

"야호 야호, 매산아!" 그라거든.

그래 가만히 들어보면, 뭐,

"밥 먹었냐?" 그라면

"느네 엄마 애 낳았냐?" 그러거든. 그 바위를 보고. 서 있는 바위를 보
고. 그래서 그걸 조사해 보면, 그 바위가 매산바위인데, 한 십오 세 정도,
한 십삼 세에서 한 십오 세 정도 되는 처녀가 그 마을에 살았어요. 봉길
리라는 마을에. 근데 어려서 뭐 인자 십이삼, 십이삼 세 될 때, 어머니가,

혼자된 어머니가 그 생활이 어려워서, 아버지 일찍 죽고. 그래서 인자 농사를 지게 되면, 남 일 해 주고 품 팔아먹고 사는 그런 분이, 인자 흉년이 돼 가지고. 아까도 저기서 얘기했잖아요. 여기 다 기와집이라고. 근디 기와집이라고 지금은 터만 나와요. 그라고 사천이라는 데 보면, 사전이라는 데 보면, 활 쏜 정자라는 것이 있어요. 위치가. 그 전에 활 쏠 정도로 부자라 해 가지고. 그 사람이 강을 건너 와 가지고, 이 큰 마을에 와서, 지금으로 말하면 식모같이 살았어요. 최부잣집에.

(조사자 : 최부잣집에 와서.)

예. 그래서 아침에 와서 밥해 주고 심부름해 주고, 밤이 되면 인자, 해가 되면 밥을 이고 간단 말여.

(조사자 : 좀 얻어 가지고.)

그러면 어머니가 오도락까지(올 때까지) 나와서 기다리는 거여, 인자. 그래서 어머니가 오면 저녁을 먹고 살았는데, 하루는 기다리는데 안 오는 거여. 최부자가 이쁘다니까 욕심 내 갖고 첩으로, 첩으로 인자 받아들여 가지고 안 간 거여. 그래서 그 바위가 매산이가 기다리다가 거기서 인자 바위가 됐다는 매산바위가 있어요.

(조사자 : 어머니가.)

매산이가 기다리다, 어머니 기다리다가 안 오니까 거기 굳어서 매산바위가 되었어. 지금도 매산바위라고 하지. 여자가 매산이라는 거지.

지금 우리 어려서 보면, “매산아! 밥 먹었냐? 뭐 낳냐?” 뭐 낳냐 소리는. 젊잖아. 매산이는 여자고.

(조사자 : 뭐 낳냐가 뭐예요?)

뭐 낳았냐? 니 어머니 뭐 낳았냐?

(조사자 : 아, 뭐 낳았냐?)

미역국 끓여 줄게.

(조사자 : 미역국 끓여 줄게.)

그러니까 젊다 소린디 그게. 그러니깨 그 소리는 뭐냐면 출가해 갖고, 뭐 낳았냐 물어 보는 그런 관계. 고 밑에 가서 각시바위라는 것도 또 있어요. 각시바위라는 것이. 각시바위는 인제 그 강 건너 있거든요, 봉길리 건네. 근데 가서 보면 바위가 이렇게 [손을 위로 들어 올리며] 뾰쪽하게 생겨가지고, 사람이, 옛날에 물을 대 먹게 위해 굴 뚫버서(뚫어서) 사람이 다녀. 이렇게.

각시바위는 그렁개 굴같이 다니는데, 사람이 다녀요, 그렇게. 뚫버 갖고. 그 위에는 신랑 바위가 있고. 근디 인제 그 봉길리 어느 마을에, 인제 ○○마을에서 모모한 집에 시집와서 사는데.

(조사자 : 봉길리에.)

예, 봉길리라는 마을에 며느리한테 시집살이 되게(힘들게) 시키는 시어머니가 있었어, 시어머니가. 그래서 도저히 살 수가 없으니까 죽을라고 인제 건너가서 그 바위에 올라가서 기도를 하는 거여. 빠져 죽을라고. 그래 인자 그 시어머니가 새벽에 보니까 없거든. 그래 찾다 찾다 보니까 바위가 막 커 올라가는 거여. 그래서 인자 소리를 질렀어. 그러니까 바위가 올라가다 그냥 끄쳐 뻐렸어. 근데 보면 바위가 우에 보면 각시가 서 있는 것 같애. 높아요. 이래도 큰 바위여, 바위가. 그것이 인제.

(조사자 : 그 여자는 죽구요? 거기서.)

바위가 됐어. 바위가 돼 뻐렸어.

(조사자 : 바위가 돼 버렸구만.)

각시바위가 돼 뻐리니까. 근디 그 우에 보면 각시가 영락없이 있는 거 같어. 그래서 인제 그게 그대로 됐으면, 뭐, 마이산 바위보다 더 클 낀데, 여자가 소리를 쳤기 때문에 올라가다 못 올라갔다. 하늘로 올라갈 게 못 올라갔다. 그런 전설이 있어요.

아들을 잃고 집을 나가 명풍수가 된 일지대사

자료코드 : 07_04_FOT_20090227_KID_JGS_0001
조사장소 : 전라북도 무주군 부남면 대유리 대치마을 118번지 제보자 자택
조사일시 : 2009.2.27
조 사 자 : 김익두, 허정주
제 보 자 : 주규식, 남, 72세

구연상황 : 제보자에 대한 정보를 얻고 조사자가 집을 방문했으나 부재중이어서 전화를
　　　　　했더니 면 소재지에 계셨다. 통화 후 제보자가 바로 집으로 와서 이야기를 들
　　　　　을 수 있었다. 집에 있는 여러 가지 고문서를 보여주면서 이야기를 시작했다.

줄 거 리 : 한산 이씨 집안에 아들이 하나 있었는데 어려서부터 병약하였다. 죽을 고비
　　　　　때마다 아버지가 손가락을 끊어 피를 먹이면 회복되곤 했다. 아버지가 손가
　　　　　락 세 개를 끊었을 때 아들을 장가들였는데 또 죽으려고 하자 네 번째 손가
　　　　　락을 끊어 피를 먹였지만 아들은 그만 죽고 말았다. 아버지는 며느리에게 개
　　　　　가를 권하지만 며느리가 끝내 듣지 않자, 팔도강산 유람이나 하다 죽겠다며
　　　　　집을 나간다. 시아버지가 집을 나간 사이 며느리는 유복자를 낳고, 이 아이가
　　　　　자라서 할아버지 이야기를 듣고 할아버지를 찾아 나선다. 합천 해인사 근처
　　　　　의 암자에서 할아버지와 손자는 상봉을 하고 함께 고향에 돌아왔는데, 할아
　　　　　버지가 선산을 돌아보니 묘가 다 잘못 쓰여 있어서 묘를 전부 다시 썼다. 할
　　　　　아버지는 집을 나가서 명풍수가 되었는데 그가 바로 일지대사이다. 제보자는
　　　　　자신의 칠대조 할아버지가 실제로 일지대사를 만나 자손이 많이 나는 명당자
　　　　　리를 얻었다고 하고, 일지대사가 설천 평지마을에 터를 잡아 주고 처사가 날
　　　　　자리라고 했는데 거기서 축지법을 쓰고 예견능력도 갖춘 박처사라는 사람이
　　　　　나왔다는 이야기도 덧붙였다.

　(조사자 : 저기 어르신이 옛날 얘기나 좀 한 몇 자리 해 주세요.) 여기
풍수쟁이들 이야기 좀 있을 텐디. 묘 자리라든가, 명당 얘기라든가. 그라
믄, 거시기 한산이씨, 일지대사 얘기 좀.

　(조사자 : 예, 예.)

　그 옛날에요, 그 한산이씨 집안에 그 일지대사라고 하는 분이 있는데,
그 분이 원래 대사가 아니에요. 근디 그 일지대사가 만득으로 아들 하나
를 두었는데 그 아들을 낳고 보니까 아들이 병각이여.

(조사자 : 병각이라면은.)

몸이 정상이 아니고, 병 병고에 자꼬(자꾸) 시달려. 그러니까 인자, 아들이, 인자, 병고에 시달리다 죽을라고 하니까, 이 손가락을 끊어서 피를 멕여. 그래 인자 피를 멕이고 그라면 살아나. 그래 얼마 지나다가, 또 아들이 인자 병고에 누워 가지고서는 시달려서 죽게 되면은 또 하나를 끊어 멕여.

그래서 결국에 손가락 네 개를 끊었어. 세 개를. 손가락 시(세) 개를 끊고, 네 개 끊기 전에 장개를 들였어. 아버지가 아들 장개를 들였는디, 장개들인 석 달 만에 그 아들이 죽을라고 혀. 그래서 마자 끊어서 멕였어, 손가락 네 개를. 그래도 죽었어. 그래 가지고서는 인자 그 시아버지가 며느리를 하루는 불러 앉혀 놓고,

"네가 청춘에 혼자 사는 건 안 되니까 좋은 배필을 만나서 가서 시집가서 잘 살라고." 그러니까 그 며느리 하는 말이,

"내가 초년 팔자 이렇게 험한 사람이 재가를 해서 잘 살 것냐고. 내가 아버지 모시고 평생 살 테니까 당초 그런 소리 하지 말라고." 그라면서 아버지를 오히려 위로를 혀.

그래 며칠 지나면 또 뵈기가 싫어. 시아버지가 볼 적에. 며느리 혼자 사는 것이 뵈기가 싫어. 그래서 또 불렀어. 또 그랴. 또 똑같은 대답이여. 그래서 세 번째는,

"니가 안 나가면 내가 나갈란다." 해 가지고서는,

시아버지가 인제 등에다 인제 자기 간단한 의복을 챙겨 입고서는 인제 집을 나가. 집을 나가는데 집을 나가면서 뭐라고 하는고 하니,

"내가 팔도강산 유람을 하고 돌아댕김선 살다 죽을란다. 그 방면에 내가 주로 절을 위주로 해서 그렇게 돌아댕기다 구경하다 죽을탱개 그런 줄 알라고."

그 말 한 마디를 냉겨 놓고 시아버지가 나가. 그래 그 시아버지가 나간

뒤에 차차 차차 며느리가 배가 불러. 그래 열 달 만에 아들을 낳았어. 그래 가지고 유복자지, 인자 그게. 그래 유복자가 참 잘 커. 병도 잔병도 안 하고. 일곱 살 먹던 해, 서당을 넣어. 서당을 딱 넣고 나니까, 아들이 잘 댕겨, 서당도. 그래 아홉 살 먹던 해에, 한 번은 봄에 서당 갔다 오더니 뭐라고 하는고 하니,

"아이고, 어머니!"

"왜 그러느냐?"

"딴 아들은 형제도 있고, 아버지 어머니도 있고, 할아버지 할머니도 있는디, 나는 왜 어머니 혼자냐고." 그랴. 그때 이야기를 햐.

"이만저만해서 느 아버지가 병각으로 있다가 너를 배 놓고 이렇게 죽고, 그 방면에 느 할아버지가 집을 나갔다."

그렁깨 그 아홉 살 먹은 놈이 깜짝 놀래야. 이 추운 겨울에 할아버지가 고생을 얼마나 많이 하겠냐고. 우리는 따뜻한 방에서 참 배부르게 자고 이럭하는디. 할아버지는 그래 객지 나가 죽은지 산지도 모르고, 고생을 얼마나 하겠느냐고. 그래 그때 아홉 살 먹은 놈이 할아버지 찾으러 나갈라고 햐. 그러니깨 어머니가 만류를 햐. 못 믿으니까. 그 인제 제우(겨우) 만류를 해서, 인자 안정을 시켜 놓았는디, 열한 살 먹든 해에 또 할아버지를 찾는다는겨.

"아버지나, 나나, 이렇게 편안하게, 저나 어머니나 둘이 편안하게 잘 지내는디, 할아버지는 어떡하고 있는 줄 아냐고."

그래 집을 나가, 나간다고 햐. 그래 그때는 못 말려, 어머니가.

"그라면, 느 할아버지를 찾을라면은 손을 위주로 해라. 느 할아버지가 손, 엄지손가락 하나 있고, 손가락 네 개 없으니까, 그걸 위주로 해서 찾는디, 느 할아버지가 집을 나설 적에 주로 절을 위주로 하면서 댕긴다고 했으니까 절을 위주로 해라."

그래 가지고서 이 아이가 그 이야기를 듣고서는, 저 함경도서 쭉 절을

위주로 해서 답사를 해서 내려 와. 그래서 이제 수년간이 됐지. 그래 그 뒤로 어디로 왔는가 하면, 합천 해인사까지 왔어. 합천 해인사에서 한 십 리쯤 떨어진 거리에 조그만한 암자가 있는디, 석양 무렵에 그 암자로 들어가. 이 어린아이가. 그러니까 거기를 딱 들어감서 보니깐, 어떤 노인 하나가 불을 지펴. 인기척이 나니까 불을 지피다 돌아보거든. 어떤 낯모르는 놈이 들어와.

"너 어디서 오냐?" 하고 물어. 그러니 자기 고향을 대야.

"그럼, 네 성이 뭐냐?"

"예, 한산 이씨요."

"느 할아버지 이름은 뭐냐?" 자기 이름을 대야.

"그럼, 느 아버지는 이름이 뭐냐?" 그라니까 아들 이름을 대야. 그게 손자여, 유복자 손자, 그래 가지고는 처음 만났어. 거기서 다 확인을 하고나서, 그 이튿날 보따리를 싸 가지고 고향을 와.

(조사자 : 같이.)

응, 같이.

(조사자 : 할아버지 모시고.)

손자를 앞세우고, 고향을 와 가지고 선산을 돌아봐. 선산을 돌으니깨 뫼(묘)를 다 잘못 썼어. 그래 전부 다시 썼다는겨. 그래 가지고서는.

(조사자 : 누가 묘를 보니까 잘못 쓴 거라고?)

그 할아버지가, 할아버지가 그 동안에,

(조사자 : 깨달았구만요.)

십 년, 십이 년 동안에 지리학만 연구했다는겨.

(조사자 : 풍수를.)

그래 가지고서는 손자를 앞세우고, 고향을 와서 선산을 보니깨 잘못 써서, 전부 묘를 다 정리를 했다는겨. 그런 얘기가 있어.

(조사자 : 그러면 일지대사가 누군 거에요?)

일지대사가 그 양반여, 내내.

(조사자 : 그 할아버지가.)

(조사자 : 손가락이 하나밖에 없으니까 일지(一指)지.)

일지지.

(조사자 : 손가락 지자, 한 일자.)

일지승이라고 하기도 하고 일지대사라고 하기도 하고 그래.

(조사자 : 그래 한산이 아마 고향이었던가 보죠?)

아니, 본이, 본이.

(조사자 : 본이 한산인데, 어딘가는 모르고.)

근디 남원 둔덕이라고 하는 것 같아요. 남원 둔덕.

(조사자 : 남원 둔덕이씨, 남원 둔덕이 이씨가 유명하지요.)

근디 남원 둔덕이라고 한 것 같아요. 한산 이씨.

(조사자 : 남원 둔덕 이씨가 한산 이씨일 것 같네요. 대처나.)

내 그거 확인은 안 해 봤는디 남원 둔덕이라고 하는 것 같아요, 그게.

(조사자 : 전라북도 남원은 둔덕 이씨가 양반으로 유명해요.)

그래 가지고 그 양반한티 우리 칠대조 할아버지 묏자리를 하나 얻었어요.

(조사자 : 그 일지대사한테.)

그 일지대사한티.

(조사자 : 아, 실화네요? 그럼 거의 실화네요.)

그래 가지고서는 인자 우리가 전부 독신으로 내려왔어요.

독신으로 내려오는디, 그 봉 자 재 자, 우리 그 우리 칠대조 할아버지가 그 묏자리를 구할라고 강원도 금강산을 세 번을 갔어요. 그 일지대사를 만날라고. 그래 가지고선 두 번을 허행을 하고, 세 번째는 만났어. 그래 일지대사가 알더라는 거요. 자기를 강원까지 와 가지고서는 허행을 하고 간 것을. 세 번째는 만났는데, 내년 봄에, 인제 날을 잡아 주더라는 거여, 그 일지대사가. 날을 잡아 줘서 그 날짜에 무주에서 영동 가자면 영동 앞재가 있어요.

　(조사자 : 앞재)

　예, 영동 앞재. 학산 미처 못가서 재 넘어. 영동 앞재에서 가만히 보니까, 저 밑에서 올라오는디, 누가 절뚝절뚝하고 올라오더라는 거여.

　(조사자 : 만나자고 약속을 해 놓고.)

　그 날짜에 온다면서. 오는데 보니까 일지대사가 노독이 나가지고, 절뚝절뚝 올라오더라는겨. 그래 가지고서는 거기에서 우리 할아버지가 업고서 적상산성까지 업고 올라갔어요.

　(조사자 : 아, 지성이고만, 하여튼.)

　그래 가지고 거기서 인자 있는디, 거기서 며칠 있다가 거기 안렴대가 있어요. 적상산 산성 날망에, 안렴대. 거기 딱 올라서더니, 어디를 잡냐면.

　(조사자 : 안국사 위죠?)

　그 안국사 제일로 웃봉이 안렴대요. 거기서 딱 우리 집 쪽으로 봤는데 조항산이라고 있어요.

　(조사자 : 주앙산요?)

　아니, 조항산. 새 조자, 목 항자.

　(조사자 : 고창마을 그 앞 산요?)

　그건 지장산이고.

　(조사자 : 지장산이고, 조항산은 따로 있어요?)

　조항산은 여기서 뵈는 곳, 부남서 제일 높아요. 그래 그 산을 가리키며, 저기다다 뫼를 쓰면 삼대만이면 중군을 할 테니까, 거기다 쓰라는거여.

　(조사자 : 중군이라는 게?)

　중군은 옛날로는 중군이라고 벼슬이 있어요. 중군 벼슬. 그래 인제 우리 할아버지가,

　"나는 외롭고 몸도 체약한 사람이 부모 백골 거기다 모셔 놓고 관리를 못하니까."

그때 돼지가 많았다는 거요. 거기.

"그보다도 하여튼 손 많은 데다 좀 써 주시오."

그래 다시 거기서 내려와 가지고서는 조항산 거그를 올라간 거여. 거기를 딱 올라가지고는, 우리 지금 현재, 도구산이 있어요.

"저기다 뫼를 쓰면은 육대만에 자손이 꽉 찰 팅개 그럴 줄 알으라구."

그람서 몇 대를 내려가냐면 칠십대까지 내려간다고 그라드라고. 그래 가지고서 우리가 일지대사한테 묏자리는 얻었어요. 칠대조 할아버지가. 그런디 일지대사가 그 누가하고, 내가 그걸 잊어 버렸는디, 어느 대사하고 싸우다가 전라도 쪽에는 묏자리가 못 잡아 줬다는 거여, 둘이 싸우다가. 그라고 설천에 가면 또 있어요. 일지대사 소점(所點)이. 설천 평지마을 박씨. 거기도 묏자리를 잡아 줬는데, 거기는 처사 날 자리라고 그러더라는 거여. 그래서 그 묘 쓰고 처서가 났어요. 박처사가. 박처사가 났는디, 아홉 살, 아니 열두 살 먹던 해, 열두 살 먹던 해, 서울로 공부를 하러 갔더라는 거요.

공부를 하러 갔는데, 하루 저녁에 저녁을 먹고 천기를 보니까, 어떻게 급하던지 그 길로 축지를 해 가지고 평지마을로 내려왔어. 사흘 만에 포졸이 잡으러 왔더라는 거요. 칠월 달인데. 그래 이 사람이 내려오면서 산내끼(새끼) 고놈을 가지고 요렇게 요렇게. [손을 빙글 빙글 돌리면서] 비암(뱀)이 되는 거요. 그게. 그래 가지고서는 사흘 만에 포졸이 와서,

"그 박아무개 어딨냐고."

"저기 저기, 미친놈 저기 있다고."

머리를 산발을 하고, 보니께 비암을 가지고 놀거든. 그냥 갔어. 미친놈이라고. 그래 가지고서는 얼마를 지나다 보니까, 자기하고 같이 공부를 한, 열둘이 공부를 했다는 거여.

(조사자 : 박처사하고?)

박처사하고 평양의 안진사라고 하는 사람하고. 근디 열둘이 제자가 있

었는디, 선생이 역모를 하다가 발각이 돼 가지고, 그래 역모를 하다가, 제 자까지 싹 죽인다는만요. 그때.

(조사자 : 그렇죠.)

그래 가지고서는 그걸 모면을 하기 위해서 내려왔더라는 거여. 축지를 해 가지고. 열두 살 먹든 해에.

(조사자 : 박처사가?)

예.

(조사자 : 그 재주가 있었네요.)

그래 인제 박처사가 인제 그 내려와 가지고서는 하루 저녁에 천기를 보니까, 안진사가 살았드라네요. 그래 가지고 평양을 왔어, 인자. 저녁에. 놀러. 간개 그 안진사가 깜짝 놀라드라는겨. 우짠 일이냐고.

"그래 자네는 어떻게 이렇게 살았느냐고." 그랑깨,

"나도 저녁 밥 먹고 천기를 보니깨 어떻게 말도 못하게 급하던지 그래 말도 못하고 그냥 피신해서 평양으로 갔다고." 그러드라는겨. 근디 안진 사에는 아들이 하나 있고, 박처사에는 딸 하나 있고 아들이 하나 있어. 그 래 인자 결혼을 했어. 박처사 딸이 안진사 며느리가 되어 갔어. 그래 수시 로 왔다 갔다 한다는겨. 축지를 하니까. 그래 가지고서는 인자 딸은 그렇 게 안진사 며느리가 되어 갔고, 아들이 있는디 아들이 스무 살이 가까워 되도록 장가를 안 보냐.

(조사자 : 박처사 아들을.)

박처사가. 자기 아들을. 그랑깨,

"왜 저렇게 나이가 먹었는디, 왜 장개를 안 들이냐고." 그라니깨 뭐라 는고 하니,

"스무 살 먹으면 죽을 낀디." 그라드라는겨.

그래 스무 살 먹응개 죽드라는겨 그냥. 그래 가지고서는 박처사가 죽을 적에,

“우리 집안들은 여기에 하나도 뜨지 말어라. 뜨면 죽는다.” 그라면선 “육대만이면 나 같은 손 하나 난다고.” 그러드라는겨. 육대만이면.

근디 내가 듣기로는 거기 양자를 했는데, 거기 대령 누구 하나가 있드라고요, 대령 하나가. 근데 그 사람을 지칭을 하지 않는가 그 생각이 들어.

(조사자 : 설천 박씬가요?)

설천 박씨요. 평지마을 박씨요.

(청중 : 밀양 박씨지.)

송씨네에게 빼앗겼던 선산을 되찾은 김씨네

자료코드 : 07_04_FOT_20090227_KID_JGS_0002

조사장소 : 전라북도 무주군 부남면 대유리 대치마을 118번지 제보자 자택

조사일시 : 2009.2.27

조 사 자 : 김익두, 허정주

제 보 자 : 주규식, 남, 72세

구연상황 : 제보자는 일지대사 이야기를 마치고 고문서를 보다가 재판 문서가 나오니까 재판에 관한 이야기가 있다고 하면서 이 이야기를 구연했다.

줄 거 리 : 고종의 왕사(王師)였던 송도사는 고종 즉위 후에 팔도에 마음대로 묘 자리를 잡을 수 있도록 윤허를 받는다. 회덕에 살던 송도사는 양반 세도로 무주 부남에 있던 김씨네의 연화부수형 선산에 묘를 써서 김씨네 선산을 빼앗고 시제와 벌초를 못하게 하며 오히려 김씨네를 학대한다. 억울한 김씨네는 송씨네 묘를 파헤칠 공론만 하는데, 그때 집안에서 따돌림당하던 서출이 마침내 그 일을 실행에 옮기자 김씨네 일족이 나서서 동참한다. 묘지기를 통해 그 소식을 들은 송도사의 아들이 부남에 내려와 선조의 묘가 파 헤쳐진 것을 보고 소송을 내고, 그 서출은 수감된다. 재판에서 서출은 당당하게 맞서고, 양반 기세가 이미 약해진 시절이라 송씨네는 재판에 나오지 않는다. 결국 궐석 재판 결과 화해조서가 체결되고, 송씨네는 김씨네가 잘 보관해 둔 조상 묘의 체백을 찾아간다.

거시기 명당 얘기가 아니라 송씨네하고 김씨네하고 재판하는 이야기여.

(조사자 : 묘 때문에요?)

예. 묘 때문에 재판하는 얘긴데.

(조사자 : 거 재밌겠네.)

그러니까 고종, 고종이 임금이 되고 한 삼 년 됐을 거요.

(조사자 : 그러면 조선 말기 말씀인가요?)

그렇죠, 후기지요. 그런데 회덕에 송도사라고 하는 분이.

(조사자 : 회덕.)

그 고종을 어려서 갈켰다는 거요. 그래 가지고서는 고종이 임금이 되고 나서 3년 뒤에 송도사를 서울로 불러 올렸어. 올려 가지고서는,

"선생님 소원이 뭡니까?" 하고 물어. 그렁깨 그 송도사가,

"나는 아무 벼슬도 필요가 없고 팔도에 돌아댕기면서 내 맘대로 뫼 쓰는 거나 좀 허락을 해주시오." 해 가지고 그 즉시 윤허가 내렸어. 그래 가지고서는 그 송도사가 국풍을 데리고 와 가지고서는 여기 부남을 들어왔어요. 부남을.

(조사자 : 국풍이라고 하면?)

나라 풍수.

(조사자 : 나라 풍수.)

풍수를 데려와 가지고서는 부남면 소재지에 하나를 쓰고.

(조사자 : 지금 현재 소재지요?)

예, 예.

(조사자 : 그럼, 부소인가?)

대소, 대소. 대소 뒤쪽에 하나 묵었어, 송도사네 묘가. 거기 묘, 거따 하나 쓰고, 다음에 여기 우리 부락, 학교 뒤, 여기 분교길 있어요. 거기는 물형(物形)이 연화부수여. 연꽃이 물 가운데에 뜬 거여.

(조사자 : 연화부수.)

앞이 물○○○○ 그라고 뒤는 연 잎새기마낭 산이 이렇게 넓적하고 가

운데는 쪽 나와 가지고 열십자로 탁 되어 있어. 뒷산 저 위에서 보면 영락없이 연봉오리여. 그래서 국풍이가 인저 저 물형을 연화부수로 잡고, 해 가지고서는 여기다 하나 쓰고, 고 다음에 하굴암에다 썼어, 또. 하굴암. 저 밑이 하굴암이라고 있어요. 상굴암, 하굴암 하는 디. 거기다 세 군데 묘를 썼는데. 저 위하고 저 밑에 하고는 못 팠어요. 그 손들이 좀 부실해 가지고. 여기 김씨네들, 김씨네들 뫼에다 눌러 썼거든요.

(조사자 : 연화부수.)

연화부수형에다. 그래서 김씨네 산에다 뫼를 쓰고, 산을 싹 사산국내라고 해 가지고서는 산을 싹 뺏어 버렸어요.

(조사자 : 누가요?)

사산국내.

(조사자 : 누가 뺏어요?)

송씨네가. 양반이라고.

(조사자 : 양반이라고.)

사산이라는 것은 사방팔방 뵈는 것 다 내 꺼다 이거여. 사산국내여, 그게. 사산국내라고 싹 뺏었어. 뺏어 가지고서는, 뺏었으면 거까지는 좋은데.

송씨네들이 김씨네를 학대를 햐. 칠월달이면 금초(벌초를 뜻함.)를 하면 금초도 못하게 혀. 쌍놈이 금초가 뭐냐고. 또 시월달에 시제를 지내면 쌍놈이 뭐 시제냐고. 저기 가서 또랑에 가서 시제 지내라고 그랴. 자꾸 학대를 햐. 그러니깨 김씨네들이 분이 나니까 달마다 모이면은 송도사네 뫼파자고 회의를 햐. 근데 그때에 김씨네 집안에 서족 하나가 있어.

(조사자 : 서족.)

서족, 서족 하나가 있는디, 회의를 하다가도 그 서족이 들어오면 회의를 딱 끈쳐. 그래 수도 없이 그 경황을 당햐, 그 서족이. 그러니깨 그렁깨 기미년이면 병술년 한일합방 되기 전이여. 기미년 삼월이여. 삼월에 인자 김씨네들이 송도사네 묘를 파기 위해 가지고서는 인자 회의를 한다 소리를 들었어. 그 서족이라고 허는 사람이. 그래 가지고 술집에 들어가서 술을 서너 광개 마시고 나서 회의장을 들어가. 그래 문을 열고 들어강깨 회의를 하다가 뚝 끈치는 거여. 거기에서는 대부항렬, 숙질항렬, 조손항렬, 항렬 다 있을 거 아녀.

"야, 이 새끼들아!" 그랬어 거기서. 서족이라고 하는 사람이,

"야, 이 새끼들아! 느덜이 백 번 천 번 모여서 입으로 송도사네 뫼를 파자고 죽여 봐라. 그놈의 입 주댕이가 뫼를 여꾸려? 뫼는 내가 지꿔, 이놈들아! 느하고 나하고 요 놈의 상만 틀려. 뼉따귀는 똑같어, 이놈들아, 순 나쁜 놈들!"

그래 문을 잠궈 뻐리고, 그 길로 산소를 올라갔어. 산소로 올라가 가지고는 봉분을 확 허닥을 해 버렸어, 봉분을. 근디 이 분이 언제 대장간에 가서 칼을 쳐 왔는가, 큰 칼을 쳐 왔드라네요. 그 놈을 들고서 고함을 지른겨. 김씨네들 한 놈이라도 안 오면 찢어 죽인다고. 아 그 고함소리를 듣고서 문을 열고 보니깨, 아 그냥, 봉분을 허닥을 해 놓고 칼도 들고 그라거든. 그래 그 길로 싹 김씨네들이 삽 괭이 들고 올라갔어. 올라가 가지고 불무간을 채려 놓고 일주일을 팠어요.

(조사자 : 불무간을 차려 놓고.)

회판을 해 가지고. 그래 가지고.

(조사자 : 회판이니까 딱딱 굳어 있으니까.)

아, 그러믄요. 합장을 했는디, 회덕 송씨의 제일로 웃대 선산대 묘를 합장을 했다는겨. 그 묘 쓴 사십오 년 만에 팠어. 그 해가. 기미년 삼월달에가. 그래 그 묘를 싹 파면서 수호자 집을 포위를 한겨. 회덕에 연락 못 하게. 그래 인자, 경계라고 하는 것은 하루 이틀,

(조사자 : 수호자집이라는 것은?)

수호자. 회덕 송가들 수호자. 묘 관리하는 사람, 수호자라 그라지요.

(조사자 : 수호자 집을 회덕 못 가게.)

회덕에 연락 못하도록. 그래 가지고 차차 차차 하루 지내 이틀 지내 경계망이 소홀해질 거 아녀. 그래, 그 묘 판, 스무 아흐레 만에 경계가 소홀한 틈을 타서 새벽에 회덕을 갔어.

(조사자 : 그 수호자가.)

회덕을 가 가지고서는 송도사한테 그 얘기를 하니까, 송도사 아들이 그 얘기를 듣더니, 일본놈 헌병한테 가 가지고, 총 하나허고 실탄 250발을 딱 가지고 와 가지고,

"아버지, 내가 선산에 내려가서 이 김가놈들을 쏴 죽여야겠습니다." 그러더랴. 그러니까 송도사가 만류를 햐.

"아서라, 벌써 그 집안에도 사람이 났다. 니가 그 총을 가지가더라도 호신용으로 가져가고." 그러드라는 거여. 송도사가. 송도사 아들이 현장을 딱 내려와서 보니까, 뫼를 팠거든.

그 즉시 금산에다가 소송을 냈어. 소송을 했는데 소송을 딱 하고 나서는 인제 처음에 뫼 판 분, 그 서족. 서족을 딱 수감을 한 거여. 수감을 해 가지고서는 재판일자가 되면은 원고 피고가 다 나오잖아요, 현장에. 나오면 원고 되는 측에서 엄포를 햐.

"너 이놈들, 쌍놈이 양반 묘를 파묘를 하고 느가 무사할 줄 알었냐? 삼족이 멸하기 전에 그 체백을 내놔라." 이거요.

(조사자 : 뭘 내놔요?)

체백, 그 유골. 그걸 팠으니까.

"체백을 내놔라!" 그라면 이 분이 뭐라고 하는고 하니,

"지랄하네, 지랄하네."

(조사자 : 아, 서족이.)

"느들 선조 뼉대기를 찾을라면은 내 배때기를 갈러라. 느 이놈들, 느 선조 뼉대기 확독에다 탁탁 갈아서 물 타 마셨다고." 그라드라는겨.

(조사자 : 독종이다, 그 서족.)

[조사자 웃음]

그래 인제 이판사판이지. 그 사람도 벌써 죽을 각오하고 판니깨. 그래 가지서는 결국에 그 사람들이 궐석재판에 졌어요. 궐석재판에.

(조사자 : 나중에 못 나왔고만.)

재판석에 못 나왔어. 송씨네가.

(조사자 : 왜 못나왔을까요?)

부담이니까. 이미 양반 세력은 죽어 들어가는 때여. 한일합방. 그 이듬해가 한일합방이니까. 옛날 같으면 어림도 없지요. 한일합방 되면서 벌써 양반 세력은 죽어 들어가는 판이거든 그때. 그래서 그 사람들이 배겼지. 어림도 없어요. 그래 가지고 인자, 궐석재판에 져 가지고 그렇게 화해조서를 체결을 했드라고, 화해조서. 화해조서를 체결을 해 가지고서는 그 체백을 내줬는디, 인자 거기서 송씨네 집안에서 대표로 와 가지고 형편도 없이 모신 줄 알았다는거. 체백을. 그런디 내 놓는디 보니까, 명주, 옛날에 꽃줄 썰어 가지고 베를 놨잖아요. 그 명줄을 잘 짜서 내 놓드라는거. 그래 송씨네들 큰절을 하고서는 그 체백을 받아 가지고 갔어. 그래서 그 뫼 쓴 사십오 년 만에 패해 가지고 산을 찾았어요.

(조사자 : 찾았어요?)

찾았어요. 김씨들이.

(조사자 : 아니, 원래 썼는데 뭘 또 찾아요?)

아니, 송씨네가 김씨네 산에다 묘를 쓰고, 김씨네가 그 묘를, 송씨네 묘를 팠거든.

(조사자 : 아, 원래 처음에 송씨들이 김씨네 묘에다 쓴 것이구만. 말하자면.)

김씨네 도구산 우에다가 뫼를 써 놓고 산을 뺏어 버렸다니까요. 뺏어 놓고, 시제도 못 모시게 하지, 금초도 제대로 못 모시고 하지. 그러니까 도굴이 나 그렇게 한 거지요.

(조사자 : 사십 몇 년 만에.)

사십오 년 만에, 그 뫼 쓴 지 사십오 년 만에. 지금으로 기미년 얼마 안 돼요. 가만 있어보자, 백 년이네, 백 년. 꼭 백 년 됐네.

(조사자 : 천구백십팔년.)

꼭 백 년 됐어요. 그 얘기를 아버지한테 누차 들었거든, 내가. 그래서 내가 김씨들 거시기 불망비, 영세불망비, 비석을 한다고 내가 비문을 내가 했지.

(조사자 : 예. 아이고, 잘 하셨습니다.)

모심는 소리

자료코드 : 07_04_FOS_20090213_KID_KDS_0001
조사장소 : 전라북도 무주군 부남면 대소리 유평 마을회관
조사일시 : 2009.2.13
조 사 자 : 김익두, 허정주
제 보 자 : 강두석, 남, 79세
구연상황 : 마을 어르신들의 이야기를 듣고 있을 때 제보자가 들어왔는데 노인회장님이
　　　　　 제보자가 노래를 잘 한다고 하면서 한 마디 하라고 몇 번 권유하자 제보자가
　　　　　 모심는 소리를 불러 주었다.

여기도 꽂고 저기도 꽂고

서 마지기 논배미가 반달만침(반달만큼) 남았구나

니가 문(무슨) 반달이냐 초생달이 반달이지

초생달만 반달인가 그믐달도 반달일세 이이후우~

노랫가락

자료코드 : 07_04_FOS_20090213_KID_KJS_0001
조사장소 : 전라북도 무주군 부남면 고창리 고창 마을회관
조사일시 : 2009.2.13
조 사 자 : 김익두, 허정주
제 보 자 : 강점순, 여, 76세
구연상황 : 미리 제보자들을 섭외하여 만날 약속을 하고 회관에서 제보자들을 만났다. 마
　　　　　 을회관에 마을 주민들이 나와 있었고, 모여 계신 어르신들은 조사자들을 반갑
　　　　　 게 맞아 주었다. 제보자가 가장 먼저 노래를 부르기 시작했다.

나물 먹고 물마시고 팔을 비고(베고) 누웠으니

대장부에 살림살이 요만 하면은 만족하지

어리씨구야 좋네 정말 좋아요 아니 아니야 놀고는 못하리라

찬물 겉은(같은) 소주를 놓고 뜬물(뜨물) 겉은 막걸리 잔에

우리 집이 서방님이 녹초로다 아하

어리씨구야 좋네 정말 좋아요 아니 아니 놀고는 못하리라

황해도라 봉실연아(동설령 고개인 듯, 그러나 정확한 뜻은 알 수 없다.)

운패(玉佩의 오기 또는 비단 이름인 듯.) 겉은 저 처녀야

홍실요를 너를 주래 청실요를 너를 주래 아그배 독배를 너를 주래

아그배 독배도 나는 싫어 홍실요 청실요도 나는 싫어

모본단(비단의 하나) 이불을 두루루루루 비고(베고)

저 도령님의 품 안에서 잠 한숨 들기가 소원이라

얼씨구나 좋네 정말 좋아요 아니 아니 놀고는 못하리라

달아 두렷헌(두렷한) 달아 님의 동창에 비친 달아

임 홀로 누워 있느냐 어느 보령자 품어 있느냐

명월아 본 대로 일러 임이 게루어(그리워) 사상결단(사생결단)

우중에 우의를 들어 학을 불러라 타고나 가자

학일상 봄철이던가 사구라 꽃이 반발을 했네

그 꽃 밑에 임 세워 놓고 임인지 꽃인지 분간을 못 해

공동산 매화꽃 밑에 탁주 서 되를 받어다 놓고

딸 키워 날 주신 장모 이 술 한 잔을 받으세요

그 술은 자네가 먹고 내 딸 사령은(사랑은) 자네가 하게

부산항에 배 떠나는 디는(데는) 파도와 물결만 남어 있고

부산역에 차 떠나는 디는 검은 연기만 남아 있네

임 떠나가신 빈방 안에 담배와 꽁톨만(꽁초만) 남아 있고

임 떠나가신 내 가슴 속에는 한숨과 눈물만 남아 있네
얼씨구나 좋네 정말 좋아요 아니 아니 놀고는 못하리라

청춘가

자료코드 : 07_04_FOS_20090213_KID_KJS_0002
조사장소 : 전라북도 무주군 부남면 고창리 고창 마을회관
조사일시 : 2009.2.13
조 사 자 : 김익두, 허정주
제 보 자 : 강점순, 여, 76세
구연상황 : 제보자는 창부 타령에 이어서 청춘가를 불러 주었다. 떨려서 못하겠다고 하면
서도 계속이어서 노래를 불렀고, 청중들도 적극 호응해 주었다.

세월이 갈라면 너 혼자나 가지야

아까운 내 청춘 좋다 왜 다리고(데리고) 가느냐

우리가 요러다(이러다) 곽(관) 속에나 들마는(들면은)

어느야 친구가 좋다 날 찾어 올꺼나

공동묘지 칭기칭기 질 닦어 놓고서

우리도 죽어지믄 좋다 저 질로 가리라

얼굴은 주름줄 주름살 지고요

마음은 옛날로 좋다 저 젊어 오는구나

산이야 높아야 골도나 깊으지

조그만한 요 여자 속 좋다 깊을 수 있느냐

산 너메 산 있고 강 건너 강 있는데

이 고장이 아니믄 좋다 나 살 디가 없느냐

산 차지 물 차지 총독부나 차지인데

이 술 한 잔 차지는 좋다 내 차지로고나

창부 타령

자료코드 : 07_04_FOS_20090213_KID_KYY_0001
조사장소 : 전라북도 무주군 부남면 고창리 고창 마을회관
조사일시 : 2009.2.13
조 사 자 : 김익두, 허정주
제 보 자 : 곽유엽, 여, 63세
구연상황 : 회관에서 노래를 듣고 계시던 한 분이 노래를 많이 아신다는 곽유엽 할머니
를 댁에 가서 직접 모시고 오셨다. 제보자는 방 안에 들어오자마자 재미있게
분위기를 만들어 주었다. 모심는 소리를 어르신들이 청하자 못한다고 하면서
앞서 창부 타령을 불러 주었다. 청중들도 모두 흥이 나서 적극적으로 호응을
해 주었다.

서울 갔다 오시는 길에 꼬사리(고사리) 꺾어 집을 짓고

연추리(원추리) 뜯어서 대문 달고 대문 앞에 대양(대야)을 놓고

세수하는 저 처녀야 칫솔에 치약을 너를 주랴

물분(액체로 된 분)에 지꾸(cosmetic(コスメチック)의 일본식 준말
(チック), 막대기 모양으로 굳힌 머릿기름을 말한다.)를 너를 주랴

칫솔에 치약도 나는 싫어 물분에 지꾸도 나는 싫어

동지섣달 기나긴 밤에 하루 저녁만 자고 가소

자고 가면은 좋기도 하지만 당신의 일생을 조지는 일

얼씨구 절씨구 참말 좋네 기화자 이렇게 좋지는 못하리라

강원도라 금강산은 올라갈수록 경치 좋고

너와 나와 단 둘이는 살아가면서 정만 든다

어리씨구나 좋네 정말로 좋아 아니 놀지는 못하리라

남해 금산 뜬 구름에 비 실었냐 눈 실었냐

비도 눈도 아니 실고 노래 명창을 실었구나

어리씨구 정말로 좋네 아니 놀지는 못하리라

높은 산천 눈 날리고 야찬(낮은) 산에 재 날리고

우리 동네 이십대 청년은 군대감으로 다 나가네
어리씨구 좋아 정말로 좋아 날이 날마당(날마다) 같이 놀아

청춘가

자료코드 : 07_04_FOS_20090213_KID_KYY_0002
조사장소 : 전라북도 무주군 부남면 고창리 고창 마을회관
조사일시 : 2009.2.13
조 사 자 : 김익두, 허정주
제 보 자 : 곽유엽, 여, 63세
구연상황 : 제보자는 주로 가창유희요를 중심으로 노래를 하였다. 창부 타령을 부른 다음
　　　　　에 청춘가를 불러야 한다며 이어서 청춘가를 신명나게 불렀다. 회관에 모인
　　　　　청중들도 적극 호응하였다.

돌려라 돌려라 청춘가로 돌려라

너의 실명(신명) 나는 대로 철철 청춘가로 돌려라 돌려

우연히 싫더냐 우연히나 싫더냐

어떤 년 말 듣고 철철 니가 날 싫어하느냐

날 다려가그라 날 모셔 가거라

돈 많고 맹(명) 짜른(짧은) 놈 철철 날 데리고 가거라

산내끼(새끼) 백발은 쓸 곳이나 있지만

인간의 백발은 철철 쓸 곳이 없더라

백 년 살자고 백년초 심더니 백년초 꽃 필랑깨

어라 썩을 놈 니 잘 살어라 하며 떠나더라

술은 술술이 잘 넘어나 가는데

찬물에 냉수는 철철 세(혀) 끝에 왜 도는가

노래 한 마디 불러나 봤다고

여자의 행실을 철철 못 헌다느냐

추야 추야 옥단추야

자료코드 : 07_04_FOS_20090213_KID_KYY_0003
조사장소 : 전라북도 무주군 부남면 고창리 고창 마을회관
조사일시 : 2009.2.13
조 사 자 : 김익두, 허정주
제 보 자 : 곽유엽, 여, 63세
구연상황 : 제보자는 노래의 배경 이야기를 하였다. 예쁜 시누이가 동네 총각을 좋아하다
　　　　　가 그만 상사병에 걸려서 죽어 버렸는데, 어느 날 올케가 시누 방을 열어보니
　　　　　시누이가 죽어 있었다. 죽은 것을 보고 올케가 한탄하는 내용이라고 한다.

　　추야 추야 옥단추야 느그 올케 어디 가고

　　너 혼자서 동개허냐(잠을 자느냐는 뜻이라고 한다.)

　　엊저녁에 자던 잠을 그제 홀로 자더니요

　　꽃이 필래 막 피었네 황천꽃이 막 피었네

　　아깝구나 아깝구나 우리 시누 아깝구나

성주풀이

자료코드 : 07_04_FOS_20090213_KID_KYY_0004
조사장소 : 전라북도 무주군 부남면 고창리 고창 마을회관
조사일시 : 2009.2.13
조 사 자 : 김익두, 허정주
제 보 자 : 곽유엽, 여, 63세
구연상황 : 제보자는 마을에서 노래 잘하고 놀기 잘하는 사람으로 통하였다. 회관에 모인
　　　　　청중들의 호응 속에서 다양한 노래를 연이어 불러 주었다.

　　저 건너 잔솔밭에 솔솔 기는 저 포수야

　　저 산 기러기 잡지 마라

　　저 기러기 나와 같이 임을 잃고

　　밤새도록 헤매노라 에라만수 에라 대신이야

너냥 나냥

자료코드 : 07_04_FOS_20090213_KID_KYY_0005
조사장소 : 전라북도 무주군 부남면 고창리 고창 마을회관
조사일시 : 2009.2.13
조 사 자 : 김익두, 허정주
제 보 자 : 곽유엽, 여, 63세
구연상황 : 제보자가 재미있게 분위기를 유도하시려는 듯 흥겹게 부르기 시작하자 회관
　　　　　에 함께 모여 있던 청중들도 다 같이 노래를 불렀다.

　　[다같이 부르기 시작한다.]

　　　　고창리 잘 되라고 지장산 생기고

　　　　큰애기 잘 되라고 연지 곤지 생겼네

　　　　너냥 나냥 두리둥실 놀고요

　　　　밤에 밤에나 낮에 낮에나 참사랑이로고나

　　　　아침에 우는 새는 배가 고파 울고요

　　　　저녁에 우는 새는 임이 기리워(그리워) 운다

　　　　너냥 나냥 두리둥실 놀고요

　　　　낮에 낮에나 밤에 밤에나 참사랑이로구나

노래 재촉하는 노래

자료코드 : 07_04_FOS_20090213_KID_KYY_0006
조사장소 : 전라북도 무주군 부남면 고창리 고창 마을회관
조사일시 : 2009.2.13
조 사 자 : 김익두, 허정주
제 보 자 : 곽유엽, 여, 63세
구연상황 : 제보자는 오랜만에 노래를 부르니 잘 생각이 나지 않는다며 노래가 줄줄 나
　　　　　오라고 주문하는 듯이 노래를 했다. 제보자는 분위기에 따라 즉흥적으로 노래

를 만들어서 부르는 장기가 있다. 청중들은 그 자리에서 지어서 하는 노래라
며 웃음이 터졌다.

[부를 노래가 없다며 노래 가락 나오라고 주문하듯이 한다.]

　넝쿨 넝쿨 나와라
　우세 수세 나와라
　돈 안주께 나와라
　돈 안주고 니 나와라
　우실래 부실래 나와라
　여러분들 즐겁게 허게 나와라

댕기 노래

자료코드 : 07_04_FOS_20090213_KID_KYY_0007
조사장소 : 전라북도 무주군 부남면 고창리 고창 마을회관
조사일시 : 2009.2.13
조 사 자 : 김익두, 허정주
제 보 자 : 곽유엽, 여, 63세
구연상황 : 제보자는 마을에서 노래 잘하고 놀기 잘하는 사람으로 통하였다. 조사자가 어
　　　　떤 노래를 지정하여 요구하지 않았는데도 노래를 부르기 시작하자 막힘없이
　　　　연속으로 노래를 불렀다. 노래를 부른 후에는 청중들에게 박수를 쳐 달라고
　　　　하며 분위기를 흥겹게 하였다.

　이 산 저 산 도라지꽃은 봄바람에 난출난출
　댕기 댕기 홍갑사 댕기 요내 머리에 난출난출

월경 노래

자료코드 : 07_04_FOS_20090213_KID_KYY_0008
조사장소 : 전라북도 무주군 부남면 고창리 고창 마을회관
조사일시 : 2009.2.13
조 사 자 : 김익두, 허정주
제 보 자 : 곽유엽, 여, 63세
구연상황 : 어떤 분이 콩 볶아주는 노래를 불러 달라고 하자 회관에 모인 할머니들은 이미 내용을 다 알고 웃기 시작한다. 제보자는 남자가 있어서 못 부른다고 하자 남자 조사자는 밖으로 나갈 수밖에 없었다. 이어서 부르기 시작했는데 회관 안은 온통 웃음바다가 되었다. 여자가 월경하는 것을 몰랐던 남자가 밤일을 하려다가 부인이 월경하는 것을 보고 놀라 부인이 아프다며 장모에게 달려가 말하자 장모가 한 달에 한 번 나오는 것이라 알려준다는 내용이라고 한다.

어이 사우 왜 왔는가
제가 설으믄(성하면) 내가 와라(왔겠습니까?)
험지함지(여자 성기를 가리킴) 벌어진 디
돔배꽃(담배꽃. 꽃 색이 붉어서 월경 혈을 가리킴)이 활짝 핀 디

[좌중은 웃기 시작하고 제보자는 빠르게 대사하는 것같이 한다.]

거무나털(거웃을 뜻함.)로 선두린 디(거웃이 새까맣다는 뜻)
험지함지 벌어진 디
거뭇털로 선두린 디
거기 아파 내가 와라
에이 이 사람아 어서 가게
한 달에 한 번은 다 나오네

[제보자가 노래 배경 이야기를 하자 좌중은 다시 웃음보가 터진다.]

잠지 노래

자료코드 : 07_04_FOS_20090213_KID_KYY_0009
조사장소 : 전라북도 무주군 부남면 고창리 고창 마을회관
조사일시 : 2009.2.13
조 사 자 : 김익두, 허정주
제 보 자 : 곽유엽, 여, 63세
구연상황 : 제보자가 이제 더 이상 노래가 안 나온다고 말하자 청중 한 분이 다시 콩 볶아주는 노래를 재차 요구하였다. 그러자 노래가 시작되기도 전에 회관에 모인 사람들이 이미 내용을 알고 다들 폭소를 터트렸다. 노랫말이 음담으로 된 노래라서 남자 조사자는 밖에 나가 있을 수밖에 없었다. 제보자는 조사자에게 이상한 노래만 부르라고 한다면서 노래를 불러 주었다.

보지야 콩 볶아 줄래
이가 없어 빨아 먹어

[그것도 노래라고 부르라고 하니 부른다며 조사자에게 이상한 노래만 시킨다고 한다. 청중은 웃음보가 터졌다. 여자노래 있으면 남자노래는 없느냐고 조사자가 묻자, 바로 이어서 노래가 나온다.]

잠지야 놀러 가자
어떤 동네로 놀러 가끄나
보지골로 놀러 가자
싫어 싫어 나는 싫어
흑단 밖에 불커덕 불커덕 싫어

[잠시 설명을 하는 듯하다가 마무리한다.]

싫어 싫어 나는 싫어
꾸정물 통에 **빳기**(빠지기) 싫어

베틀가

자료코드 : 07_04_FOS_20090213_KID_KBS_0001
조사장소 : 전라북도 무주군 부남면 대소리 유평 마을회관
조사일시 : 2009.2.13
조 사 자 : 김익두, 허정주
제 보 자 : 김봉순, 여, 83세
구연상황 : 마을에 계시는 어르신 한 분이 제보자가 연세에 비해 총기가 매우 좋고 노래
　　　　　도 잘 한다고 추천하여 조사자들이 노래를 청하였다. 조사자가 베 짤 때 부르
　　　　　는 노래를 불러 달라고 청하자 잘 기억이 나지 않지만 해 보겠다고 하면서
　　　　　불러 주었다.

베틀 다리는 사형진데(사형제인데) 요내 다리는 성제(형제)로다

부테라고 하는 것은 기명나무(괴목나무) 껍줄(껍질)인데

말코라고 하는 것은 비단 공단을 안고나 돈다

바디집이라 하는 것 금강산 호랭이가 새끼를 쳤나

들짱날짱 잘 드나드네

잉앳대(잉앗대)는 삼형진데 눌름대는 독신이라

비거리라고 하는 것은 부부간 정리도 다록한데(두텁고 좋다는 뜻)

새중간 잡놈이 망령이라

도투마리라 하는 것은 백만 군사를 거나리고

아리랑 고개로 잘 넘어가네

장타령

자료코드 : 07_04_FOS_20090213_KID_KBS_0002
조사장소 : 전라북도 무주군 부남면 대소리 유평 마을회관
조사일시 : 2009.2.13
조 사 자 : 김익두, 허정주

제 보 자 : 김봉순, 여, 83세
구연상황 : 회관에 모인 청중들이 재미있는 노래 불러 주라고 권하자 제보자가 부른 노래가 이 장타령이다. 옛날에 동냥하러 다니는 사람들이 마을에 많이 왔는데 그 사람들이 부르던 것을 마을 어른들이 따라 불렀고, 어른들이 하는 소리를 듣고 제보자도 따라서 불러서 기억하고 있다고 했다.

요 지게 저 지게 딴 지게

비단이나 공단을 짊어지고

앵두나 고개로 넘어간다

정상도(경상도)나 가자목에

혼자나 가면 심심하고

둘이나 가이면 속닥질(둘이 속닥거린다는 뜻이라 함.)

서이나 가면 가래질(셋 중에서 둘이 속닥거리고 한 명은 패가 갈린다는 뜻이라 함.)

너이나 가이면 튀전질(투전질)

튀전(투전)이나 파전을 하여서

다문이나(다만) 닷 돈 생겼는데

석 달 열흘을 고상(고생)하고

남대문을 열어 보니

말뚝 같은 떡가래

뒤돌아보니 여보요

뒤로나 보니 친구라

저기 가는 저 잡놈

모가질랑 빼어서

장군(똥장군)이나 마개

다문이나(다만) 댓(닷) 돈 받었네

나그네나 먹던 짐치국(김칫국)

쥔네 각시나 홀짝국

아가리나 딱딱에 걸려라

열무나 짐치가 들어간다

저 놈의 가시나가 저리비도(저래 봬도)

한 푼 두 푼을 마다고

양돈(한 냥가량의 돈)만 바래고

잔대미밭으로 들어가네

지리씨구 저리씨구 잘 들어간다

작년에 왔던 각설이가

죽지도 아니하고 또 왔구려

아기 어르는 소리

자료코드 : 07_04_FOS_20090213_KID_KBS_0003
조사장소 : 전라북도 무주군 부남면 대소리 유평 마을회관
조사일시 : 2009.2.13
조 사 자 : 김익두, 허정주
제 보 자 : 김봉순, 여, 83세
구연상황 : 조사자가 아기 재울 때 부르던 노래를 불러 달라고 청하자 제보자가 손녀 이
야기를 꺼내서 하다가 아기 어르는 소리를 불렀다.

둥개 둥개 둥개야 어디 갔다 인제 왔나

낙엽 밑이 묻혀 왔나 바람결에 싸어 왔나

[제보자는 앞뒤 없이 주워섬긴다고 말한다.]

썩은 나무 부엉이냐 날라가는 학녀든가

구름 밑이 선녀냐 얼음 구녁이 수달피냐

건둥(언덕 밑 도랑) 밑이 까재(가재)든가

자는 놈 밑이 까재든가 둥개 둥개 둥개야

높은 가지는 꾀꼬리고 낮춘(낮은) 가지는 유자든가

고마춤 꽂감(곶감)이냐 하구열상 알밤이냐

약대같이 실해라 구들대같이 굳시라(굳세라)

노랫가락

자료코드 : 07_04_FOS_20090213_KID_KBS_0004
조사장소 : 전라북도 무주군 부남면 대소리 유평 마을회관
조사일시 : 2009.2.13
조 사 자 : 김익두, 허정주
제 보 자 : 김봉순, 여, 83세
구연상황 : 김봉순 제보자는 유평마을에서 태어나서 자라고 같은 마을로 시집을 가서 지금까지 살고 있다. 제보자는 옛날 어른들이 노래하는 것을 듣고 따라 불렀던 기억을 더듬어 노래를 불러 주었다.

진주 남강 얼근한 독에 찹쌀 쇠주(소주)를 내려 놓고

딸 키워서 나 주신 장모 이 술 한 잔 잡으세요(잡수세요)

그 술일랑 자네나 먹고 내 딸이나 셍겨주게(섬겨주게)

사래 질고 골 널룬(넓은) 밭에 목화 따는 저 처녀야

목화라컨 내 따 줄게 내 품 안에여 잠들어라

잠들기는 에롭잖으나(어렵지 않으나) 목화 따기가 에룹다오(어렵다오)

뒷동산에 사구라 나무 봄만 오면은 울긋불긋

우리 집에 내 영감님은 날만(나만) 보면은 싱글벙글

해는 지고도 저무신(저문) 날에 옷갓을 하고 어디 가요

첩으나 집이를 가실라거든 나 죽는 꼴을 보고 가요

노랫가락

자료코드 : 07_04_FOS_20090214_KID_KBS_0001
조사장소 : 전라북도 무주군 부남면 대소리 유평 마을회관
조사일시 : 2009.2.14
조 사 자 : 김익두, 허정주
제 보 자 : 김봉순, 여, 83세
구연상황 : 전날 제보자의 노래를 듣고 이튿날 다시 마을회관에 방문하여 노래를 청하였
다. 하루 사이에 노래를 생각해 놓은 듯 한 마디 하겠다고 나서 노래를 불렀
다. 청중들도 모두 잘한다고 추켜 주며 호응을 해 주었다.

도라지 평푼(병풍)에 연닫이(여닫이) 속에 잠이 들은 시악시(색시)
문 따 주소
잠도 깊고 물도나 깊어 안 오실 줄을 알고서 문 걸었네
죽어도 대장분데 백년언약이나 걸어 놓고
실패겉이(실패같이) 고운 낭군이 태산도 겁이 날 병을 실어(병에
들어)
은가락지 은비네(은비녀) 다 팔어서 인삼조합에 가서 보약 지어다
풍로 화로 위에다 얹어 놓고 앉어서 중신(병구완 한다는 뜻) 서서
중신
석 달 열흘을 중신하다 모진녀리(모진 놈의) 잠이나 들어
서방님 숨지는지를 내 몰랐소
기차 떠난 서울역에는 검은 연기만 남아 있고
배 떠나는 인천 항구에 물결만 파도만 남아 있고
정든 임 떠나가신 골방 안에는 걱정 통곡만 남아 있네

모심는 소리

자료코드 : 07_04_FOS_20090214_KID_KBI_0001
조사장소 : 전라북도 무주군 부남면 가당리 가정 마을회관
조사일시 : 2009.2.14
조 사 자 : 김익두, 허정주
제 보 자 : 김분임, 여, 84세
구연상황 : 마을회관 할아버지 방에서 조사를 하고 있는데 사전에 조사 나온다고 연락을
　　　　　 취해서 그런지 옆방에서 할머니들이 노래 연습하는 소리가 들렸다. 바로 할머
　　　　　 니들 방에 가서 자연스럽게 조사할 수 있었다. 제보자는 연세에 비해 목소리
　　　　　 에 힘이 있었으나 노랫말이 잘 생각이 나지 않아 모심는 소리와 베틀 노래를
　　　　　 짧게 불러 주었다.

서 마지기 논배미가 반달만치(반달만큼) 남었구나
우런 님이 반달이지 논배미가 반달이냐

베틀 노래

자료코드 : 07_04_FOS_20090214_KID_KBI_0002
조사장소 : 전라북도 무주군 부남면 가당리 가정 마을회관
조사일시 : 2009.2.14
조 사 자 : 김익두, 허정주
제 보 자 : 김분임, 여, 84세
구연상황 : 제보자가 노래 가락이 잘 기억이 나지 않는다고 하자, 조사자가 베는 짜 보셨
　　　　　 냐고 물었더니 베틀가가 생각나셨는지 생각나는 대로 불러 주시겠다고 하면
　　　　　 서 짧게 베틀 노래를 불렀다.

베틀 놓세 베틀 놓세 옥난간에다 베틀 놓세
잉앳대는 샘형지(삼형제)요 비거리는 오형지(오형제)요
그 베 짜서 뭐 할랑가 우런 님의 도포 하지

논매는 소리

자료코드 : 07_04_FOS_20090214_KID_KSS_0001
조사장소 : 전라북도 무주군 부남면 가당리 가정 마을회관
조사일시 : 2009.2.14
조 사 자 : 김익두, 허정주
제 보 자 : 김상수, 남, 79세
구연상황 : 마을에 노래 잘하시는 분으로 인정받는 분이 계셨으나 건강이 좋지 않아서 노래를 할 수 없는 형편이었다. 제보자가 뒷소리와 노래 구성을 이야기 해 주고 나자 청중들이 뒷소리를 받아준다고 하여 제보자가 노래를 불렀다.

에헤루 상사뒤야~

에헤루 상사뒤야~

이 논배미 김을 매어

에헤루 상사뒤야~

장잎이 훨훨 영화로다

에헤루 상사뒤야~

일락에 서산에 해 떨어지고

에헤루 상사뒤야~

월출 동녘에 달 솟아온다

에헤루 상사뒤야~

얼카산이야

얼카산이야

얼카산이냐

얼카산이냐

얼카산이냐

얼카산이냐

훠어~

훠어~

모심는 소리

자료코드 : 07_04_FOS_20090213_KID_KOG_0001
조사장소 : 전라북도 무주군 부남면 고창리 고창 마을회관
조사일시 : 2009.2.13
조 사 자 : 김익두, 허정주
제 보 자 : 김옥길, 여, 73세
구연상황 : 제보자는 조사자들의 뜻을 잘 알고서 청중들에게 노래를 부를 수 있도록 유
도하기도 했고, 본인이 적극적으로 나서서 노래를 해 주기도 하였다. 제보자
는 목소리가 무척 큰 편이다.

이 논에다 모를 심어 장잎이 훨훨 영화로세 후후후우

우리가 이러다 곽 속에 들면은 어느야 친구가 날 찾아올꺼나

이 논배미다 모를 심어 장잎이 훨훨 영화로세 이호호호

담송담송 닷 마지기 여기도 꽂고 저기도 꽂고

쥔네 마누래 거기도 꽂세

너냥 나냥

자료코드 : 07_04_FOS_20090213_KID_KOG_0002
조사장소 : 전라북도 무주군 부남면 고창리 고창 마을회관
조사일시 : 2009.2.13
조 사 자 : 김익두, 허정주
제 보 자 : 김옥길, 여, 73세
구연상황 : 제보자는 회관에 모인 사람들이 노래를 부를 수 있도록 분위기를 이끌어 주
었다. 본인도 적극적으로 나서서 노래를 불러 주었다.

고창리 잘 되라고 지장 명산이 생기고

큰애기 멋 내라고 연지 곤지 생겼네

너냥 나냥 두리둥실 놀고요

밤에 밤에나 낮에 낮에나 참사랑이로구나 이히요

고창리 잘 되라고 지장 명산이 생기고

우리덜이(우리들이) 잘 되라고 연지 분통이 생겼네

너냥 나냥 두리둥실 놀고요

밤에 밤에나 낮에 낮에나 참사랑이로구나

창부 타령

자료코드 : 07_04_FOS_20090213_KID_KOG_0003
조사장소 : 전라북도 무주군 부남면 고창리 고창 마을회관
조사일시 : 2009.2.13
조 사 자 : 김익두, 허정주
제 보 자 : 김옥길, 여, 73세
구연상황 : 제보자는 회관에 모인 분들에게 노래를 권하였고, 자신도 적극적으로 나서서
노래를 불렀다. 제보자가 노래할 때 청중들의 호응도 좋았다.

나물 먹고 물 마시고 팔을 비고(베고) 누웠으니

대장군(대장부) 살림살이 요만 하면 만족하지 이히이~

노랫가락

자료코드 : 07_04_FOS_20090213_KID_KOG_0004
조사장소 : 전라북도 무주군 부남면 고창리 고창 마을회관
조사일시 : 2009.2.13
조 사 자 : 김익두, 허정주
제 보 자 : 김옥길, 여, 73세
구연상황 : 제보자는 회관에 모인 분들에게 노래를 권하였고, 자신도 적극적으로 나서서
노래를 불렀다. 제보자가 노래할 때 청중들의 호응도 좋았다.

달아 달아 두려운(두렷한) 달아 임의 동창에 비친 달아

임 홀로 누워었던가(누워 계시던가) 어느 부량자 품었던가

명월아 본 대로 말해라 일부이부(一夫二婦)는 사상결단 이후이후

이후

상여 소리

자료코드 : 07_04_FOS_20090213_KID_KOG_0005

조사장소 : 전라북도 무주군 부남면 고창리 고창 마을회관

조사일시 : 2009.2.13

조 사 자 : 김익두, 허정주

제 보 자 : 김옥길, 여, 73세

구연상황 : 이 마을에서는 상여 나갈 때 어느 분이 상여 소리 하셨느냐고 물어 보니, 앞
소리 할 사람이 없어서 김옥길 제보자가 한다고 하였다. 제보자가 상여 소리
를 시작하자 청중 가운데 한 분이 병에다 젓가락을 꽂아서 요령 소리의 효과
를 냈다. 청중들 일부는 이러한 상황을 매우 우스워하면서 장난스럽게 곡소리
를 내기도 했다. 전반적으로 청중들은 이렇게 노래하는 상황을 즐거워하였다.

명사십리 해당화야 꽃 진다고 설워 마라

내년 요때 춘삼월에 꽃이 피면 올동 말동

아버님전 뼈를 빌고 어머님전 살을 빌어

걸었구나 걸었구나

우리 장남이 잘 가라고 돈 천만 원을 노자 주네

걸어 주네 걸어 주네 우리 장남 딸애기 걸어 주네

나 잘 노자 찾으라고 돈 천만 원을 걸어주네

여보세요 유대군들 두 발 맞춰 자족잘족

먼 데 사람 듣기 좋고 가깐(가까운) 데 사람 보기 좋네

어하홍 어하홍

어이 가나 어이 가나 이 다리를 못 가겠네

이 다리를 걸어 댕김서(다니면서) 건넜는데

이 날 평상(평생) 걷는 다리는 하직이로구나

노랫가락

자료코드 : 07_04_FOS_20090213_KID_SSG_0001
조사장소 : 전라북도 무주군 부남면 고창리 고창 마을회관
조사일시 : 2009.2.13
조 사 자 : 김익두, 허정주
제 보 자 : 서상금, 여, 74세
구연상황 : 회관에 모여 있던 분들이 제보자에게 노래를 청하자 이런 노래를 부르라는
　　　　　 건지 모르겠다며 노랫가락 한 소절을 불러 주었다.

구천동 세모진 낭구(나무) 오색 가지로 그네줄을 매서

임이 뛰면 내가 밀고요 내가 뛰면은 임이 밀고

임아 임아 줄 살살 밀어 줄 떨어지머는(떨어지면) 정 떨어지요

모심는 소리

자료코드 : 07_04_FOS_20090214_KID_YSS_0001
조사장소 : 전라북도 무주군 부남면 대소리 유평 마을회관
조사일시 : 2009.2.14
조 사 자 : 김익두, 허정주
제 보 자 : 유순, 여, 66세
구연상황 : 전날 조사를 했던 마을이었기 때문에 이미 안면이 있어서 마을 어르신들이
　　　　　 친근하게 대해 주었다. 제보자는 모심는 소리를 짧게 불러 주었다.

놀러 가세 놀러를 가세 월선이 방으로 놀러를 가세

노랫가락

자료코드 : 07_04_FOS_20090214_KID_YSS_0002

조사장소 : 전라북도 무주군 부남면 대소리 유평 마을회관

조사일시 : 2009.2.14

조 사 자 : 김익두, 허정주

제 보 자 : 유순, 여, 66세

구연상황 : 전날 방문한 마을을 다시 방문하였다. 안면이 있어서 그런지 마을 어르신들이
편안하게 대해 주었다. 제보자는 전날에는 노래를 하지 않았으나 이튿날에는
노랫가락 두 소절을 흔쾌히 불렀다.

음지 양지 홍싸리 나무는 장구야 열채로 다 나간다

장구야 열채는 팔자가 좋아 기생년 홀목(손목)에 다 녹아진다

기생년 홀목은 금테를 둘렀나 홀목만 까딱 하면 돈 달란다

진주 남강 얼근 독에 찹쌀 쇠주(소주)를 내려놓고

딸 키워서 나 주신 장모 이 술 한 잔을 잡으세요(잡수세요)

그 술일랑 자네나 먹고 내 딸이나 셍겨주게(섬겨 주게)

모찌는 소리

자료코드 : 07_04_FOS_20090228_KID_YSY_0001

조사장소 : 전라북도 무주군 부남면 대소리 대소마을 185번지 제보자 자택

조사일시 : 2009.2.28

조 사 자 : 김익두, 허정주

제 보 자 : 유순예, 여, 85세

구연상황 : 고생담을 말씀하신 후 오래 전 다락 논에 모를 심기 위해서 못자리 들어내는
모찌는 노래를 해 주셨다.

들어내세 들어내세 이 못자리 들어내고

점심 채비 부지런히 하세

모심는 소리

자료코드 : 07_04_FOS_20090228_KID_YSY_0002
조사장소 : 전라북도 무주군 부남면 대소리 대소마을 185번지 제보자 자택
조사일시 : 2009.2.28
조 사 자 : 김익두, 허정주
제 보 자 : 유순예, 여, 85세
구연상황 : 조사자가 옛날에 부르던 모노래 한 곡 해 달라고 부탁하자, 모를 많이 심으러
다녔다면서 노래를 불러 주었다. 제보자는 청이 좋고 연세에 비해서 목소리에
힘이 있고 발음도 명확했다. 모를 심을 때 시간에 따라 부르는 사설을 설명해
주기도 하였다.

담송담송 닷 마지기 반달만치(반달만큼) 남았구나

그게 무신 반달인가 초승달이 반달이지

초승달만 반달인가 그믐달이 반달이지

그믐달만 반달인가 우련님(우리 님)이 반달이지

이 논에다 모를 심어 이천 석만 쏟아지소

이천 섹(석)이 천 섹인가 삼천 섹이 천 섹이지

이 논에다 모를 심어 장잎이 훨훨 영화로세

산천초목 저 젊어 가고 우리야 인상(인생)은 늙어나 지네

딸아 딸아 막내딸아 곱게 먹고 곱게 커라

오동나무 밀장롱에 바리바리 실어 주마

일 년 열두 달 남의 집 살어 청치매 밑이루 다 들어갔네

청치매 밑이다 약주병 달고 오동난(오동나무) 숲 속에 임 마중 가세

훌타리(울타리) 밑에 깔(꼴) 비는(베는) 총각 눈치나 있걸랑 떡 받
아먹게

떽일랑 받아서 팽개를 치고 내 홀목(손목) 붙들고 낙루만 하네

저 산 너메다 소첩을 두고 밤질(밤길) 걷기 난감하네

낮이로는 놀러나 가고 밤에로는 임 보러 가세

[모심다가 해가 넘어갈 때 부르는 노래라고 설명한다.]

일락서산 해 떨어지고 월추동산 달 돋아오네

[제보자가 옛날에는 달이 돋도록 모를 심었고 밤중까지 그렇게 일을 했다면서 일이라면 징그럽다고 옛 기억을 말한다. 조사자가 점심 무렵 부르는 노래를 요청하자 바로 부른다.]

늦어 가네 늦어 가네 점심챔이 늦어 가네
점심참만 늦었는가 우리 애기 젖참도 늦네

밭매는 소리

자료코드 : 07_04_FOS_20090228_KID_YSY_0003
조사장소 : 전라북도 무주군 부남면 대소리 대소마을 185번지 제보자 자택
조사일시 : 2009.2.28
조 사 자 : 김익두, 허정주
제 보 자 : 유순예, 여, 85세
구연상황 : 조사자가 밭매는 소리를 요청하자 제보자는 젊어서 밭을 맬 때 부르셨던 노래라면서 바로 불러 주었다.

이내 밭골 어서 매고 임의 밭골 마주나 가세
못 다 맬 밭 다 맬라다 우련 님 금봉채 내 잃고 가네
전주 송방 다 더터도(찾아봐도) 우련 님 금봉채 내 못 사겄네
앞둑 뒤둑 베루잽이 휘휘 둘러 쌈을 싸세
서산에 지는 해 지고저(지고 싶어) 지는가
날 버리고 가는 임 가고저(가고 싶어) 가는가
우련 님은 어디를 가고 저녁 동자 안 하는가
골골마동(골골마다) 연기는 나는데 저녁 동자 안 하는가
저 건너라 잔솔밭에 살림살이 내간살이 하러나 갔는가

베 짜는 소리

자료코드 : 07_04_FOS_20090228_KID_YSY_0004
조사장소 : 전라북도 무주군 부남면 대소리 대소마을 185번지 제보자 자택
조사일시 : 2009.2.28
조 사 자 : 김익두, 허정주
제 보 자 : 유순예, 여, 85세
구연상황 : 제보자는 일찍이 안 해 본 일이 없다면서 베 짤 때 불렀다는 노래를 모노래
곡조로 불렀다. 부남면 방아거리 놀이 행사에 9년간 참여해서 베 짜기 시연을
보이기도 했다고 한다.

양산도 큰애기 베 짜는 소리 질 가는 총객이 발을 맞춰 가네

나물 뜯는 소리

자료코드 : 07_04_FOS_20090228_KID_YSY_0005
조사장소 : 전라북도 무주군 부남면 대소리 대소마을 185번지 제보자 자택
조사일시 : 2009.2.28
조 사 자 : 김익두, 허정주
제 보 자 : 유순예, 여, 85세
구연상황 : 제보자는 젊어서 인근에 나물 뜯으러 많이 다니기도 했다고 한다. 3~4월이면
큰 산에서 반들딱지, 미나당주, 모시대, 사추대, 취나물, 참나물 등 나물을 뜯
으러 다녔고, 그 때 심심하면 여러 사람이 돌아가면서 노래를 부르곤 했다고
한다. 노래는 모심는 소리와 같은 곡조로 하며, 노랫말은 마음에서 우러나는
대로 부른다고 한다.

남산에 풀잎은 푸려서(푸르러서) 좋고 우리 집 우련 님 저 젊어
좋으네
산천초목 저 젊어 가고 우리야 인상은 늙어나 지네
간 데 족족 정 디려(들여) 놓고 이별이 잦아 내 못 살겠네
산이나 높아야 골도나 깊으지 조그만한 여자 속 깊을 수 있나

산천초목 붙는 불은 만 인간이나 *끄*지만은

이내 속에 붙는 불을 한 품에 든 임도 못 꺼나 주네

술과 담배는 내 심중 알건만 한 품에 든 임은 내 심중 몰라

임아 임아 서방님아 정만 두고 몸만 가면

이내 눈에서 눈물만 나요

눈물은 흘러 대동강 되고 한숨은 쉬어서 동남풍 되네

조선 천지 다 댕겨도 우련 님 얼굴 내 못 보겄네

가네 가네 나는 가네 임을 두고 나는 가네

가길라컨(가려거든) 가더라도 정일라컨 두고나 가소

두고 간들 잊을쏜가 놓고 간들 잊을쏜가

가네 가네 나는 가네 임을 두고 나는 가네

가는 것도 좋지만은 어린 자슥 누기다가(누구에게) 맽겨 놓고

나를 버리고 가시는가

비봉산 날망에 비 오나 마나 어린 가장 품 안에 잠자나 마나

노래 두고 잣새기면(새겨 놓고 안 부르면) 이방 성방 첩 된다네

아기 어르는 소리

자료코드 : 07_04_FOS_20090228_KID_YSY_0006
조사장소 : 전라북도 무주군 부남면 대소리 대소마을 185번지 제보자 자택
조사일시 : 2009.2.28
조 사 자 : 김익두, 허정주
제 보 자 : 유순예, 여, 85세
구연상황 : 여러 곡을 부른 제보자가 더 이상 노래가 생각나지 않는 듯하여 조사자가 아
기 잠재울 때 아기 어르면서 부르는 노래를 해 달라고 요청하자 바로 노래를
불러 주었다.

자장자장 우리 애기 잘도 자네

웃집 흰댕이도 잘도 자고

아랫집 노랭이도 잘도 자네

우리 애기 잘도 자고

마리(마루) 밑에 검댕이도 잘도 자네

달강달강 서울 가서

밤 한 톨을 주서다가(주워다가)

살강 밑에 파묻었더니

들랑날랑 새앙쥐가 다 까먹고

한 쪼가리 남은 것은

울 애기랑 나랑 까먹자

영감아 땡감아

자료코드 : 07_04_FOS_20090228_KID_YSY_0007
조사장소 : 전라북도 무주군 부남면 대소리 대소마을 185번지 제보자 자택
조사일시 : 2009.2.28
조 사 자 : 김익두, 허정주
제 보 자 : 유순예, 여, 85세
구연상황 : 제보자가 가족들에 대한 이야기를 하다가 이 노래를 불렀다. 노래 내용은, 게
으른 영감이 미워서 할머니가 하는 소리라고 설명하였다.

영감아 땡감아 개떡 먹게

방애품(방아품) 들여다 개떡 쪘네

침일랑 발러서 영감 주고

꿀일랑 발러서 내가 먹지

임 노래

자료코드 : 07_04_FOS_20090228_KID_YSY_0008

조사장소 : 전라북도 무주군 부남면 대소리 대소마을 185번지 제보자 자택

조사일시 : 2009.2.28

조 사 자 : 김익두, 허정주

제 보 자 : 유순예, 여, 85세

구연상황 : 제보자는 다양한 노래를 부르다가 임 노래를 불렀다. 노랫말에 대해서 고주백이(나뭇등걸)는 불이라도 때지만 인간의 병신은 죽으면 그만이라고 설명했다.

이달 보름 새달 보름 굶어도 좋아

하루 저녁 임 없으면 내 못 살겠네

까막깐치(까마귀와 까치)는 낭기여(나무에) 놀고

메뚜기 땅개는 풀 속에 놀고

우리 집 우런 님은 내 품 안에만 노는구나

니가 잘나 내가 잘나 게 누가 잘나

서푼짜리 고주백이(나뭇등걸) 썩도나 잘나

구혼 노래

자료코드 : 07_04_FOS_20090228_KID_YSY_0009

조사장소 : 전라북도 무주군 부남면 대소리 대소마을 185번지 제보자 자택

조사일시 : 2009.2.28

조 사 자 : 김익두, 허정주

제 보 자 : 유순예, 여, 85세

구연상황 : 딸 있는 할머니에게 총각이 사위 삼으라고 하는 노래이다. 제보자는 이것은 노래도 아니고 그냥 심심할 때 하는 것이라고 했다.

저기 가는 저 할머니

반달 겉은 딸 있걸랑 왼달 겉은 사위 삼아

딸이나 있지만은 나이 어려 못 에우것네(시집을 못 보내겠네)

아이고 장모님 그 말씀 말아요

참새는 짝아도 알을 낳고

제비는 짝아도 강남을 가요

파랑새

자료코드 : 07_04_FOS_20090228_KID_YSY_0010

조사장소 : 전라북도 무주군 부남면 대소리 대소마을 185번지 제보자 자택

조사일시 : 2009.2.28

조 사 자 : 김익두, 허정주

제 보 자 : 유순예, 여, 85세

구연상황 : 파랑새 노래를 조사자가 청하자 바로 불렀다.

새야 새야 포랑새야 녹두 낭게(나무에) 앉지 마라

녹두꽃이 떨어지면 청포장사 울고 간다

임 생각

자료코드 : 07_04_FOS_20090228_KID_YSY_0011

조사장소 : 전라북도 무주군 부남면 대소리 대소마을 185번지 제보자 자택

조사일시 : 2009.2.28

조 사 자 : 김익두, 허정주

제 보 자 : 유순예, 여, 85세

구연상황 : 제보자는 놀 때 부를 수도 있고 아무 때나 부른다며 이 노래를 불렀다.

만장겉이(만장같이) 널룬 방에 독수공방 홀로 누워

앉었으니 임이 오냐 누웠으니 잼(잠)이 오냐

이 생각 저 생각 임의나 생각

신세 타령

자료코드 : 07_04_FOS_20090228_KID_YSY_0012
조사장소 : 전라북도 무주군 부남면 대소리 대소마을 185번지 제보자 자택
조사일시 : 2009.2.28
조 사 자 : 김익두, 허정주
제 보 자 : 유순예, 여, 85세
구연상황 : 제보자의 남편인 할아버지가 일제 때 22살의 나이로 일본에 1년간 징용을 갔
         다가 살아 오셨다고 한다. 할아버지가 일본으로 갔을 당시 할머니가 이 노래
         를 지어서 불렀다고 설명했다.

일본을 갈라니 여행(여행권)이 있나 장개(장가)를 갈라니 연분이
있나
일본 동경이 얼매나 좋아 꽃 겉은 나를 두고 일본을 갔어
일본이 좋아 내가 갔는가 나라를 못 이겨 징용을 갔지

모심는 소리

자료코드 : 07_04_FOS_20090213_KID_LMS_0001
조사장소 : 전라북도 무주군 부남면 대소리 유평 마을회관
조사일시 : 2009.2.13
조 사 자 : 김익두, 허정주
제보자 1 : 이명순, 여, 75세
제보자 2 : 김봉순, 여, 83세
구연상황 : 회관 내 할머니들방에 계시던 할머니들을 노인회장님이 모셔서 조사 취지를
         설명하였다. 조사자가 먼저 모심는 소리를 청하였더니 할머니들은 처음에는
         기억이 잘 나지 않는다고 하여 노래 부르기에 소극적이었으나 제보자가 막상
         노래를 시작하자 다른 분들도 옆에서 노래를 주고받으며 함께 불렀다.

[옆방에 계시던 이명순, 김봉순, 할머니들이 오셔서 주고받으며 같이
불러 주신다.]

물꼬 철렁 물 실어 놓고 쥔네 한량 어데로 갔소
저 산 너메다 소첩을 두고 밤이도 가고 낮이도 가네 이후후후
놀로를 가네 놀로를 가세 월선이 방으로 놀로를 가세
월선이는 간 곳이 없고 월선이 찾아서 놀로를 가세
서 마지기 논배미가 반달만큼 남아 있네
지가 무슨 반달이냐 초생달이 반달이지 이후후후

시집살이 노래

자료코드 : 07_04_FOS_20090213_KID_LYS_0001
조사장소 : 전라북도 무주군 부남면 대소리 유평 마을회관
조사일시 : 2009.2.13
조 사 자 : 김익두, 허정주
제 보 자 : 이영순, 여, 72세
구연상황 : 청중 가운데 한 어르신이 제보자가 "울도 담도 없는" 노래를 잘 한다며 노래
를 권하였다. 제보자는 노래가 너무 노래가 길어서 조금만 부르겠다고 하며
불렀다. 끝부분을 창부 타령조로 마무리했다.

[주위에서 울도 담도 없는 노래를 하라고 권하자 노래가 길어서 다 못
한다고 하며 시작한다.]

울도 담도 없는 집에 눈 어둬 삼 년 귀먹어 삼 년
버버리(벙어리) 삼 년 석 삼 년을 살고나 보니
시어머니 하시는 말씸 아가 아가 메늘(며느리) 아가
느그 낭군 보고나 지면(보고 싶으면) 진주 남강에 빨래 가라
진주 남강 빨래를 가니 물도 좋고 돌도 좋네
얼구럭 덜구럭 말구도(말굽) 소리 얼그럭 덜그럭 말구도 소리
하늘 겉은(같은) 말을 타고 [중간에 가사를 잊어버려 잠시 멈췄다.]

흰 빨래는 희게나 빨고 꺼먹 빨래는 검게 빨고

집이라고 돌아오니 시어머니 하시는 말씀

아가 아가 메늘 아가 느그 낭군 보고나 지면

아랫방 문을 열고 봐라

아랫방 문을 열고나 보니 기상첩(기생첩)을 옆에 놓고

오색 가지 술잔에다 권주기(권주가)만 하고 있네

외씨 같은 버선발로 아랫방에 들어가서

석 자 세 치 명지나(명주) 수건 아홉 가지 서약(사약)에다

자는 듯이 가고 없네

기상첩은 석 달이요 본댁이는 백 년이라

무슨 포부가 그리나 지어 말 한 마디 아니나 하고

자는 듯이 가고 없네

얼씨구나 좋네 저절씨구나 좋네 아니 노지는 못하리라

양산도

자료코드 : 07_04_FOS_20090213_KID_LYS_0002

조사장소 : 전라북도 무주군 부남면 대소리 유평 마을회관

조사일시 : 2009.2.13

조 사 자 : 김익두, 허정주

제 보 자 : 이영순, 여, 72세

구연상황 : 처음에는 조용히 앉아만 있던 제보자는 다른 어른신이 제보자에게 노래를 청하
자 조금만 부르겠다고 하시면서 양산도를 비롯하여 시집살이 노래를 불렀다.

양산을 가세 양산을 가세

모랭이 돌고를 돌아 양산을 가세

양산도 큰애기 베 짜는 소리

질(길) 가는 행인들이 질을(길을) 못 가노라

청춘가

자료코드 : 07_04_FOS_20090213_KID_LYS_0003
조사장소 : 전라북도 무주군 부남면 대소리 유평 마을회관
조사일시 : 2009.2.13
조 사 자 : 김익두, 허정주
제 보 자 : 이영순, 여, 72세
구연상황 : 제보자는 처음에는 조용히 앉아만 있었으나 마지막으로 다른 어르신이 노래
　　　　　 잘 한다며 청하자 조금만 부르겠다고 하면서 양산도와 시집살이 노래를 부른
　　　　　 다음, 청춘가를 한 소절을 짧게 불러 주었다.

알뜰하게 산다면 내 살림 된다는가
오동동 팔어서 좋다 술받이나 합시다

모심는 소리

자료코드 : 07_04_FOS_20090227_KID_LTH_0001
조사장소 : 전라북도 무주군 부남면 장안리 장안마을 144번지
조사일시 : 2009.2.27
조 사 자 : 김익두, 허정주
제 보 자 : 이태형, 남, 77세
구연상황 : 장안마을 이장님과 모종 앞에서 마을에 관한 이야기를 듣고 난 뒤 노인정에
　　　　　 갔다. 노인정 할머니들께서 이 날 이씨 종친회가 있으니까 종친회하는 곳으로
　　　　　 가 보라고 소개를 해 주었다. 이장님의 안내로 그곳에 갔더니 많은 분들이 모
　　　　　 여 있었다. 친목모임 중이어서 자연스럽게 노래 가락이 흘러 나왔다. 청중들
　　　　　 이 제보자에게 노래하기를 재촉하자 제보자가 모심는 소리를 짧게 불렀다.

오늘 해도 다 넘어간다 장잎이 훨훨 영화로세
다 되었네 다 되었네 일락서산 다 넘어간다

청춘가

자료코드 : 07_04_FOS_20090227_KID_LTH_0002
조사장소 : 전라북도 무주군 부남면 장안리 장안마을 144번지
조사일시 : 2009.2.27
조 사 자 : 김익두, 허정주
제 보 자 : 이태형, 남, 77세
구연상황 : 장안마을 이장님과 모종 앞에서 마을에 관한 이야기를 듣고 난 뒤 노인정에
　　　　　갔다. 노인정 할머니들께서 이 날 이씨 종친회가 있으니까 종친회하는 곳으로
　　　　　가 보라고 소개를 해 주었다. 이장님의 안내로 그곳에 갔더니 많은 분들이 모
　　　　　여 있었다. 친목모임 중이어서 자연스럽게 노래 가락이 흘러 나왔다. 제보자
　　　　　는 흥에 겨워 청춘가 한 소절을 불렀다.

우리야 연애는 솔방굴(솔방울) 연애로다
바람만 불어도 어허 떨어질까 염니(염려)로다

달거리

자료코드 : 07_04_FOS_20090227_KID_LTH_0003
조사장소 : 전라북도 무주군 부남면 장안리 장안마을 144번지
조사일시 : 2009.2.27
조 사 자 : 김익두, 허정주
제 보 자 : 이태형, 남, 77세
구연상황 : 장안마을 이장님과 모종 앞에서 마을에 관한 이야기를 듣고 난 뒤 노인정에
　　　　　갔다. 노인정 할머니들께서 이 날 이씨 종친회가 있으니까 종친회하는 곳으로
　　　　　가 보라고 소개를 해 주었다. 이장님의 안내로 그곳에 갔더니 많은 분들이 모
　　　　　여 있었다. 친목모임 중이어서 자연스럽게 노래 가락이 흘러 나왔다. 분위기
　　　　　가 무르익자 제보자는 달거리를 하였는데 중간에 노랫말이 생각이 나지 않아
　　　　　일부분이 빠져 있다.

정월이라 대보름날은 답교하는 명절인데
청춘남녀가 짝을 지어 양애삼삼을 다니는데

우련 님은 어디를 가게 답고 가잔 말이 왜 없느냐
이월이라 한식날은 개자칩(개자추)의 넋이라도
북망산천을 찾어가니 무덤을 잃고 통곡을 하니
무정하고 약속한(야속한) 임은 왔느냐 소리도 없이 없는구나
삼월이라 삼짇날은 저 제비도 다정한데
우련 님은 어디를 갔기에 집 찾아올 줄을 왜 몰르나
사월이라 초패일날(초파일)은 석가 오는 탄일인데
집집마다 등불을 닫고(달고) 자손 발원을 빌러나 난다
하늘을 봐야 별을 따지 임 없는 나야 소용있나
오월이라 단옷날은 추천 간절히 하기야
노의통상 뛰는 들은 임과 서로 만내 뛰노는데
우련 님은 어디를 갔기에 그네 뛰잔 말이 왜 없느냐
유월이라 십오일 날은 유두 명절이 어디하여
대분청류에 지진 절병은 쫄깃쫄깃만 해 맛도나 좋은걸
우련 님 빈방에 나 혼자 먹기는 금창에 막혀서 못 먹것다
칠월이라 칠석날은 견우 직녀가 만나는 날
은하 장교 먼먼 길도 일 년에 한 번씩 다니는데
우련 님은 어디를 갔기에 어디 올 줄을 왜 몰라

[8월에서 10월까지 사설을 잊어버렸다고 하면서 그 다음 달로 계속 이어간다.]

동짓달을 잡아드니 설 오기는 명절인데
동지 팥죽을 먹고 보니 원수의 나이는 더 먹었네
나이는 한 살 더 먹었으나 임은 안 오고 어데 가리
섣달이로다 막달인데 빚진 사람은 졸리는데

복조리는 사라는데 임 건지는 조리는 어데 없나

얼씨구 절씨구 기화자 좋네 우리 집구석이 다 망해도 나는 좋네

노랫가락

자료코드 : 07_04_FOS_20090213_KID_LHS_0001

조사장소 : 전라북도 무주군 부남면 대소리 유평 마을회관

조사일시 : 2009.2.13

조 사 자 : 김익두, 허정주

제 보 자 : 이호생, 여, 72세

구연상황 : 마을에 계시는 어르신 한 분이 노래를 잘하는 사람으로 제보자를 추천하였다.
조사자가 노래를 요청하자 노래 한 마디를 불러 주었다.

강원도라 금강산은 돌아갈수록 경치 좋고

너와 나와 두 사랑은 살아갈수록 정이 든다

없는 정을 한탄을 말고 있는 정이나 변치 마자

얼씨구 좋네 정기장(정거장) 좋고 보름달 밝거든 단둘이 가세

달거리

자료코드 : 07_04_FOS_20090214_KID_LHS_0001

조사장소 : 전라북도 무주군 부남면 대소리 유평 마을회관

조사일시 : 2009.2.14

조 사 자 : 김익두, 허정주

제 보 자 : 이호생, 여, 72세

구연상황 : 전날 조사했던 마을을 다시 방문했다. 다시 조사를 나온다고 했기 때문에 제
보자는 조사자들을 보자마자, 지난밤에 할아버지와 연습을 했다면서 기억을
더듬어 생각나는 대로 불러 주었다. 제보자가 어렸을 적에 이웃에 살던 아주
머니가 노래책을 보고 부르던 것을 듣고 이 노래를 알게 되었다고 한다. 달거

리를 창부 타령조로 불렀으며, 8월부터 섣달까지 노랫말이 제대로 기억이 안
나서 전체를 다 부르지는 못했다.

정월이라 대보름은 답교 가자는 명절인데
우련 님(우리 님)은 어디를 갔게(갔기에) 답교하자는 말이 없나
얼씨구 좋네 절씨구 아니 노지는 못하리라
이월이라 한식날은 개자추의 넋이로다
북망산천을 찾아나 가서 무덤을 안고서 통곡하니
무정하고 야속한 임은 왔느냐 소리도 없구나야
얼씨구나 좋네 절씨구 아니 노지는 못하리라
삼월이라 삼짇날은 제비는 옛집을 찾아오고
길홍덕(鴻德)의 창공 아래 기러기도 옛집을 찾는데
우련 님은 어디를 갔게 집 찾아올 줄을 왜 모르냐
얼씨구 좋네 절씨구 아니 노지는 못하리라
사월이라 초패일(초파일)은 집집마다 등을 달고
자손 발원을 하건마는
하늘을 봐야 별을 따지 임 없는 나야 소용 있나
얼씨구 좋네 절씨구 아니 놀고서 무엇 할까
오월이라 단오날은 녹의홍상 미인들은
임과 서로 뛰어노는데
우련 님은 어디를 갔게 뛰어놀자는 말이 없나
얼씨구 좋네 절씨구 아니 노지는 못하리라
유월이라 십오일은 유두 명절이 이 아니냐
백분청유(白粉靑油, 쌀가루나 밀가루와 기름) 지진 전병이 쫄깃쫄
깃 맛도 좋다
임 없는 빈방에 혼자서 먹기에

금창(가슴)이 막혀서 못 먹겠네

얼씨구 좋네 절씨구 아니 노지는 못하리라

칠월이라 칠석날은 견우직녀가 만나는 날

은하 오작교 먼먼 길에도 일 년에 한 번은 만나건만

우런 님은 워디를(어디를) 갔게 십 년에 한 번도 못 만나나

얼씨구 좋네 절씨구 아니 놀고서 무엇 하나

모심는 소리

자료코드 : 07_04_FOS_20090227_KID_JIS_0001
조사장소 : 전라북도 무주군 부남면 장안리 장안마을 144번지
조사일시 : 2009.2.27
조 사 자 : 김익두, 허정주
제 보 자 : 전일색, 여, 80세
구연상황 : 장안마을 이장님과 모종 앞에서 마을에 관한 이야기를 듣고 난 뒤 노인정에
갔다. 노인정 할머니들께서 이 날 이씨 종친회가 있으니까 종친회하는 곳으로
가 보라고 소개를 해 주었다. 이장님의 안내로 그곳에 갔더니 많은 분들이 모
여 있었다. 친목모임 중이어서 자연스럽게 노래 가락이 흘러 나왔다. 조사자
와 청중들이 모심는 소리를 요청하자 기억이 날지 모르겠다고 하며 모심는
소리를 짧게 불렀다.

모 심구세 모를 심어 이 논에다 모를 심어

장잎이 훨훨 영화로다 이후후우~

노랫가락

자료코드 : 07_04_FOS_20090227_KID_JIS_0002
조사장소 : 전라북도 무주군 부남면 장안리 장안마을 144번지

조사일시 : 2009.2.27

조 사 자 : 김익두, 허정주

제 보 자 : 전일색, 여, 80세

구연상황 : 장안마을 이장님과 모종 앞에서 마을에 관한 이야기를 듣고 난 뒤 노인정에
갔다. 노인정 할머니들께서 이 날 이씨 종친회가 있으니까 종친회하는 곳으로
가 보라고 소개를 해 주었다. 이장님의 안내로 그곳에 갔더니 많은 분들이 모
여 있었다. 친목모임 중이어서 자연스럽게 노래 가락이 흘러 나왔다. 제보자
는 다 같이 늙어 가니까 늙어 가는 노래를 부르겠다고 하며 노랫가락과 청춘
가를 연이어 불렀다.

놀아 좋구나 저 젊어 놀아요

늙어나 지면은 좋다 못 노느니라

화무는 십일홍이요 달도 차면은 못 노나니

인생 일장춘몽이요 아니 노지는 못 하리라

청춘가

자료코드 : 07_04_FOS_20090227_KID_JIS_0003

조사장소 : 전라북도 무주군 부남면 장안리 장안마을 144번지

조사일시 : 2009.2.27

조 사 자 : 김익두, 허정주

제보자 1 : 전일색, 여, 80세

제보자 2 : 이태형, 남, 77세

구연상황 : 장안마을 이장님과 모종 앞에서 마을에 관한 이야기를 듣고 난 뒤 노인정에
갔다. 노인정 할머니들께서 이 날 이씨 종친회가 있으니까 종친회하는 곳으로
가 보라고 소개를 해 주었다. 이장님의 안내로 그곳에 갔더니 많은 분들이 모
여 있었다. 친목모임 중이어서 자연스럽게 노래 가락이 흘러 나왔다. 전일색
제보자가 노래를 한 마디 하겠다며 먼저 나서서 노래를 부르기 시작하자 이
태형 제보자가 받아 불렀다.

오동동추야 이히이 달이 동글동글동글동글동글 밝은데

임이 동글동글동글 생각에 좋다 신이 동글동글 나누나

일본 동경이 이히 얼마나 좋아서

꽃 같은 나를 두고 일본을 가느냐

일본 됭경(동경)이 얼마나 좋아서

꽃 겉은(같은) 날 두고 좋다

나를 무시를 하냐 아이구 좋구나

가지 많은 소나무야 바람 잘 날 없고요

자슥(자식) 많은 부모에 맘 좋을 날이 없구나

창부 타령

자료코드 : 07_04_FOS_20090213_KID_JHS_0001

조사장소 : 전라북도 무주군 부남면 대소리 유평 마을회관

조사일시 : 2009.2.13

조 사 자 : 김익두, 허정주

제 보 자 : 정향순, 여, 82세

구연상황 : 회관에 모인 청중들이 제보자가 노래를 잘 한다고 자꾸 권하여 짧게 한 마디
불러 주었다.

나물을 먹고 물 마시고 팔을 비고(베고) 누웠으니

대장부 살림살이가 요만 하면은 만족하지

모 심는 소리

자료코드 : 07_04_FOS_20090214_KID_HBI_0001

조사장소 : 전라북도 무주군 부남면 가당리 가정 마을회관

조사일시 : 2009.2.14

조 사 자 : 김익두, 허정주

제 보 자 : 한분임, 여, 85세

구연상황 : 청중 한 분이 전화로 제보자를 회관으로 오도록 하였다. 회관으로 나온 제보
자는 처음에는 못한다고 사양하다가 막상 노래를 시작하니 모를 잘 심으신다
면서 실제로 모심는 동작까지 재연해 보였다. 제보자가 첫 소절을 하고나서
숨이 차 힘들어 하자 청중들이 함께 불렀다. 정옥례 제보자는 조사자들이 도
착하기 전 더 나이 드신 어르신들한테 모노래를 배워 불러 보았다면서 불러
주었다.

이 논배미 모를 심어 장잎이 훨훨 영화로세 이후후후

서산에 지는 해 지구저(지고 싶어) 지느냐

날 두고 가는 임 가고저(가고 싶어) 가느냐 이후후후

이 논배미 모를 심어 누구랑 나랑 먹고 살까

나물 먹고 물 마시고 팔을 비고(베고) 누웠으니

대장부야 살림살이 요만하면 만족하지

노들강변

자료코드 : 07_04_MFS_20090213_KID_KYY_0001
조사장소 : 전라북도 무주군 부남면 고창리 고창 마을회관
조사일시 : 2009.2.13
조 사 자 : 김익두, 허정주
제 보 자 : 곽유엽, 여, 63세
구연상황 : 많은 노래를 부르셨는데 이제는 부를 노래가 없다면서 노들강변을 불러 보겠
　　　　　　다고 하면서 노래를 불렀다.

[부를 것도 없고 하니 노들강변이나 한번 해 보겠다고 하며 노래한다.]

　　　노들강변 봄버들 휘휘 늘어진 가지나에다

　　　무정세월 안 오려도 칭칭 돌려서 매어나 볼까

　　　에헤야 봄버들도 못 믿으리로다

　　　푸르르른 저기 저 물만 흘러 흘러서 가노라

진도 아리랑

자료코드 : 07_04_MFS_20090213_KID_KYY_0002
조사장소 : 전라북도 무주군 부남면 고창리 고창 마을회관
조사일시 : 2009.2.13
조 사 자 : 김익두, 허정주
제 보 자 : 곽유엽, 여, 63세
구연상황 : 제보자는 민요 중에 아리랑은 기본이라며 아리랑을 신명나게 불러 주었다. 청
　　　　　　중 가운데 한 분은 제보자를 가리켜 저 사람같이 할 수 없다고 하면서 제보
　　　　　　자의 노래 실력을 추켜세웠다. 회관에 모인 청중들은 제보자의 노래에 적극적

으로 호응해 주었다.

열락서산(일락서산)에 해 떨어지고 월출동전(월출동령)에 달 솟아
난다
아리 아리랑 스리 스리랑 아라리가 났네 허허허
아리랑 음음음 아라리가 났네
널 보고 날 봐라 내가 널 따러 살까
연분이 좋은 걸로 내가 널 따러 산다
아리 아리랑 스리 스리랑 아라리가 났네 허허허
아리랑 음음음 아리리가 났네
먹기 싫은 찬밥은 됐다가나 먹지
뵈기 싫은 저 자석(자식)을 어찌 내가 버릴까
아리 아리랑 스리 스리랑 아라리가 났네 허허허
아리랑 음음음 아리리가 났네
세월이 갈라거든(가려거든) 너 혼자 가지
꽃 같은 나를 데리고 왜 갈라고 하느냐
아리 아리랑 스리 스리랑 아라리가 났네 허허허
아리랑 응아응아 아리리가 났네
훌래당 팔래닥 홍갑사 댕기
고무때도 아니 묻어서 날받이가 왔네
아리 아리랑 스리 스리랑 아라리가 났네 허허허
아리랑 응응응 날만 날마다 같이 놉시다

아리랑

자료코드 : 07_04_MFS_20090213_KID_KOG_0001

조사장소 : 전라북도 무주군 부남면 고창리 고창 마을회관
조사일시 : 2009.2.13
조 사 자 : 김익두, 허정주
제 보 자 : 김옥길, 여, 73세
구연상황 : 제보자는 여러 노래를 부른 끝에 신민요 아리랑을 불렀다.

신작로 널뤄서(넓어서) 질(길) 가기 좋고

전깃불 밝아서 임 보기 좋네

아리랑 아리랑 아라리요

아리랑 고개를 날 넘겨주세요 이히요~

도덕가

자료코드 : 07_04_ETC_20090214_KID_YMH_0001
조사장소 : 전라북도 무주군 부남면 대소리 유평 마을회관
조사일시 : 2009.2.14
조 사 자 : 김익두, 허정주
제 보 자 : 유문호, 남, 72세
구연상황 : 제보자는 잘 알려지지 않은 노래 한 자리 부르겠다며 장구 장단에 맞추어 노래를 해 주었다. 제보자는 예전에 방송국에 나가 노래를 부른 적도 있다고 한다. 청중들은 모두 제보자의 노래에 기대를 드러냈다. 제보자는 '금강대도'라는 종교의 신자로서, 제보자가 부른 노래는 금강대도 교주인 토암 이승여가 지은 가사집 『도덕가(道德歌)』 중에 제보자가 부분 부분을 조합한 것이다.

천석 만석 자랑 마라 죽어지면은 쓸데없고

고관대작 자랑 마라 죽어지면 허사로다

환갑 진갑 지낸 여 인생 무슨 영화를 볼까나

생극락에 부귀나 공명 자손 영화를 알았거든

대불 대승 찾아가서 장재 염불 송경하네

아미타불 극락이며 관음보살 이 세계에

만재소멸 우리 무리 공부자님 도덕으로

도덕군자 좋을씨고 유자유순 명전천조

칠세조상 한 가지로 극락세계를 돌아가니

불로불후 신선이며 불생불멸 부처로다

도덕가 중 붕우장

자료코드 : 07_04_ETC_20090214_KID_YMH_0002
조사장소 : 전라북도 무주군 부남면 대소리 유평 마을회관
조사일시 : 2009.2.14
조 사 자 : 김익두, 허정주
제 보 자 : 유문호, 남, 72세
구연상황 : 청중 한 분이 장구를 쳐서 분위기 연출하자, 장구 장단에 맞추어 금강대도 신
도인 제보자가 금강대도 교주인 토암 이승여가 지은 가사집 『도덕가(道德歌)』
중 붕우장(朋友章)을 읊었다.

[청중 가운데 한 분이 장구 장단을 쳐 주신다.]

이 나라에 사는 인생 붕우유신 들어 보소

재물로 사군(사권) 벗은 빈한하면 쓸데없고

권세로 사귄 벗은 미약하면 배반하고

술자리에 사귄 벗은 니 것 내 것 하다가서 패가망신 할 것이오

내기판에 사귄 벗은 악한 사람 알 만하고

장기 바둑 하는 벗은 한가한 듯 하건마는

허송세월 맹랑하다 그도 상종 못 하겠다

상종할 이가 전혀 없어 제월광풍 좋은 때에

심덕으로 사군 벗은 절절시시 일을 삼아

모진 행실 경계하고 착한 일로 인도하야

어진 행실 사모하여 도덕군자 사구여서(사귀어서)

붕우유신 새겨보세

4. 설천면

전라북도 무주군 설천면 두길리

조사일시 : 2009.1.31
조 사 자 : 김월덕, 백은철

두길리(斗吉里)는 구천동의 심곡과 삼공리, 무풍의 삼거리와 덕지리 등과 함께 금산군에 딸린 횡천소에 속해 있다가 조선 현종 15년(1674) 무주가 도호부로 승격될 때 무주부로 편입된 후 조선 말기까지 이어져 왔다. 그러다가 1914년 행정구역 개편 때 설천면 두길리로 편제되었다. 두길리 동쪽은 사선암 능선을 따라 무풍면과 경계를 이루고, 남쪽으로는 거칠봉에서 심곡리와 인접하고 있다. 서쪽으로는 성지산 능선으로 적상면과 경계를 이루고, 북쪽은 백운산과 석견산을 사이에 두고 청량리, 소천리, 장덕리와 인접하고 있다.

두길이라는 지명은 마을의 형국이 말(斗)과 같이 생겨서 붙여졌다고 한다. 마을 동쪽의 거칠봉에서 라제통문이 있는 석견산에 이르기까지 북으로 뻗어 내린 능선과, 서쪽의 성지산에서 백운산을 거쳐 라제통문으로 뻗어 내린 능선이 마치 곡식을 담는 거대한 말(斗)과 같이 생겨 길한 땅이라는 것이다. 두길리는 덕유산 국립공원의 관문으로 구천동에서부터 내려오는 맑고 찬물이 관류하고 있어 아름다운 경승을 이루고 있는데, 이 마을에는 구천동 33경 중 제1경인 라제통문을 비롯하여 은구암, 청금대, 와룡담, 학소대, 일사대, 함벽소, 가의암, 추월담, 만조탄 등의 명소가 절경을 이루고 있다.

하두(下斗)마을은 본래 라제통문이 위치한 신두마을과 함께 구천동 관문을 지키던 마을이다. 삼국시대에는 신라와 백제의 국경이었던 이 마을은 조선시대까지는 횡천면에 속해 있다가 1914년 행정구역 개편 때 설천면 두길리로 편제되었다. 옛날 횡천면에 속해 있을 때는 상두와 하두가 나뉘어 있었는데 이 마을은 상두의 아랫마을이라고 하여 '하두'라 하였다 한다. 현재는 40여 호가 거주하고 있고, 생업은 주로 농업이다.

전라북도 무주군 설천면 미천리

조사일시 : 2009.1.23
조 사 자 : 김월덕, 백은철

미천리는 설천면의 최동북단에 위치하고 있는데 산림이 울창하고 물이 맑기로 유명한 마을이다. 경상도, 전라도, 충청도를 나누는 삼도의 분기점인 삼도봉(三道峰)이 있으며, 삿갓봉, 광덕산 등의 산과 봉우리가 있고, 엄지너미, 싸리재, 박석재, 물찬이재 등이 있다. 전라북도에 속하지만 언어와 풍습은 경상도와 비슷한 것이 특징이다. 이곳은 옛날부터 피난지로 유명해서 외적이 침입해 왔을 때마다 많은 사람들이 이곳으로 찾아 들어왔는데, 산세가 아름답고 물이 맑아 피난민이 정착하여 살면서 마을이 형성되었다고 한다. 미천리에는 미래(美淶), 안골, 웃미래(중미), 아랫미래(하미), 보사골(보살골), 장자터, 점말 등의 자연마을이 있고, 현재 미천리는 크게 장자동, 중미, 하미로 구분한다.

미천리는 산림이 울창하고 흐르는 계곡의 물이 맑고 아름다워 본래는 미래(美淶)라 했는데, 언제부터인가 내(川)가 흐르는 곳이라 하여 '미천(美川)'이라 부르게 되었다고 한다. 그런데 미천리의 땅 모양이 미륵(彌勒)의 형상을 하고 있어 언젠가는 미륵이 올 땅이라 하여 미래(彌來)로 바뀌었다 한다. 미래 마을 뒤 골짜기에는 '보살골' 또는 '보사골(保沙洞)'이 있다. 지명에 불교 용어가 남아 있으나 현재 주민들의 종교는 불교와 기독교가 반반을 이루고 있다. 농업은 주로 밭농사를 짓고, 고추, 포도, 사과 등의 작물도 재배한다.

전라북도 무주군 설천면 삼공리

조사일시 : 2009.1.30
조 사 자 : 김월덕, 백은철

　　삼공리는 설천면의 최남단에 위치하고 있어 경상남도와 도계를 이루는
데 무주 '구천동(九千洞)'으로 더욱 잘 알려진 마을이다. 조선시대에는 무
주도호부 횡천면 지역의 중심지였던 곳으로 지금의 무풍면 상오정과 덕
지리 일대 및 라제통문에까지 이르는 방대한 면적이었다고 한다. 1914년
행정구역 개편 때 설천면 삼공리로 편제되어 지금에 이르고 있다. 1960년
대 구천동이 관광지로 개발되고 1975년 국립공원으로 지정된 이후 급격
한 개발과 성장을 해 왔다.

　　인구가 증가하면서 1981년에 삼공리는 원삼공과 보안마을로 나뉘게 되
었다. 그 후 원삼공마을에 속했던 관광단지에 덕유라는 지명을 붙여, 현

재 삼공리는 원삼공, 보안, 덕유 세 마을로 이루어져 있다. 삼공리에는 문화재로 지정된 백련사지를 비롯해 덕유산 정상의 주목군락지 등 장관을 이루는 구천동 33경이 있다. 덕유산국립공원관리사무소 및 관광특구가 삼공리에 있다.

삼공마을은 거울처럼 맑은 수경대(水鏡台)가 위치한 곳으로 옛날에는 국가의 특수 행정구역인 횡천소(橫川所)가 설치되었던 행정의 중심지였다. 이 마을은 농업이 아닌 관광업을 수요 생업으로 하기 때문에 마을에는 상가와 유흥시설이 가득 들어차 있다. 관광지 개발로 관광객들은 늘었는데, 펜션들이 많이 들어서서 예전 주민들의 민박집은 오히려 수입이 줄었다고 한다. 삼공마을에서는 지금도 정월 초이튿날 밤에 산제를 지낸다. 박문수전의 발생지라고도 한다.

보안마을의 지명 유래는 마을 건너편 들에서 농사를 짓기 위해서 막은 보(洑) 안에 있는 마을이라 하여 보안이라 했다고 한다. 1981년 군조례 개정 때 한문 표기가 보안(洑內)에서 보안(保安)으로 바뀌었다 한다. 삼공리가 관광지로 개발되면서 보안마을에도 펜션 등 많은 숙박업소가 남대천 천변을 따라 즐비하다. 일부 주민들은 농사를 짓고 일부는 상업과 숙박업에 종사하거나 겸업을 하고 있다.

전라북도 무주군 설천면 소천리

조사일시 : 2009.2.6
조 사 자 : 김월덕, 백은철

소천리는 설천면의 행정 중심지로 조선시대까지는 풍서면의 소재지였다. 소천리의 본래 지명은 삼촌(三村)이었는데 옛날 제원찰방에 속했던 소천역이 있었던 역말이라 하여 소천(所川)이 되었다 한다. 또 덕유산에서 발원한 원당천과 대덕산의 남대천, 동북쪽의 삼도봉과 민주지산에서 흘러

들어오는 곡류에 위치하는 냇가마을이라는 데서 유래하여 소천이라는 지명이 생겼다고도 한다. 소천리는 동쪽으로 대불리와 인접하고 남쪽은 라제통문에서 장덕리와 두길리, 그리고 서쪽은 청량리와 인접하며 북쪽으로는 남대천과 오봉산 능선을 따라 충청북도 영동군과 도계를 이루고 있다.

조선시대 풍서면으로 편제되었던 마을은 설천, 라니, 불대, 북동, 이남, 덕곡, 미천 등이었는데 1914년 행정구역 개편 때 설천면으로 편제되었고, 설천으로 부르던 소천은 라니와 이남을 소천리에 포함시키는 동시에 설천면 소재지가 되었다. 현재 소천리는 외양, 내양, 상평지, 하평지 등의 자연마을로 이루어져 있다.

나림마을은 10호 미만의 작은 마을로 소천리 상평지마을에 딸려 있다. 나림마을 동쪽은 대불리와 경계를 이루고 남쪽은 이남, 서쪽은 외양지마을과 인접하며 북쪽은 나림이 뒷산능선을 따라 충청북도 영동군과 도계를 이루고 있다. 나림마을은 본래 이토질(泥土質) 땅으로 진흙이 많은 곳

이라 하여 라니(羅泥)라는 지명으로 불리다가 이것이 변형되어 나림이 되었다고 한다. 나림마을에서부터 남대천 위에 놓인 평촌교까지는 반딧불과 다슬기의 서식지이다.

전라북도 무주군 설천면 심곡리

조사일시 : 2009.1.30, 2009.1.31
조 사 자 : 김월덕, 백은철

심곡리(深谷里)는 설천면 중에서 가장 깊은 골짜기에 위치하고 있어 예로부터 '깊은골'로 불러왔다. 본래 금산에 딸린 횡천소에 속했던 곳으로 조선 현종 15년(1674)에 무주가 도호부로 승격될 때 무주부 횡천면으로 편제되어 조선 말기까지 이어져 왔다. 그러다가 1914년 행정구역 개편 때 설천면 심곡리로 편제되어 오늘에 이른다. 동쪽으로는 삼공리가 인접하고

남쪽으로는 향적봉을 사이에 두고 안성면과 면계를 이룬다. 서쪽으로는 치마재 너머로 적상면과 면계를 이루고, 북쪽은 마전재에서 두길리와 인접하고 있다. 심곡리는 구천동 계곡의 중앙에 위치하여 구천동 33경 중 파회, 수심대, 세심대 등의 절경을 이루는 명소가 있고, 덕유산 북쪽 기슭에 위치한 만선동에는 무주리조트가 개설되어 수많은 관광객이 방문하는 곳이기도 하다.

배방(培芳)마을은 옛날 무주를 오갈 때 넘나들던 치마재 아래 위치한 마을로, 본래는 금산 땅에 속해 있었다. 배방은 옛날 횡천소에 속했던 구천동 삼방 중의 하나인데, 배방이라는 명칭은 작은 언덕배기 위에 위치한 마을이라는 뜻으로 붙여진 것이라 한다. 본래 배방(培坊)으로 썼던 한자를 행정구역을 개편하는 과정에서 꽃향기 방(芳)자로 바꾸어 배방(培芳)이 되었다 한다. 현재 배방마을은 마을 바깥 도로변에 위치한 외배방과 본동인 내배방으로 이루어져 있다. 내배방과 외배방을 합하여 70여 호 정도가 거주하고 있으며, 주요 성씨는 광산김씨, 김해김씨, 경주김씨, 낭주최씨 등이다. 생업은 주로 농업이며, 밭작물로 콩, 팥, 옥수수, 감자, 고추 등을 재배한다. 논보다 밭이 많아서 밭농사가 활발하고 고랭지채소도 재배한다. 주민들 일부는 무주리조트 관광지구에서 상업에 종사하기도 한다.

곽윤근, 남, 1915년생

주 소 지 : 전라북도 무주군 설천면 삼공리
제보일시 : 2009.1.30
조 사 자 : 김월덕, 백은철

거창군 위천면 남산리에서 10살 때 무주
군 설천면으로 왔다. 어려운 시절을 살면서
안 해 본 일이 없을 정도로 다양한 일을 했
고, 특히 신용을 바탕으로 소장사를 하여 돈
을 많이 벌었다. 농사일을 오래 한 것은 아
니지만 다른 사람들이 논일 하면서 부르는
소리를 들었고 제보자 자신도 논농사를 지
었기 때문에 모심으면서 노래를 한 경험이
있다. 고령임에도 불구하고 건강하여 설천면 지역행사 때 지역의 어른으
로 초대를 받는다. 연세에 비해 귀도 밝고 목소리에도 힘이 있다.

제공 자료 목록
07_04_FOS_20090130_KWD_KYG_0001 모심는 소리

김수환, 남, 1927년생

주 소 지 : 전라북도 무주군 설천면 심곡리
제보일시 : 2009.1.30
조 사 자 : 김월덕, 백은철

설천면 심곡리 배방마을에서 출생하여 성장한 토박이로 농업과 축산업
에 종사해 왔다. 선조 고향은 정읍 신태인인데 증조부 때에 무주로 이주

하였다. 배방 마을회관에 계신 어른들이 제
보자가 마을의 유래나 역사를 잘 안다고 추
천하여 제보자를 만났다. 지병으로 몸이 좋
아 보이지는 않았지만 이야기를 구연하는
데 큰 문제는 없었다. 이야기를 흥미롭게 구
연하는 편은 아니었지만 본인이 들은 내용
을 그대로 전달하려고 노력하였다.

제공 자료 목록

07_04_FOT_20090130_KWD_KSH_0001 산을 끊어 망한 배뱅이 마을 허씨네
07_04_FOT_20090130_KWD_KSH_0002 덕유산 산신령의 계시를 받은 이성계

김팔수, 남, 1929년생

주 소 지 : 전라북도 무주군 설천면 두길리
제보일시 : 2009.1.31
조 사 자 : 김월덕, 백은철

설천면 소천리 나림마을에서 출생하여 7
살에 아버지를 여의고 8살에 고향을 떠났다.
홀어머니와 무주군 이곳저곳을 전전하다가
열대여섯 살 때 두길리에 정착하여 남의 집
농사일을 하며 기반을 닦았다. 6 · 25 때 백
마고지 전투에 참전하여 상이용사가 되었다.
농사일을 한창 할 때는 논 7-8마지기, 밭
1200평을 농사지었다. 이태 전에 심장수술

을 해서 숨이 가쁘지만 성심껏 노래를 해 주셨다. 마을에서 상여 나갈 때
앞소리꾼도 했기 때문에 상여 소리도 해 주셨다.

제공 자료 목록
07_04_FOT_20090131_KWD_KPS_0001 도술을 부리는 박처사
07_04_FOS_20090131_KWD_KPS_0001 모찌는 소리
07_04_FOS_20090131_KWD_KPS_0002 모심는 소리
07_04_FOS_20090131_KWD_KPS_0003 상여 소리

박임순, 여, 1930년생

주 소 지 : 전라북도 무주군 설천면 소천리
제보일시 : 2009.2.6
조 사 자 : 김익두, 허정주

설천면 나제통문 근처 마을에서 태어나 설천면 소천리 나림마을로 시집왔다. 주로 삼베를 짜면서 생활을 왔다. 5남매를 두셨고 장남 내외와 같이 살고 계신다. 연세에 비해 총기가 좋고 목소리는 저음에 가까운 편이다. 모심는 소리를 한 후에 노랫말에 대해서 찬찬하게 설명해 주셨다.

제공 자료 목록
07_04_FOS_20090206_KID_PIS_0001 모심는 소리

이병상, 남, 1923년생

주 소 지 : 전라북도 무주군 설천면 삼공리
제보일시 : 2009.1.30
조 사 자 : 김익두, 허정주

강원도 횡성에서 출생하여 21세에 무주로 이주하였다. 연세에 비해 총기가 매우 좋다. 주변에 전해 오는 이야기나 풍수에 관한 이야기를 잘 알

고 계셨고 한자어를 써 가면서 말씀을 조리
있게 잘 하셨다. 강원도 말씨가 좀 남아 있
었고, 맑고 밝으신 표정이 인상적인 분이다.

제공 자료 목록

07_04_FOT_20090130_KID_LBS_0001 광여산에서
덕유산으로 이름이 바뀐 유래
07_04_FOS_20090130_KID_LBS_0001 모심는 소리
07_04_FOS_20090130_KID_LBS_0002 노랫가락

이재성, 남, 1933년생

주 소 지 : 전라북도 무주군 설천면 심곡리
제보일시 : 2009.1.31
조 사 자 : 김월덕, 백은철

설천면 심곡리에서 태어난 토박이로 농업
에 종사하고 있다. 10살에 국민학교에 입학
하였는데 일제 때라 학교에서 일본말을 배
웠고 중학교에는 형편상 입학하지 못했다.
대신 서당을 다니면서 한문을 익혔다. 어려
서부터 이야기를 좋아해서 이야기책을 사다
가 읽는 것이 낙이었다. 조사자들에게 들려
준 이야기 중에는 마을 어른들에게 들은 것

도 읽고 이야기책에서 본 것도 있다. 차분한 성격으로 보이며, 자세하고
차분하게 이야기를 구연하는 편이었다.

제공 자료 목록

07_04_FOT_20090131_KWD_LJS_0001 하늘이 내린 효자
07_04_FOT_20090131_KWD_LJS_0002 귀신을 보는 도사

조병옥, 여, 1923년생

주 소 지 : 전라북도 무주군 설천면 미천리
제보일시 : 2009.1.23
조 사 자 : 김익두, 허정주

미천리 마을회관에서 가장 연장자로 보인
다. 연세에 비해 총기는 좋은 편이지만 노래
를 할 때 숨이 차서 힘들어 하셨다. 젊어서
부터 몸이 불편하여 전국을 병원을 돌아다
니셨다고 한다. 그럼에도 성심껏 노래를 몇
곡조 불러 주셨다.

제공 자료 목록

07_04_FOS_20090123_KID_JBO_0001 밭매는 소리
07_04_FOS_20090123_KID_JBO_0002 임 노래
07_04_FOS_20090123_KID_JBO_0003 노랫가락
07_04_MFS_20090123_KID_JBO_0001 사발가

최일남, 남, 1917년생

주 소 지 : 전라북도 무주군 설천면 심곡리
제보일시 : 2009.1.30
조 사 자 : 김월덕, 백은철

심곡리 토박이로 젊어서부터 남의 집 농사일을 많이 했다. 옛날에 농사
일을 하면서 여럿이 함께 노래를 많이 불렀다. 귀가 어둡기는 하지만 93
세라는 연세가 믿기지 않을 정도로 정정하고 목소리에 힘이 넘쳤다. 조사

취지를 이해하고 곧바로 노래를 불러 주었
는데 숨이 그다지 가쁘지 않아 중간에 쉬지
도 않고 몇 소절을 내리 불렀다. 기억력도
좋아서 1990년에 MBC 한국민요대전 녹음
당시에 자신이 가창했다고 소개했다. 조사
자의 요청에 매우 적극적이고 자발적으로
응해 주었다.

제공 자료 목록

07_04_FOS_20090130_KWD_CIN_0001 모심는 소리
07_04_FOS_20090130_KWD_CIN_0002 논매는 소리
07_04_FOS_20090130_KWD_CIN_0003 각설이 타령
07_04_FOS_20090130_KWD_CIN_0004 너냥 나냥
07_04_FOS_20090130_KWD_CIN_0005 청춘가

산을 끊어 망한 배뱅이 마을 허씨네

자료코드 : 07_04_FOT_20090130_KWD_KSH_0001

조사장소 : 전라북도 무주군 설천면 심곡리 배방마을 제보자 자택

조사일시 : 2009.1.30

조 사 자 : 김월덕, 백은철

제 보 자 : 김수환, 남, 83세

구연상황 : 조사차 배방 마을회관에 들렀다가 제보자를 소개받았다. 제보자의 집은 마을
과 조금 떨어진 도로변에 위치하고 있었다. 지병 때문에 몸이 좋아 보이지는
않았지만, 말하고 움직이는 데에는 불편함이 없어 보였다. 구연은 제보자의
집에서 이루어졌다. 마을 터에 대한 조사자들의 질문에 제보자는 자신이 알고
있던 내용을 이야기하기 시작했다.

줄 거 리 : 배방마을은 허씨네가 처음 들어와 터를 잡았다. 허씨네가 처음 잡은 마을 터
는 지금 배방마을이 있는 곳이 아니라, 현재 배방마을 앞쪽이었는데, 집에서
거름을 해 옮기는 것이 불편해서 원래 논이 있던 지금의 마을 터로 마을을
옮긴 것이다. 마을에서 논농사를 지을 수 있는 곳은 처음 잡은 마을 터와 현
재 마을이 있는 곳뿐이었는데 두 곳은 논에 물을 대는 수원이 달랐다. 허씨
네는 마을 앞쪽으로 들어오는 물로 지금의 마을이 있는 곳의 논농사도 같이
짓기로 하고 산을 끊어 수로를 냈다. 이렇게 산을 끊자 피가 나왔고 그 후로
허씨네가 망했다.

거기 인제, 허씨네가 터를 여기 잡아 가지고, 여기 지금 보믄, 옛날에
저, 물방아야 인제. 저, 나무에다가 하꼬를 짜 가지고 얹어서 물을 내리
백혀서 이리 쿵하고서 내려. 확독이라고 큰 돌을 파 가지고 왜 인제 거기
다 곡식 여서(넣어서) 찧는 확독이 있어 지금.

(조사자 : 어디에요?)

저 위에.

(조사자 : 지금도 있어요?)

있었는디 요새 터 메움서 인제 메웠는가는 몰라. 그 사람들이 여그서 농사를 질 적이, 저 안에가 일하기가, 전부 거름을, 옛날에는 집이서 거름을 장만해 가지고 운반을 하잖아? 그래 농사짓기가 거북하니께 그리 옮겼다는 거여, 동네를, 터를.

그래서 배뱅이에서 나오면, 위에 산이 요렇게 나오면, 회관 들어가는데, 논 있는 데 지금 집 짓잖아? 거기에 저수지를 못배미라고 그래. 서 마지기 못배미가 있거든. 서 마지기짜리. 그래, 거기 저수지에서 그짝 골탱이로 내려옴선 농사를 짓고.

이짝은 인제, 봇물을 대는데, 저 리조트 입구, 거그서 물이 내려와서 농사짓는 지형이여 여그가. 십 리가 넘어 십 리가. 인제 처음에 낼 직에 어떻게 냈냐 허면은, 그 참 묘햐. 그 저, 배수로를 서릿발이 확 쭈옥 있드라네. 서릿발. 서릿발 그놈을 따라서 도수로를 맨들었다는 게여. 참.

(조사자 : 서릿발을 따라서요?)

응. 골짜기. 그렁개 네 골짝을 지나가. 이래 해서. 네 골짝.

(조사자 : 그 배수로가요?)

응. 그렇게 서릿발이 쪼옥 있더라는 거여. 보 아구지는 리조트 입구 지금, 그 밑에가 떨어졌다는 기여 그래.

(조사자 : 그러면은, 자연적으로 딱 수로를 이렇게 내라 알려준 거예요?)

암면. 알려준 턱이지. 알려준 텍이라. 그래 갖고 그 즈음으로 그 물을 이용해 갖고 논농사를 짓다는 거여. 그 뒤부터 논……. 그 인제 못배미 서 마지기도, 그때 어떻게 없어졌냐 허믄, 산 요쪽으로까지 온 것을, 거 할 것 없이 이짝으도 이걸 돌리서 허자 해 가지고, 산을 끊어 가지고서 이래 지니깨, 허씨네가 마을을 인제 요렇게 생긴 걸 요리 돌아강개 인제 산을 끊어 가지고 피가 났다고 그런 말이 있거든. 피가 나고 그래서 허씨네가 망했다.

[이야기를 끝내면서 웃음]

(조사자 : 근데 뭐가 산을 끊었다고요?)

봇도랑.

봇도랑 내서 이짝이 논을 해 먹을라고 해서 그래 망했다는 거여.

(조사자 : 그 뚫고 간 산을 뭐라고 불러요?)

강당거리.

(조사자 : 강당거리.)

응. 거기다 인제, 강당집이 있었어. 강당집. 지금 요량하믄, 뭐여, 고시 보는 텍이나 한 가지여. 고시 보는.

(조사자 : 학생들 공부하고 뭐 이런 데.)

학생들이 와서 이제, 시험 보는 거, 과거 시험 보는 데여. 시험을, 여그서 초시 시험을 봐 가지고 가서 또 시험을 본 모냥, 과거를 본 모냥이라. 그래서 인제 강, 강을 들었다 이 소리지 인제. 강당 터, 집도 저 재목이 이런 것이로 요리 세 칸 요리 세 칸, 여섯 칸 집이 있었어.

(조사자 : 한 아름드리 나무.)

아름드리 집이로, 참 우람하게. 그게 그런 게 육이오에 그만 소실돼 버렸어.

(조사자 : 그럼 어르신도 보셨겠네요?)

그럼. 육이오 때까지 있었다니까.

(조사자 : 옛날에 선비들이 거기 가서 과거 초시 보던 곳이네요?)

선비들이 인제 거기서, 강을 받고 이제 거기 무슨, 지금 요량하믄 무슨 증명을 해줬을 테지. 증명을 해 주 가지고 이제 가서, 시험을 봤던개벼, 초시시험을.

덕유산 산신령의 계시를 받은 이성계

자료코드 : 07_04_FOT_20090130_KWD_KSH_0002
조사장소 : 전라북도 무주군 설천면 심곡리 배방마을 제보자 자택
조사일시 : 2009.1.30
조 사 자 : 김월덕, 백은철
제 보 자 : 김수환, 남, 83세

구연상황 : 조사차 배방 마을회관에 들렀다가 제보자를 소개받았다. 제보자의 집은 마을
과 조금 떨어진 도로변에 위치하고 있었다. 지병 때문에 몸이 좋아 보이지는
않았지만, 말하고 움직이는 데에는 불편함이 없어 보였다. 구연은 제보자의
집에서 이루어졌다. 이야기를 자연스럽게 이끌어내기 위해 조사자들이 제보
자에게 덕유산이란 명칭의 유래에 대해 물었는데, 그는 그것에 대해서는 잘
모르겠다고 하고 다만 이성계에 관한 유래는 하나 있다고 하면서 구연하기
시작했다.

줄 거 리 : 이성계가 계룡산에서 도읍을 하려고 그에 앞서 덕유산에 먼저 와서 탑을 쌓
고 공을 드렸다. 백일 산제가 끝나갈 무렵 덕유산 산신령이 이성계에게 '한양
으로 가라'고 계시를 주었다. 이성계가 산제를 지냈던 곳에 밥진골, 편파골
등의 지명이 남아 있다.

덕유산은 저 뭣여 이태조가 와서 계룡산에 도읍해 볼라고 와서 공을
드렸다고 하는 그 유래는 있어요.

(조사자 : 아, 그 유래 좀 더 말씀해 주세요.)

그 유래는 어떻게 되냐면, 저, 제일 상봉이 향적봉이거든. 향적봉 상날
에 가면 지금도 탑 쌓은 거 있어. 저, 뭣여, 이성계가 공 백일 산제 모시
니라고 탑 쌓아서 해놓은 데. 거 있고, 이제 스키장 쪽으로 내려와 가지
고, 저 뭣여, 밥진골, 밥 짓다고 밥, 밥, 밥 진 골짝. 또 저, 뭣여, 고 밑에
오믄 시루봉이라고 있는데, 시루봉. 아, 편파골. 편파골.

(조사자 : 편파골?)

편을, 편을 쳤다고.

(조사자 : 아, 떡요.)

응, 편.

(조사자 : 그러면 계룡산에 가서 처음에 먼저 이성계가 산신령을 만났대
요?)

아니.

(조사자 : 아니에요?)

여기 와서 했디야.

(조사자 : 먼저 덕유산에 왔대요?)

응, 왜냐. 왜냐하면, 계룡산 욕심을 내고 여기 와서 앞에 했디야.

(조사자 : 여기 와서,)

여기 와서 산제를 앞에 지냈디야.

(조사자 : 아, 계룡산에 앞서서 여기 왔다고요?)

응. 계룡산에 욕심을 내고 산제를 여와 지냈다는 거야.

(조사자 : 덕유산에 와서요? 향적봉에?)

응. 향적봉에. 그래 백일 산제를 다 끝날 무렵에사 그랬다고, 그 유래는
있거든.

(조사자 : 백일 산제를 다 지내고 나서, 그 다음에 어떻게 됐대요?)

그러고 낭개, "네 자리는 여기가 아니다. 한양 터로 가거라." 해서 그
래, 한양으로 갔다 그런 소문이 있거든.

(조사자 : 그럼 덕유산 산신령이 이성계한테?)

인도한 거지.

(조사자 : 한양으로 가라.)

응.

(조사자 : 원래는 계룡산을 욕심 내고 여기 와서 산신령한테 빌었는데,
덕유산 산신령이 '너는 한양으로 가라.' 그렇게 했다고요?)

응. 그래 했다는 전설이 있어요.

(조사자 : 그럼 밥진골은 누가 와서 밥을 지었대요? 이성계가?)

이성계가 밥을 짓고 인제, 아 백일 산제 지낼라믄 인제, 그거 한 기지.

(조사자 : 그러면 향적봉하고 밥진골이 가차이 있나요?)

요, 한 능선이지, 능선. 능선이지만 골짝은 두 군데여.

(조사자 : 네. 그래요.)

도술을 부리는 박 처사

자료코드 : 07_04_FOT_20090131_KWD_KPS_0001
조사장소 : 전라북도 무주군 설천면 두길리 하두 1642-1번지 마을회관
조사일시 : 2009.1.31
조 사 자 : 김월덕, 백은철
제 보 자 : 김팔수, 남, 81세
구연상황 : 이른 시간에 마을을 찾은 탓에, 마을회관에 도착했을 때는 아무도 나와 계시지 않았다. 전날 다른 마을 조사 중에 알게 된 제보자의 전화번호로 전화를 걸어 제보자를 마을회관으로 나오시도록 부탁했다. 제보자와 이야기 도중에 다른 어르신들 몇 분이 회관으로 나오셨다. 제보자는 2년 전에 심장수술을 해서 노래를 못한다고 사양하다가 나중에 몇 곡조를 불러 주셨다. 노래 후에 옛날이야기를 청하자 옛날이야기는 모른다고 하면서 마을에서 내려오는 박처사 이야기가 있다고 하며 구연했다. 다른 마을 분들도 박처사에 대해서는 다들 알고 있어서 제보자가 이야기하는 중에 내용을 더 보태서 해 주었다.
줄 거 리 : 무주 제궁이라는 마을에 박 처라는 사람이 살았다. 박 처사는 산 능선을 타고 다니며 도술을 부리고 하루 저녁에 서울을 왕래하며 축지를 하는 사람이었다. 하루는 박 처사가 제궁에서 저녁을 먹고 서울 가서 양반들과 놀고 있는데 작은아버지가 말을 몰고 왔다. 박 처사가 버선발로 나가 작은아버지에게 인사를 하자, 양반들도 박 처사가 범상치 않은 사람임을 알았다.

옛날에 그런 얘기가 있는데. 박 처사가, 여기서 저녁 먹고 서울 가서 놀다 오고, 근데 그 작은아버지래야 누가, 왜 저, 말을 몰고 갔는데. 지금이라면 안 거슥(거시기)할긴데, 버선발로 쫓아와 가지고, 말허자면 하인이여, 말 몰고 가는 기. 즈 작은아버지 일이라고 이래 들었는데.

(청중 : 하인이여. 종이여 종.)

그래 박 처사가 나와 가지고 막, 절을 함선, 인사를 하더라 이거여.

긍개 양반들이 인제 거기에 앉았다가, 다시 봤다 이거여 그 사람을, 박 처사를.

(청중 : 박 처사라는 사람은, 산 주령을 타고.)

(조사자 : 산?)

(청중 : 산, 저 백운산 있잖아? 앞에?)

(조사자 : 예.)

(청중 : 백운산부터 뒷산, 그걸 잡아 타고 건너다녔다는 거여.)

(조사자 : 박 처사가요?)

(청중 : 응.)

(조사자 : 아, 그럼 이 산자락에서 도술을 부렸네요?)

도술이지. 도술로 간 거여. 도술.

(청중 : 산 주령을 타고, 그러닝개 여기서 저녁 먹고 서울 가서 놀다 오고, 인자 그런 식이지. 산 주령을 타고 다니니까.)

(청중 : 그래 그걸 보고 그전에 어른들, 어른들 얘기가 축지법이라고 그랴. 축지법.)

(조사자 : 아, 축지법을.)

응. 말하자면 뭐라고 하면 여기도 얼차 하면 뛰고. 무주서 말하자면 대전이나 서울로 뛴다 이 얘기여. 축지법을 했다고 이라지.

(조사자 : 근데 박 처사가 왜 제궁에서 출발했대요?)

제궁서 났어.

(조사자 : 아, 그 사람이 제궁서 난 사람이에요?)

어. 제궁 박씨여.

(조사자 : 제궁에 박씨들이 많이 살아요?)

많이 살아.

(청중 : 거기는 박씨들 많아.)

(조사자 : 제궁에요?)

응. 제궁에 박씨들.

(조사자 : 제궁이 지금 무슨 리죠? 제궁 부락이?)

소천리.

(조사자 : 소천리.)

(청중 : 소천리 외양지로 들어갔을 거여. 제궁마을여. 제궁.)

(청중 : 제궁은 외양지 내양지 다 속해 있어.)

(청중 : 도로변에 제궁이라고 써 붙여 놨어. 거기가, 뭐 몰라, 거기가 얘기할 사람 아무도 없네. 저기 저 사람들이나 있으면 몰라도.)

아, 족보는 있을 기네요. 족보는 있어.

(조사자 : 박 처사가요?)

(청중 : 있어도 전부 뭐 한자로 써 놔서. 다 읽고 해석을 해야 돼지.)

(조사자 : 박 처사가 그럼 실제로 있었던 인물이에요? 실존인물이에요?)

(청중 : 실제로 있었던 인물이지. 그 양반들이 전각을 지어놓고, 전각이라믄 후손들이 가서 음식 차려 놓고 절하는 디 거든?)

[청중이 그 마을에 가서 물어보면 알 수 있다고 말한다.]

(조사자 : 그럼 양지마을 제궁 가서 박 처사 여쭤보면 다 아시겠네요?)

(청중 : 아니. 소천린데.)

(조사자 : 소천리?)

(청중 : 소천린데 그 박씨들 전각이라고 있어, 전각. 말허자믄.)

(조사자 : 어르신 박 씨잖아요?)

(청중 : 박가는 박가라도, 그 사람들하고는 틀려. 그전에는 그 사람들이 쌍놈 행세를 했어.)

저 건너 마을 골짝에 절이 있었는데, 절이 있었는데, 거, 절을 막 지금으로 말하면 습격해 갖고 훔치고 도둑질 해 갖고 먹고 살았어 그 사람들이.

(조사자 : 박 처사네 집안이요?)

(청중 : 응. 그 집안들이.)

그랑개 내가 그 얘기 아니요. 작은아버지가 말을 몰고 왔는데 말하자면, 그 박 처사가 버선발로 쫓아 나가서 인사를 하고 그랬다고. 말허자면, 그 하인이 저 말 몰고 댕기고 이랬잖아. 그런 얘기가 있더랑개. 보던 안 했지 우리가. 보던 안 해도.

(조사자 : 근데 하인이 그랬는데, 거기는 작은아버지가 그렇게 말을 몰고 왔다고요?)

응. 그렁개 박 처사는 말허자면 양반들하고 놀았다 이거여 서울서.

(조사자 : 신분은 미천한 신분인데.)

그럼.

(조사자 : 인물이고만요 박씨 집안에.)

인물이지.

(조사자 : 그러면, 여기 소천리 박씨 부락에서 이 사람 자랑스럽게 생각하죠.)

그렇지 거기는.

(청중 : 그래 갖고 그 사람들이 전각을 지놓고 인제 제를 모셔야 되는데, 그런 거시기가 있어 갖고 역사에 그, 지금 양반 쌍놈이잖아?) 그 사람들 알기 쉽게 고만, 쌍놈 축으로 들어갔어. 그 사람들이. 그래 갖고 전각을 지놓고 제를 모시믄, 전부 양반들이 와서 거그 가 절을 해야 되는데, 너들을 쌍놈들한테 우리가 어떻게 가서 절을 하냐,

그래 갖고 그 전각 행실을 못 하고 있어요 지금까지.

(청중 : 아니 제궁 박씨 밀양 박씨 아녀?)

(청중 : 밀양 박씨. 그 사람들은 뭐, 즉 말하자면, 어디 들어온 박씨지 뭐.)

광여산에서 덕유산으로 이름이 바뀐 유래

자료코드 : 07_04_FOT_20090130_KID_LBS_0001
조사장소 : 전라북도 무주군 설천면 삼공리 삼공 마을회관
조사일시 : 2009.1.30
조 사 자 : 김익두, 허정주
제 보 자 : 이병상, 남, 87세
구연상황 : 조사자가 이 마을에 내려오는 이야기를 요청하자 제보자가 덕유산의 유래에
　　　　　 대해서 이야기를 했다.
줄 거 리 : 태조 이성계가 태자를 얻으려고 지리산에 가서 산신 기도를 드렸으나 산신님
　　　　　 이 들어주지 않았다. 그래서 광여산(廣麗山)에 와서 산신 기도를 드렸는데 그
　　　　　 덕에 태자를 얻게 되었고, 그 때 태조가 광여산을 덕유산(德裕山)이라고 불렀
　　　　　 다고 한다. 태조가 산신 기도를 드릴 때 불을 땠다는 '부대골', 밥을 지었다
　　　　　 는 '밥진골', 태자의 태를 묻었다는 '태봉', 퉁비[동비(銅碑)]를 묻었다는 '퉁
　　　　　 비날' 등이 태조의 기자 치성과 관련된 지명이라고 한다.

　이 골짝에

　(조사자 : 광여산?)

　광여산, 광여산인데, 너를 광(廣)자, 고울 여(麗)자, 뫼 산(山)자, 그래 광
여산인데, 아태조 적에 그랬다고 그러더라구요. 아태조 적에, 말은 이 여
기가 태자를 볼라고 산신 기도를 드리러 왔었는데요. 전라도 지리산, 저
경상도 지리산을 갔었다대요.

　그래 지리산을 가서 그 아태조께서 산신 기도를 드릴라고 하니까 산신
님이 들어주질 않으셨대요. 그래 가지고 이 덕유산엘 오셨대요. 덕유산에
를 오셔 가지고 산신 기도를 참 드리고 가셨대는데, 여 부대골, 말 듣기로
는, 이 아래로 만선동 스키장 위에 부대골이래는 골짜구니가 있어요. 부
대골은 뭐냐면 불을 땠다는, 그래서 부대골이라고 그랬고.

　또 밥을 짓는다고 해서 밥진골이 있어요, 또. 밥진골이 있고. 또 여그
여기 덕유산 밑에 태봉이라고 있어요, 태봉. 지금 저그 스키장이 그 줄기
로 내려 왔을꺼. 그래 태봉이라고 있는데요. 그래서 아태조께서 여그서

산신 기도를 드리고 가셔 가지고 태자를 참 잉태가 돼서 태자를 낳았대요. 태자를 보셔 가지고 태를 갖다 묻을 적에 이 덕유산 밑에 여기 그 거시기 있는 데 태를 갖다 묻었드래요. 그래서 태봉이라고 그렇게 했다구래요.

퉁비(銅碑의 뜻임.)꺼정 갔더래. 퉁비날(銅碑峴 또는 동비날이라고도 함.)이요 그래서. 퉁비를 갖다가 세운 거를 우리 퉁비를 봤어요, 이런 거를, 거시기헌 거를요. 그랬는데, 그래서 퉁비날이라고 해 가지고, 했고. 그때에 광여산을 갔다가 아태조께서,

"내가 이렇게 산신 기도를 드리고 태자를 낳았으니까 아주 이름을 광여산이라 할 게 아니라, 덕이 아주 넉넉한 산이라, 큰 덕(德)자 넉넉 유(裕)자라 해서 덕유산이라고." 했다고 그렇게 들었어요. 외숙 어른이, 지금 사셨으면 한 이백 살 되시는 분이.

하늘이 내린 효자

자료코드 : 07_04_FOT_20090131_KWD_LJS_0001
조사장소 : 전라북도 무주군 설천면 심곡리 배방마을 제보자 자택
조사일시 : 2009.1.31
조 사 자 : 김월덕, 백은철
제 보 자 : 이재성, 남, 77세
구연상황 : 전날 마을회관에서 제보자를 만났지만 조용한 곳에서 이야기를 듣기 위해 이튿날 제보자 자택에서 다시 이야기를 들을 수 있도록 부탁하였다. 조용한 방으로 조사자들을 안내한 제보자에게 조사 목적에 대해 다시 한 번 설명을 하고 옛날이야기를 청하였다. 제보자는 미리 이야기 몇 편을 생각해 두었다가 하나씩 구연해 주었다.
줄 거 리 : 큰 동네 물 건너 외딴집에 가난한 효자가 한 명 살았는데, 이 효자는 큰 마을에서 잔치가 있거나 무슨 일이 있으면 와서 음식을 얻어가곤 하였다. 큰 동네 사람들은 이 효자가 못마땅하였다. 비가 많이 내리는 날 큰 마을 사람들

은 효자가 물을 못 건널 것이라 생각하고 돼지를 잡아먹기로 하였다. 그런데 큰물에 개의치 않고 효자가 물을 건너기 시작하자 물이 양쪽으로 쫙 갈라져 길을 만들었다. 큰 동네 사람들은 그 일이 있은 후, 그를 출천효자로 생각하고 섬기게 되었다.

옛적에 우리 부락같이 큰 부락과 물 건너 외딴집이 한 집이 살더랍니다. 그 이짝 큰 땀에는 한 오십 호 사는데, 저짝에는 물 건너는 딱 한 집이 살고 있어. 근디 그 사람이, 이 큰 땀에서 돼지만 잡거나 무슨 일이 있으믄 쫓아와.

그 인제 외딴 데 혼자 산개 가난했던 모냥이지. 그럼 뭘, 음식을 얻으러 다니는기라 이 사람은. 아들이. 그래 아주 괘씸햐, 이 동네서 생각하기에는. 무슨 일이 있으면 그 사람이 와, 얻으로.

하루는 비가 많이 와서 큰물이 막, 그 부락 앞에 물이 이래 나가는데,
'오늘은 저 사람이 못 올 게다, 우리 동네서 모여서 돼지나 한 마리 잡아먹자.' 이래 공론을 해 가지고, 돼지를 인제 잡아서 갯가에 가서 씻으러 나간개, 아 이 사람이 어떻게 알고 또 나서. 선마음으로 나서기도 여기 어떻게,
'물이 그렇게 많이 나가니, 건너 올 수가 없을 테지.'
맘 놓고 돼지를 인제 잡고 있는데, 다리를 둥둥 건더니 대들어, 물로.
그래 인제 이만치 물이 오니까 물이 쫙 갈라지더랍니다.
'아, 저 사람이 출천 효자구나.'
그래서 그 뒤로는 그 사람을 우러러보고, 아주 효자로 섬기더랍니다.

귀신을 보는 도사

자료코드 : 07_04_FOT_20090131_KWD_LJS_0002
조사장소 : 전라북도 무주군 설천면 심곡리 배방마을 제보자 자택
조사일시 : 2009.1.31

조 사 자 : 김월덕, 백은철
제 보 자 : 이재성, 남, 77세
구연상황 : 전날 마을회관에서 제보자를 만났지만 조용한 곳에서 이야기를 듣기 위해 이
튿날 제보자 자택에서 다시 이야기를 들을 수 있도록 부탁하였다. 조용한 방
으로 조사자들을 안내한 제보자에게 조사 목적에 대해 다시 한 번 설명을 하
고 옛날이야기를 청하였다. 제보자는 미리 이야기 몇 편을 생각해 두었다가
하나씩 구연해 주었다.
줄 거 리 : 도사가 길을 가다가 한 집에 머물게 되었다. 도사는 들어간 집 대들보에 귀신
이 꼼짝 못하고 달라붙어 있는 걸 보고 주인에게 대들보에 귀신이 붙어 있다
고 말한다. 주인은 믿지 않고 도사 말을 무시한다. 도사는 주인에게 지금은
운이 많아 그렇지만 삼 년 뒤에 망할 것이라고 경고한다. 주인은 그때야 집
을 지을 때 나무 열 자가 필요했는데, 나무 길이가 모자라 백골을 감싸고 있
던 나무뿌리까지 캤음을 시인한다.

그전에 도사가, 길을 인제 하루 종일 가다 주인을 떡 정해서, 집을 하
나 정해 지금으로 말하자면 민박 집○○○ 인제? 그 집을 떡 들어가서 주
인보고 인사를 하고 난 다음에, 그 집, 집을 이래 떡 둘러보니, 그 대들보
에 귀신이 떡 붙었는데, 꼼짝을 못 햐. 그 왜 그러냐, [목을 가다듬고] 주
인한테 당신네 대들보에 신이 있는데, 꼼짝을 못 햐,

주인보고, "당신이 대운이 삼 년이 폈어. 당신 운이 저, 신이 꼼짝을 못
한다." 그래 아는 소리를 헌단 말여. 그렁개 이 주인이, "저런 미친놈이
어딨느냐고." 이제 서로 그랴, 그 도사는, "거기 귀신이 있다 지금, 신이
있다." 이러고,

주인은, "저런 미친놈." 그랬는데, "그러면 내가 어디 안 갈 테니 여기
봐라 저기 있는가 없는가. 저 대들보에 백골이 백혀 있어. 사람 백골이.
근데 주인 당신이 운이 많아서 그렇지, 당신 삼 년 후에는 저 땜에 망해."

백골이 있다는 거여, 나무에. 세상에 어떻게 나무에 백골이 백혀 있을
수가 있어? 그래 주인이 하는 얘기가, 그 도사 얘기가 옳은 얘기지, 백골
이 있다는 걸 그때 시인햐. 그 나무를, 예를 들어서 열 자를 돼야 내가 쓰

것는디, 우에 가지곤 한 여덟 자뿐이 안 뒤아. 그 이 나무뿌리까지 캤다는 게여.

그래서 열 자를 만들었는데, 그 나무 크는 밑에 그 전에 누가 묘를 써 가지고 그 백골이, 아니 저 나무뿌랭이가 백골을 쌌다는 기여. 그래서 저기 백골이 들어앉았다.

(조사자 : 아, 뿌리로 이렇게 싸, 그 속에 들어가 있으니까.)

그 밑구녁까지 파서 열 자를 만들었응개. 그것도 근사한 논리지.

(조사자 : 그렇죠. 도사가 그걸 알아본 거죠.)

예.

도사가 지목한 명당을 차지하여 부자가 된 총각 머슴

자료코드 : 07_04_FOT_20090131_KWD_LJS_0003승
조사장소 : 전라북도 무주군 설천면 심곡리 배방마을 제보자 자택
조사일시 : 2009.1.31
조 사 자 : 김월덕, 백은철
제 보 자 : 이재성, 남, 77세
구연상황 : 전날 마을회관에서 제보자를 만났지만 조용한 곳에서 이야기를 듣기 위해 이
틀날 제보자 자택에서 다시 이야기를 들을 수 있도록 부탁하였다. 조용한 방
으로 조사자들을 안내한 제보자에게 조사 목적에 대해 다시 한 번 설명을 하
고 옛날이야기를 청하였다. 제보자는 미리 이야기 몇 편을 생각해 두었다가
하나씩 구연해 주었다.
줄 거 리 : 나이 삼십이 넘은 노총각 머슴이 십 년 넘게 세경도 못 받고 남의 집에서 일
을 하고 있었다. 하루는 똥장군을 지고 밭에 거름을 하러 나갔다가, 도사가
제자를 데리고 그 밭을 지나다 똥장군이 있는 자리를 가리키며 제자에게 당
대백석할 자리라고 말하는 것을 듣게 되었다. 집에 돌아온 머슴은 주인에게
그 밭을 자신에게 달라고 했다. 주인은 십 년 동안 세경 대신 그 밭을 주었
고, 머슴은 밭에 집을 지었다. 비기 많이 오던 어느 날, 한 부인이 머슴 집에
들어와 쉬었다 가기를 청했다. 둘은 밤까지 같이 보내게 되었고, 부인은 밤까

지 같이 보냈으니 자신을 받아줄 것을 머슴에게 청하고 머슴은 그 청을 승낙
하였다. 그런데 그 부인은 부잣집으로 시집갔다가 남편을 일찍 잃은 돈 많은
청상과부였다. 머슴은 도사가 가리킨 명당을 차지한 덕에 장가도 가고 부자
도 되었다.

이 사람이 하도 가난해서 나이 삼십 되도록 남의 집이 고입생활을 못
면햐. 그 삼십 년을 이제 고입을 함서 세경, 그 전에는 세경이라고 그랬
지. 그 일당이나 연금 받는 걸. 세경을 십이 년간을 안 받았디야. 순전 그
집이서 머슴 고입생활만 하고, 십이 년간 세경을 안 받았는데.

머슴을 살다 보니깨 하루 아침에 똥장군, 똥장군이라고 허지 옛날 그,
똥장군을 지고 인제 밭에 가서 보리밭에 이래 질질 줄 거 아녀? 주다 보
닝개, 그 도사던개비지. 도사가 자기 부하를 하나 데리고 떡 가더니,

"야야." 그 도사가 자기 신하보고,

"저기 저 똥장군 놓인 자리가 지금 뭔 자린가 아냐?" 그렁개로, 뭐 알
턱이 있어.

"저가 당대백석 할 자리다." 이런 애길 햐.

"그리여." 그 소리를 그, 고입생활 하던 그 머슴살이 하는 사람이 가만
히 들었어. 똥장군 자리가 당대백석을 할 자리다, 그거야.

"음, 그려." 그 소리를 듣고는 이제, 똥오줌을 다 주고는, 주인한테 가
서,

"주인양반, 내가 십이 년 동안 고입생활을 했는데, 아무 데 그 밭만 나
를 주소." 이런 애기를 햐. 그런개로 이 주인이 생각하기를, 생각항개, 십
이 년간 고입생활 한디 밭 한 뙈기 그 돌라는 거는 아무 것도 아녀.

"오냐 그래라." 대번 승낙을 하더라. 그리여. 그런디 이 사람이 고입생
활을 하다봉개 동네가 크던가 그런 사람이 한 몇이 되더랴. 남의 집 사는
사람이. 그래 하루는 비가 오는데, 고입생활을 하는 사람끼리

[방문을 열고 들어온 손자에게 나가라고 말한다.]

모여 가지곤, "나 아무 데다 집을 한 채 질란데, 너희가 하루씩 도와다 라."

[방문을 열고 들어온 손자에게 문 닫으라고 말한다.]

그렁개 그 얼싸 좋다 헐꺼 아녀? 다 같이 고입생활을 하는디 하루 일 도와돌랑개.

"아 그래라."

하루 인제 머슴들이 노는 날, 죽 모이 가지곤 산에 가서 나무를 베다, 그 뭐 옛날 말집허게 이래 짜 가지고, 우선 방 한 칸 부엌 한 칸 요래 끊 어 놓고 인제, 자기 집이라고 저녁으론 거기가 자. 자기 혼자. 낮에는 주 인네 집에 와서 일을 하지만 잠은 거기가 자더라고. 제 집이라고 그라는 데, 인제.

하루는 날이 궂어서 인제 바깥일을 못 하게 생겼는데, 거기 가서, 자기 집이라고 가서 인제 새끼를 꼬고 이라고 있었더니, 차차 비가 더 와. 일모 가 거즌 되는데, 아주 농락같이 쏟아지는데 웬 부인이 하나 가방을 들고 들어오더라. 들어오면서 하는 얘기가,

"아 비 좀 피해갑시다."

"아 그러시오."

이 비를 피하러 들어왔는데, 꼼짝을 못 하게 생겼어. 어떻게 악수가 오 는지. 그래서 일모가 떡 되가지곤, 천상 오도 갈 데도 없어. 그 부인이 하 는 얘기가,

"내가 세상에 일모가 됐고 갈 데가 없으니, 이 부엌에 하룻밤 자고 갑 시다." 이런 얘길 해.

아 이 머슴 주인이,

"아 그러시오. 근데 당신은 손님이고 나는 주인인데 어떻게 손님을 부 엌에 재우겠소. 아주머니가 방에 자고 내 부엌에 자겠소."

그렁개로, 아 또 여자가 생각할 때 주인을 쫓아내고 잘 수가 없는 거

아녀? 그렁개 부인이, 그 여자가 하는 얘기가,

"그러면 저 주인 양반 아랫묵에 자고, 나는 객인개 웃묵에 잡시다. 한 방에."

그거 참. 그래 상의하고 자는데, 그날 저녁에 상관이 됐던개비지. 그 이 튿날, 떡 자고 인난개, 날이 언제 비가 왔든가 싶어. 활짝 개 있더랴. 그라 면 저거 객이 인제 떠날지 알고, 주인 양반이 기다리고 있는데,

"주인 양반, 내가 당신하고 하룻밤 동거를 했으니 나는 당신 사람이오. 나하고 삽시다." 이런 얘기여. 아 노총각이 얼마나 좋것어. 혼자 살던 노 총각이.

"그래라고." 승낙이 났는데,

"그러면 내가 갔다 올 데가 있으니, 이 가방을 당신한테 맡기겠소 주 인 양반한테. 그러니 의심 말고 내가 갔다 오도록 이 가방을 잘 보관해 돌라고."

이 여자가 큰, 참 부잣집으로 시집을 갔는데, 아 하나도 안 낳고 죽었 어. 남편이. 그래서 돈 싸 짊어지고 남편 골르로 댕기는 사람이라 이 여자 가. 그 한 며칠 만에 오는데, 가서 재산을 다 방매각 해 갖고 오는데, 백 석권이 넘더랴, 돈이. 그 와 가지고 살자고 대들어서 사는데, 그래 당일백 석 났다는 게 그.

(조사자 : 아! 그 자리에 과연, 과연 당대백석이네요.)

당일백석이지 뭐.

(조사자 : 당일백석.)

그렇지.

(조사자 : 당대도 아니고 당일백석.)

그렇지. 그렇게 여자가 복이, 고 자리가 도사가 알던개비지. 거기다 집 을 짓고 살믄, 당대백석 당일백석이 된다고 그래 집을 짓고 살더래요. 근 데 돈이 그렇게 생긴개, 집을 짓는데, 고 근처에 집은 잘 짓는데 고 집은

고대로. 그 내내 우리 동네 살던 임술재 어른이라고 그분이 거창을, 거창
에서 원래 살다가 왔는데, 그분이 그런 얘기를 하는데 실제가 봤다는기여.

(조사자 : 아 그래요. 이게 직접 동네 어르신한테 들으신 이야기에요?)

예.

(조사자 : 거창에서 오신 임술재?)

네.

(조사자 : 이분은 지금?)

벌써 돌아가싰어.

(조사자 : 돌아가셨어요?)

예. 그분이 실제로 그 자리를 봤는데, 그 주변에 인제 행랑이니 집은
잘 짓고 사는데, 고 마누래하고 자기 집은 고대로 있더랴. 자기가 댕길
때도.

(조사자 : 그러면은 이분이 거창 사실 때, 들은 이야기를 본 이야기를
어르신한테 들려주신 거네요?)

그 영감이 보고 여 와서 살았소.

(조사자 : 여기 배뱅이 오셔서 사셨어요?)

예. 살다가 죽었어.

(조사자 : 살아 계셨으면 이분이 연세가 얼마나 되셨을까요?)

한 백 살 됐죠.

(조사자 : 백 살 넘어요?)

아니 뭐 한 백수 됐어. 우리 아버님 또랜개.

(조사자 : 백수 정도.)

음. 그분 돌아가싰어. 나 그분한테 들은 소리요.

모심는 소리

자료코드 : 07_04_FOS_20090130_KWD_KYG_0001
조사장소 : 전라북도 무주군 설천면 삼공리 보안마을 보안리길 755번지 제보자 자택
조사일시 : 2009.1.30
조 사 자 : 김월덕, 백은철
제 보 자 : 곽윤근, 남, 95세
구연상황 : 제보자의 이웃 마을 조사 중 제보자를 소개받았다. 제보자를 마을을 찾아 갔
　　　　　을 때 그는 마을회관에 앉아 노인들과 담소를 나누고 있었다. 제보자에게 조
　　　　　사자들을 소개하고 자신을 찾아 온 이유를 설명하자, 친절하게 자신의 집으로
　　　　　조사자들을 안내하였다. 조사는 제보자의 집에서 이루어졌다. 제보자는 95세
　　　　　의 연세에 비하면 기력이 좋은 편이었지만, 긴 노래를 계속 부르기는 어려웠
　　　　　다. 노래 중간에 숨이 가빠서 조금씩 쉬면서 성심껏 불러 주셨다.

　　　　담상 담상 닷 마지기 일천 석만 쏟아지게

[처음에 이렇게 소리를 메기면 다른 사람이 받는 소리를 한다고 설명한다.]

　　　　일천 석이 쏟아나지면 부모봉양 하련마는

　　　　농창 농창 벼루 끝에(벼랑 끝에) 무정하다 저 오라바니

　　　　나도 죽어 저승길 가서 낭군부터 섬길라네

　　　　서 마지기 논배미는 반달만침(반달만큼) 남았구나

　　　　제가 무신 반달이것어 우련 님이 반달이네

　　　　물꼬 철철 흘려나 놓고 쥔네 한량은 어데 갔어

　　　　문에(문어) 전복 손에다 들고 첩의 방에 놀러 갔네

　　　　머리 좋고 키 큰 처녀 얼산영 고개로 넘나드네

　　　　오면가면 빛만 비고(보이고) 장부 간장을 다 녹이네

저기 가는 저 할머니 딸 있으면 사우(사위)를 삼소
딸이야사 있네마는 나이 어려 못 하것네
엄마 엄마 그 말씀 마소 참새는 작아도 알을 낳고
제비는 작아도 강남을 가요

모찌는 소리

자료코드 : 07_04_FOS_20090131_KWD_KPS_0001
조사장소 : 전라북도 무주군 설천면 두길리 하두마을 1642-1번지 마을회관
조사일시 : 2009.1.31
조 사 자 : 김월덕, 백은철
제 보 자 : 김팔수, 남, 81세
구연상황 : 이른 시간에 마을을 찾은 탓에 마을회관에 들렀을 때는 아무도 나와 계시지
않았다. 전날 다른 마을 조사 중에 알게 된 제보자에게 전화를 걸어 제보자를
마을회관으로 나오시도록 청했다. 제보자는 2년 전에 심장수술을 하여 조사
자들의 노래 요청을 처음에는 사양하였다. 거듭 노래를 청하자 모찌는 소리와
모심는 소리 몇 소절을 짧게 불러 주셨다. 제보자가 노래를 하는 사이 다른
마을 어르신들도 회관에 나와 모였다.

들어 내세 들어 내세 요 모자리(못자리) 어서 들어 내세
한강에다 모를 부어 날랜 가락으로 들어 내세

모심는 소리

자료코드 : 07_04_FOS_20090131_KWD_KPS_0002
조사장소 : 전라북도 무주군 설천면 두길리 하두마을 1642-1번지 마을회관
조사일시 : 2009.1.31
조 사 자 : 김월덕, 백은철
제 보 자 : 김팔수, 남, 81세

구연상황 : 이른 시간에 마을을 찾은 탓에, 마을회관에 들렀을 때는 아무도 나와 계시지 않았다. 전날 다른 마을 조사 중에 알게 된 제보자에게 전화를 걸어 제보자를 마을회관으로 나오시도록 청했다. 제보자는 2년 전에 심장수술을 하여 조사자들의 노래 요청을 사양하다가 거듭 노래를 청하자 모찌는 소리와 모심는 소리 몇 소절을 불러 주셨다. 제보자가 노래를 몇 마디 부르는 사이 마을 어르신들 몇 분이 마을회관으로 나왔다. 뒷부분은 늦게 회관에 나온 박금현 제보자가 이어서 부른 것이다.

서 마지기 논배미가 반달만치 남았구나

제가 무신 반달이여 초승달이 반달일세

초승달만 반달인가 그믐달도 반달일세

농창 농창 베루 끝에(벼랑 끝에) 시누올케 떨어졌네

나도 죽어 후세상에 낭군부터 섬길라요

서 마지기 논배미가 반달만큼 남아 있네

그게 무슨 반달인가 초생달이 반달이지

초생달만 반달이냐 우련 님도 반달이지

상여 소리 / 달구 소리

자료코드 : 07_04_FOS_20090131_KWD_KPS_0003
조사장소 : 전라북도 무주군 설천면 두길리 하두마을 1642-1번지 마을회관
조사일시 : 2009.1.31
조 사 자 : 김월덕, 백은철
제 보 자 : 김팔수, 남, 81세
구연상황 : 이른 시간에 마을을 찾은 탓에, 마을회관에 들렀을 때는 아무도 나와 계시지 않았다. 전날 다른 마을 조사 중에 알게 된 제보자의 전화번호로 전화를 걸어 제보자를 마을회관으로 나오시도록 청했다. 제보자는 2년 전에 심장수술을 하여 처음에는 노래를 하지 못한다고 사양하였으나, 거듭된 요청으로 몇 소절 노래를 불러 주셨다. 마을에서 상여 앞소리꾼도 했기 때문에 모심는 소리 끝에 상여 소리도 불러 주셨다.

07_04_FOS_20090131_KWD_KPS_0003_s01 〈상여 소리〉

　　어- 허이 어 허어

　　북망산천이 멀다 하더니 건네 산이 북망일세

　　어- 허이 어 허이

　　저승길이 멀다 하더니 문턱 너미(너머) 저승일세

　　어- 허이 어 허이

　　가세 가세 어서 가세 북망산천 기다리네

　　어- 허이 어 허이

　　부모동기간 많다 하더니 어느 동기간 같이 가나

　　어- 허이 어 허이

　　살림살이 많다 하더니 못다 쓰고 못다 먹고 가는 인생 불쌍하다

07_04_FOS_20090131_KWD_KPS_0003_s02 〈달구 소리〉

　　어허루 달구여

　　산지조종은 곤룡산이요

　　수지조종은 황해수라

　　지리산 명기가 여(여기) 와 뚝 떨어졌네

　　어허루 달구여 우후후후

모심는 소리

자료코드 : 07_04_FOS_20090206_KID_PIS_0001

조사장소 : 전라북도 무주군 설천면 소천리 나림 마을회관

조사일시 : 2009.2.6

조 사 자 : 김익두, 허정주

제 보 자 : 박임순, 여, 80세
구연상황 : 마을회관에 많은 어르신들이 계셨는데 많은 분들이 제보자가 노래를 잘한다
고 추천하여 옆방으로 따로 모시고 가서 노래를 들었다. 모심는 소리를 요청
하자 바로 노래를 불러 주었다.

노래 두고 잣새기하면(노래 안 하고 빼면) 천방 이방 첩 된다네

천방 이방 첩이나 되면 누워 먹고 앉아서 먹지

토실 토실 도술개(다슬기)는 물 가운데 춤을 추네

저기 가는 저 도령은 말께(말 위에) 앉아 춤을 추네

벽 떨어지고 냉돌방에 귀신 같은 임 앉았네

까딱이나(가뜩이나) 미운 차에 코춤조차 흐른다네

모심는 소리

자료코드 : 07_04_FOS_20090130_KID_LBS_0001
조사장소 : 전라북도 무주군 설천면 삼공리 삼공 마을회관
조사일시 : 2009.1.30
조 사 자 : 김익두, 허정주
제 보 자 : 이병상, 남, 87세
구연상황 : 제보자는 노인회 총무님의 연락을 받고 마을회관에 나왔다. 조사자가 모심는
소리를 불러 달라고 요청하자 옛 기억을 더듬으며 노래를 불러 주었다. 모여
있던 청중들도 잘한다며 박수를 쳐주고 호응해 주었다.

심어 주게 심어 주오 삼사배출(한 마지기에서 석 섬, 넉 섬 곡식
을 내는 소출) 자리로 심어 주오

오늘 해도 다 됐는가 골골마동(골골마다) 연기가 나네

심어 주오 심어를 주오 열두 폭 줄모로다(줄모로) 심어 주오

방실방실 웃는 임을 못다 보고 해 다 지네

물꼬 철철 물 실어 놓고 첩의 방에 놀러 갔네

첩의 방에 갈라거든 나 죽는 꼴을 보구나 가오
살랑살랑 부는 바람 정든 임의 한숨 바람
서 마지기 논배미가 반달만침(반달만큼) 남었구나
니가 무슨 반달이냐 초승달이 반달이지

[청중들이 제보자에게 잘했다고 모두 박수를 쳐 준다.]

산신령 까마귀는 까옥까옥 짖고
정든 임의 병환은 날로 깊어 가네

노랫가락

자료코드 : 07_04_FOS_20090130_KID_LBS_0002
조사장소 : 전라북도 무주군 설천면 삼공리 삼공 마을회관
조사일시 : 2009.1.30
조 사 자 : 김익두, 허정주
제 보 자 : 이병상, 남, 87세
구연상황 : 제보자가 모심는 소리에 이어 노랫가락이라며 노래를 불러 주었다.

백두산성은 마도진이요(白頭山石磨刀盡, 백두산 돌은 칼을 갈아
닳게 하고. 남이 장군의 시구)
두만강수는 음마무라(頭滿江水飮馬無, 두만강 물을 말에게 먹여
없애리. 남이 장군의 시구)
남아이십 미평국하니(男兒二十未平國, 사나이 스물에 나라를 평안
하게 못하면. 남이 장군의 시구)
후세막급이 대장부라(後世誰稱大丈夫의 착오. 후세에 누가 대장부
라 칭하리. 남이 장군의 시구)
앉았으니 임이 오나 누웠으니 잠이 올까

수다하니 몽분석이오(愁多하니 夢不成이라. 근심이 많아 꿈을 이
루지 못함.)
잠을 자야 꿈을 꾸지 꿈을 꾸어야 임 만나지
임 사는 곳과 나 사는 곳
남북간 육십 리 멀지나 않건마는 어이 그리도 못 오시나
봉이 높으면 쉬어서 넘고 물이 깊으면 배라도 타려무나

밭매는 소리

자료코드 : 07_04_FOS_20090123_KID_JBO_0001
조사장소 : 전라북도 무주군 설천면 미천리 마을회관
조사일시 : 2009.1.23
조 사 자 : 김익두, 허정주
제 보 자 : 조병옥, 여, 87세
구연상황 : 설 명절이 다가와서 마을에서는 잔치가 벌어지고 있었다. 마을회관으로 들어
가니 마을 어르신들이 전부 모이신 것 같았다. 할머니들께 노래를 부탁하였더
니 모여 계신 분들이 조병옥 할머니를 추천하였다. 회관 방 안이 너무 시끄러
워 옆에 있는 다른 방으로 모시고 가서 노래를 들었다. 방 안은 추웠으나 제
보자는 흔쾌히 노래를 불러 주셨다.

사래 질고 강너른(광 넓은) 밭에 애인과 나와 마주 앉어
이내 밭골을 어서 매고 임의 밭골 받어 매세

임 노래

자료코드 : 07_04_FOS_20090123_KID_JBO_0002
조사장소 : 전라북도 무주군 설천면 미천리 마을회관
조사일시 : 2009.1.23

조 사 자 : 김익두, 허정주
제 보 자 : 조병옥, 여, 87세
구연상황 : 밭매는 소리를 부르고 나서, 임의 노래를 부르겠다며 바로 이어서 노래를 불
러 주었다.

세천당 세모진 낭게(나무에) 늘어진 가지에다

오색 당실(당사실)로 그네를 매구요

임이 뛰면은 내가 밀고요 내가 뛰면은 임이 밀어

임아 임아 정들은 임아 줄 살살 밀어요 줄 떨어지면은 정 떨어

져요

줄 떨어진 거야말로 오색 당실로 이스먼(이으면) 되여도

임하고 나하고 정 떨어지면은 이슬(이을) 길이 정이나 없어

노랫가락

자료코드 : 07_04_FOS_20090123_KID_JBO_0003
조사장소 : 전라북도 무주군 설천면 미천리 마을회관
조사일시 : 2009.1.23
조 사 자 : 김익두, 허정주
제 보 자 : 조병옥, 여, 87세
구연상황 : 제보자는 옛날 노래가 가슴 속에 꽉 찼는데 이제는 숨이 차서 못 부르겠다고
하였다. 잠시 무슨 노래를 부를까 생각하다가 다시 노래를 불렀다.

놀기야 좋기는 사대문 앞 복판이요 자네 자기 참 좋기는 요 이부

자리

알뜰히 살뜰하나 그립던 임을 얼마나 본다면 싫도록 볼까

모심는 소리

자료코드 : 07_04_FOS_20090130_KWD_CIN_0001
조사장소 : 전라북도 무주군 설천면 심곡리 배방 마을회관
조사일시 : 2009.1.30
조 사 자 : 김월덕, 백은철
제 보 자 : 최일남, 남, 93세
구연상황 : 배방리 마을회관에는 제보자를 비롯해 여러 어르신들이 앉아 계셨다. 그러나
조사자들과 얘기를 나눈 사람은 주로 김영택(남, 75세)과 이재성(남, 77세) 두
분이었다. 조사자들은 이들에게 구비문학 조사 목적을 설명하고, 이 두 분을
통해서 가장 연세가 많은 최일남 제보자에게 옛날 노래를 불러줄 것을 요청
하였다. 귀가 어두워 대화 내용을 잘 이해하고 있지 못하던 제보자는 두 분의
거듭된 설명을 듣고서야 조사자의 요청을 이해하였다. 근 20년 전에 MBC에
서 자신의 목소리를 녹음해 갔다고 소개하기도 했다. 제보자는 연세는 구순
고령이지만 젊은 사람 못지않은 우렁찬 목소리와 흥을 갖고 계신 분으로, 여
러 곡의 노래를 쉬지 않고 계속 불러 주셨다.

물꼬는 철철 물 실어 놓고 쥔네 양반 어데 갔나

문어 전복 손에 들고 첩의 방에 놀러 갔네

첩의나 방이 얼마나 좋아 낮에 가고 밤에도 가나

낮에로는 놀러 가고 밤에로는 잠자러 갔네 어후후후

장사 장사 황애장사(황아장수) 걸머진기(걸머진 것이) 무엇이오

송도서 내리온(내려 온) 갖은 황애(황아) 각시님네 머리댕기

키 크고 머리 좋은 처녀 울산이 고개를 넘나드네

오면가면 선만 뵈고(뵈고) 장부 간장 다 녹이네

[최일남이 노래에 대한 설명을 하고 노래를 시작한다.]

징기야(김제) 만경 너른 들에 갱피 훑은 저 마누라

날 마다고 가시더니 갱피(논에 나는 피)자루 못 면했네

담송 담송 닷 마지기 일천 석만 쏟아지게

일천 석만 쏟아지면 부모공양(부모봉양) 하련마는 어호후후

담송 담송 서 마지기 반달만치(반달만큼) 남아 있네
네가 무슨 반달이여 우런 님이 반달이지
제가나 무슨 반달이여 초승달이 반달이지
농창 농창 벼루 끝에(벼랑 끝에) 무정할사 저 오라비
나도나 죽어 후세상 가드네(가서) 낭군부텀 섬길라네

논매는 소리

자료코드 : 07_04_FOS_20090130_KWD_CIN_0002
조사장소 : 전라북도 무주군 설천면 심곡리 배방 마을회관
조사일시 : 2009.1.30
조 사 자 : 김월덕, 백은철
제 보 자 : 최일남, 남, 93세
구연상황 : 배방리 마을회관에는 제보자를 비롯해 여러 어르신들이 앉아 있었다. 그러나
조사자들과 얘기를 나눈 사람은 주로 김영택(남, 75세)과 이재성(남, 77세) 두
분이었다. 조사자들은 이들에게 구비문학 조사 목적을 설명하고, 이 두 분을
통해 가장 연세가 높으신 최일남 제보자에게 옛날 노래를 불러줄 것을 요청
하였다. 귀가 어두워 대화 내용을 잘 이해하고 있지 못하던 제보자는 두 분의
거듭된 설명을 듣고서야 우리의 요청을 이해하였다. 제보자는 연세는 고령이
지만 젊은 사람 못지않은 우렁찬 목소리와 흥을 갖고 계신 분으로, 여러 곡의
노래를 쉬지 않고 계속 불러 주셨다. 논매는 소리를 할 때 마을회관에 계산
어르신들이 함께 뒷소리를 해 주셨다.

에헤루 방아호
에헤루 방아호
이 방애가 누 방앤가
에헤루 방아호
강태공이 조작방애
에헤루 방아호

이 방애를 찧어 가지고

에헤루 방아호

부모공경 하련마는

에헤루 방아호

어서 찧고 밤마실 가세

에헤루 방아호

밤마실을 가라면 응뎅이(엉덩이) 춤만 추는구나

에헤루 방아호

에헤루 방애호

에헤루 방아호

서 마지기 논배미가

에헤루 방아호

반달만치(반달만큼) 남아 있네

에헤루 방아호

제가 무슨 반달인가

에헤루 방아호

초승달만 반달이냐

에헤루 방아호

그믐달도 반달이지

에헤루 방아호

이호호후후

각설이 타령

자료코드 : 07_04_FOS_20090130_KWD_CIN_0003

조사장소 : 전라북도 무주군 설천면 심곡리 배방 마을회관
조사일시 : 2009.1.30
조 사 자 : 김월덕, 백은철
제 보 자 : 최일남, 남, 93세
구연상황 : 배방리 마을회관에는 제보자를 비롯해 여러 어르신들이 앉아 계셨다. 그러나
　　　　　조사자들과 얘기를 나눈 사람은 주로 김영택(남, 75세)과 이재성(남, 77세) 두
　　　　　분이었다. 조사자들은 이들에게 구비문학 조사 목적을 설명하고, 이 두 분을
　　　　　통해 가장 연세가 많으신 최일남 제보자에게 옛날 노래를 불러줄 것을 요청
　　　　　하였다. 귀가 어두워 대화 내용을 잘 이해하고 있지 못하던 제보자는 두 분의
　　　　　거듭된 설명을 듣고서야 조사자의 요청을 이해하였다. 구순 고령의 제보자는
　　　　　귀가 어둡기는 하지만 젊은 사람 못지않게 목소리가 우렁차고 흥이 좋아 그
　　　　　자리에서 몇 곡의 노래를 연이어서 불러 주셨다.

일 자 한 장 들고 봐

일월이 송송 해송송

밤중 새별이 완연하다

두 이 자 들고 보니

둑기(둑旗)나 들고 북을 치니

송도나 기생이 날아든다

품 품바나 잘도 한다

석 삼 자 들고 봐

삼한에 신령 도신령

밤중 새별이 완연하다

품바하고도 잘 한다

사 자 한 장 들고 봐

사시나 행차 바쁜 길

중간 채비가 늦어 간다

품바하고도 잘 하고

다섯 오 자 들고 봐

옥환(오관)에 떴다 관운장
적토마를 집어타고
제갈 선상을 찾아간다
품바하고도 잘 한다
여설 육 자 들고 봐
육군대사(육관대사) 형진이(성진이)

[나중에 이 부분에 "일곱 칠 자 칠년대한 가물음에 앞뒤 동산 비묻어
만인간이 좋아서 춤을 춘다"라는 사설을 빠뜨렸다고 설명하였다. 노래를
다시 해 줄 것을 요청하였으나 사양하였다.]

팔선녀 잡고 희롱한다
품바하고도 잘한다
여덟 팔 자 들고 보니
아들 형제 팔 형제
한 서당에 글을 갈켜(가르쳐)
과거 보기가 바쁘다
품바하고도 잘한다
아홉 구 자 들고 봐
키 크고 늙은 중
골목골목 다니면서
염불하기를 힘을 쓴다
품바하고도 잘한다
장 자 한 장 들고 봐
장안의 광대 박광대
광대 중에서도 어른이오

너냥 나냥

자료코드 : 07_04_FOS_20090130_KWD_CIN_0004
조사장소 : 전라북도 무주군 설천면 심곡리 배방 마을회관
조사일시 : 2009.1.30
조 사 자 : 김월덕, 백은철
제 보 자 : 최일남, 남, 93세
구연상황 : 배방리 마을회관에는 제보자를 비롯해 여러 어르신들이 앉아 계셨다. 그러나 조사자들과 얘기를 나눈 사람은 주로 김영택(남, 75세)과 이재성(남, 77세) 두 분이었다. 조사자들은 이들에게 구비문학 조사 목적을 설명하고, 이 두 분을 통해 가장 고령이신 제보자에게 옛날 노래를 불러줄 것을 요청하였다. 귀가 어두워 대화 내용을 잘 이해하고 있지 못하던 제보자는 두 분의 거듭된 설명을 듣고서야 조사자의 요청을 이해하였다. 제보자는 연세는 높지만 목소리가 젊은 사람 못지않게 힘차고 흥이 좋아서 그 자리에서 연이어 몇 곡의 노래를 불러 주셨다. 농요를 부른 후에 유흥요로 이 노래를 불러 주셨다.

나냥 너냥 두리둥실 놀구요

낮에 낮에나 밤에 밤에나 참사랑이로고나

우리 집 서방님은 명태잡이를 갔는데

바람아 강풍아 석 달 열흘만 불어라

시어마니 위로한다고 밤중에 나가서

[말하듯이 이어서 마무리한다.]

호백(호박)이라고 삶았더니 삼고낭개(삶고 나니) 요강을 삶았네 정신이 없어서

시어마니 위로한다고 밤중에 나가서

명태라고 삶았더니 빨랫방맹이를 삶았네

청춘가

자료코드 : 07_04_FOS_20090130_KWD_CIN_0005
조사장소 : 전라북도 무주군 설천면 심곡리 배방 마을회관
조사일시 : 2009.1.30
조 사 자 : 김월덕, 백은철
제 보 자 : 최일남, 남, 93세
구연상황 : 배방리 마을회관에는 제보자를 비롯해 여러 어르신들이 앉아 계셨다. 그러나 조사자들과 얘기를 나눈 사람은 주로 김영택(남, 75세)과 이재성(남, 77세) 두 분이었다. 조사자들은 이들에게 구비문학 조사 목적을 설명하고, 이 두 분을 통해 가장 연세가 많은 제보자에게 옛날 노래를 불러줄 것을 요청하였다. 귀가 어두워 대화 내용을 잘 이해하고 있지 못하던 제보자는 두 분의 거듭된 설명을 듣고서야 조사자의 요청을 이해하였다. 구순의 제보자는 귀가 어둡기는 하지만 목소리가 젊은 사람 못지않게 크고 흥이 좋아서 연이어서 몇 곡의 노래를 불러 주셨다.

시고 뜲어도(떫어도) 막걸리 좋고요
몽둥이를 맞아도 좋다 본 낭군이 좋더라

사발가

자료코드 : 07_04_MFS_20090123_KID_JBO_0001
조사장소 : 전라북도 무주군 설천면 미천리 마을회관
조사일시 : 2009.1.23
조 사 자 : 김익두, 허정주
제 보 자 : 조병옥, 여, 87세
구연상황 : 여러 노래를 부른 끝에 사발가를 불러 주겠다고 하며 이어서 노래를 불렀다.

석탄 백탄 타는 데는 연기나 펄펄 나고요
요내 가삼(가슴) 타는 데는 연기도 김도 아니 난다
에헤요 에헤용 에헤용 어여라 난다 디여라 허송세월을 말어라
산천초목이 불타는 것은 만 인생이 알건마는
요내 가삼(가슴)에 불붙는 것은 한품에 든 임도 몰라나 준다
에헤용~ 에헤용~ 에헤용

5. 안성면

전라북도 무주군 안성면 공정리

조사일시 : 2009.2.6, 2009.2.7, 2009.2.13
조 사 자 : 김월덕, 백은철

　공정리(公正里)는 안성면에서 가장 넓은 면적을 차지하고 있다. 마을의
동쪽에 있는 덕유산의 서쪽 사면에 위치하고 있으며, 본래 금산에 속해
있다가 조선 현종 15년에 무주가 도호부로 승격되면서 무주부 이안면으
로 편입되어 조선 말기까지 이어졌다. 그러다가 1914년 행정구역 개편 때
내·외신당을 비롯하여 용추, 장내, 사탄, 통안, 봉산마을을 통합하여 공
정리라는 지명으로 법정리를 삼았다. 공정리는 동쪽에 있는 동엽령을 경
계로 경상남도와 도계를 이루고, 향적봉을 경계로 설천면과 경계를 이룬

다. 남쪽은 죽천리와 인접하고, 서쪽으로도 장기리와 인접하며, 북쪽은 망봉을 사이에 두고 덕산리와 경계를 이루고 있다. 현재 공정리에는 통안, 사탄, 용추, 장내(봉산 포함), 내당, 외당, 돈당 등의 자연마을이 있다.

용추(龍湫)마을은 용추폭포가 있는 마을이라서 지명을 용추로 부르고 있다. 용추마을의 동쪽은 통안, 남쪽은 사탄, 서쪽은 장내, 북쪽으로는 내당마을과 인접하고 있다. 용추폭포가 있는 용추마을을 비롯해 주변 마을인 통안과 사탄마을 일대에는, 시주승을 박대한 부잣집이 물에 잠겨서 용추폭포가 만들어졌다는 전설이 전해오고 있다.

사탄(沙灘)마을은 칠연계곡에서 흘러나와 서북쪽으로 흐르는 통안천을 사이에 두고 용추마을과 마주 바라보는 마을이다. 마을 이름은 토질이 모래밭으로 되어 있어 모래여울이라는 뜻으로 붙여졌다. 전해지는 전설에 따르면, 칠연계곡에서 흘러나오는 냇물이 옛날에는 사탄으로 흘렀는데 시주승을 박대한 부잣집이 용추폭포가 되고 용추마을 쪽으로 물이 돌아가게 되면서 사탄은 모래여울이 되었고 나중에 마을이 형성되어 사탄마을이 되었다고 한다.

통안(通安)마을은 풍수지리설에 삼재불입지지(三災不入之地)라 하여 모든 재앙이 들어오지 못하는 곳이므로 누구나 평안을 누리며 살 수 있는 땅이라고 한다. 통안마을은 1975년에 국립공원 덕유산의 공연 구역으로 지정되었으며, 마을에는 덕유산 동엽령에서 발원한 통안천이 서쪽으로 흐르며 계곡을 이루는 칠연(七淵)계곡이 있다. 칠연계곡에는 도술담, 문덕소, 명제소, 선녀탕, 신선바위 등의 명소가 있다. 일부 주민은 농사 외에 요식업이나 민박을 겸하고 있다.

봉산(峰山)마을은 벌통말이라고 부르는데 마을 뒷산이 푹 솟아서 벌통같이 생겼다고 해서 붙여진 이름이라고도 하고, 맑은 날 들판에서 보면 산에서 웅웅 하는 벌 소리가 나서 붙여진 이름이라고도 한다. 봉산마을 뒷산에는 돌이 쌓여진 모양의 책바위가 있는데, 책바위 밑에 있는 굴에는 세상을 구할 책이 숨겨져 있다는 전설이 있다. 책바위에는 말이 뛰어가면서 생긴 발자국이 남아 있었다는 전설도 전해진다. 한때 60~70호 정도가 산 적도 있었으나 현재 약 26호가 거주하고 있다.

전라북도 무주군 안성면 공진리

조사일시 : 2009.2.7
조 사 자 : 김월덕, 백은철

　공진리(貢進里)는 무주군의 최남단에 위치하고 있으며, 본래 금산에 속해 있다가 조선 현종 15년(1674)에 무주가 도호부로 승격될 때 무주부로 편입되었고, 일안면으로 편제된 후 조선 말기까지 이어져 왔다. 그러다가 1914년 행정구역 개편 때 안성면 공진리로 구획되었다. 공진리의 동북쪽으로는 죽천리, 서북쪽으로는 진도리와 인접하고, 남쪽은 장수군, 서쪽은 진안군과 군계를 이루고 있다. 공진리가 금산에 속해 있었을 때는 공진말(공진동)이라 했고, 현재까지도 이 명칭은 마을 사람들 사이에서 쓰이고 있다.

현재의 공진마을은 본래의 공진동과 도로변에 새로 생긴 신촌(新村)마을이 합하여 이루어졌다. 공진마을은 고려 때의 명신 김신의 고향으로, 오래 전부터 김신의 후손들이 살면서 건립한 '영모재'와 그의 초혼장지로 알려진 묘소가 마을에 남아 있다. 김신은 임금의 추천으로 원나라에 들어가 문하시랑평장사(門下侍郞平章事)를 거쳐 요양행성참정(遼陽行省參政)의 벼슬에 올랐고 그로 인해 고려와 원나라의 국교에 많은 공헌을 남겼다. 공진이라는 지명은, 김신이 임금의 추천으로 원나라에 나아가 큰 벼슬을 얻었다는 뜻에서 비롯되었다고 하기도 하고, 또는 국가에서 땅을 내려주며 지방민들이 국가에 바칠 공물을 그 후손들에게 바치게 하였다는 데서 붙여진 것이라고도 한다.

공진마을은 한때 130여 호에 이르렀으나 현재 80여 호가 거주하고 있다. 주요 성씨는 밀양박씨, 경주이씨 등이며, 이 외에 다양한 성씨가 마을을 이루고 있다. 생업은 논농사이며, 이 외에 인삼, 고추, 천마, 오미자 등을 재배하고, 일부는 고랭지 채소를 재배하기도 한다.

전라북도 무주군 안성면 금평리

조사일시 : 2009.2.13
조 사 자 : 김월덕, 백은철

금평리는 안성면의 최동북단에 우뚝 솟은 두문산(斗文山) 서쪽사면에 위치하고 있다. 동쪽의 두문산을 기점으로 검령까지는 설천면, 노전봉까지는 적상면과 면계를 이루고, 남서쪽은 덕산리와 인접하며 북쪽으로는 사전리와 이웃하고 있다. 금평리는 본래 금산에 속했는데 조선 현종 15년에 무주가 도호부로 승격될 때 무주부 이안면으로 편입되어 조선 말기까지 이안면에 속하였다. 그러다가 1914년 행정구역 개편 때 궁대, 두문, 안기 도촌 등이 합하여 금평리라는 지명을 붙이고 법정리로 삼았다. 금평(琴坪)이라는 이름은 마을의 형상이 거문고 형국이라서 붙여졌다고 하기도 하고, 마을 앞의 들이 비교적 넓어서 그렇게 부른다고도 한다. 현재 금평리에는 궁대, 두문, 덕곡, 도촌, 안기 등의 자연마을이 있다.

두문마을은 '말그리' 또는 '말거리'라고도 하고, 현재 60여 호가 거주한다. 예전에는 80여 호가 넘게 살았다고 하며 이 근방에서는 마을 규모가 큰 편이다. 생업은 벼농사를 주로 하며 고랭지채소를 병행한다. 밭작물로는 약초, 고추, 특용작물로 인삼, 연초, 사과, 도라지 등을 재배한다.

수백 년 된 당산나무가 마을에 있어서 마을에서는 마을 역사가 500년 이상 된 것으로 추정하고 있다. 마을에 처음 입주한 성씨는 송씨라고 하며, 그 후에 서씨와 박씨가 들어와 현재까지도 서씨와 박씨가 마을의 주

요 성씨를 이루고 있다. 이 마을에는 예전부터 서당이 두 개나 있었고, 글 읽는 선비들이 많았고, 향약도 있었다고 한다. 선비들이 주축이 되어 놀 았던 불꽃놀이인 '낙화놀이'가 발굴되어 보존되고 있다.

전라북도 무주군 안성면 덕산리

조사일시 : 2009.2.13
조 사 자 : 김월덕, 백은철

덕산리(德山里)는 마을의 동쪽에 있는 덕유산 향적봉 서쪽 사면에 위치 한 마을로, 덕유산의 '덕(德)'자를 따서 덕산이라는 지명을 붙였다고 한다. 덕산리는 본래 금산에 속해 있다가 조선 현종 15년(1674)에 무주가 도호 부로 승격될 때 무주부 이안면으로 편입된 후 조선 말기까지 이어졌다. 그러다가 1914년 행정구역 개편 때 덕곡, 수락, 정천, 상산마을과 함께 같은 행정구역으로 구획되면서 덕산리라는 지명을 붙여 법정리로 삼았다. 덕산리 동쪽에 있는 덕유산을 경계로 설천면과 경계를 이루고 남쪽은 공정리, 서쪽은 장기리, 북쪽으로 금평리와 인접하고 있다. 덕산리에는 덕곡, 수락, 정천, 상산 등의 자연마을이 있다.

덕곡(德谷)마을은 덕산리에서 가장 깊은 계곡에 위치하고 있으며, 덕유산에서 발원하는 구량천의 최상류 지역이다. 덕곡마을의 동편에 위치한 황골(黃谷)에 마을의 수호신으로 삼고 있는 풍암이 있어 매년 정초에 마을의 안녕을 기원하는 풍암제를 지냈으나 지금은 지내지 않고 있다. 이 고장의 선비들의 모임인 관선계에서 향약 등을 논의하기 위하여 건립했던 만벽정이 있던 곳이기도 하다. 덕곡의 옛 이름을 '한거름'이라고 했고, 옛날에 이 동네에 돌이 많아서 이렇게 불렀다고 하는 설도 있으나 자세히 알 수 없다. 덕곡마을은 현재 40여 호 정도가 거주하며, 경주이씨와 전주이씨가 주로 많다. 생업은 주로 벼농사이고 이 외에 고랭지 사과도 재배한다. 예전에는 고랭지 채소 많이 했는데 요즘은 시세가 없어서 안 한다.

전라북도 무주군 안성면 죽천리

조사일시 : 2009.2.7
조 사 자 : 김월덕, 백은철

죽천리(竹川里)는 경상북도와 도계를 이루고 있는 무룡산 정상으로부터 서북쪽으로 길게 뻗어 내리며 명천안산, 망봉, 매내미산, 매방재산 등을 두루 지나 진도리 회호마을 앞까지 이어지며 방대한 면적을 차지하고 있다. 동북쪽은 공정리, 장기리와 인접하고, 남쪽은 장수군과 군계를 이루며, 서쪽은 공진리, 북쪽은 진도리와 인접해 있다. 본래 금산에 속해 있었으나 조선 현종 15년(1674)에 무주가 도호부로 승격될 때 무주부로 편입되면서 공진동, 공정과 함께 일안면으로 편제되어 조선 말기까지 이어져 왔다. 그러다가 1914년 행정구역 개편 때 안성면으로 속하게 되면서 명천, 무수동, 비아, 평장동, 죽장, 갈마를 같은 행정구역으로 구획하고 죽천리라는 지명을 붙여 법정리로 삼았다. 죽천이라는 지명은 대나무가 많은 대맡이와 명천 골짜기를 합치면서 죽장의 '죽(竹)'자와 명천의 '천(川)'자를 따서 만든 것이라 한다. 죽천리에는 명천, 무수동, 비아 죽장, 평장, 갈마 등의 자연마을이 있다.

명천(明川)마을은 조선 선조 때 임진왜란을 피해 숨어 들어왔던 선비들이 이곳에 정착하면서 마을이 형성되었다고 한다. 덕유산 정상의 남쪽에 위치한 무룡산과 그 서남쪽의 삿갓봉에서 발원한 원통천의 흐르는 소리가 고요한 장막을 울린다 해서 조선시대까지 명천(鳴川)이라고 했다가, 1914년 행정구역 개편 때 죽천리로 편입되면서 맑고 깨끗한 냇가마을이라는 뜻으로 명천(明川)이라 했다고 한다.

명천마을은 냇물을 가로지른 명천교를 사이에 두고 양지뜸(양천)과 음

지뜸(음촌)으로 나누어져 있다. 양지뜸과 음지뜸은 마을의 남쪽에 우뚝 솟은 쌀(미)봉을 바라보고 있다. 한때 100여 호가 되는 큰 마을이었으나 현재 양지뜸과 음지뜸을 합하여 60여 호가 거주하고 있다. 주민의 대부분은 논농사에 종사하고 있으며, 이 외에 오미자, 사과, 천마, 고랭지 채소 등을 재배하고 있다.

김동희, 여, 1938년생

주 소 지 : 전라북도 무주군 안성면 공정리
제보일시 : 2009.2.7
조 사 자 : 김월덕, 백은철

　　안성면 금평리 두문마을에서 태어나 공정
리 사탄마을로 시집와서 지금까지 살고 있
다. 안성면 금평리 두문마을의 이복순(95세)
제보자와 모녀지간이다. 작은 체구이며 찬
찬한 성격으로 보였다. 용추폭포에 얽힌 전
설은, 이야기의 배경인 용추폭포 앞까지 조
사자들과 동행하여 폭포 앞에서 이야기해
주셨다. 노래를 청했을 때는 젊어서 덕유산
에 나물 뜯으러 다니던 이야기를 자분자분 해 주셨다.

제공 자료 목록
07_04_FOT_20090207_KWD_KDH_0001 시주승을 박대하여 물에 떠내려간 용추의
부잣집
07_04_FOS_20090207_KWD_KDH_0001 모심는 소리
07_04_FOS_20090207_KWD_KDH_0002 나물 뜯는 소리
07_04_FOS_20090207_KWD_KDH_0003 자장가

김용목, 남, 1940년생

주 소 지 : 전라북도 무주군 안성면 공정리
제보일시 : 2009.2.6
조 사 자 : 김월덕, 백은철

안성면 공정리 통안에서 태어나서 계속 살아온 토박이이다. 농사를 주요 생업으로 하고 여름 피서철에 민박을 하고 있다. 60 대 중반의 늦은 나이에 전라북도 내 사립대학에 입학하여 사회복지학을 전공하며 주경야독을 하였다. 화통한 성격이라 조사자의 요청에 친절하고 적극적으로 응해 주었다. 모심는 소리와 함께 마을 어른이 하는 것을

듣고 배웠다는 '못 갈 장가' 노래를 해 주었고, 마을 어른들로부터 전해 들었다는 마을 유래담과 전설을 흥미롭게 구연해 주었다.

제공 자료 목록

07_04_FOT_20090206_KWD_KYM_0001 용추마을이 용추폭포로 변한 유래
07_04_FOT_20090206_KWD_KYM_0002 빈대 때문에 없어진 서당골 독서당
07_04_FOS_20090206_KWD_KYM_0001 모심는 소리
07_04_FOS_20090206_KWD_KYM_0002 못 갈 장가

문정호, 남, 1931년생

주 소 지 : 전라북도 무주군 안성면 공진리
제보일시 : 2009.2.7
조 사 자 : 김월덕, 백은철

안성면 공진리 공진마을에서 태어난 토박이로 농업에 종사하고 있다. 어려서 서당에 다니며 한문 공부를 하였다. 주위에서는 마을에 대해 아는 것이 많은 분으로 통하였다. 몇 년 전에도 설화를 채록하러 온 학생들에게 이야기를 들려준 적이 있어서 조사자들

의 요청을 바로 들어 주었다. 치아가 고르지 못해 발음이 간혹 부정확하기도 하고 이야기할 때 좀 더듬거리며 내용을 헷갈려 하기도 했지만, 본인이 알고 있는 이야기를 성심껏 구연해 주었다.

제공 자료 목록
07_04_FOT_20090207_KWD_MJH_0001 아내를 시험한 노자
07_04_FOT_20090207_KWD_MJH_0002 중국이 보낸 수수께끼를 푼 파경종
07_04_FOT_20090207_KWD_MJH_0003 아버지의 천 냥 빚을 탕감 받은 아이

박금순, 여, 1933년생

주 소 지 : 전라북도 무주군 안성면 죽천리
제보일시 : 2009.2.7
조 사 자 : 김월덕, 백은철

안성면 죽천리 죽장마을 태생으로 17세에 이웃 마을인 죽천리 명천마을로 시집와서 지금까지 살고 있다. 몸이 편찮으신데도 불구하고 회관에 모인 분들과 조사자들의 요청에 노래를 해 주셨다. 목소리는 약간 굵직하다. 시집오기 전에 큰애기 때 삼 삼으면서 불렀다는 베틀 노래를 짧게 불러 주셨는데 원래 긴 노래라서 사설이 다 기억이 안 나는 것을 안타까워했다.

제공 자료 목록
07_04_FOS_20090207_KWD_PGS_0001 삼 삼는 소리
07_04_FOS_20090207_KWD_PGS_0002 베틀 노래
07_04_FOS_20090207_KWD_PGS_0003 자장가

박덕순, 여, 1938년생

주 소 지 : 전라북도 무주군 안성면 금평리
제보일시 : 2009.2.13
조 사 자 : 김월덕, 백은철

안성면 금평리 덕곡마을 태생으로 같은 마을로 시집을 갔다. 남편은 한동네 사람인데도 얼굴도 모르고 시집을 갔다. 자식을 못 낳아서 시집살이를 호되게 했고, 남편이 둘째부인을 얻자 집을 나와서 얼마간 서울로 가서 객지에서 고생을 많이 했다. 다시 친정에 돌아와서 지금껏 살고 있다. 힘든 일을 많이 겪었지만 성격은 매우 낙천적이고 천진해 보였고, 동네 할머니들과도 활발하게 잘 어울리며 노래도 적극적으로 불러 주셨다.

제공 자료 목록

07_04_FOS_20090213_KWD_PDS_0001 시집살이 노래
07_04_FOS_20090213_KWD_PDS_0002 베틀 노래
07_04_FOS_20090213_KWD_PDS_0003 나물 뜯는 소리
07_04_FOS_20090213_KWD_PDS_0004 영감아 땡감아
07_04_FOS_20090213_KWD_PDS_0005 각시 노래
07_04_FOS_20090213_KWD_PDS_0006 청춘가
07_04_MFS_20090213_KWD_PDS_0001 사발가

박정순, 여, 1937년생

주 소 지 : 전라북도 무주군 안성면 덕산리
제보일시 : 2009.2.13
조 사 자 : 김월덕, 백은철

덕산리 덕곡마을 바로 아랫동네인 덕산리 수락마을에서 시집왔다. 시집왔을 당시 남편은 18세 고등학생이었고, 박덕순 할머니의 남편과 동창생이었다. 지금 할아버지와는 사별하셨지만 자녀들을 잘 키워 모두 서울 등지로 내보내고 편안히 살고 계신다고 한다. 활발하고 화통한 성격으로 재미있는 노래들을 많이 불러 주셨고 노래에 얽힌 이야기도 자상하게 들려 주셨다.

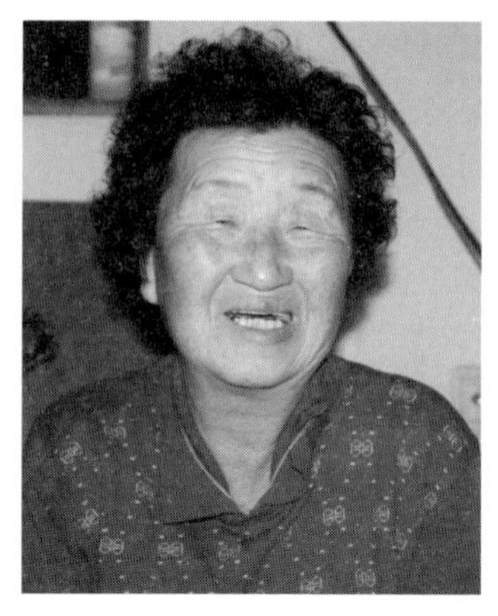

제공 자료 목록

07_04_FOS_20090213_KWD_PJS_0001 임 노래
07_04_FOS_20090213_KWD_PJS_0002 연분 노래
07_04_FOS_20090213_KWD_PJS_0003 처녀 총각 노래
07_04_FOS_20090213_KWD_PJS_0004 자장가
07_04_FOS_20090213_KWD_PJS_0005 댕기 노래
07_04_FOS_20090213_KWD_PJS_0006 나비 노래
07_04_FOS_20090213_KWD_PJS_0007 신세 타령
07_04_FOS_20090213_KWD_PJS_0008 청춘가
07_04_FOS_20090213_KWD_PJS_0009 창부 타령

서정희, 남, 1931년생

주 소 지 : 전라북도 무주군 안성면 공정리
제보일시 : 2009.2.6
조 사 자 : 김월덕, 백은철

안성면 공정리에서 태어난 토박이로 농업에 종사해 왔다. 증조부 때 충남 공주에서 무주로 이주하였다. 마을에서 노인회장을

맡고 있다. 마을 분들의 소개로 제보자 자택에 방문하였으나 제보자가 감기에 심하게 걸려서 자세한 이야기를 오래 나누지는 못하였다. 건강이 좋지 못한 상황에서도 간략하게나마 성심껏 용추폭포에 얽힌 전설을 구연해 주었다.

제공 자료 목록

07_04_FOT_20090206_KWD_SJH_0001 시주승을 박대하여 생긴 용추마을 용소

선계화, 여, 1942년생

주 소 지 : 전라북도 무주군 안성면 덕산리
제보일시 : 2009.2.13
조 사 자 : 김월덕, 백은철

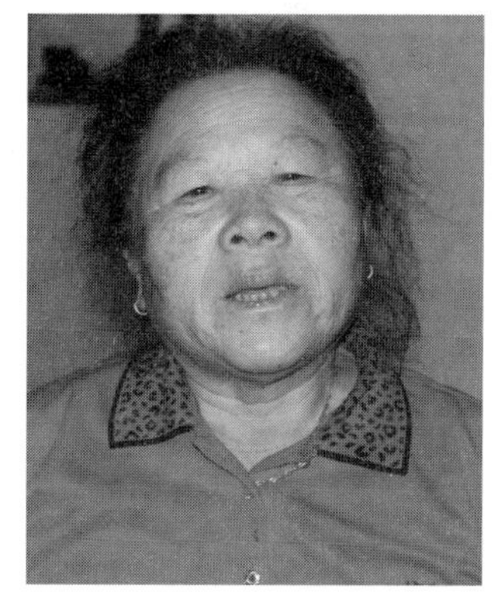

　　무주군 무풍면 갈마동이라는 곳에서 19세에 덕산리 덕곡마을로 시집왔다. 경주이씨 양반이라고 해서 남편 얼굴도 안 보고 시집을 왔는데 남편도 마음에 들지 않았을 뿐만 아니라 굶기를 밥 먹듯이 어렵게 살았다고 한다. 지금은 자녀들을 다 키워 출가시키고 내외가 홀가분히 살고 있다. 60대 후반이지만 노인정에서는 젊은 축에 속한다. 목소리도 크고 성격도 화통하며 재미있는 농담도 잘 하여 분위기를 이끄는 역할을 했으며, 주위에서는 제보자를 멋쟁이라고 하였다. 젊어서부터 듣고 불렀던 노래들이라며 적극적으로 불러 주었다.

제공 자료 목록

07_04_FOS_20090213_KWD_SGH_0001 시집살이 노래
07_04_FOS_20090213_KWD_SGH_0002 나비 노래
07_04_FOS_20090213_KWD_SGH_0003 너냥 나냥

07_04_FOS_20090213_KWD_SGH_0004 청춘가
07_04_FOS_20090213_KWD_SGH_0005 노랫가락

이금례, 여, 1938년생

주 소 지 : 전라북도 무주군 안성면 덕산리
제보일시 : 2009.2.13
조 사 자 : 김월덕, 백은철

안성면 덕산리 덕곡마을에서 태어나 성장
하고 같은 마을로 시집와서 지금까지 살고
있다. 비교적 조용하고 차분한 성격으로 보
이며, 적극적으로 나서서 노래판에 참여하
기보다는 다른 사람의 노래를 듣거나 함께
따라 부르는 정도였다. 다른 사람들이 노래
를 어느 정도 부르고 나자 제보자도 간단히
노래를 불러 주었다. 박덕순 제보자와는 집
안 시누이 관계이다.

제공 자료 목록
07_04_FOS_20090213_KWD_LGR_0001 나물 뜯는 소리
07_04_FOS_20090213_KWD_LGR_0002 청춘가

이병환, 남, 1935년생

주 소 지 : 전라북도 무주군 안성면 공진리
제보일시 : 2009.2.7
조 사 자 : 김월덕, 백은철

안성면 공진리 공진마을 토박이로서 농업에 종사하고 있다. 마을에서는
오랫동안 상여 앞소리꾼을 맡아 해 왔다. 귀가 매우 어두워 마을회관에

모인 다른 어른들의 도움을 받아 조사자들의 요청을 제대로 전달할 수 있었다. 의사전달이 된 후에 상여 소리와 달구 소리를 불러 주셨다. 상여 소리를 회심곡으로 한다고 하며, 회심곡 사설을 노트에 적어서 갖고 있었다.

제공 자료 목록

07_04_FOS_20090207_KWD_LBH_0001 상여 소리

이복순, 여, 1915년생

주 소 지 : 전라북도 무주군 안성면 금평리
제보일시 : 2009.2.13
조 사 자 : 김월덕, 백은철

안성면 금평리 두문마을 태생으로 다른 마을로 시집갔다가 고령이 되어 다시 친정 동네로 돌아와서 살고 있다. 제보자는 마을에서 두 번째 고령자이며, 노인정에 나오는 분들 중에서는 최고령이다. 연세가 높아서 기력이 약하고 숨이 가빠서 말을 많이 하기도 힘드셨지만 조사자의 요청에 성심껏 노래를 불러 주셨다. 젊어서는 흥도 있고 노래도 곧잘 했다고 한다. 안성면 공정리 사탄마을 김동희 제보자(07_04_FOS_20090207_KWD_KDH_0001)의 친정어머니이기도 하다.

제공 자료 목록

07_04_FOS_20090213_KWD_LBS_0001 노랫가락

이정임, 여, 1930년생

주 소 지 : 전라북도 무주군 안성면 공정리
제보일시 : 2009.2.6
조 사 자 : 김월덕, 백은철

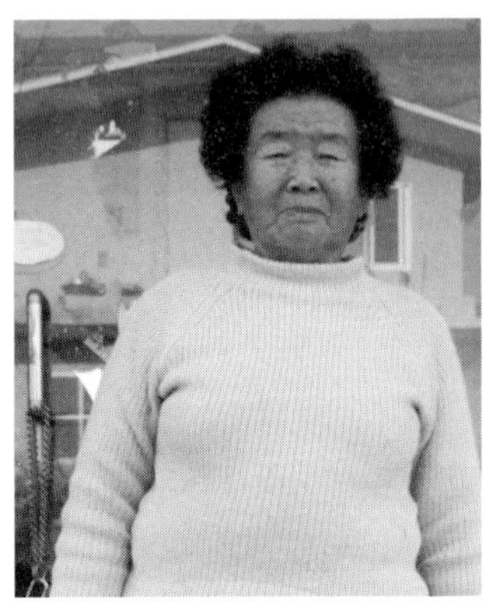

　　안성면 덕산리 덕곡에서 태어나 공정리 용추마을로 시집와서 지금까지 살고 있다. 마을회관 할머니방에 모여 계신 분들은 노래 잘하는 분으로 제보자를 추천하였다. 처음에는 수줍어하시며 노래를 잘 못한다고 사양하였으나 거듭 요청하자 노래를 해 주셨다. 연세에 비해 목청도 좋으시고 목소리에 생기도 있었다. 노래에 덧붙여 젊었을 때 나물 뜯으러 다니며 노래를 많이 했노라고 경험을 이야기하였다.

제공 자료 목록

07_04_FOS_20090206_KWD_LJI_0001 나물 뜯는 소리

이현술, 남, 1937년생

주 소 지 : 전라북도 무주군 안성면 공정리
제보일시 : 2009.2.6
조 사 자 : 김월덕, 백은철

　　안성면 공정리 용추마을에서 태어난 토박이로 농업에 종사하고 있다. 마을회관에 모여 계신 분들 중에서 연세가 높은 편에 속하지는 않았으나, 마을 유래나 전설에 관해서 조리 있게 이야기할 수 있는 유일한 분

이었다. 용추폭포에 얽힌 전설은 어려서부터 들어 왔던 이야기라서 생생하게 차근차근 이야기를 구연하였다.

제공 자료 목록

07_04_FOT_20090206_KWD_LHS_0001 시주 받으러 온 도사를 박대하여 용쏘가 된 부잣집

장봉선, 여, 1938년생

주 소 지 : 전라북도 무주군 안성면 금평리
제보일시 : 2009.2.13
조 사 자 : 김월덕, 백은철

제보자는 젊어서 먹고살기가 어려워서 덕유산 깊은 골짜기까지 약초와 나물 뜯으러 많이 다녔다고 하면서 그 때의 경험을 이야기해 주셨다. 지금은 무주스키장이 들어선 설천면 삼공리 일대까지 나물과 약초를 뜯으러 갔고, 그것이 생계에 보탬이 되었다고 한다. 노래를 하지 못한다고 사양하다가 조사자가 지정하여 요청하는 노래를 짧게 불러 주셨다.

제공 자료 목록

07_04_FOS_20090213_KWD_JBS_0001 댕기 노래

최우순, 여, 1938년생

주 소 지 : 전라북도 무주군 안성면 금평리
제보일시 : 2009.2.13
조 사 자 : 김월덕, 백은철

적상면 사산리 마산마을에서 안성면 금평
리 두문마을로 시집와서 지금까지 살고 있
다. 젊어서 나물 뜯으러 덕유산에 많이 다녔
다고 하면서 나물 뜯으러 다녔던 경험을 자
분자분 이야기해 주셨다. 차분하고 찬찬한
성격으로 보이며, 목소리는 크지도 작지도
않았다. 처녀시절에 들었던 요물이 된 개 이
야기를 구연할 때는 이야기에 몰입하여 실
감나게 전달하려고 하였다.

제공 자료 목록

07_04_FOT_20090213_KWD_CWS_0001 사람이 오래 길러 요물이 된 개
07_04_FOS_20090213_KWD_CWS_0001 모심는 소리
07_04_FOS_20090213_KWD_CWS_0002 자장가

한봉식, 여, 1930년생

주 소 지 : 전라북도 무주군 안성면 공정리
제보일시 : 2009.2.6
조 사 자 : 김월덕, 백은철

안성면 덕산리 덕곡마을에서 태어나 통안
으로 시집와서 지금까지 살고 있다. 차분하
고 조용한 성격이라 처음에는 노래를 부르
지 않았으나 회관에 모인 분들이 노래를 권
하자 흥이 나서 노래를 불러 주었다. 연세에
비해서 총기가 좋고 목소리에도 생기가 있
다. 처녀 시절에 나물 뜯으러 가거나 놀면서
여럿이 어울려 노래를 많이 불렀다. 논일은

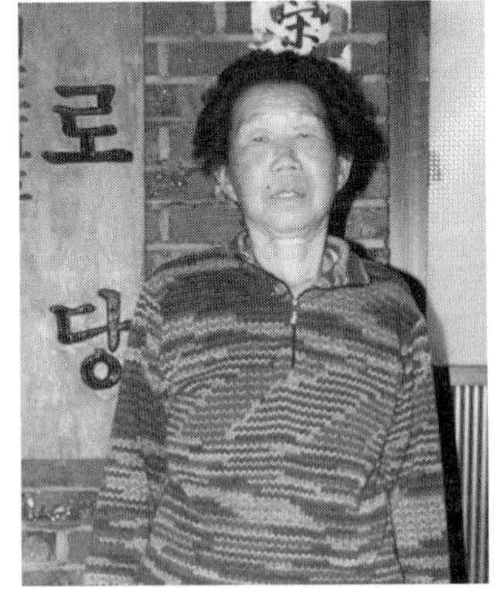

그다지 많이 하지 않았기 때문에 모심는 소리는 부를 줄 모른다고 하였다.

제공 자료 목록

07_04_FOS_20090206_KWD_HBS_0001 자장가

07_04_FOS_20090206_KWD_HBS_0002 권주가

07_04_FOS_20090206_KWD_HBS_0003 청춘가

07_04_FOS_20090206_KWD_HBS_0004 창부 타령

07_04_FOS_20090206_KWD_HBS_0005 노랫가락

한수현, 남, 1935년생

주 소 지 : 전라북도 무주군 안성면 공정리

제보일시 : 2009.2.13

조 사 자 : 김월덕, 백은철

안성면 공정리 봉산마을에서 태어나서 성장한 토박이로서 농업에 종사해 왔다. 제보자는 11~12세 때 동네어른에게 한학을 배웠고, 안성중학과 무주농고에서 신학문을 배웠다. 학교 졸업 후 농업에 종사하며 계속 고향에 살고 있다. 젊어서 공정리 조합장과 공정리 선거위원장을 지냈다. 풍수지리 등에 관심이 많아서 책을 구해서 보았고,

안성면 내에서도 풍수지리를 공부한 사람으로 이름이 좀 나 있다고 했다.

제공 자료 목록

07_04_FOT_20090213_KWD_HSH_0001 안성의 팔명당

시주승을 박대하여 물에 떠내려간 용추의 부잣집

자료코드 : 07_04_FOT_20090207_KWD_KDH_0001
조사장소 : 전라북도 무주군 안성면 공정리 사탄마을 용추폭포 앞 다리 위
조사일시 : 2009.2.7
조 사 자 : 김월덕, 백은철
제 보 자 : 김동희, 여, 72세
구연상황 : 노인 회장을 만나러 가는 길에 제보자를 만났다. 노인 회장이 사는 곳을 알아
보려고 길을 물었다가 제보자가 노인회장의 아내라는 사실을 알았다. 이른 아
침이어서 노인 회장은 출타 중이었다. 제보자에게 용소가 어디냐고 묻자, 제
보자는 우리를 '용추폭포'가 있는 곳으로 안내했다. 용소에 대한 이야기를 아
느냐고 묻자, 제보자는 이런 이야기가 있다며 조사자들에게 자신이 알고 있던
이야기를 개략적인 내용만 구연했다. 이야기는 용추폭포 앞에서 이루어졌다.
줄 거 리 : 옛날에 부자가 살고 있었다. 중 한 명이 와서 그 부자에게 동냥을 하였다. 부
자는 동냥은 하지 않고 중을 박대하였다. 그 뒤로 큰비가 왔고, 부잣집은 빗
물에 떠내려가 버리고, 부잣집이 있던 자리는 내가 되었다.

옛날 말이, 옛날에 여가 사람이 살았대요. 요 위에, 물 내려가는 디가
마을이 있었디야.

(조사자 : 지금 여기 물 내려가는 길에 마을이 있었어요?)

네. 거기 인자 부자 사람이 살았는디, 어느 한 중이 뭐 동냥을 왔더래
요. 그래서 그 상감님이(부자를 말함.) 하는 말이,

"동냥은 무슨 동냥, 저 마구간에 가서 소똥이나 한 삽 퍼주라." 그랬다
네요.

(조사자 : 그 부자가요?)

응. 부자, 지금으로 말하자믄 뭐, 마님. 그래서 인제 천지운수로 막 비
가 와 갖고, 여가 막 다 그 집이 없어지고 그냥 또랑이 됐대요.

(조사자 : 집이 잼겨 버렸고만요?)

예. 잼겨 버리고, 또랑이 돼 버리고, 이제 여짝에가 마을이 됐다고 그런 말이 있어요 인제.

(조사자 : 옛날 애기로요?)

예. 옛날 예기로. 물이 원래 내려갔던 디라 또랑이 될랑가 몰른다고 그런 말도 있는디.

(조사자 : 물이 원래 물길이 사탄으로 가다가 그 일 땜에 이게 이렇게 났다.)

예. 그 사람이 동냥하러 온 중한테, "동냥은 무슨 동냥, 마구간에 가서 소똥이나 한 삽 퍼주라." 그랬대요. 그래 갖고 막 하나님이 천지개벽을 해 갖고 막 비가 느닷없이 와 갖고, 싹 쓸리가고 묻혀 버리고, 어만 데로 또랑이 났다고 그런 말이 있어요.

용추마을이 용추폭포로 변한 유래

자료코드 : 07_04_FOT_20090206_KWD_KYM_0001
조사장소 : 전라북도 무주군 안성면 공정리 통안 마을회관
조사일시 : 2009.2.6
조 사 자 : 김월덕, 백은철
제 보 자 : 김용목, 남, 70세
구연상황 : 오후 늦게 들른 마을회관에는 할머니 다섯 분이 계셨다. 조자자들이 조사 목적을 설명하고 이야기와 노래를 청하자, 할머니들은 경운기 고치러 나간 제보자가 가장 잘 안다고 그에게 물어보라 했다. 그때 제보자는 경운기를 고치러면 소재지로 나갔을 상태였다. 얼마 지나지 않아 제보자가 마을에 왔고, 조사자들은 제보자를 회관으로 모셔 조사 목적을 설명하고 이야기와 노래를 청했다. 제보자는 유쾌한 어투로 몇 개의 이야기를 연달아 구연하였다. 회관에는 그의 아내와 여동생 포함, 마을 사람 다섯이 같이 있었는데, 그들은 제보자의 이야기에 큰 호응을 보내 주었다.

줄 거 리 : 옛날에 용추폭포는 용씨들이 천석꾼 부자로 살던 마을이었다. 어느 날 중이
　　　　시주를 받으러 왔는데 용씨 부자가 머슴에게 시켜 두엄을 퍼 주며 박대를 했
　　　　다. 그 모습을 보고 며느리가 쌀을 퍼다 그 중에게 시주를 했더니 그 중이 모
　　　　일모시에 소낙비가 올 테니 산으로 피하라고 알려 주었다. 그 날이 되자 중
　　　　의 말대로 폭우가 쏟아지고 며느리가 가다가 한 발이 걸려서 난 발자국 자리
　　　　에 또랑이 생겨서 용씨들 집이 떠내려가고 용추폭포가 생겼다. 본래 냇물이
　　　　흘렀던 사탄은 이후로 메워져 마을이 되었다.

　여 우에 칠연폭포 가봤어? 여그는 용추폭포보다 칠연폭포라고 하는 칠
연선녀들이 내리와서, 목욕을 하고 갔다는 선녀들이 그 하는, 칠연폭포라
고 하고. 또 여것이 바위 가면은 일곱 개 못이, 일곱 개가 죽 이루어져서
칠연폭포가 됐다는 기고. 용추폭포라고 하는 것은, 옛날에 이짝이 그, 이
짝은 용추마을이고 이짝은 사탄마을여.

　그러면 옛날엔 그 사탄리로 물이 흘렀어. 그 말하자면 모래 사 자 여울
탄 자여. 모래를 여워 가지고 된 마을여. 그럼 그게 왜 그전에는 그리 물
이 흘렀는디 왜 여워 가지고 물이 저 사탄마을이 됐냐면은, 그 용추폭포
그 자리에, 용씨 그 옛날 그 뭐 말하자면 전설 그런 거 많잖야.

　용씨가 살았는데, 응?

　(조사자 : 네.)

　용씨가 살았는데, 부자로 살았어 용씨들이. 천석꾼 부자였는데. 중이 말
하자면, 말허자면 동냥을 하러 온 게 아니고 인자, 그 시주를 인자 하러
왔는데, 그 머슴 보고, 머슴 보고 말허자면

　"두엄, 거름, 인자 한 삼태미를 갖다 줘라." 이래 하니까,

　며느리가, 며느리가 말하자면 그 정상을 보고 광에 가 가지고, 광에 가
가지고 쌀을 퍼다 그 중한테 시주를 하니까 그 중이,

　"몇 날 몇 시에 소낙비가 쏟아질 테니까, 며느리는 뒤에로, 산으로 피
해라." 이렇게 인자 중이 그라고 가버린 거여. 그래 인자 그날 느닷없이
구름이 모이더니 폭우가 쏟아지는 거여. 그래 며느리가 딱 거그 간께, 발

자국을 올린깨,

[왼쪽 발목을 가리키며]

이 발이 걸리 가지고, 그리 비가 와 가지고 또랑이 난 거여. 그 용씨들 그 집이 떠내려갔다는 그런 전설이여.

(조사자 : 그래 가지고 사탄으로 지내가던 물이 용추마을로 지나간 거죠?)

응. 그래서 그 용추폭포가 사탄은 물이 여 어디서 그 물이 내려가던 디가 여워 가지고 여울 탄 자 모래 사 자.

(조사자 : 여울이 되고.)

응. 그렁개 동네가 되고.

(조사자 : 동네가 되고.)

어. 용쏘로는 그 개울이 나 버렸어. 그래서 그게 폭포가 생긴 거여. 그래서 용추폭포여. 그전에 용 용자 용씨가 거 살았는데.

빈대 때문에 없어진 서당골 독서당

자료코드 : 07_04_FOT_20090206_KWD_KYM_0002
조사장소 : 전라북도 무주군 안성면 공정리 통안 마을회관
조사일시 : 2009.2.6
조 사 자 : 김월덕, 백은철
제 보 자 : 김용목, 남, 70세
구연상황 : 오후 늦게 들른 마을회관에는 할머니 다섯 분이 계셨다. 조자자들이 조사 목적을 설명하고 이야기와 노래를 청하자, 할머니들은 경운기 고치러 나간 제보자가 가장 잘 안다고 그에게 물어보라 했다. 그때 제보자는 경운기를 고치러면 소재지로 나갔을 상태였다. 얼마 지나지 않아 제보자가 마을에 왔고, 조사자들은 제보자를 회관으로 모셔 조사 목적을 설명하고 이야기와 노래를 청했다. 제보자는 유쾌한 어투로 몇 개의 이야기를 연달아 구연하였다. 회관에는 그의 아내와 여동생 포함, 마을 사람 다섯이 같이 있었는데, 그들은 제보자의

이야기에 큰 호응을 보내주었다.

줄 거 리 : 전주 이씨들이 용추마을에 많은 곡식을 가지고 들어왔다. 이씨들은 서당골이
라는 독서당을 만들고 그 자손들을 대대로 가르쳤다. 그런데 전주 이씨들은
곧 망해버렸다. 독서당을 만든 곳은 빈대가 성했던 곳이어서 서당이 곧 없어
졌던 것이다.

용추라고 하는 마을은 그 이씨들이 에, 전주 이씨들이 많이 살고 있는
데, 그 양반들이 저 전라남도 영광에서 그 용추, 그거 참 그런 다 이렇게,
이 마을에 이름을 보믄 그 성씨하고 이렇게, 궁합이 맞는 동네가 있어. 그
러면 그 이씨 용추에는 전주 이씨들 오얏 이 자 이가. 이씨들이 그, 궁합
이 맞아.

그래서 이씨에 그들이 들어올 적에는, 아들 여덟, 팔형제를 데리고, 그
하나 한 자손에 천 석씩 팔천 석을 가지고 용추마을에 들어왔어. 그래 갖
고 거기 전설에 이부잣집이라고 그 전해 나오는데, 이 위에 가면 서당골
이라고 하는 데 독서당을 만들어 놓고 그 자손들을 가르쳤는데. 그 고만
그래 가지고 그 남은 사람들이 망해 버렸어.

(조사자 : 왜요?)

머 인자 뭐 잘 안 됐으니까 망했을 테지 뭐. 그래 그 독서당을 만들었
는데 여 서당 있는 데, 빈대 알아? 빈대? 빈대가 성해가지고 서당이 없어
져 버렸어.

(조사자 : 빈대가 하도 많아서?)

빈대가 하도 많아 가지고 그 서당이 없어져 버렸어. 그래서 서당터라고
하는 거여. 시방도 거기 가면 독을 떠들면 빈대가 나와, 시방도. 그 자리
에 가면.

(조사자 : 원래 서당이 있다가 빈대가 많아지니까 서당이 없어진 거 아
니에요?)

어. 없어지서 자손들이 공부를 못 한 기지. 그렁개 인제 망한 거여.

(조사자 : 도저히 공부를 못 하겠으니까, 인물도 안 나고, 빈대가 나가지고)

그렇지. 그래 용추 이씨들이 그래 망한 거여.

(조사자 : 부자였다가 인제 망해 버린 거예요?)

응. 망해 버렸지.

(조사자 : 그래도 지금도 이씨가 많은 거 같던데?)

그래 이씨들이 많아. 거기는 뭐 그런 내력 아는 사람도 없을 티고.

아내를 시험한 노자

자료코드 : 07_04_FOT_20090207_KWD_MJH_0001
조사장소 : 전라북도 무주군 안성면 공진리 공진 마을회관
조사일시 : 2009.2.7
조 사 자 : 김월덕, 백은철
제 보 자 : 문정호, 남, 79세
구연상황 : 마을회관을 찾았을 때, 할아버지 여덟 분이 텔레비전을 보고 계셨다. 할아버
지들에게 조사 목적을 설명하고, 가장 총기가 좋아 보이는 제보자에게 옛날이
야기 구연을 부탁하였다. 처음에는 잘 알지 못한다고 거절하시다가, 조사자들
이 제보자가 구연한 옛날이야기들을 무주군 설화집에서 보았다고 이야기 하
자, 자신이 알고 있는 이야기들을 구연하기 시작했다. 조사가 이루어지는 동
안 나머지 할아버지들은 조사자들과 제보자에게 가벼운 농담을 건네면서 조
사 분위기를 부드럽게 해주었다. 제보자는 옛날에 어떤 사람에게 들은 이야기
라며 구연하였다.
줄 거 리 : 노자가 새 무덤 앞에서 부채질을 하는 여인을 만난다. 이유를 물으니 죽은 남
편이 생시에 내가 죽거든 무덤의 풀이나 마른 다음에 개가를 하라고 했기에
풀을 어서 마르게 하려고 부채질을 한다고 한다. 그래서 노자가 자기 아내도
자신이 죽으면 그럴 것이라 하고 둔갑술을 하여 초립동이로 변신을 하여 시
험을 했다. 그랬더니 아내 역시 유혹을 이기지 못하고 부정한 행위를 하였고
노자에게 들키자 미안하여 그만 죽고 말았다. 아내가 죽자 동이를 놓고 울었
다고 해서, 상처(喪妻)한 사람에게 "고분지통에 얼마나 애석하십니까?"라고
애도하게 되었다고 한다.

　노자가 뭐여 거, 노자가 유명헌 분 아녀 거, 도가사상의 시조란 말여. 도가사상의 시조인데, 그 양반이 젊었을 때 돌아댕기면서, 어디를, 길을 가다 보니까, 어떤 젊은 아주머니가 금방 쓴 묘에서 대성통곡을 하고 울고 있어요. 가만히 봉개 좀 처량하게 울고 있는데 좀, 이상한 생각이 들어서 물었어.

　“아주머니 아주머니, 그 분하고 어떻게 되는 사이고 어떻게 이렇게 우느냐고.” 그렁개 자기 남편이라고 하는데, 자기 남편이,

　“내가 죽으면 당신이 개가를 하되 이 묘에 풀이 바짝 마르면 개가를 하라.” 이렇게 하고 죽었어요. 게 그 말을 들은개, 개가하지 말라는 얘기란 말여 풀이 안 죽으먼은. 죽어야 되니까, 걍 거기서 울면서 부채로, 부채로 참, 부채로 풀을 죽으라고 부치고 있었어. 왜 풀을 부채로 부치고 있냐 그런 얘기를 하면서,

　“어서 풀이 죽으라 그라면서 부채로 부치고 있다.”

　“아 그러냐고. 안타까운 일이라고.” 그라면서, 집이 가서 가만히 생각한개 참 허황하거던. 내 식구도 내가 죽으면 그럴 것이다, 이렇게 생각하고, 가만히 생각하고 본개 에이 안 되겠어. 그래서 그 양반이 도술가이기 때문에 변신을 잘 한단 말여. 둔갑술을. 그래서 둔갑을 했다 그 말이여. 식구 지략을 떠 볼라고, 자는디 밤중에 해가 넘어가서 자는디, 다 거시기 하고 있는디, 어디 가다 오다가 새파란 초록동이로 변신해 버렸어요. 이십대 이렇게 되게, 그래 가지고 예쁘게 딱 해 가지고 단장을 하고 떡 들어와서 이렇게 본개, 참 본개, 자기 마누라가 본개 기가 막히게 예쁘거든. 그래서 인제,

　“길을 가다가 저물어서 여기에서 하루 저녁 자고 갔으면 어떻겠느냐고.” 얘기헌개, 게 자고 가라고 그랬어. 게 자고 가래서 인제 저, 거기서 인자, 그때 방이면 뭐여, 부잣집이면 아랫방 사랑채가 있는디, 이런 거시기 한 집은 단독이잖아요?

(조사자 : 네.)

게 거시기 거기서 참 하룻저녁 자는데,

(조사자 : 한방에서?)

네. 잠들어 자는데, 그 뒤에 저 딴 사람하고 이렇게 초립동이가 오는데 그때 인제 노자가 들어온 거여 인제. 들켰어. 그래 가지고 노자 마누라가 들켰응개 참 남편 보기가 미안하거든. 그래서 죽었지.

(조사자 : 누가요?)

저, 저, 초립동이가 성, 거시기 하다가 죽었어요. 한방에서 자다가 죽었단 말여. 그것을 인제 노자한테 들켰어. 긍개 저 불륜행위라고 해서 인제, 구박을 하니까, 구박한 것이 아니라, 노자가 인제 죽었어 죽어.

(조사자 : 노자가요?)

어. 노자가 죽고,

(조사자 : 왜요?)

둔갑술을 잘 하니까, 그전에는 저 바로 저 무덤을 안 쓰고, 출병을 했다가 썼단 말여. 출병. 근데 출병을 했는데 허는데, 늘에다 놓고 저 영정을 뒤에다 났는디, 뭐여 노자가, 후신이람서 살아났다 그 얘기여.

(조사자 : 죽었는데 살아났어요?)

변신해서 죽었지.

(조사자 : 네. 변신한 총각은 진짜 죽은 게 아니구요?)

진짜 죽은 것이 아녀. 그러니까 인제 노자 마누래가, 그게 들통이 났단 말여.

(조사자 : 마누라를 사실 떠보려고 했던 거죠?)

예, 예. 그래서 자기 남편 보기가 부끄럽다고 해서 죽었어. 내가 얘기를 잘 못 한 거 같은디. 노자가 죽은 것이 아니라, 노자가 와서 들켰단 말여. 잘못했는데, 노자가 죽은 것이, 저 저 남편이 죽었는디, 남편이 죽어서, 이 여자가 동이를 놓고 울었어.(제보자가 헷갈려 하며 바꿔 말한 듯하다.)

(조사자 : 네.)

그래서 그것이 식구가 죽으면은 인사를 고분지통에 얼마나 애석합니까 하고 그렇게 인사한다 그 얘기여.

(조사자 : 식구가 죽으면은 고분지통에 얼마나 애석합니까?)

응. 고분지통. 남편이 죽으면 천분지통. 고 유래가 인자 고렇게 해서 됐다고 하는 얘기를 언제 누구한테 그런 얘기를 한 거 같은데.

중국이 보낸 수수께끼를 푼 파경종

자료코드 : 07_04_FOT_20090207_KWD_MJH_0002
조사장소 : 전라북도 무주군 안성면 공진리 공진 마을회관
조사일시 : 2009.2.7
조 사 자 : 김월덕, 백은철
제 보 자 : 문정호, 남, 79세
구연상황 : 마을회관을 찾았을 때, 할아버지 여덟 분이 김연아가 출전중인 피겨스케이트 결승전을 보고 계셨다. 할아버지들에게 조사 목적을 설명하고, 가장 총기가 좋아 보이는 제보자에게 옛날이야기 구연을 부탁하였다. 처음에는 잘 알지 못한다고 거절하시다가, 조사자들이 제보자가 구연한 옛날이야기들을 무주군 설화집에서 보았다고 이야기 하자, 자신이 알고 있는 이야기들을 구연하기 시작했다. 조사가 이루어지는 동안 나머지 할아버지들은 조사자들과 제보자에게 가벼운 농담을 건네면서 조사 분위기를 부드럽게 해 주었다.
줄 거 리 : 중국으로 사신을 갔던 신하가 조선으로 돌아올 때 황제가 선물로 준 거울을 가지고 왔다. 하루는 신하의 딸이 거울을 가지고 놀다가 떨어뜨려 거울이 두 조각 났다. 때마침 거울 때우는 파경종이 지나자 신하는 그를 집으로 불러들였다. 그런데 파경종은 깨진 거울은 붙이지는 않고 잠만 잤다. 당시 중국은 조선을 제후국으로 두지 않고 직접 자기 영토로 귀속시키려고 하면서, 중국 황제가 한국의 인재를 시험하기 위해 한국으로 곱돌을 하나 보내 그 속에 무엇이 들었는지 맞추지 않으면 조선을 직접 지배하겠다고 하였다. 임금은 곱돌을 신하들에게 돌려 보냈는데 중국에 사신을 다녀 온 신하 집에도 그 곱돌이 왔다. 그 신하 집에 묵고 있던 파경종은 그것이 아직 태어나지 않은 새의

알임을 알려 주었다. 수수께끼를 푼 파경종은 큰 벼슬을 하게 되었고, 중국은 한국을 치려는 야욕을 버렸다.

한 사람, 한 거시기가 인제, 저 저, 신하가 지금으로는 중국으로 사신을 갔다 그 얘기여. 거그 가서 큰 거울을 하나 얻어다, 거기 갔더니 황제가 그 사람 준 것이 거울여.

(조사자 : 예?)

거울.

(조사자 : 거울?)

예. 보물을 주는 것이 거울이다 그 얘기여.

(조사자 : 아, 그니까 사신을 갔는데 황제가 사신한테 선물로 거울을 줬어요?)

선물로 거울을 하나 줬어요. 거울을 줘서 그걸 받아 가지고 와서, 딸래미한테 줬다 그 얘기여.

(조사자 : 누구 딸래미요?)

자기 딸래미한테.

(조사자 : 그 사신이?)

예. 와서 인제 딸래미한테 줬어. 딸래미가 아버지가 갖곤 보물이니까 중히 여길 것 아녀? 딱 걸어 놓고 있었는데, 그런 다음부터 인제, 그전에는 지금도 그렇지만은 뭐여, 각 제후들이 서로 나라를 뺏을라고 했단 말여. 중국에서 우리 한국을 대한민국을 저, 여하튼 제후국으로 두지 말고, 직접 자기 영토로 막 뺏을라고, 그래서 뭐 거 하나 물건을 하나 보냈어요.

보내면서 사신한테 하나 보내면서, "이 속에 무엇이 들어 있는가를 모르겠다. 그렁개 좀 알려다라."

그래서 그 조그마한 곱돌을 하나 줬는디, 곱짝을? 그래 와서 저, 사신이 갖고 와서 임금한테 옴선,

"이 속에 무엇이 들어 있는가 알려 달라고 하는데, 도대체 내가 모르겠

다고.”

그러니까 임금도 봐도, 맥신한 돌인디 그 속에 뭐이 들은 줄 알겄어. 맥신한 돌인디. 곱돌이. 그래서 인제 뭐 난중에 백관들 모여 놓고,

“이 속에 뭐이 들었나 알켜 주면, 내가 후한 뭣이를 주겠다.” 이래 놓고, 그래도 암도 몰라 이거를. 아무리 뒤져 봐도 곱돌인디 그 속에 뭐이 들은 줄 알겄어. 돌이면 돌이지. 그래서 아무 거시기 해도 모르는디, 하루는 어떤 놈이 그 장사가 옴서 깨진 거울 있으면 때우라고 이람선 외치고 댕겨. 근디 그것이 저, 자기가 갖고 온 거울.

(조사자 : 중국에서 가져온.)

중국에서 갖고 온 거울 그것을 어떻게 딸래미가 갖고 놀다가 탁 떨어뜨려서 두 조각으로 바싹 내 버렸어. 아, 이때다 싶어서 그놈을 오라고 해서, 이것 좀 때워 달라고 했단 말여. 긍개 아 때워 준다고 들어와서 인제 거시기 해 놓고는, 때울 생각도 않고 잠만 실실 자. 긍개 알켜 줄 때만 가만 기다리고 있지. 그래도 영 안 알키줘. 그 사람이 딱 거시기 하고 있응개, 그것이 인제 그 곱돌 그것을 고때 마침 그 집이로 왔어. 파경종이 와 있는 묵는 집이 그거 와서, “이것을 좀 알려 달라고.”

(조사자 : 곱돌에 들은 게 뭐냐고?)

예, 예. 안 알려주면 거시기 한다고 인제, 그래서 고 집이로 와서 묵고 있는데,

“아 도대체 이 속에 무엇이 들어 있는가 알려 줄 수가 없느냐고.” 그렁개,

“아 거기 냅두라고 그럼 내가 알려준다고.” 그래 서로 인제 알려줬는데, 그 글귀가, 그 글귀가 있어 인제,

‘단단일종자가 비금우비옥이요, 야야지시조가 함정미토음이라.’ 요렇게 해서 딱 써 놓고는 자.

(조사자 : 거울 때우는 사람이요?)

응. 거울 때우러 온 사람이. 그래 그게 뭔 말이냐.

(조사자 : 무슨 말이에요 그게?)

단단일종자요. 둥글 단 자여. 둥글고 둥근 것이 한 종자가 들어 있다 그 속에.

(조사자 : 아, 곱돌 속에가?)

응. 곱돌 속에가. 비금우비옥이여. 금도 아니고 옥도 아니고 은도 아니고 아무 것도 아니다. 야야지시조가, 밤마다 때를 울리는 새여.

(조사자 : 어. 새.)

예. 야야지시조. 밤마다 때를 울리는 새가 함정미토음여. 말을 못 한다 그 애기여.

(조사자 : 새가?)

예.

(조사자 : 새가 울어야 되는데 울지도 못하고.)

울어야 되지. 울어야 된다. 그렁개 알이다 그 애기여. 알.

(조사자 : 아.)

알.

(조사자 : 아직 태어나지 않은 새니까.)

아, 그렇지. 그 속에는 알이 있다 그 애기여. 그래서 그놈을 고래 써서 임금을 갖다 주니까 영락없이 맞았거든. 그래서 그 사람이 저, 불려가서 큰 벼슬을 하고,

(조사자 : 거울 때우는 사람인데 사실은 훌륭한 사람이었구만요.)

그렇죠. 그라고 다시는 더 중국에서 우리나라를 칠려고 하는 야욕을 버리고 말았다, 이런 설이 있다고 그라지. 그것이 파경종 애기다.

(조사자 : 그런 유능한 인재가 조선에 있는지 모르고.)

예, 그렇죠. 여기는 아직도 인재가 많으니까 치러 갔다가는 우리나라 망한다.

아버지의 천 냥 빚을 탕감 받은 아이

자료코드 : 07_04_FOT_20090207_KWD_MJH_0003
조사장소 : 전라북도 무주군 안성면 공진리 공진 마을회관
조사일시 : 2009.2.7
조 사 자 : 김월덕, 백은철
제 보 자 : 문정호, 남, 79세

구연상황 : 마을회관을 찾았을 때, 할아버지 여덟 분이 텔레비전을 보고 계셨다. 할아버지들에게 조사 목적을 설명하고, 가장 총기가 좋아 보이는 제보자에게 옛날이야기 구연을 부탁하였다. 처음에는 잘 알지 못한다고 거절하시다가, 조사자들이 제보자가 구연한 옛날이야기들을 무주군 설화집에서 보았다고 이야기 하자, 자신이 알고 있는 이야기들을 구연하기 시작했다. 조사가 이루어지는 동안 나머지 할아버지들은 조사자들과 제보자에게 가벼운 농담을 건네면서 조사 분위기를 부드럽게 해주었다.

줄 거 리 : 조선시대 한 가난한 집이 있었다. 춘궁기에 나라에서 빚을 내고 쓰고 가을에 곡식을 거둬들여 나라 빚을 갚는 집이었다. 그런데 어느 순간 보니 칠팔 년 빚만 내어 쓰고 있었는데, 그 돈이 천 냥이나 되었다. 돈을 갚지 않으면 그 집 가장은 사형을 당하든가 아니면 귀향을 갈 처지였다. 서당을 다니던 일곱 살 아들이 근심 어린 아버지를 보고 그 이유를 물었다. 아버지는 어린 아들의 간곡한 청에 자신의 고민을 이야기 했다. 어린 아들은 아버지에게 걱정 말라 안심시키고, 고을 원님을 찾아갔다. 원님을 찾아간 아들은 원님 앞에서 글을 쓰게 되었고, 훌륭하게 글을 써 아버지의 빚을 탕감하였다.

한 가난한 집에서 아들을 낳아 가지고, 아들을 나서 인제 아들 일곱 살 먹은 디가 되는, 공부를 일곱 살 먹으면, 지금은 국민학교에 보내지만 옛날에는 서당에 보내서 했단 말여. 여기 공진동 같으면 재를 넘어서 저 타동에서 인제 혀. 댕기는데 인제, 없으니까(가난하니까), 그때는 뭐여 보릿고개 춘궁기가 있단 말여.

그럴 때는 어디든지 없이 다 얻어서 먹고 가을에 갚고 이렇게 지내는데, 그 집이도 인제 없다 보니까, 빌렸어 돈을.

이조시대 대동서라는 거 있잖아요? 춘궁기에는 빌려주고 가을에 거둬들이고. 거기서 인제 돈을 빌려다 쓴 것이 이자를 안 갚고 만날 저, 연체

하다 보니까, 어느 순간, 오륙 년, 칠팔 년 되니까 백 냥이 천 냥이 돼 버렸어. 옛날 돈 천 냥이면은 부자라야만 몇 천 냥 그러지, 없다 그 말여. 그 동네서 제일 부자여야만 천 냥이나 몇 천 냥 되지. 나 먹기도 살기도 힘든 돈이 없어요 그 전에는.

근디 천 냥 빚을 갚을 이런개, 천 냥 빚을 안 갚으면은, 이 사람이 저저 사형을 맡던지 아니면은 수사를 해서 어디 멀리 귀양살이 보내는 그런 지경에 처해 있었어. 그 일곱 살 먹은 놈이 서당에 갖다 오다가, 밥 먹고 갔다 오고 밥 먹고 갔다 오고 가만히 보닝개, 아버지가 누워 있는디 심상치 않다 그 얘기여. 그래서 가만히 하루는 서당에를, 밥을 먹고 서당엘 가지 않고 아버지 곁에 딱 앉았으면서,

"아버님, 무슨 걱정이 있는데, 걱정이 있는 거 같은데, 아버지 그 무슨 일인고 나한테 얘기해 줄 수 없느냐고." 그렁개,

"너는 가서 서당에나 가서 공부나 할 따름이지 니가 뭘 알라 그러느냐. 너는 알 거시기가 아니니까 어서 가서 공부나 해라." 이라고 말을 안 해 버려. 그랑개 거기 딱 앉아서, 아들래미가,

"그러면 아버지 알 일 따로 있고 아들 알 일 따로 있겠느냐고, 아버지 알 일이 내 알 일이고, 내 알 일이 아버지 알 일이고, 아버지가 알 일을 내가 알아야만 다음 아버지가 돌아가시면 그 후를 이어서, 이 가, 집을 꾸려나가지 그 아버지 알 일 따로 있고 아들 알 일 따로 있으면 어떻게 되겠느냐고, 알켜주쇼." 그러니까 그때사,

"내가 먹고 살려고 아무 데서 이렇게 빚을 냈더니, 그것을 몇 십 년대까지 안 갚다 보니까 이게 천 냥이 됐다. 그래서 인제 집도 없고 우리는 고용살이를 저 멀리 귀양살이같이 떠나야 되니, 그래서 그게 고민이다."

"아 그러시냐고. 알았습니다. 그람 제가 갚죠. 걱정하지 말아요. 내가 갚으려니 걱정 마시오."

그람서 그 아이가 서당에는 안 가고, 그 인제 부사한테 갔어. 원님한테

인제. 가서 인제 떡 들어가니까 수문장이 있을 거 아니요? 지금 저 뭐 위병소 뭐여, 수문장이 딱, 어떤 꼬마가 와서 들어갈라고 한단 말여.

"너 누구여?"

"아 나 여기, 원님을 좀 만나러 왔는데 만나게 해주쇼."

"이 꼬마 네가 뭔 일로 원님을 만나러 왔는데, 나한테 얘기해라. 그라믄 내가 알려주마."

"당신한테는 내가 얘기할 수 없고, 원님한테 가서 얘기해야 되니까 알려주쇼."

옥장하고 싸와. 이놈 둘이, 수문장하고 꼬마하고. 그 소릴 인자 그 집정하던 원님이 인자 가만히 거시기 하다가, 대근하니까 쉴 것 아녀. 와부숙하고 일어나서 바깥을 내다보니까, 꼬마하고 싸우고 있거든. 그래 나와서,

"무슨 일이냐?" 긍개,

"아 이놈이 원님을 만난다고, 들어가서 원님을 만나게 해달라고 그라는디, 아 나한테 얘기하라고 하니깐 나한테 얘기 안하고 이래서 지금 그럭하고 있다고."

"그러냐고. 그럼 들오라고." 그랬단 말여.

그래서 들어가서 이제, 들오라구서 인제 그 저, 원님 앞에서 앉아 있고 이랑개, 가만히 상을 보니까, 참 일곱 살 먹은 애라도 대담하고, 보면 참 남자답게 생겼단 말여, 초롱초롱하니. 범상치 않은 인물이다 그 얘기여. 그래서,

"너 글 좀 배웠느냐?" 긍개,

"천자나 조금 지금 읽는 중이라고."

"그럼, 너 운자를 낼 테니까 너 글을 짓겠느냐?"

"아 운자만 내주시면 내가 짓든지 못 짓든지 지어 보이지아고." 그러니까 인자,

"그럼 그래라."

먹을 갖고, 지필묵을 갖고 오라고 해서 딱 갈아놓고, 운자를, 운자를 주십사 한게, 운자를 딱 내는디, 어려울 난 그랬단 말여. 긍개 이놈이 가만히 조금 있다 죽 거시기 하더니, 종이때기다 떡 이렇게 함선 써 나간단 말여. 어려울 난 그래 놓고 거기다 인제 난지난지는 초로난이요. 세상난지는 대동난이라. 아오칠세 실부난이요 오모청춘 과부난이라. 이렇게 딱 써 놓고만, 긍개 가만히 글귀를 본개 기가 맥히거든. 그 글 한 귀로 그 천 냥 빚을 감해 버렸어요.

(조사자 : 아, 똑똑한 인재인 걸 알아보고 빚을 면해 줬구만요.)

예. 그건 뭐이냐면.

(청중 : 거기서 나왔고만. 천 냥 빚도 말 한 마디로 갚는다는 말이.)

[청중들이 말도 아니고 글로 천 냥 빚을 갚았다고 말한다.]

그 글 귀 하나로 천 냥 빚을 갚아. 천 냥 빚을 부사가 탕감을 해 줬단 말여.

(조사자 : 그런데 그 글귀의 뜻은 뭐예요?)

그것은 인제, 난지난지는 초로난이라. 어려울 난자. 초나라로 가는 길은 험하고 멀고 멀다. 세상난지는 대동난이오. 이 세상에서 가장 우리집이 어려운 것은 대동소에다가 천 냥 빚을 갚는 것이 제일 어렵다.

(조사자 : 아, 자기 아버지가 대동소에다 빚졌으니까.)

아 그러지. 우리 집에서 갚으야 되니까. 아오칠세 실부난이오. 내가 아버지를 잃는 것이 이 세상에서 가장 어려운 일이고, 오모청춘 과부자(과부난을 잘 못 말함.), 우리 어머니는 과부 되는 것이 제일 어려워. 아 기가 맥힌 글이단 말여, 그기. 그래서 천 냥 빚을 갚았어요.

(조사자 : 그 글을 보고 원님이 그냥 감해 줬고만요?)

예. 그렇죠. 그놈이 저 뭐, 가가지고, 무슨 뭐 참판까지 해 먹고 그랬는가 봐요.

(조사자 : 그 어린아이가요?)

예.

시주승 박대하여 생긴 용추마을 용소

자료코드 : 07_04_FOT_20090206_KWD_SJH_0001
조사장소 : 전라북도 무주군 안성면 공정리 용추마을 제보자 자택
조사일시 : 2009.2.6
조 사 자 : 김월덕, 백은철
제 보 자 : 서정희, 남, 79세

구연상황 : 제보자는 마을 노인 회장이다. 마을 노인 회장들이 대개 마을에 대한 이해가
깊었기 때문에, 이 마을에 들어서자마자 마을 노인 회장을 찾았다. 조사는 마
을 노인 회장의 집에서 이루어졌다. 조사자들이 마을에 대한 전반적인 설명을
듣고 옛날이야기를 요청하자 용추폭포에 대한 전설을 대략적인 내용만 간단
히 구연하였다.

줄 거 리 : 사탄마을에 용씨 성을 가진 부자가 살았다. 하루는 중이 시주를 하러 그 부잣
집에 들렀다. 부자는 시주는 안 주고 퇴비만 바랑에 담아주었다. 며느리가 중
에게 쌀을 담아주었다. 중은 며느리에게 자신을 따라 오라고 말했다. 며느리
가 중을 따라가자, 물이 그 부잣집 쪽으로 흘렀다.

저기 뭐여, 성이 뭐 용씬가 누가 살았는데, 어떻게 사람이 흉악하고, 승
악하고 약고 그랬는데. 저 건네 동네가 사탄이거든. 물이 흘러 내려가는
데. 거그 인자 중이 동냥을 왔는데, 동냥은 안주고 뭐여 막 퇴비 같은 걸
바랑에다 여(넣어) 주더랴. 그 중이 가면서 그 며느리가 쌀을 퍼 주니까,

"이리 좀 와 보라고 따라오라고." 그러드랴. 그 인자 따라가니까, 물이,
그 물이 이리 터져서, 이리 내가 흘렀다고 그런 전설이 있더만. 그것뿐이
지 다른 건 뭐 없어.

(조사자 : 아 그게 용추계곡에 얽힌 이야긴가요?)

응. 폭포. 요 우에.

(조사자 : 용소?)

쏘, 용쏘. 그래서 그 쏘가 생기고 그랬다는 그런 전설이 좀 있더만.

시주 받으러 온 도사를 박대하여 용쏘가 된 부잣집

자료코드 : 07_04_FOT_20090206_KWD_LHS_0001
조사장소 : 전라북도 무주군 안성면 공정리 용추 마을회관
조사일시 : 2009.2.6
조 사 자 : 김월덕, 백은철
제 보 자 : 이현술, 남, 73세
구연상황 : 조사자들이 마을회관 '할아버지 방'에 들어섰을 때, 열 명이 넘는 노인들이 앉아 있었다. 노인 두서넛만 조사자들에게 관심을 보였다. 그들에게서 마을에 관한 전반적인 이야기를 들을 수 있었지만, 옛날 노래와 이야기는 들을 수 없었다. 자리에 앉은 후 한참이 지나서야 제보자가 방으로 들어왔다. 그에게 조사 목적을 다시 설명하고 '용소'와 관련된 이야기를 아냐고 묻자, 들은 이야기라고 하며 용소 이야기를 구연했다.
줄 거 리 : 용추폭포 자리는 옛날에 부잣집 터였는데, 인심이 박한 부자는 어느 날 시주를 받으러 온 도사를 박대하여 바가지만 깨 돌려보냈다. 이를 괘씸히 여긴 도사는 큰비를 내리게 하여 본래 사탄마을로 흐르던 냇물을 모두 부잣집 쪽으로 흘려보내 부잣집 터를 흔적도 없이 사라지게 하였다. 그 뒤로 물길이 바뀌어 사탄에 동네가 생기고 부잣집 터가 있던 곳에는 용쏘가 생겼다.

옛날에요 옛날에, 거기가 부잣집 터였대요, 부자. 용쏘가. 부자가 거기 살았었는데, 인제 하도 인심이 박하니까, 인심이. 인자 그 뭐라고 걸인이죠 걸인. 인자 그 동냥을, 구걸을 하러 온 거예요. 그 집으로. 구걸하러 왔는데, 인자 그 며느리, 그 사는 사람이 원청 인심이 박해서 시주는 안 주고, 시주 바가지를 깼대요. 시주는 안 주고. 바가지를 인제 깨고. 깬개, 걸인이 아니라 참 도사다. 도사. 도사!

걸인이 아니라 도사가. 그래서 인자 도사가 되돌아 생각하니까 괘씸하거든.

부자 놈이 저런개 괘씸한개 돌아가서 인자 구름을 모아 가지고 막 비를 많이 쏟아서, 거기가 원래 천, 내가 아니에요 거가. 그거는 인자 우리도 들은 얘기로 아는데, 여기가 내가 아니고, 저 건너 마을로 내가 있었어요 거기가 원래. 그래서 거가 사탄이요 사탄. 모래 사 자, 뭐 여울 탄 자.

그래 갖고 모래 그, 거기가 인자 원래 내 터였는데, 또랑 터였는데, 그 도사가 일로(이리로) 막 물길을 돌리 가지고, 그 집은 온데간데없이 확 없어지게 맨들고, 저짝에는, 내가 일로 내 버렸어요 일로. 일로 내고 저짝 내는 그냥 마을이 생겼어요 지금.

(조사자 : 사탄이요?)

사탄동네가 요 건너 마을. 요 건너 마을.

(조사자 : 원래 그럼 물길이 사탄으로 가다가,)

예. 여기가 원래 물길이 아니에요. 그건 인자 여기 있는 분들도 거의 알아요.

(조사자 : 그러면은 그 도사가 이렇게 바꾼 물길이 지금 물길이라는 거죠?)

그렇죠. 지금 물길. 바꿔논 그 물길이 지금.

(조사자 : 물길이 생기는 바람에 부자집터는 물에 잠겼네요.)

온데간데없이 그냥 다 물로 싹 데리고 가 버렸고.

(조사자 : 그래서 소가 돼 버렸나요?)

네. 쏘가 됐는데, 거기 용이 두 마리가 살았었대. 용이. 그래서 용쏘, 용이 살은 쏘 용이 올라갔다 등천했다 내려왔다 거 그래서 용쏘. 용이 살았어.

(조사자 : 그럼 부잣집 이야기는 물길이 바뀐 이야긴가요?)

그렇죠. 물길이 바뀐 이야기지.

(조사자 : 물길이 바뀌게 된 내력.)

네. 그러죠. 그 용쏘 생긴 유래가, 유래가 원래 부자집턴데, 대지인데.

(조사자 : 용소 생긴 그 자리가요.)

용쏘가. 부자집터가 용쏘가 돼 버렸지. 쏘가. 쏘가 됐는데 원청 좋은 쏘가 깊은 쏘가 됭개, 용이 거기 와서 등천하고 올라갔다 내려갔다……

(조사자 : 용쏘가 되기 전에 유래담이고만요.)

예. 쏘가 생긴 유래. 그래서 인자 그걸로 인해서 이 마을도 용추요. 마

을 이름이 용추. 내내 용 용자 써서, 용 용 자 가을 추 자 여기가, 가을
추 자인가 뭔가. 그래서 용추요.

(조사자 : 용쏘로 인해서?)

네. 마을이 형성이 되고 마을 이름이 붙여졌고.

사람이 오래 길러 요물이 된 개

자료코드 : 07_04_FOT_20090213_KWD_CWS_0001
조사장소 : 전라북도 무주군 안성면 금평리 두문 마을회관 할머니노인정
조사일시 : 2009.2.13
조 사 자 : 김월덕, 백은철
제 보 자 : 최우순, 여, 72세
구연상황 : 두문마을 마을회관은 할아버지노인정과 할머니노인정 건물이 약 100m 거리
를 두고 떨어져 있다. 할아버지노인정에 나와 계신 어른들은 몇 분 안 되지만
할머니노인정에는 많은 분들이 나와 계셨다. 할머니들은 겨울철에는 노인정
에서 함께 모여서 점심식사를 하기 때문에 점심 무렵에는 노인정에 많이 나
와 계신다. 최우순 할머니는 개를 3년을 멕이지 말라는 얘기가 있다며 이 이
야기를 해 주셨다. 시집오기 전에 친정 동네인 무주군 적상면 마산마을에서
할머니에게 들은 것이라고 한다.
줄 거 리 : 사람이 가축을 오래 기르면 그 가축이 요물이 된다는 이야기이다. 어느 효자
아들이 아버지가 돌아가셔서 새벽마다 영실에 문안을 드리는데, 문안을 다녀
와 걸어놓은 상복이 새벽마다 젖어 있어서 그 원인을 알아보니 그 집에서 오
래 키운 개가 새벽마다 상복을 입은 것이었다. 오래 기른 개가 죽을 때가 지
났는데도 주인이 개를 잡지를 않자, 새벽에 논두렁에 나가 구렁이에게 사정
을 말하고 소원을 빌었더니 구렁이가 소원을 들어주겠다고 약속했다. 개는
집에 돌아와 아들 부인에게 부탁해서 장독대의 독 속에 들어가 있었고, 날이
샌 후 구렁이가 그 집에 들어와 독을 한 번 휘감은 후 나갔다. 그 뒤 내외가
장독을 열어보니 독 속에는 푸른 물만 가득했다.

만날 효자를 했는디 아들이 효자를 해서 아바니(아버지)가 돌아가시서
영실을 해 놨는디, 새복마당(새벽마다) 아버지한티 문안을 댕기는디 갔다

와서 걸어 놨는 옷이 문안을 갈라고 하면 상복이 홀딱 젖고 홀딱 젖고 그렇드랴. 그래서 에라 내가 한번 지켜야것다. 뭐이가 그라는고 싶어서 마누래보고 얘기도 안하고,

"내가 어디를 갔다올테매 좀 잘 보라고."

그래 놓고 영실 다락에를 올라갔더랴. 그 아들이. 그랑개 구랭이가 구랭이가 나오더니, 아니, 개가 그 집 개가 들어가서 하도 오래 멕인 개라서 개가 들어가서 상복을 입드라네. 입고시나 방천뚝으로 나가드랴. 논에 방천뚝으로 나가서 대명이를 불르더랴. 대맹이를 세 번 불릉개 참 큰 구렁이가 황구렁이가 나오더니,

"왜 그라냐고." 그러드랴.

"내가 죽을 시간이 얼마가 넘어 갔는디 주인이 나를 안 잡아먹는다. 그랑개 내 그 소원을 풀어다라." 그라드랴. 그랑개 구렁이가 하는 소리가

"가라고. 풀어준다고." 그래.

그래서 와 갖고 마누래보고 이만하고 저만해 그 사람이 나 숭길디를(숨길 데를) 숭기돌라고 항개나 아무도 그 때는 숨길 데가 없드랴. 숨길 디가 없는디 장꽝에 가서 큰 독 안이다 신랑을 넣어 놓고 뚜껑을 딱 덮어놨는디 날이 새서 해가 불그름히 뜬개 그 구렁이가 들어오드라네. 쌔(혀)를 널널 하면서 집으로 들어오더니 사방을 둘러보더니 장꽝을 가더니 그 독을 창창 감더랴.

(청중 : 참. 그 얘기가 있더라, 참.)

감았다가 스르르르 풀러서 나감선 마누래를 한번 흘끈 돌아보고 나가더라네. 그래 인자 가서 인자 나가고 난 뒤 신랑보고. [강풍에 대한 주의 방송을 하는 차량이 지나가는 소리] 그래 신랑보고 나갔다고. 그래서 이래서 인제 장꽝을 뚝 떠들릉개 싹 녹하서(녹아서) 새파란 물만 찰랑찰랑 해 놨드라고 안햐.

(청중 : 사람이?)

응. 구렁이가. 독 안에 들은 걸 그러드랴. 개를 오래 멕이는 게 아니랴. 개는 시간 되면 가야 된다 그거여.

(청중 : 짐승을 잡아먹으라고 한 기라서.)

사람이 죽으면 못된 짓 하면 개도 된다대. 넋이가. 개가 되면 또 사람 되고. 그렇게 그렇댜. 그렇다고래. 개를 오래 멕이지 말라고.

(청중 : 새도 되고 뱀도 되고 그렇댜.)

개 오래 멕이믄 인도환생한다고.

(조사자 : 구렁이가 대명이가 개 소원을 들어줬구만요.)

인제 그랬지. 개 안 잡아먹고 거시기 했다고.

안성의 팔명당

자료코드 : 07_04_FOT_20090213_KWD_HSH_0001
조사장소 : 전라북도 무주군 안성면 공정리 봉산 마을회관
조사일시 : 2009.2.13
조 사 자 : 김월덕, 백은철
제 보 자 : 한수현, 남, 75세
구연상황 : 안성면 덕산리 정천마을에 사는 오주환 제보자의 소개를 받아, 친구인 한수현 제보자를 만났다. 한수현 제보자는 젊어서 농사지을 때 어른들에게 들었던 모심는 소리 몇 마디를 불러주었으나 노래 가사도 기억이 안 나고 목소리도 안 나와서 중간에 포기하고, 자신이 젊어서부터 관심을 갖고 공부했던 풍수 이야기를 많이 하였다. 들려준 이야기도 안성의 여러 지명을 풍수적으로 풀이한 내용이다.
줄 거 리 : 안성면 내의 8개 마을을 안성의 팔명당이라고 하며, 풍수지리에 근거해서 이들 마을 이름의 유래를 혈의 이름에서 나온 것으로 풀이하였다.

그라고 여기 인제 이 면내에 내가 인자 지리학을, 풍수지리학을 책을 갖고 있응개 아는데, 여기가 안성이 팔명당이 갈마운수라고 저쪽 갈매동 있는데, 갈마운수는 목마른 말이 물을 얻은 게 갈마운수요. 고 이쪽에 가

면 선인무수, 신선이, 신선이 춤추고 돌아간다. 춤출 무 자, 소매 수 자. 춤추고 돌아가는 혈이 있다.

또 명천에 가면 금반옥지가 있다. 쇠 금으로 맹근(만든) 소반에 밥을 먹는 혈이 있다. 또 용추폭포는 거기는 비룡형이라고. 용이 날라 올라가는 형이다. 용쏘에서 나와 가지고.

그라고 또 저쪽 끝 리조트 있는 날망에는 장군대좌가 있다. 장군이 칼을 들고, 칼을 들고 싸움 할라고 하는 그런 혈이 있다. 또 고 밑에 내려오면 옥녀탄금이라고 이쁜 여자가 거문고를 타는 혈이 있다. 또 그 뒤에 가면 사전부락에 평산하강이라, 기러기가 모래밭에 앉는 혈이 있다.

또 여, 시장, 안성 소재지 푹 솟은 산은 백운낙지다. 흰 구름 덩어리가 하늘서 날라와서 뚝 떨어진 혈이다. 또 인제 이목리 가면 이화낙지다. 이목리 가면 배냉기라고 하는 동네여, 배냉기. 배냉기가 배꽃이 땅으로 떨어진 혈이 있다. 그래서 그게 안성에 팔명당여.

모심는 소리

자료코드 : 07_04_FOS_20090207_KWD_KDH_0001
조사장소 : 전라북도 무주군 안성면 공정리 사탄마을 제보자의 이웃집 이영복 씨 댁
조사일시 : 2009.2.7
조 사 자 : 김월덕, 백은철
제 보 자 : 김동희, 여, 72세
구연상황 : 제보자에게 용소에 관한 이야기를 들은 후에, 노래를 들을 만한 어르신이 안
계시냐 질문에 제보자는 제보자의 이웃집으로 조사자들을 안내했다. 할아버
지는 마당에서 장작을 패고 있었고, 할머니는 방 안에 누워 계셨다. 제보자의
소개로 인사를 나누고 방으로 다 같이 들어갔다. 조사자들의 조사 목적을 다
시 한 번 설명하고 노래를 요청했는데, 집 주인은 몸이 좋지 않아 노래를 하
지 못했고, 제보자는 처음에는 사양하다가 한참 이야기를 나눈 후에 조금씩
노래를 불러 주기 시작하였다.

방실방실 웃는 임을 못 다나 보고 해가 지네
우련 님은 어데나 가고 저녁 할 줄 모르는가
둠방둠방 수지비(수제비)는 사우아(사위의) 상으로 다 올라가네
오늘 해도 다 돼나 가고 저녁 준비 왜 안 헌가(안 하는가)
물꼬는 철철 물 넹겨(넘겨) 놓고
우련 님은 어데나 가고 물꼬 거둘 줄 모르느나

나물 뜯는 소리

자료코드 : 07_04_FOS_20090207_KWD_KDH_0002
조사장소 : 전라북도 무주군 안성면 공정리 사탄마을 제보자 이웃집 이영복 씨 댁
조사일시 : 2009.2.7

조 사 자 : 김월덕, 백은철

제 보 자 : 김동희, 여, 72세

구연상황 : 제보자에게 용소에 관한 이야기를 듣고, 노래를 들을 만한 어르신이 안 계시냐 질문에 제보자는 제보자의 이웃집으로 조사자들을 안내했다. 할아버지는 마당에서 장작을 패고 있었고, 할머니는 방 안에 누워 계셨다. 제보자의 소개로 인사를 나누고 방으로 다 같이 들어갔다. 조사자들의 조사 목적을 다시 한 번 설명하고 노래를 요청했다. 방문한 집의 할머니는 몸이 좋지 않아 노래를 부를 수 없었다. 제보자도 처음에는 노래하기를 사양하다가 산에서 나물 뜯던 시절 이야기 등을 한참 한 후에, 나물 뜯는 소리를 청하자 노래를 불러 주셨다.

산천이 고와서 나 여기 왔느냐

모시대 참나물 뜯으러 왔네요

올라가먼 올고사리 내리가먼 넉고사리

다발다발 꺾어다가 서 말치 솥에다 삶았으니

울 아버지 할아버지 제사상에 올려 놓고

얼씨구 좋네 절씨구나 좋아 아니 노지 못할쏘냐

저 달이나 원수는 구름이 원수고

우리야 원수는 에루하 호미자루가 웬수다

자장가

자료코드 : 07_04_FOS_20090207_KWD_KDH_0003

조사장소 : 전라북도 무주군 안성면 공정리 사탄마을 제보자 이웃집 이영복 씨 댁

조사일시 : 2009.2.7

조 사 자 : 김월덕, 백은철

제 보 자 : 김동희, 여, 72세

구연상황 : 제보자에게 용소에 관한 이야기를 듣고, 노래를 들을 만한 어르신이 안 계시냐 질문에 제보자는 이웃집으로 조사자들을 안내했다. 할아버지는 마당에서 장작을 패고 있었고, 할머니는 방안에 누워계셨다. 제보자의 소개로 인사를 나누고 방으로 다 같이 들어갔다. 조사자들의 조사 목적을 다시 한 번 설명하

고 노래를 요청했는데, 주인집 할머니는 몸이 좋지 않아 노래를 할 수 없다고
했고, 제보자도 처음에는 사양하다가 조사자가 지정하여 요청하는 노래를 조
금씩 불러 주기 시작하였다.

자장 자장 우리 애기 잘도 잔다
멍멍 개야 짖지 마라
꼬꼬 닭아 울지 마라
우리 애기 잘도 잔다
자장 자장 우리 애기

모심는 소리

자료코드 : 07_04_FOS_20090206_KWD_KYM_0001
조사장소 : 전라북도 무주군 안성면 공정리 통안 마을회관
조사일시 : 2009.2.6
조 사 자 : 김월덕, 백은철
제 보 자 : 김용목, 남, 70세
구연상황 : 오후 늦게 들른 마을회관에는 할머니 다섯 분이 계셨다. 조사자들이 조사 목
　　　　　적을 설명하고 이야기와 노래를 청하자, 할머니들은 경운기 고치러 나간 제보
　　　　　자가 가장 잘 안다고 그에게 물어 보라고 했다. 그때 경운기를 고치러 면 소
　　　　　재지로 나갔던 제보자가 마을로 돌아왔고, 조사자들은 제보자를 회관으로 모
　　　　　셔와 이야기와 노래를 청했다. 화통하고 시원시원한 성격인 제보자는, 마을에
　　　　　얽힌 여러 가지 이야기를 먼저 한 다음에 노래를 불러 주었다. 제보자의 아내
　　　　　와 여동생을 포함해 다섯 분이 회관에 같이 모여 있었는데, 그들은 제보자의
　　　　　이야기와 노래에 큰 호응을 보내 주었다.

능청 능청 다리를 건너다 시누올케 빠졌다네
나도 죽어 후세상에 남편부터 섬길라네
서 마지기 논배미가 반달만큼 남아 있네
제가 무슨 반달이요 초생달이 반달이지

못 갈 장가

자료코드 : 07_04_FOS_20090206_KWD_KYM_0002
조사장소 : 전라북도 무주군 안성면 공정리 통안 마을회관
조사일시 : 2009.2.6
조 사 자 : 김월덕, 백은철
제 보 자 : 김용목, 남, 70세
구연상황 : 오후 늦게 들른 마을회관에는 할머니 다섯 분이 계셨다. 조사자들이 조사 목
적을 설명하고 이야기와 노래를 청하자, 할머니들은 경운기 고치러 나간 제보
자가 가장 잘 안다고 그에게 물어보라 했다. 그때 제보자는 경운기를 고치러
면 소재지로 나갔을 상태였다. 얼마 지나지 않아 제보자가 마을에 왔고, 조사
자들은 제보자를 회관으로 모셔와 이야기와 노래를 청했다. 제보자는 화통하
고 시원시원한 성격으로, 이야기를 먼저 구연한 다음 노래를 불러 주었다. 제
보자의 부인과 여동생을 포함해 다섯 분이 회관에 같이 모여 계셨는데, 청중
들은 제보자의 이야기와 노래에 큰 호응을 보내 주었다. 제보자는 동네 어른
에게 듣고 배운 노래라며 이 노래를 불렀다.

앞집 가서 궁합 보고 뒷집 가서 책력을 보니

궁합에도 못 갈 장가 사주에도 못 갈 장가

제가 쎄워(제가 좋아) 가는 장가 어느 누가 말릴쏘냐

한 모롱이 돌아를 가니 여시 새끼가 발동하고

두 모롱이 돌아를 가니 까막까치가 진동하고

세 모롱이 돌아를 가니 짐승 새끼가 요동한다

부구(부고)로다 부구로다 신부 죽은 부구로다

한 대문을 열고나 들어가니 울음소리가 진동하고

두 대문을 열고나 가니 늘갱이(널쟁이)가 늘(널)을 잡고

세 대문을 열고나 들어가니 꽃쟁이가 꽃을 짓고

네 대문을 열고나 들어가니 울음소리가 진동하고

다섯 대문을 열고나 들어가니 장인장모가 뛰어나온다

사우야 사우야 내 사우야 울고 갈 길을 왜 또 왔나

기왕지사 오셨났거든 신부나 방으로 들어가자
분길 같은 고운 얼굴 임 오신 온 줄을 모르시나
얼씨구 좋고 절씨구 나도나 죽어 놀다나 가세

삼 삼는 소리

자료코드 : 07_04_FOS_20090207_KWD_PGS_0001
조사장소 : 전라북도 무주군 안성면 죽천리 명천 마을회관
조사일시 : 2009.2.7
조 사 자 : 김월덕, 백은철
제 보 자 : 박금순, 여, 77세
구연상황 : 점심시간에 들른 명천마을에는 이미 많은 어르신들이 함께 점심식사 중이었
        다. 식사를 마친 후 할아버지들이 마을에 대한 전반적인 이야기를 먼저 해 주
        셨다. 이야기를 듣고 난 후 조사자들이 노래를 요청했을 때, 많은 어르신들
        중에서 흔쾌히 노래를 불러 주는 분이 없었다. 가사만 일러주는 제보자에게
        노래를 요청했으나 노래를 온전하게 기억하지 못해서 그만두었다. 그리고 나
        서 할머니방에서 만난 제보자가 처녀 시절에 삼 삼을 때 불렀던 노래라며 짧
        게 불러 주었다.

        아강(아가) 아강 다물 아강 이 삼 삼아 뭐 할랑고
        이 삼 삼아 옷 해 입고 무등 산천에 구경 가세

베틀 노래

자료코드 : 07_04_FOS_20090207_KWD_PGS_0002
조사장소 : 전라북도 무주군 안성면 죽천리 명천 마을회관
조사일시 : 2009.2.7
조 사 자 : 김월덕, 백은철
제 보 자 : 박금순, 여, 77세

구연상황 : 점심시간에 들른 명천마을에는 이미 많은 어르신들이 함께 점심식사 중이었
다. 식사를 마친 후 할아버지들이 마을에 대한 전반적인 이야기를 먼저 해 주
셨다. 이야기를 듣고 난 후 조사자들이 노래를 요청했을 때, 많은 어르신들
중에서 흔쾌히 노래를 불러 주는 분이 없었다. 가사만 일러주는 제보자에게
노래를 요청했으나 노래를 온전하게 기억하지 못해서 그만두었다. 그리고 나
서 할머니방에서 만난 제보자가 베틀 노래를 짧게 불러 주었다.

베틀을 놓세 베틀을 놓세

동난간에다 베틀을 놓세

잉앳대는 삼형제고

사침대도 형제로다

눌림대는 독신이요

용두마리 삐그덕 하면

바디집은 잘각잘각

자장가

자료코드 : 07_04_FOS_20090207_KWD_PGS_0003
조사장소 : 전라북도 무주군 안성면 죽천리 명천 마을회관
조사일시 : 2009.2.7
조 사 자 : 김월덕, 백은철
제 보 자 : 박금순, 여, 77세
구연상황 : 점심시간에 들른 명천마을에는 이미 많은 어르신들이 함께 점심식사 중이었
다. 식사를 마친 후 할아버지들이 마을에 대한 전반적인 이야기를 먼저 해 주
셨다. 이야기를 듣고 난 후 조사자들이 노래를 요청했을 때, 많은 어르신들
중에서 흔쾌히 노래를 불러 주는 분이 없었다. 그리고 나서 할머니방에서 만
난 제보자가 조사자가 요청한 노래를 불러 주었다.

자장 자장 우리 애기 잘도 잔다

앞집 개야 짖지 마라

뒷집 개도 짖지 마라

우리 아기 잠 깨운다

시집살이 노래

자료코드 : 07_04_FOS_20090213_KWD_PDS_0001
조사장소 : 전라북도 무주군 안성면 금평리 덕곡 마을회관 할머니방
조사일시 : 2009.2.13
조 사 자 : 김월덕, 백은철
제 보 자 : 박덕순, 여, 72세
구연상황 : 덕곡마을 할머니방에서 늦게까지 모여 계시던 할머니들께서 적극 노래를 해
　　　　　주셨다. 옛날 시집살이 노래를 해 달라고 요청하자, 실제로 시집살이를 혹독
　　　　　하게 했던 제보자가 이 노래를 해 주었다. 제보자는 실제로 젊었을 때 동네
　　　　　마실방에서 여럿이 모여서 놀면서 이 노래를 하는 것을 시어머니가 우연히
　　　　　듣게 되어 무척 혼이 난 경험이 있다고 하였다. 다른 제보자가 마지막 가사
　　　　　뒤에 "물일랑 길어다가 저 불을 *끄고...*"라는 노랫말이 더 있다고 했지만 자세
　　　　　한 내용이 생각나지 않는다고 했다.

우리 집에 시어마니 염치도 좋아

저 잘난 걸 나놓고(낳아 놓고) 날 데려 왔네

날 데려 왔거들랑 볶지나 말지

요리 볶고 조리 볶고 콩 볶듯 하네

시어마니 속곳가랭이 불 질러 놓고

진주야 남강에 물 질러 가세

베틀 노래

자료코드 : 07_04_FOS_20090213_KWD_PDS_0002
조사장소 : 전라북도 무주군 안성면 금평리 덕곡 마을회관 할머니방

조사일시 : 2009.2.13

조 사 자 : 김월덕, 백은철

제 보 자 : 박덕순, 여, 72세

구연상황 : 저녁 늦게 방문한 덕곡마을 할머니방에서 노래판이 무르익고 할머니들이 돌아가며 노래를 불러 주셨다. 베틀 노래를 요청하자, 노래가 길어서 모두 기억을 하지 못했고, 제보자가 앞머리만 짧게 불러 주었다.

베틀 놓세 베틀 놓세 옥난간에다 베틀 놓세

베틀다리는 사형제라도 가울새 하나로 심(힘)을 쓴다

용두마리 우는 소리 얼그럭 절그럭 우는 소리

나물 뜯는 소리

자료코드 : 07_04_FOS_20090213_KWD_PDS_0003

조사장소 : 전라북도 무주군 안성면 금평리 덕곡 마을회관 할머니방

조사일시 : 2009.2.13

조 사 자 : 김월덕, 백은철

제 보 자 : 박덕순, 여, 72세

구연상황 : 저녁 늦게 방문한 덕곡마을 할머니방에서 노래판이 무르익고 할머니들이 돌아가며 노래를 불러 주셨다. 나물 뜯는 소리를 요청하자, 이길순, 이금례 제보자가 먼저 시작하자, 박덕순 할머니가 이어서 불러 주었다. 첫머리를 시작하니 다른 분들이 함께 불러 합창이 되었다.

바늘 같은 이내 몸에 황소 같은 짐을 실고

활장같이 굽은 질(길)로 구부야 구부로 돌아간다

영감아 땡감아

자료코드 : 07_04_FOS_20090213_KWD_PDS_0004

조사장소 : 전라북도 무주군 안성면 금평리 덕곡 마을회관 할머니방

조사일시 : 2009.2.13

조 사 자 : 김월덕, 백은철

제보자 1 : 박덕순, 여, 72세

제보자 2 : 박정순, 여, 73세

구연상황 : 조사자 일행이 회관을 방문했을 때, 할머니들은 저녁식사를 마친 후 함께 이
야기하며 놀고 계셨다. 조사취지를 설명하자 적극적으로 노래를 불러 주려고
하였다. 제보자들은 옛날에는 여자가 시집살이를 호되게 해도 남편도 아내 편
이 되어주지 않아서 신랑을 미워할 수밖에 없었다고 하면서, 그래서 이런 노
래가 나온 것 같다고 설명했다. 박정순 제보자가 첫머리를 시작하자, 박덕순
제보자가 이어서 불러 두 분이 함께 불렀다. 맨 뒷부분은 말로 마무리했다.

영감아 땡감아 죽지를 마라

봄보리 개떡에 꿀 발라 주게

꿀일랑 발라서 내가 먹고

춤(침)일랑 발라서 너 준다

각시 노래

자료코드 : 07_04_FOS_20090213_KWD_PDS_0005

조사장소 : 전라북도 무주군 안성면 금평리 덕곡 마을회관 할머니방

조사일시 : 2009.2.13

조 사 자 : 김월덕, 백은철

제 보 자 : 박덕순, 여, 72세

구연상황 : 저녁 늦게 방문한 덕곡마을 할머니방에서 노래판이 무르익고 할머니들이 돌아
가며 노래를 불러 주셨다. 제보자가 어렸을 때 불렀던 노래라고 설명하였다.

쪼끄만한 각시가 긴 치매 입고요

신작로 한복판을 좋다 다 쓸어 가는구나

오목시(옷감이름) 접저구리(겹저고리) 미나단추(호박단추처럼 큰
단추라 함.) 달고요

고개만 까딱해도(남녀가 서로 좋아하는 신호라고 함.) 정 들었닥
하는구나

청춘가

자료코드 : 07_04_FOS_20090213_KWD_PDS_0006
조사장소 : 전라북도 무주군 안성면 금평리 덕곡 마을회관 할머니방
조사일시 : 2009.2.13
조 사 자 : 김월덕, 백은철
제보자 1 : 박덕순, 여, 72세
제보자 2 : 박정순, 여, 73세
제보자 3 : 이금례, 여, 72세
구연상황 : 저녁 늦게 방문한 덕곡마을 할머니방에서 노래판이 무르익고 할머니들이 돌
　　　　　아가며 노래를 불러 주셨다. 나물 뜯는 소리나 놀 때 부른 노래라고 한다. 한
　　　　　사람이 노랫말을 시작하자 다른 사람들이 사설을 계속 이어서 불렀으며, 첫
　　　　　소절을 한 사람이 하면 뒷부분은 여러 사람들이 함께 불러 합창이 되었다.

세월아 네월아 오고가지를 말어라

산골짝에 처녀들이 좋다 다 늙어진단다

머루야 다래야 열지를 말어라

산골짝 큰애기 에헤 목매달아 죽는단다(다래머루 따느라고 힘이

든다는 뜻)

머루다래 썩는 물은 가지가지나 흐르건만

요내 썩는 물은 좋다 어디로 흘르나

술과 담배는 내 속을 아는데

한품에 자는 임은 좋다 내 속을 모르더라

으실으실 춥거든 내 품에 들고서

비개(베개) 동동 높으거든 좋다 내 팔을 비어라

술은 술술이 잘 넘어 가는데

찬물에 냉수는 좋다 세끝(혀끝)에 돌구나(도는구나)

임 노래

자료코드 : 07_04_FOS_20090213_KWD_PJS_0001
조사장소 : 전라북도 무주군 안성면 금평리 덕곡 마을회관 할머니방
조사일시 : 2009.2.13
조 사 자 : 김월덕, 백은철
제보자 1 : 박정순, 여, 73세
제보자 2 : 선계화, 여, 68세
제보자 3 : 박덕순, 여, 72세
구연상황 : 조사자 일행이 회관을 방문한 시간은 오후 5시 무렵으로 늦은 시간이었지만
할머니들은 함께 저녁식사를 하고 계셨고 조사자 일행에게도 저녁밥을 차려
주시면서 놀다 가라고 하였다. 식사를 마친 후 조사취지를 설명하자 적극적으
로 노래를 불러 주려고 하였다. 제보자들에 따르면 그네노래는 나물 뜯으러
가거나 뜯어서 돌아올 때, 동네에 잔치가 있거나 여럿이 어울려 놀 때 불렀다
고 한다. 박정순 제보자가 부른 뒤, 선계화, 박덕순 제보자가 이어서 한 소절
씩을 불렀다.

임이라는 기(게, 것이) 게(그게) 무엇이걸래(무엇이기에)

말끝마동에(말끝마다에) 에에헤 임 자가 들었나

세천동 세모시낭기(세모시나무) 군디(그네)를 메고

임이 띠면 내가 밀고 내가 띠면(뛰면) 임이 밀고

임아 임아 줄 살살 밀어라 줄 떨어지면은 정 떨어진다

임아 임아 줄 살살 밀어 줄 떨어진다면 정 떨어젼다

정(줄의 잘못)이야 떨어절망정(떨어질망정) 우리 정일랑 끊지를

말자

연분 노래

자료코드 : 07_04_FOS_20090213_KWD_PJS_0002
조사장소 : 전라북도 무주군 안성면 금평리 덕곡 마을회관 할머니방
조사일시 : 2009.2.13
조 사 자 : 김월덕, 백은철
제 보 자 : 박정순, 여, 73세
구연상황 : 조사자 일행이 회관을 방문한 시간은 오후 5시 무렵으로 늦은 시간이었지만 할머니들은 함께 저녁식사를 하고 계셨고 조사자 일행에게도 저녁밥을 차려 주시면서 놀다 가라고 하였다. 다양한 노래를 부르는 가운데, 제보자가 노래를 한 마디 하고 거기에 얽힌 이야기를 해 주었다. 옛날에 어느 집에 머슴을 살던 총각이 주인집 딸을 좋아했는데 주인집에서 딸을 줄 리가 없으므로 꾀를 내었다. 주인집 딸이 속곳가래(중우)를 벗어놓고 잠을 자는 사이에 봉창 구멍에 갈퀴를 넣어서 그 속곳가래를 끌어내서 자기가 입고서는 보리타작을 하면서, 주인집 딸 속곳(중우)가 자기 것인 줄 알았다고 시치미를 떼고, 비위 좋게 주인집 아들들을 큰처남, 작은처남으로 부르니, 주인집에서 억울하지만 할 수 없이 딸을 주었다는 얘기이다.

연분 좋다 봉창 구녁(구멍)
시운 좋다 봉창 구녁(구멍)
제 중운(중우, 속옷)지 알았더니 내 중우고만요
큰 처남 여기 처소(치소)
작은 처남 여기 처소(치소)

처녀 총각 노래

자료코드 : 07_04_FOS_20090213_KWD_PJS_0003
조사장소 : 전라북도 무주군 안성면 금평리 덕곡 마을회관 할머니방
조사일시 : 2009.2.13
조 사 자 : 김월덕, 백은철
제보자 1 : 박정순, 여, 73세

제보자 2 : 박덕순, 여, 72세

구연상황 : 조사자 일행이 저녁 시간에 회관을 방문하였을 때는 할머니들은 함께 저녁식사
를 하고 계셨고 조사자 일행에게도 저녁밥을 차려 주시면서 놀다 가라고 하였
다. 식사를 마친 후 조사 취지를 설명하자, 제보자들은 적극적으로 노래를 불러
주려고 하였다. 제보자는 이 노래를 시집오기 전부터 불렀고, 시집 와서도 나물
을 뜯으러 가서나 동네에서 여럿이 어울려 놀면서 불렀다고 한다. 박정순 제보
자가 주로 노래를 부르고, 뒷부분에서는 박덕순 제보자가 함께 불렀다.

녹두청강(녹수청강) 흐르는 물에 배추 씻는 저 처녀야

겉에 겉잎 저 젖혀 놓고 속에 속잎을 날 빼 주소

아이고 그 총각 비유도(비위도) 좋네 날 언제 봤다고 속 빼 돌랴

(달랴)

인지 보면 최면(초면)이요 이후제(이후에) 보면은 구면이라

뒷동산에 밤 따는 총각 밤 한 톨만 던져 주오

외톨백이를 드릴까요 두톨백이를 드릴까요

외톨백이도 내사 싫고 두톨백이도 내사 싫고

내 품 안에 하룻밤만 자고 가소

[박덕순 제보자가 밤 때문에 자고 가는 건 아니라고 이의를 제기하자
제보자가 노래가 그렇다고 답한다. 노랫말이 막히자 청중 한 분이 가르쳐
주어 마무리한다.]

그 총각 비유도(비위도) 좋으네 날 언제 봤다고 밤을 달래

자장가

자료코드 : 07_04_FOS_20090213_KWD_PJS_0004

조사장소 : 전라북도 무주군 안성면 금평리 덕곡 마을회관 할머니방

조사일시 : 2009.2.13

조 사 자 : 김월덕, 백은철
제 보 자 : 박정순, 여, 73세
구연상황 : 조사자 일행이 회관을 방문한 시간은 오후 5시 무렵으로 늦은 시간이었지만
할머니들은 함께 저녁식사를 하고 계셨고 조사자 일행에게도 저녁밥을 차려
주시면서 놀다 가라고 하였다. 식사를 마친 후 조사취지를 설명하자 적극적으
로 노래를 불러 주려고 하였다. 자장가 한 곡을 요청하자, 제보자가 이에 응
하여 이 노래를 불러 주었다.

자장자장 울 애기는 잘도 자고
넘의 애기는 못 잔다
뒷집 강아지는 잘 자고
우리집 개는 못 잔다

댕기 노래

자료코드 : 07_04_FOS_20090213_KWD_PJS_0005
조사장소 : 전라북도 무주군 안성면 금평리 덕곡 마을회관 할머니방
조사일시 : 2009.2.13
조 사 자 : 김월덕, 백은철
제 보 자 : 박정순, 여, 73세
구연상황 : 덕곡마을 할머니들은 농사일이 한가한 겨울철에는 마을회관에서 점심식사를
함께 모여서 하고 가끔은 저녁도 먹으면서 저녁 늦게까지 어울려 놀다가 간
다. 조사자 일행이 회관을 방문했을 때, 할머니들은 저녁식사를 마친 후 함께
이야기하며 놀고 계셨다. 조사취지를 설명하자 적극적으로 노래를 불러 주려
고 하였다. 댕기 노래는 어려서 불렀던 노래라고 한다. 이 뒤에도 계속 이어
서 노랫말이 있지만 생각이 나지 않아서 끝까지 부르지는 못했다.

댕기 댕기 또 떠다 준 댕기
뒷집에 김도령이 또 떠다 준 댕기
담 안에서 널 뛰다가 담 밖에다 잃었는데
주섰다네(주웠다네) 주섰다네 서당꾼이 주섰다네

나비 노래

자료코드 : 07_04_FOS_20090213_KWD_PJS_0006
조사장소 : 전라북도 무주군 안성면 금평리 덕곡 마을회관 할머니방
조사일시 : 2009.2.13
조 사 자 : 김월덕, 백은철
제 보 자 : 박정순, 여, 73세
구연상황 : 덕곡마을 할머니들은 농사일이 한가한 겨울철에는 마을회관에서 점심식사를
함께 모여서 하고 가끔은 저녁도 먹으면서 저녁 늦게까지 어울려 놀다가 간
다. 조사자 일행이 회관을 방문했을 때, 할머니들은 저녁식사를 마친 후 함께
이야기하며 놀고 계셨다. 조사취지를 설명하자 적극적으로 노래를 불러 주려
고 하였다. 박정순 제보자가 나비에 대한 사설을 꺼내자 선계화 제보자와 나
머지 청중들이 받아서 불렀다.

백설 같은 흰 나비는 부모님 문상을 입었든가
소복단장 곱게 하고 장다리 밭으로 날아든다
장다리꽃도 꽃이라고 오는 나비를 괄세를 하네

신세 타령

자료코드 : 07_04_FOS_20090213_KWD_PJS_0007
조사장소 : 전라북도 무주군 안성면 금평리 덕곡 마을회관 할머니방
조사일시 : 2009.2.13
조 사 자 : 김월덕, 백은철
제 보 자 : 박정순, 여, 73세
구연상황 : 덕곡마을 할머니들은 농사일이 한가한 겨울철에는 마을회관에서 점심식사를
함께 모여서 하고 가끔은 저녁도 먹으면서 저녁 늦게까지 어울려 놀다가 간
다. 조사자 일행이 회관을 방문했을 때, 할머니들은 저녁식사를 마친 후 함께
이야기하며 놀고 계셨다. 조사취지를 설명하자 적극적으로 노래를 불러 주려
고 하였다. 선계화 제보자가 노래 첫머리를 내놓자 박정순 제보자가 이어서
불렀다.

갈라면 가거라 너 하나뿐이더냐
산 너머 산 있고 좋다 물 건너 물 있다
니가 얼마나 잘나서
노리농창 땋든(땋던) 머리 좋다 요모냥(이 모양) 시키났냐(시켜놨
냐)

청춘가

자료코드 : 07_04_FOS_20090213_KWD_PJS_0008
조사장소 : 전라북도 무주군 안성면 금평리 덕곡 마을회관 할머니방
조사일시 : 2009.2.13
조 사 자 : 김월덕, 백은철
제 보 자 : 박정순, 여, 73세
구연상황 : 덕곡마을 할머니들은 농사일이 한가한 겨울철에는 마을회관에서 점심식사를
함께 모여서 하고 가끔은 저녁도 먹으면서 저녁 늦게까지 어울려 놀다가 간
다. 조사자 일행이 회관을 방문했을 때, 할머니들은 저녁식사를 마친 후 함께
이야기하며 놀고 계셨다. 조사취지를 설명하자 적극적으로 노래를 불러 주려
고 하였다.

대구산(덕유산) 중도리(중턱) 에루이(외로이) 선 낭기(나무)
내 맘과 같이도 좋다 외롭게 서 있구나
솔나무(나물이름, 솔나물)나 돌깃(나물이름)은 질가락을 푸는데(즐
겁게 한다는 뜻)
대장부 남자로서 좋다 내 속 하나를 못 푸나
술 아니 먹자고 맹시를(맹세를) 했더니
안주 보고 술을 보니 어허 또 생각나는구나

창부 타령

자료코드 : 07_04_FOS_20090213_KWD_PJS_0009
조사장소 : 전라북도 무주군 안성면 금평리 덕곡 마을회관 할머니방
조사일시 : 2009.2.13
조 사 자 : 김월덕, 백은철
제 보 자 : 박정순, 여, 73세
구연상황 : 덕곡마을 할머니들은 농사일이 한가한 겨울철에는 마을회관에서 점심식사를
　　　　　함께 모여서 하고 가끔은 저녁도 먹으면서 저녁 늦게까지 어울려 놀다가 간
　　　　　다. 조사자 일행이 회관을 방문했을 때, 할머니들은 저녁식사를 마친 후 함께
　　　　　이야기하며 놀고 계셨다. 조사 취지를 설명하자 적극적으로 노래를 불러 주려
　　　　　고 하였다.

　　　　나물 먹고 물 마시고 팔을 비고 누웠으니
　　　　대장부 살림살이 요만하면은 만족하지
　　　　얼씨구 저절씨구 아니 노지는 못하리라

시집살이 노래

자료코드 : 07_04_FOS_20090213_KWD_SGH_0001
조사장소 : 전라북도 무주군 안성면 금평리 덕곡 마을회관 할머니방
조사일시 : 2009.2.13
조 사 자 : 김월덕, 백은철
제보자 1 : 선계화, 여, 68세
제보자 2 : 박덕순, 여, 72세
구연상황 : 조사자 일행이 회관을 방문한 시간은 오후 5시 무렵으로 늦은 시간이었지만
　　　　　할머니들은 함께 저녁식사를 하고 계셨고 조사자 일행에게도 저녁밥을 차려
　　　　　주시면서 놀다 가라고 하였다. 식사 후 조사취지를 설명하자 적극적으로 노래
　　　　　를 불러 주었다. 60대인 제보자는 할머니방에 계신 분들 중 가장 연세가 적
　　　　　었지만 성격이 활발하고 적극적이어서 노래판의 분위기를 주도하였다. 먼저
　　　　　선계화 제보자가 노래를 시작하자, 박덕순 제보자가 받아서 불렀다.

시집살이 잘한다고 동넷상 줏더니

물동우 옆에 끼고 좋다 양골련(궐련, 담배) 물었나

양골련 한 갑에 십오 전 하여라

먹기만 먹으믄 좋다 내 당해(시아버지가 며느리에게 담뱃값은 대

주겠다고 했다는 뜻)

나비 노래

자료코드 : 07_04_FOS_20090213_KWD_SGH_0002
조사장소 : 전라북도 무주군 안성면 금평리 덕곡 마을회관 할머니방
조사일시 : 2009.2.13
조 사 자 : 김월덕, 백은철
제 보 자 : 선계화, 여, 68세
구연상황 : 조사자 일행이 회관을 방문한 시간은 오후 5시 무렵으로 늦은 시간이었지만
　　　　　 할머니들은 함께 저녁식사를 하고 계셨고 조사자 일행에게도 저녁밥을 차려
　　　　　 주시면서 놀다 가라고 하였다. 식사 후 조사취지를 설명하자 적극적으로 노래
　　　　　 를 불러 주었다. 60대인 제보자는 할머니방에 계신 분들 중 가장 연세가 적
　　　　　 었지만 성격이 활발하고 적극적이어서 노래판의 분위기를 주도하였다.

나비야 청산을 가자 호랑나비야 너도 가자

가다가 날이나 저물면 꽃에서라도 자고 가세

꽃에서 푸대접 하면 잎이라서도 자고 가세

너냥 나냥

자료코드 : 07_04_FOS_20090213_KWD_SGH_0003
조사장소 : 전라북도 무주군 안성면 금평리 덕곡 마을회관 할머니방
조사일시 : 2009.2.13

조 사 자 : 김월덕, 백은철

제 보 자 : 선계화, 여, 68세

구연상황 : 조사자 일행이 회관을 방문한 시간은 오후 5시 무렵으로 늦은 시간이었지만
할머니들은 함께 저녁식사를 하고 계셨고 조사자 일행에게도 저녁밥을 차려
주시면서 놀다 가라고 하였다. 식사를 마친 후 조사취지를 설명하자 적극적으
로 노래를 불러 주려고 하였다. 제보자는 성격이 활발하고 적극적인 편으로,
여럿이 어울려 놀 때 부르는 노래라며 이 노래를 불러 주었다.

낮에 낮에나 밤에 밤에나 참사랑이로구나

밤중에 우는 새는 임이 기루어(그리워) 울고요

아침에 우는 새는 배가 고파 운다

너냥 나냥 두리둥실 놀고요

낮에 낮에나 밤에 밤에나 참사랑이로구나

우리 댁 서방님은 명태잡이를 갔는데

바람아 강풍아 석 달 열흘만 불어라

너냥 나냥 두리둥실 놀고요

밤에 밤에나 낮에 낮에나 참사랑이로구나

청춘가

자료코드 : 07_04_FOS_20090213_KWD_SGH_0004

조사장소 : 전라북도 무주군 안성면 금평리 덕곡 마을회관 할머니방

조사일시 : 2009.2.13

조 사 자 : 김월덕, 백은철

제 보 자 : 선계화, 여, 68세

구연상황 : 조사자 일행이 회관을 방문한 시간은 오후 5시 무렵으로 늦은 시간이었지만
할머니들은 함께 저녁식사를 하고 계셨고 조사자 일행에게도 저녁밥을 차려
주시면서 놀다 가라고 하였다. 식사를 마친 후 조사취지를 설명하자 적극적으
로 노래를 불러 주려고 하였다. 제보자는 성격이 활발하고 적극적인 편으로,
여럿이 어울려 놀 때 부르는 노래라며 이 노래를 불러 주었다.

시고야 떫어도 독엣술(독에 든 술) 맛 좋고

망둥이(몽둥이)를 맞어도 좋다 본서방이 좋더라

술 아니 먹자고 맹세를 했더니

권주가 바람에 좋다 또 먹게 됐구나

덕유산 상봉이(상봉에) 홀로나 선 나무는

날과 같이도 좋다 홀로나 섰구나

어느 잡놈이 임 아려 했더냐

알고야 본들 좋다 백년의 원수로다

일본 대판이 얼마나 좋아서

꽃 같은 날 데려다 놓고 좋다 일본을 갔느냐

저 건너가는 기(게) 우련님(우리 님) 아니더냐

가랑잎이 간들간들 좋다 내 눈을 속힌다(속인다)

노랫가락

자료코드 : 07_04_FOS_20090213_KWD_SGH_0005
조사장소 : 전라북도 무주군 안성면 금평리 덕곡 마을회관 할머니방
조사일시 : 2009.2.13
조 사 자 : 김월덕, 백은철
제 보 자 : 선계화, 여, 68세
구연상황 : 조사자 일행이 회관을 방문한 시간은 오후 5시 무렵으로 늦은 시간이었지만
　　　　　할머니들은 함께 저녁식사를 하고 계셨고 조사자 일행에게도 저녁밥을 차려
　　　　　주시면서 놀다 가라고 하였다. 식사를 마친 후 조사취지를 설명하자 적극적으
　　　　　로 노래를 불러 주려고 하였다. 제보자는 성격이 활발하고 적극적인 편으로,
　　　　　여럿이 어울려 놀 때 부르는 노래라며 이 노래를 불러 주었다.

세월이 갈라면 지 혼자 가지

꽃 겉은 나를 왜 다리고(데리고) 가느냐

나물 뜯는 소리

자료코드 : 07_04_FOS_20090213_KWD_LGR_0001
조사장소 : 전라북도 무주군 안성면 금평리 덕곡 마을회관 할머니방
조사일시 : 2009.2.13
조 사 자 : 김월덕, 백은철
제 보 자 : 이금례, 여, 72세
구연상황 : 조사자 일행이 회관을 방문한 시간은 오후 5시 무렵으로 늦은 시간이었지만
할머니들은 함께 저녁식사를 하고 계셨고 조사자 일행에게도 저녁밥을 차려
주시면서 놀다 가라고 하였다. 식사를 마친 후 조사취지를 설명하자 적극적으
로 노래를 불러 주려고 하였다. 제보자는 성격이 활발하고 적극적인 편으로,
여럿이 어울려 놀 때 부르는 노래라며 이 노래를 불러 주었다. 이길순 제보자
가 첫 구절을 시작하자 이금례 제보자가 받아서 불렀다. 이길순 제보자는 첫
소절만 부르고 바로 귀가하였다.

이 나물 저 나물 다 제치놓고서 어~
모시대 참나물 좋다 뜯으로 갑시다
모시대 참나물 먹기는 좋아도
직노(잡초이름)가 먹어서 좋다 나는 못 살것네

청춘가

자료코드 : 07_04_FOS_20090213_KWD_LGR_0002
조사장소 : 전라북도 무주군 안성면 금평리 덕곡 마을회관 할머니방
조사일시 : 2009.2.13
조 사 자 : 김월덕, 백은철
제 보 자 : 이금례, 여, 72세
구연상황 : 조사자 일행이 회관을 방문한 시간은 오후 5시 무렵으로 늦은 시간이었지만
할머니들은 함께 저녁식사를 하고 계셨고 조사자 일행에게도 저녁밥을 차려
주시면서 놀다 가라고 하였다. 식사를 마친 후 조사취지를 설명하자 적극적으
로 노래를 불러 주려고 하였다. 제보자는 성격이 활발하고 적극적인 편으로,

여럿이 어울려 놀 때 부르는 노래라며 이 노래를 불러 주었다. 이금례 제보자
가 노래를 시작하면 나머지 사람들이 함께 불러 합창이 되었다.

동산에 달 뜬 것은 남 보기나 좋고요

여자의 맘 뜬 건 좋다 매 맞을 증사다(징조라는 뜻)

참나무 몽딩이 거물장하여도(몽둥이를 맞아서 검게 멍이 들었어도)

나오는 실명을(신명을) 좋다 어쩌란 말이냐

사구라(사쿠라꽃) 밑에다 임 세와(임을 세워) 놓고서

임인가 꽃인가 좋다 분간을 못 하겠네

상여 소리 / 달구 소리

자료코드 : 07_04_FOS_20090207_KWD_LBH_0001
조사장소 : 전라북도 무주군 안성면 공진리 공진 마을회관
조사일시 : 2009.2.7
조 사 자 : 김월덕, 백은철
제 보 자 : 이병환, 남, 75세
구연상황 : 마을회관을 찾았을 때, 할아버지 여덟 분이 텔레비전을 보고 계셨다. 할아버
　　　　　지들에게 조사 목적을 설명하고, 가장 총기가 좋아 보이는 제보자에게 옛날
　　　　　이야기 구연을 부탁하였다. 처음에는 잘 알지 못한다고 사양하다가 이내 이
　　　　　야기를 해 주었다. 이야기를 들은 후에 조사자들이 노래를 청하자, 할아버지
　　　　　들은 상여 앞소리꾼인 제보자를 소개했다. 제보자를 댁에서 모셔와 노래를
　　　　　청하였는데, 처음에는 쑥스러워 하다가 곧 목을 가다듬으며 노래를 부르기
　　　　　시작했다.

07_04_FOS_20090207_KWD_LBH_0001_s01 〈상여 소리〉

에헤 넘차 너하홍

나는 간다 나는 간다

저승길을 나는 간다
여 여 손자 며느리
나는 간다 나는 간다
나 갈 때 부탁하네
사위에게 봉덕하고
아들 손자 내 말 들어
친척에게 화목하고
형제간에 우애 있고
오순도순 잘 살아다오
저승길이 머다더니
저 건네 저 산이 저승이네
다 왔구나 다 왔구나
내 집을 다왔구나
두견으로 벗을 삼고
○○로 울을 삼아

07_04_FOS_20090207_KWD_LBH_0001_s02 〈달구 소리〉

에헤루 다지홍
에헤루 다지홍
산지조종은 곤륜산이오
수지조종은 황해수라
공진동 정삼재가
여기 명기 떨어졌네

노랫가락

자료코드 : 07_04_FOS_20090213_KWD_LBS_0001
조사장소 : 전라북도 무주군 안성면 금평리 두문 마을회관 할머니노인정
조사일시 : 2009.2.13
조 사 자 : 김월덕, 백은철
제 보 자 : 이복순, 여, 95세
구연상황 : 두문 마을회관은 할아버지노인정과 할머니노인정 건물이 약 100m 거리를 두고 떨어져 있다. 할아버지노인정에 나와 계신 어른들은 몇 분 안 되지만 할머니노인정에는 많은 분들이 나와 계셨다. 할머니들은 겨울철에는 노인정에서 함께 모여서 점심식사를 하기 때문에 점심 무렵에는 노인정에 많이 나와 계셨다. 할머니들은 대개 조용하게 이야기하며 노는 분위기였고, 조사 취지를 이해하신 몇 분의 할머니들이 노래를 불러 주었다. 95세로 고령인 이복순 할머니는 숨이 가쁜데도 불구하고 젊어서 나물 뜯으러 다닐 때나 여자들끼리 어울려 놀 때 불렀다는 소리를 노랫가락과 청춘가조로 성심껏 불러 주셨다.

사람마둥(사람마다) 벼슬을 주면 농부가 될 사람 어디 있는가
의사마둥(사람마다) 병 고치믄(고치면) 북망산천이 왜 생겼나
물외겉이도 영한 임아 참외같이도 단맛인데
산수방(나물이름)에 칼을 질러 짐머덕지도 나는 같네
모든들 바우는 바우선 폈는데
우런 님 얼굴이는 좋다 검버섯 폈구나(폈구나)

나물 뜯는 소리

자료코드 : 07_04_FOS_20090206_KWD_LJI_0001
조사장소 : 전라부도 무주군 안성면 공정리 용추 마을회관
조사일시 : 2009.2.6
조 사 자 : 김월덕, 백은철
제 보 자 : 이정임, 여, 80세
구연상황 : 무주의 마을회관은 대개 할아버지 방과 할머니 방이 나누어져 있었다. 용추마

을도 마찬가지였다. 할아버지들에 대한 조사를 마치고 할머니 방으로 옮겨갔을 때, 제보자를 만났다. 여든이 넘은 제보자는 나이보다 젊고 또 건강해 보였다. 조사자들이 나물 뜯으러 다닐 때 불렀던 노래를 요청하자, 제보자는 노래야 있지만 부를 줄을 모른다고 처음에는 사양을 하다가, 조사자들과 회관에 모인 청중들의 거듭된 요청에 노래를 불렀다. 제보자는 노랫가락과 창부 타령 조로 막힘없이 노래를 하였다.

옛날 옛적 과거지사령(과거의 사랑) 모두 다 잊어라 꿈이로다

사람마다 벼실(벼슬)하면 농부야 될 사람이 어데 있나

의사마동(의사마다) 다 병 고치면 북망산천이 왜 생겼나(생겼나)

강원도라 금강산은 돌아야 갈수록 경치가 좋아

우리 둘이 정이야만큼 살아갈수록 정리가 좋네

얼씨구 좋다 기화자 좋네 아니 놀지는 못 하리라

저게 저게 저 구름 속에 비 들었나 눈 들었나

눈도 들고 비도 들고 우리야 명창이 내 들었네

도라지 평푼(병풍) 은단지 속에 잠자는 처녀야 문 열어라

바람 불고 비 올 줄 알았지 이도령 오실 줄을 내 몰랐네

임 오실 줄 알았으면 나무께 유산(나무 우산)이라도 받고 갈걸

임 오실 줄 내 몰랐네

저 건네라 도당 안에 금자종을 심었더니

금자종은 아니나 나고 왕대 한 쌍 나였구나

왕댓머리 학이 앉아 학머리에 꽃이 피어

꽃은 꺾어 손에 들고 잎을 뜯어 초경을 보니

만청산천이 울고 간다 얼씨구 좋다

뒷동산에 때찔레꽃은 바람에 펄펄 다 날리고

머리 좋고 고운 처녀 내 눈에 사 살짝 다 날린다

뒷동산에 밤 따는 총각 밤 한 톨을 나를 주게

외톨백이를 드릴까요 두톨백이를 드릴까요
외톨백이나 두톨백이나 내 손에 한 톨만 잽히주오

댕기 노래

자료코드 : 07_04_FOS_20090213_KWD_JBS_0001
조사장소 : 전라북도 무주군 안성면 금평리 두문 마을회관 할머니노인정
조사일시 : 2009.2.13
조 사 자 : 김월덕, 백은철
제 보 자 : 장봉선, 여, 72세
구연상황 : 두문 마을회관은 할아버지노인정과 할머니노인정 건물이 약 100m 거리를 두
고 떨어져 있다. 할아버지노인정에 나와 계신 어른들은 몇 분 안 되지만 할머
니노인정에는 많은 분들이 나와 계셨다. 할머니들은 겨울철에는 노인정에서
함께 모여서 점심식사를 하기 때문에 점심 무렵에는 노인정에 많이 나와 계셨
다. 장봉선 할머니는 옛날에는 큰애기들이 시집을 안 가려고 하니까 부모들끼
리 결정을 해서 사주를 보냈다고 하면서 댕기 노래의 의미를 설명했다. 또 어
릴 적에 명절이 되면 옷은 새로 해주지 않더라도 댕기는 꼭 해줬다고 하였다.

팔라당 팔라당 한갑사(홍갑사) 댕기
곤때도 안 묻어서 사주가 왔네
사주는 받아서 옆에다 놓고
눈물은 흘러서 한강수 됐네

모심는 소리

자료코드 : 07_04_FOS_20090213_KWD_CWS_0001
조사장소 : 전라북도 무주군 안성면 금평리 두문 마을회관 할머니노인정
조사일시 : 2009.2.13
조 사 자 : 김월덕, 백은철

제 보 자 : 최우순, 여, 72세

구연상황 : 두문 마을회관은 할아버지노인정과 할머니노인정 건물이 약 100m 거리를 두
고 떨어져 있다. 할아버지노인정에 나와 계신 어른들은 몇 분 안 되지만 할머
니노인정에는 많은 분들이 나와 계셨다. 할머니들은 겨울철에는 노인정에서
함께 모여서 점심식사를 하기 때문에 점심 무렵에는 노인정에 많이 나와 계
신다. 할머니들은 대개 조용하게 이야기하며 노는 분위기였고, 조사 취지를
이해하신 몇 분의 할머니들이 노래를 불러 주셨다. 최우순 할머니가 선창을
하고 박순이 할머니가 후창을 하였다. 늘여 빼는 애잔한 창법이 아니라 노랫
가락조로 모심는 소리 몇 마디 불러 주셨다.

모야 모야 노랑 모야 언지 키워 성공하꼬

어린 동상 갓을 씌워 영화로다

담송담송 닷 마지기 일천석만 쏟아주소

일천석만 석이느냐 삼천석도 석이란다

모야 모야 언제 커서 황송할래

이 달 크고 훗달 커서 내 훗달이 황송하마

자장가

자료코드 : 07_04_FOS_20090213_KWD_CWS_0002

조사장소 : 전라북도 무주군 안성면 금평리 두문 마을회관 할머니노인정

조사일시 : 2009.2.13

조 사 자 : 김월덕, 백은철

제 보 자 : 최우순, 여, 72세

구연상황 : 두문 마을회관은 할아버지노인정과 할머니노인정 건물이 약 100m 거리를 두
고 떨어져 있다. 할아버지노인정에 나와 계신 어른들은 몇 분 안 되지만 할머
니노인정에는 많은 분들이 나와 계셨다. 할머니들은 겨울철에는 노인정에서
함께 모여서 점심식사를 하기 때문에 점심 무렵에는 노인정에 많이 나와 계
신다. 할머니들은 대개 조용하게 이야기하며 노는 분위기였고, 조사 취지를
이해하신 몇 분의 할머니들이 노래를 불러 주셨다. 최우순 할머니는 옛날에는

일하면서 아기를 재우기도 했다고 하시며 자장가를 불러 주셨다.

자장 자장 자장개야
우리 아기 잘도 잔다
물레 짜믄(짜면) 돌아 들고
덕석 짜믄(짜면) 말아 들고
지둥(기둥) 짜믄(짜면) 서서 들고
우리 아기 잘도 잔다

자장가

자료코드 : 07_04_FOS_20090206_KWD_HBS_0001
조사장소 : 전라북도 무주군 안성면 공정리 통안 마을회관
조사일시 : 2009.2.6
조 사 자 : 김월덕, 백은철
제 보 자 : 한봉식, 여, 80세
구연상황 : 용추폭포 안쪽에 있는 마을로, 용추폭포와 다른 명승지와 관련된 설화를 듣기
위해 오후 늦게 들른 마을회관에는 할머니 다섯 분이 계셨다. 조사자들이 조
사 목적을 설명하고 이야기와 노래를 청하였다. 할머니들은 옛 노래들이 잘
기억이 나지 않아 서로 이야기를 주고받으며 기억을 되짚었다. 제보자 또한
기억이 잘 나지 않는 듯 이야기를 주고받다가, 이내 예전 기억을 되살려 노래
를 해 주셨다.

자장 자장 잘도 잔다 우리 애기 잘도 잔다
뒷집 개야 짖지 마라 멍멍 개야 울지 마라
자장 자장 우리 애기 잘도 잔다

권주가

자료코드 : 07_04_FOS_20090206_KWD_HBS_0002
조사장소 : 전라북도 무주군 안성면 공정리 통안 마을회관
조사일시 : 2009.2.6
조 사 자 : 김월덕, 백은철
제보자 1 : 한봉식, 여, 80세
제보자 2 : 김용목, 남, 70세
구연상황 : 용추폭포 안쪽에 있는 마을로, 용추폭포와 다른 명승지와 관련된 설화를 듣
기 위해 오후 늦게 들른 마을회관에는 할머니 다섯 분이 계셨다. 조사자들이
조사 목적을 설명하고 이야기와 노래를 청하였을 때, 할머니들은 기억이 잘
나지 않는 듯 짧은 노랫가락을 몇 소절 불러 주셨다. 얼마 되지 않아 김용목
제보자가 동석했는데, 그는 이 마을 전설에 대해 좀 알고 계셨고, 그것들을
조사자들에게 설명해 주었다. 조사 도중 할아버지 할머니들은 회관에 남은
술을 조금씩 마셨는데, 이때 자기 흥에 취한 한봉식 제보자가 먼저 권주가
한 소절을 하자 김용목 제보자가 함께 주고받으며 노래를 불렀다. 회관에 앉
아 계시던 할머니들은 웃기도 하고 박수도 치면서 그들의 노래에 크게 호응
해 주었다.

잡으시오 잡으시오 이 술잔을 잡으시오
이 술이 다름이 아니라 먹고 놀자는 동백주라
잡으시오 들으시오 이 술 한 잔을 잡으시오
이 술이 다름이 아니라 먹고 놀자는 술입니다
받기는 받데요마는 인사 없이 죄송합니다

청춘가

자료코드 : 07_04_FOS_20090206_KWD_HBS_0003
조사장소 : 전라북도 무주군 안성면 공정리 통안 마을회관
조사일시 : 2009.2.6
조 사 자 : 김월덕, 백은철

제 보 자 : 한봉식, 여, 80세

구연상황 : 통안마을은 용추폭포 안쪽에 위치한 마을로, 용추폭포와 여러 명승에 얽힌 전
설을 듣기 위해 답사한 마을이다. 우후 늦게 들른 마을회관에는 할머니 다섯
분이 계셨다. 조사자들이 조사 목적을 설명하고 이야기와 노래를 청하였다.
할머니들은 옛 노래들이 잘 기억이 나지 않아 서로 이야기를 주고받으며 기
억을 되짚었다. 조사자가 산에 나물 뜯으러 다니며 했던 노래를 해 달라고 청
하자, 처음에는 제보자 또한 기억이 잘 나지 않는다고 하다가 이내 예전 기억
을 되살려 노래를 하였다. 처음에는 부끄러워하더니 곧 흥에 겨워 청춘가를
부르기 시작했다. 주변에 있는 할머니들은 박수를 치며 호응해주었다.

우리야 연애는 솔방울 연앤데

바람만 불어도 좋다 떨어질까 염려로다

바람아 강풍아 불지를 말어라

놀기 좋은 정지나무(정자나무) 좋다 잎 떨어졌구나

창부 타령

자료코드 : 07_04_FOS_20090206_KWD_HBS_0004

조사장소 : 전라북도 무주군 안성면 공정리 통안 마을회관

조사일시 : 2009.2.6

조 사 자 : 김월덕, 백은철

제 보 자 : 한봉식, 여, 80세

구연상황 : 오후 늦게 들른 마을회관에는 할머니 다섯 분이 계셨다. 조사자들이 조사 목
적을 설명하고 이야기와 노래를 청하였다. 할머니들은 옛 노래들이 잘 기억이
나지 않아 서로 이야기를 주고받으며 기억을 되짚었다. 제보자 또한 기억이
잘 나지 않는 듯 이야기를 주고받다가 이내 예전 기억을 되살려 노래를 하였
다. 처음에는 부끄러워하더니 곧 흥에 겨워 노래를 불러 주었고, 회관에 모인
청중들은 박수를 치며 호응해 주었다.

높은 산에 눈 날리고 낮은 산에는 재 날리고

억수장마 비 퍼붓듯 대천 바다에 물 말리듯

니가 잘나 내가 잘나 게 누가 잘나

와다구시 십 원짜리 썩 잘났네

노랫가락

자료코드 : 07_04_FOS_20090206_KWD_HBS_0005
조사장소 : 전라북도 무주군 안성면 공정리 통안 마을회관
조사일시 : 2009.2.6
조 사 자 : 김월덕, 백은철
제보자 1 : 한봉식, 여, 80세
제보자 2 : 김용목, 남, 70세
구연상황 : 오후 늦게 들른 마을회관에는 할머니 다섯 분이 계셨다. 조사자들이 조사 목
　　　　　적을 설명하고 이야기와 노래를 청하였을 때, 할머니들은 기억이 잘 나지 않
　　　　　는 듯 짧은 노랫가락을 몇 소절 불러 주었다. 얼마 되지 않아 김용목 제보자
　　　　　가 동석했는데, 그는 이 마을 전설에 대해 좀 아는 편이었고, 그것들을 조사
　　　　　자들에게 설명해 주었다. 조사 도중 할아버지 할머니들은 회관에 남은 술을
　　　　　조금씩 마셨는데, 처음에는 수줍어하던 제보자가 먼저 노래를 부르기 시작했
　　　　　다. 회관에 앉아 계시던 할머니들과 김용목 제보자는 웃기도 하고 박수도 치
　　　　　면서 제보자의 노래에 크게 호응해 주었다.

노세 노세 젊어서 놀아 늙어지면은 못 노나니

화무는 십일홍이요 달도 차면은 기우나니

사발가

자료코드 : 07_04_MFS_20090213_KWD_PDS_0001
조사장소 : 전라북도 무주군 안성면 금평리 덕곡 마을회관 할머니방
조사일시 : 2009.2.13
조 사 자 : 김월덕, 백은철
제보자 1 : 박덕순, 여, 72세
제보자 2 : 박정순, 여, 73세
구연상황 : 조사자 일행이 회관을 방문한 시간은 오후 5시 무렵으로 늦은 시간이었지만 할머니들은 함께 저녁식사를 하고 계셨고 조사자 일행에게도 저녁밥을 차려 주시면서 놀다 가라고 하였다. 식사를 마친 후 조사취지를 설명하자 적극적으로 노래를 불러 주려고 하였다. 덕곡의 제보자들은 노동요보다는 유행가나 유희요를 위주로 노래하였다.

석탄백탄 타는 데 연기만 퐁퐁퐁 나고요
요내 가슴 타는 데는 연기도 짐도 안 난다
에헤야 에헤요 어여라 난다 기화자자 좋다
니가 내 간장을 사리살짝 다 녹인다

6. 적상면

전라북도 무주군 적상면 괴목리

조사일시 : 2009.2.14
조 사 자 : 김월덕, 백은철

　괴목리는 적상면의 남동쪽 끝에 위치하고 있으며, 조선시대에는 무주현 또는 무주부에 딸린 상곡면으로 편제되어 있었다. 그러다가 1914년 행정 구역 개편 때 적상면으로 편제되었고, 괴목정, 치목, 상조, 하조마을을 괴목리라는 지명을 붙여 법정리로 삼았다. 괴목(槐木)이라는 지명은 본래 괴목나무가 많았다고 하여 붙여진 지명이라고 하고, 한편 조선 선조 때의 충신 장지현의 장례각을 세울 때 그의 호가 삼괴이므로 괴목나무 세 그루를 심어 놓은 것이 지명 유래가 되었다고도 한다. 괴목리 동쪽은 성지산

(聖芝山)에서 김해산(金海山)으로 이어져 설천면과 경계를 이루고, 남쪽은 두문산(斗文山)을 기점으로 안성면과 설천면으로 나누어진다. 현재 괴목리에는 괴목, 치목, 하조, 상조 등의 자연마을이 있다.

원괴목은 40호 정도가 거주하며, 각성바지 마을이다. 마을 이름은 마을 입구에 있는 큰 괴목나무에서 유래한 것으로 전해진다. 이 나무는 마을 당산나무로 새마을운동 이전에 마을에서 공동으로 제를 지냈으나, 새마을운동 이후에 이런 풍습은 사라졌다. 농업은 논과 밭이 반반이고, 고추농사를 많이 한다.

치목마을은 작상산 동남쪽에 위치해 있다. 한때 90호가 넘었으나 현재는 60여 호가 살고 있다. 박씨가 가장 많고, 나머지는 김씨, 이씨, 황씨, 전씨 등이 골고루 산다. 산중 마을이지만 지형을 보면 햇빛이 잘 들고 바람도 없고 산수가 좋아서, 옛날부터 소금 한 되만 갖고 들어와도 먹고 살 수 있는 동네라는 말이 있을 정도였다고 한다. 치목(致木)이라는 이름은 마을 남쪽에 솟은 단지봉과 그 주변의 숲이 아름다운 경치를 이루는 데서 비롯되었다고 한다.

치목마을에서는 몇 년 전에 마을 부녀회가 주도하여 삼베 짜기를 부활시켰으며 마을에는 공동 작업장도 마련되어 있다. 무주군에서 치목마을을 ‘삼베 짜는 마을’로 지정하였다. KBS ‘6시 내 고향’ 출연을 계기로 군 지원을 받아 지은 마을회관을 삼베 공동작업장으로 쓰고 있다. 작업장은 부녀회가 관리하며, 안에는 삼베 짜는 전 과정의 사진이 전시되어 있고, 삼베짜기 체험학습장으로도 활용되고 있다. 논농사와 밭농사를 반반씩 하고 있으며, 밭작물로 고추와 옥수수를 재배한다.

하조마을은 상조마을의 아랫동네라고 해서 아랫새재라고도 한다. 설천면 삼공리로 속했다가 현재는 적상면 괴목리에 속한다. 박씨가 가장 먼저 들어와 터를 이루고 후에 다른 성씨들이 들어와 각성바지 마을이 되었다. 현재 약 44호가 거주하고 있으며, 주요 성씨는 장씨, 백씨, 이씨 등이다.

주로 논농사와 고추농사를 한다. 예전에는 밭이 더 많았는데, 밭이 주로 산비탈에 있어서 노인들이 일을 하기 어려워 밭을 묵히는 경우가 많아져서 현재는 논이 더 많다.

전라북도 무주군 적상면 방이리

조사일시 : 2009.2.22
조 사 자 : 김월덕, 백은철

　방이리(芳梨里)는 적상면의 최서북단에 위치하고 있다. 방이리 남쪽 버들뫼에서 발원하여 흘러오는 삼유천이 마을을 관류한다. 동쪽으로는 느티골 너머로 사천리와 인접하며, 남쪽으로는 삼유리와 경계를 이루고, 서쪽은 조항산에서 부남면과, 그리고 북쪽으로는 마향산에서 무주읍과 경계를 이루고 있다. 조선시대까지 유가면에 속해 있다가 1914년 행정구역 개편 때 적상면 방이리로 편제되었다. 자연마을로는 고방(高芳)과 이동(梨洞, 배골)마을이 있다.

방이리의 명칭은 고방마을의 '방(芳)'자와 이동마을의 '이(梨)'자를 따서 만든 것이라 한다. 방이리가 옛날 유가면이었을 당시, 방이리에는 버들뫼(上柳) 유감역 댁을 찾아오는 관아들이나 선비들에게 숙식을 제공하기 위한 유등원이 설치되어 있었다 한다. 그러나 개화기 이후 자동차의 문화가 들어온 후부터는 산간의 오지마을로 변모하고 말았다.

이동(梨洞)마을 본래 배나무가 많아 '배나무골' 또는 '배골'로 불러오던 마을이다. 동쪽은 느티골 너머로 사천리와 경계를 이루고, 남쪽은 고방마을이 인접하며, 서쪽으로는 조항산을 사이에 두고 부남면과, 북쪽은 마향산 너머로 무주읍과 각각 경계를 이루고 있다. 이 마을에는 조항산 동쪽 기슭에 위치한 거문동, 문수동 등의 마을과 마향산 남록에 위치한 안골, 바깥안골, 난전 등의 자연마을이 산재해 있다.

주요 성씨는 박씨, 김씨이며 그 외에는 각성이다. 주민의 대부분은 농업에 종사하는데 논농사와 밭농사의 비율이 거의 반반이다. 특용작물로 고추와 인삼을 재배하며, 마을에 된장공장이 있어 일부 주민들이 일을 다니고 있다.

전라북도 무주군 적상면 북창리

조사일시 : 2009.2.14, 2009.2.21
조 사 자 : 김월덕, 백은철

북창리(北倉里)는 조선 광해군 때 조선왕조실록을 봉안하던 적상산사고를 수직하던 군사들의 군량미를 보관한 창고가 있었던 곳이다. 당시 산성 서쪽에 서창을, 북쪽에는 북창을 두었고, 마을 이름인 '북창'은 적상산성에 딸린 북창이 있던 곳이라는 데서 유래된 것이다. 북창리는 남쪽으로 포내리, 괴목리, 사산리 등과 인접하고 서북쪽은 오동재에서 자하동을 지나 비둘기바위 쪽으로 흘러내리면서 무주읍과 경계를 이룬다. 조선시대까지 상곡면에 속하였고 1914년 행정구역 개편 때 적상면 북창리로 편제된 후 초리마을과 함께 단일 행정구역으로 구획되었다. 북창리에는 적상산성을 비롯해 안국사, 사고지 등의 문화 유적지가 산재해 있다. 북창리에는 내창(內倉)과 초리(初里) 등의 자연마을이 있다.

내창은 본래 북창마을인데 마을 입구에 새로 생긴 마을을 '바깥북창'(외창)이라고 부르면서 이와 구분하여 안북창(내창)이라는 이름이 붙여졌다. 초리는 무주읍에서 옛날 상곡면 골짜기에 처음 생긴 동네라서 붙여진 지명이라고도 하고, 옛 상곡면으로 들어가는 길목의 첫 동네라서 붙여진 것이라고도 한다.

초리는 조선시대에는 상곡면에 속했으나 1914년 행정구역 개편 때 적상면 북창리에 속하게 되었다. 초리 마을의 동남쪽은 포내리와 경계를 이

루고 서쪽은 내창마을과 인접하고 있으며 북쪽은 무주읍과 경계를 이룬다. 1988년에 착공하여 1995년에 완공된 무주양수발전처가 생기면서 포내리(개안)에 거주하던 사람들이 아랫동네인 초리로 이주해 왔다. 초리에는 현재 40여 호가 거주하며, 전주이씨가 많다. 밭농사와 논농사를 거의 비슷한 비율로 하며, 밭작물로는 고추, 콩, 옥수수, 마늘 등을 재배하고, 특수작물은 별로 하지 않는다.

전라북도 무주군 적상면 사산리

조사일시 : 2009.2.21
조 사 자 : 김월덕, 백은철

　사산리(斜山里)는 조선시대까지 서로 다른 행정구역이던 유가면과 상곡면의 일부가 합병되어 법정리로 구획되었다. 1914년 행정구역 개편 때 적

상면 사산리로 편제된 후, 사산1리를 '사내'로, 사산2리를 '마산'으로 개칭하여 오늘에 이른다. 사산리라는 지명은 행정구역 개편 때 사내의 '사(斜)'자와 마산의 '산(山)'자를 붙여 만든 것이라 한다. 사산리는 일제시대에는 행정 중심지 역할을 하기도 하였으나, 6·25 이후에는 폐허가 되어 학교를 제외한 각종 행정기관은 현재의 소재지인 사천리 성내마을로 옮겨졌다. 마을의 동쪽에 있는 치목재를 사이에 두고 괴목리와 경계를 이루고, 남쪽으로는 노전봉에서 안성면과 면계를 이룬다. 서쪽은 삼가리, 북쪽으로는 사천리와 경계를 이룬다.

마산(馬山)마을의 지명은 마을 앞 중묏날은 말머리에 해당하고 마을 앞 전각 있는 동산이 말구시에 해당하며 그 아랫등성이는 말꼬리와 같이 길게 늘어뜨리고 있는 형국이라서 붙여진 것이라 한다. 마산마을에는 대촌, 평촌, 안골(내동), 양지촌, 강변땀, 독가촌 등의 자연마을이 포함되어 있다. 마산마을은 본래 노고봉의 매미재 동쪽 기슭에 위치한 큰말, 즉 대촌뿐이었는데 옛날 안성으로 넘나들던 노전재 아래 행길가 평지들에 평촌마을이 생겨서 큰 규모의 마을을 이루었다. 이 외에도 단지봉 서쪽의 깊은 계곡에는 마산안골이라고 부르는 내동마을이 있으며, 치목재 아래 양지편의 양지촌과, 탕건바위 아래 계곡의 독가촌이 자리 잡고 있다.

안성면과 면계를 이루고 있는 오도산 북쪽의 놋쇠숫골 계곡에는 종유석 천연동굴이 생성되어 전라북도 기념물로 지정되어 보호를 받고 있다. 마산마을에는 현재 90여 호가 거주하고 있으며, 김해김씨와 진주정씨가 많다. 생업은 논농사와 밭농사를 병행하고 있다. 자연마을로서는 적상면에서 제일 크다고 하며, 70년대에는 140여 호까지 살았다. 옛날에는 전답이 많아 적상면의 곡창지대였다고 한다. 현재는 특용작물로 고추, 토마토, 머루 등을 재배한다.

전라북도 무주군 적상면 사천리

조사일시 : 2009.2.22
조 사 자 : 김월덕, 백은철

　사천리(斜川里)는 적상면의 행정 중심지로 적상산 서쪽 사면에 위치하고 있다. 동쪽의 적상산 정상에서 북창리와 경계를 이루고 남쪽으로는 삼가리, 서쪽으로는 방이리와 인접하며, 북쪽으로는 무주읍과 경계를 이룬다. 조선시대까지는 유가면에 속해 있다가 1914년 행정구역 개편 때 적상면으로 편입되면서 길왕, 구억마을을 사천리라는 지명을 붙여 법정리로 삼았다. 사천리 지역은 처음에는 '지랭이'라고 부르던 길왕마을과 '구석들'로 부르던 구억마을뿐이었으나, 6·25 이후 면소재지였던 사산리가 폐허가 되면서 현재의 위치로 면소재지가 옮겨지면서 마을이 형성되어 발전했다. 현재 사천리에는 성내, 구억, 길왕, 신대 등의 자연마을이 있다.

성내(城內)마을 1950년 6·25 이후 용담거리에 있던 면사무소가 옮겨지면서 형성된 마을이다. 성내마을은 지세가 넓은 모래밭 위에 기러기가 내려앉는 평사낙안(平沙落雁) 형국의 명당이어서 옛날부터 명당을 찾는 풍수가들이 자주 찾아오던 곳이라고 한다. 마을의 지세에서 마을 이름을 취하여 '낙안동' 또는 '낙안'이라고 하였는데 발음상 밖으로 나간다는 의미로 들려 어감이 좋지 않다고 하여 '성내'로 명칭을 바꾸었다 한다. 성내라는 명칭은 적상산성이 소재한 적상면의 행정 중심지라는 뜻으로 붙인 것이라 한다. 성내마을은 각성촌으로 50여 호가 거주하고 있다. 생업은 농업과 축산업을 주로 하고, 밭작물로 고추와 콩을 재배하고 있다.

구억(九億)마을 현재의 면소재지 마을인 성내마을 서쪽으로 흐르는 적상천 개울 건너 한쪽 구석에 위치하고 있다. 옛날에 '구석들'로 부르던 마을인데 한자 표기의 지명을 만들면서 '구억'이라는 지명을 붙였다.

전라북도 무주군 적상면 포내리

조사일시 : 2009.2.21
조 사 자 : 김월덕, 백은철

포내리(浦內里)는 조선시대까지 상곡면에 속해 있다가 1914년 행정구역 개편 때 적상면 포내리로 편제된 후 개안과 중리가 같은 행정구역으로 구획되면서 포내리라는 지명으로 법정리를 삼았다. 포내리는 동쪽의 성지산 능선을 따라 설천면과 경계를 이루고, 남쪽으로는 괴목리와 인접해 있다. 서쪽은 옛날 상산으로 부르던 적상산에서 북창리와 인접해 있으며, 북쪽으로는 청량재를 사이에 두고 설천면 청량리와 면계를 이룬다.

포내라는 지명은 본래 '개안'이라고 부르던 지명을 한자로 옮긴 것이다. 마을 앞에 우뚝 솟은 적상산의 지세가 마치 물속에 잠긴 배와 같은 형국이고, 이 마을은 개(浦)의 안쪽에 해당되는 지역이라 하여 '개안'이라고 불렀던 것이다. 나중에 개안을 한자로 표기하면서 포내로 바꾸어 쓴 것이므로 포내와 개안은 결국 같은 뜻이라고 할 수 있다.

중리(中里)는 옛 상곡면의 중간에 있는 동네라 하여 붙여진 지명이라 한다. 옛날 상곡면에는 초리, 중리, 괴목정, 새재마을이 있었는데, 초리는 당시 무주에서 상곡으로 들어가는 첫 동네라 하여 그렇게 불렀고, 중리는 그 다음 중간에 있는 동네라 하여 그렇게 불렀다는 것이다. 중리마을은 나중에 동네가 늘어나면서 아랫중리, 중중리, 상중리, 신촌 등의 지명이 더 생겼다. 중리에는 적상면상곡출장소가 있어서 북창리, 포내리, 괴목리 주민들의 민원사무를 관장하고 있으며, 그 외에도 학교, 지서, 농협분소 등의 기관이 중리에 소재하고 있어 이 일대의 행정 중심지 역할을 하고 있다.

■ 제보자

강영만, 남, 1937년생

주 소 지 : 전라북도 무주군 적상면 사천리
제보일시 : 2009.2.22
조 사 자 : 김월덕, 백은철

적상면 사천리 구억마을에서 출생하여 어
렸을 때 적상천 건너 마을인 성내마을로 이
주하였다. 박정희 정권 때 통일주체 국민회
의 통대의원을 했다. 조사자가 조사 취지를
설명하자, 제보자도 무주군사를 엮을 때 문
화재 조사에 참여한 적이 있다며 어른들에
게 옛것을 조사했던 경험을 소개하였다. 임
장수와 명마에 얽힌 이야기를 차분하고 조
리 있게 조곤조곤 구연한 후에, 적상산성, 적산상사고, 군량미 창고 등에
관한 이야기도 덧붙여 설명하였다.

제공 자료 목록
07_04_FOT_20090222_KWD_KYM_0001 명마를 잃고 굴에 은둔한 임장수

김관수, 남, 1924년생

주 소 지 : 전라북도 무주군 적상면 괴목리
제보일시 : 2009.2.14
조 사 자 : 김월덕, 백은철

적상면 괴목리 원괴목에서 태어나서 줄곧 살아온 토박이로 농업에 종
사해 왔다. 젊어서는 농사지을 때 동네 어른들이 일하면서 노래 부르는

것을 많이 들었다. 제보자 자신은 일하면서 노래를 많이 부르지는 않았지만 옛날에 많이 들었던 기억으로 노래를 불러 주셨다. 연세에 비해 목소리가 크고 힘이 있다. 마을에서 노인회장을 오래 맡아왔다. 노래를 주고 받은 정금선 제보자와는 사돈지간이지만 서로 농담도 하며 친근해 보였다.

제공 자료 목록

07_04_FOS_20090214_KWD_KGS_0001 모심는 소리
07_04_FOS_20090214_KWD_KGS_0002 창부 타령

김말례, 여, 1933년생

주 소 지 : 전라북도 무주군 적상면 사천리
제보일시 : 2009.2.22
조 사 자 : 김월덕, 백은철

적상면 괴목리 하조마을(아랫새내)에서 적상면 사천리로 시집와서 지금까지 살고 있다. 회관에 모이신 다른 분들이 노래하기를 사양할 때 먼저 나서서 노래를 몇 마디 불러 주셨다. 또 다른 분들에게 노래하도록 독려하기도 하고, 노래를 한 후에 그 노랫말의 의미를 설명해 주기도 하셨다.

제공 자료 목록

07_04_FOS_20090222_KWD_KMR_0001 모심는 소리
07_04_FOS_20090222_KWD_KMR_0002 청춘가

김복단, 여, 1929년생

주 소 지 : 전라북도 무주군 적상면 사천리
제보일시 : 2009.2.22
조 사 자 : 김월덕, 백은철

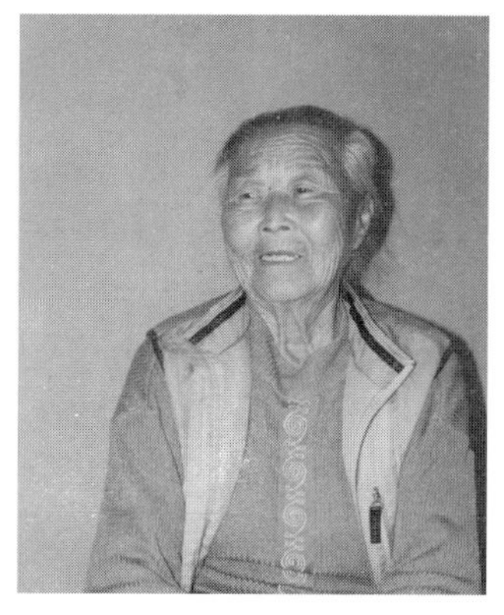

　　진안군 안천면에서 15세에 무주 적상면 사천리로 시집와서 지금까지 살고 있다. 일제 때 일본놈들이 큰애기 기름 짜 간다고 해서 부모가 일찍 시집을 보냈다. 젊어서부터 흥이 많아 일 할 때도 놀 때도 노래를 많이 불렀고, 술과 담배도 좋아했다. 젊어서 노래를 많이 부르고 다녀서 시집에서는 기생년이라고 쫓겨날 뻔 했다. 사천리 인근에서는 도천엄마(제보자)라고 하면 노래 잘 하는 분으로 통했다. 지금은 나이도 많고 몸도 좋지 않아 노래를 잘 못한다고 노래하기를 사양하였으나 조사자들과 회관에 나오신 분들의 거듭된 요청으로 몇 곡조 노래를 불러 주셨다. 연세에 비해 아직 목소리에 힘이 있고 꺾는 창법을 잘 구사하였다.

제공 자료 목록
07_04_FOS_20090222_KWD_KBD_0001 청춘가
07_04_FOS_20090222_KWD_KBD_0002 임 노래

김삼순, 여, 1933년생

주 소 지 : 전라북도 무주군 적상면 포내리
제보일시 : 2009.2.21
조 사 자 : 김월덕, 백은철

　　적상면 괴목리 하조(아랫새내)마을에서 적상면 포내리로 시집와서 지금까지 살고 있다. 체구는 작은 편이지만 매우 옹골진 인상이다. 성격이 쾌

활하고 적극적이어서 조사자들의 요청에 곧 노래를 해 주었다. 연세에 비해 목소리가 맑고 발음도 명확하였다. 처녀 때 나물 캐러 다니면서 노래하던 경험도 흥미롭게 이야기해 주었다.

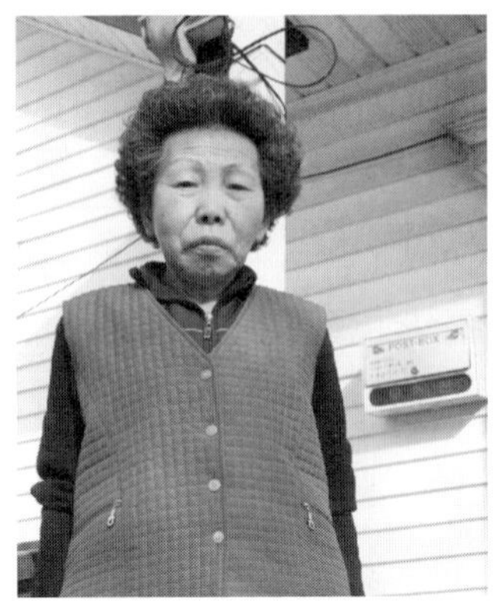

제공 자료 목록

07_04_FOS_20090221_KWD_KSS_0001 청춘가

07_04_FOS_20090221_KWD_KSS_0002 노랫가락

07_04_MFS_20090221_KWD_KSS_0001 도라지 타령

김순임, 여, 1940년생

주 소 지 : 전라북도 무주군 적상면 포내리
제보일시 : 2009.2.21
조 사 자 : 김월덕, 백은철

충남 금산읍 하옥리에서 전북 무주군 적상면 포내리로 시집와서 지금까지 살고 있다. 처음에는 노래를 못한다고 하면서 노래판에 참여하지 않았으나, 분위기가 무르익자 남편에게 배운 것이라고 하면서 노래를 불러 주었다. 목소리는 맑고 가는 편이다.

제공 자료 목록

07_04_FOS_20090221_KWD_KSI_0001 청춘가

김영자, 여, 1937년생

주 소 지 : 전라북도 무주군 적상면 괴목리
제보일시 : 2009.2.14
조 사 자 : 김월덕, 백은철

　적상면 괴목리 상조(윗새내)마을에서 괴
목리 치목마을로 시집와서 지금까지 살고
있다. 시집 와서 베 짜는 일을 많이 했지만,
힘이 들어서 언젠가부터 중단했다. 그러다
최근에 마을 부녀회에서 주도하여 베 짜기
를 부활시키면서 적극적으로 참여하고 있다.
제보자는 젊어서 베를 짤 때 어른들이 하던
노래를 듣기는 했지만 노래가 길어서 다 기
억하지는 못한다고 했다. 조사자들의 요청을 처음에는 사양하다가 거듭
부탁을 하자, 노래가 워낙 길어서 다 부르지는 못하고 기억나는 대로만
한다고 하면서 일부분을 불러 주었다.

제공 자료 목록
07_04_FOS_20090214_KWD_KYJ_0001 베틀 노래

김점옥, 여, 1935년생

주 소 지 : 전라북도 무주군 적상면 북창리
제보일시 : 2009.2.14, 2009.2.21
조 사 자 : 김월덕, 백은철

　무주읍 굴천리 내도리에서 적상면 북창리
로 시집와서 지금까지 살고 있다. 차분하고
조용한 성격으로 1차 조사에서는 짧게 노래

했으나, 2차 조사에서는 좀 더 적극적으로 다양한 노래를 해 주셨고 조사
자들에게 이런저런 내용을 친절하게 설명해 주었다. 목소리는 가늘고 고
운 편이다.

제공 자료 목록
07_04_FOS_20090214_KWD_KJO_0001 청춘가
07_04_FOS_20090221_KWD_KJO_0001 파랑새 노래
07_04_FOS_20090221_KWD_KJO_0002 딸 노래
07_04_FOS_20090221_KWD_KJO_0003 아기 어르는 노래
07_04_MFS_20090214_KWD_KJO_0001 도라지 타령
07_04_MFS_20090221_KWD_KJO_0001 도라지 타령

김춘설, 여, 1925년생

주 소 지 : 전라북도 무주군 적상면 북창리
제보일시 : 2009.2.21
조 사 자 : 김월덕, 백은철

　　무주면 유속(현재 무주읍 당산리)에서 태
어나 적상면 북창리로 17살에 시집와서 지
금까지 살고 있다. 조사 취지를 이해하고 바
로 모심는 소리를 불러 주셨다. 연세에 비해
목소리가 매우 생동감이 있다. 전북 산간지
역 모심는노래 특유의 늘여 빼면서 떠는 창
법으로 노래를 부르셨다. 노래를 길게 하지
는 않았지만 매우 인상적인 제보자였다.

제공 자료 목록
07_04_FOS_20090221_KWD_KCS_0001 모심는 소리

김칠선, 여, 1933년생

주 소 지 : 전라북도 무주군 적상면 사천리
제보일시 : 2009.2.22
조 사 자 : 김월덕, 백은철

　적상면 사천리 구역마을에서 19세에 바
로 옆 마을인 사천리 성내마을(옛 낙안동)로
시집와서 지금까지 살고 있다. 외모가 곱고,
성격은 찬찬하고 차분해 보였다. 말씀은 자
분자분하시며 목소리는 가늘고 여리다. 아
주 어렸을 때 자매들과 함께 불렀다면서 꿈
에 대한 노래를 불러 주셨다.

제공 자료 목록
07_04_FOS_20090222_KWD_KCS_0001 베틀 노래
07_04_FOS_20090222_KWD_KCS_0002 꿈 노래

박경순, 여, 1939년생

주 소 지 : 전라북도 무주군 적상면 북창리
제보일시 : 2009.2.21
조 사 자 : 김월덕, 백은철

　적상면 괴목리 치목마을 태생으로 18세
에 적상면 북창리로 시집와서 지금까지 살
고 있다. 아파서 누워 있다가 나왔기 때문에
자신이 없다고 하면서도 적극적으로 노래판
에 참여하였다. 시집오기 전에 열대여섯 살
때 어머니와 함께 산에서 나물 뜯으러 가서

어머니가 하시는 노래를 듣고 배웠다면서 자신의 경험을 소개하였다. 목소리는 약간 톤이 높은 편이다. 청중들의 호응을 받아 성심껏 노래를 해 주셨다.

제공 자료 목록
07_04_FOS_20090221_KWD_PGS_0001 시집살이 노래
07_04_FOS_20090221_KWD_PGS_0002 나물 뜯는 소리
07_04_FOS_20090221_KWD_PGS_0003 나물 뜯는 소리
07_04_FOS_20090221_KWD_PGS_0004 창부 타령
07_04_FOS_20090221_KWD_PGS_0005 신세 한탄 노래

박만술, 남, 1932년생

주 소 지 : 전라북도 무주군 적상면 괴목리
제보일시 : 2009.2.14
조 사 자 : 김월덕, 백은철

아주 어렸을 때는 안성면에서 살다가 국민학교 4학년 때 적상초등학교로 전학을 와서 괴목리에 살기 시작했다. 영동농고를 졸업하고 이리농대에 진학하였다. 군대 제대 후 무주농촌지도소에서 30년 근무하다가 퇴직했다. 직장에 다닐 때는 이 마을에 살지 않았고, 퇴직 후에 들어와 살기 시작했다. 그러나 어려서 괴목리 치목마을에 살았고,

직장에 재직시에도 늘 왕래했기 때문에 마을의 유래에 대한 내용을 잘 알고 있다며 소개해 주었다.

제공 자료 목록
07_04_FOT_20090214_KWD_PMS_0001 화기를 막아 준 단지봉의 유래

박명성, 여, 1940년생

주 소 지 : 전라북도 무주군 적상면 포내리

제보일시 : 2009.2.21

조 사 자 : 김월덕, 백은철

안성면 장기리 시장(市場) 위에 대정이라는 동네에서 적상면 포내리로 시집와서 지금까지 살고 있다. 이제 70대에 들어섰지만 마을회관에서는 젊은 축에 든다. 화통하고 활달한 성격이라 조사자들의 요청에 곧 노래를 불러 주었다. 김삼순(여. 77세) 제보자와 함께 서로 노래를 주거니 받거니 하였다. 목청이 좋고 흥도 있었다. 제보자는 "옛날에는 국수 한 그릇만 먹어도 노래를 했다"고 하면서 예전에 나물 뜯으러 가서도 하고 동네에서 여자들끼리 어울려 놀면서도 하고 노래를 참 많이 불렀다고 회상했다.

제공 자료 목록

07_04_FOS_20090221_KWD_PMS_0001 청춘가

박성숙, 여, 1932년생

주 소 지 : 전라북도 무주군 적상면 사산리

제보일시 : 2009.2.21

조 사 자 : 김월덕, 백은철

안성면 공정리 돈댕이 태생으로 적상면 사산리 마산마을로 시집와서 지금까지 살고 있다. 수줍음이 많아서 처음에는 노래를 하

지 않았으나 나중에 짧게 노래를 하였다. 목소리는 가늘고 여린 편이다.

제공 자료 목록
07_04_FOS_20090221_KWD_PSS_0001 신세 타령
07_04_MFS_20090221_KWD_PSS_0001 사발가

박정숙, 여, 1932년생

주 소 지 : 전라북도 무주군 적상면 사천리
제보일시 : 2009.2.22
조 사 자 : 김월덕, 백은철

　무주읍 당산리에서 태어나 무주 안성면
진도리, 호로리에서 성장하여 적상면 사천
리로 시집와서 지금까지 살고 있다. 처음에
는 노래를 안 하시다가 다른 분들이 노래를
하고나자 맨 나중에 노래를 하셨다. 연세도
많으신데다 숨이 차서 노래를 하는 데 어려
움이 있었지만 성심껏 노래를 해 주셨다.

제공 자료 목록
07_04_FOS_20090222_KWD_PJS_0001 나비 노래
07_04_FOS_20090222_KWD_PJS_0002 청춘가

백석이, 여, 1936년생

주 소 지 : 전라북도 무주군 적상면 북창리
제보일시 : 2009.2.21
조 사 자 : 김월덕, 백은철

　적상면 괴목리 하조마을 태생으로 21살에 북창리로 시집와서 지금까지

살고 있다. 차분한 성격으로 보이며 처음에
는 회관에 모인 다른 분들이 노래할 수 있
도록 독려하는 역할을 하다가, 다른 사람들
이 노래한 끝에 나중에 제보자 자신도 노래
를 한 곡조 하였다.

제공 자료 목록
07_04_FOS_20090221_KWD_BSI_0001
나물 뜯는 소리

송초원, 여, 1933년생

주 소 지 : 전라북도 무주군 적상면 방이리
제보일시 : 2009.2.22
조 사 자 : 김월덕, 백은철

무주읍 용포리에서 태어나 18살에 적상
면 방이리 배골로 시집와서 지금까지 살고
있다. 젊어서 기독교신자가 되어 가족들을
모두 전도하였다. 시집 왔을 때 동네에 제보
자와 같은 또래의 새각시들이 많아서 함께
어울려 다니며 들과 산에서 노래를 많이 불
렀지만, 기독교를 믿기 시작한 후로 찬송가
를 많이 부르다 보니 옛날 노래는 거의 다

잊어버렸다고 한다. 작은 체구에 귀도 약간 어둡지만 옹골진 외모에 말씀
은 또랑또랑 하셨다. 마을 분들은 제보자가 댕기 노래를 잘 한다고 하며
한 분이 직접 제보자 댁에 가서 제보자를 회관으로 모시고 나왔다. 마을
에서는 총기 좋은 할머니로 통한다.

제공 자료 목록

07_04_FOS_20090222_KWD_SCW_0001 댕기 노래

07_04_MFS_20090222_KWD_SCW_0001 도라지 타령

양복이, 여, 1932년생

주 소 지 : 전라북도 무주군 적상면 괴목리

제보일시 : 2009.2.14

조 사 자 : 김월덕, 백은철

　무주읍 앞섬에서 하조마을로 시집왔다. 연세에 비해 목청이 큰 편이다. 제보자가 부른 노래들은 시집오기 전에 앞섬에서 이미 많이 듣고 배운 것이라고 한다. 이선자 제보자와 함께 모심는 소리와 밭매는 소리를 교환창으로 노래를 불러 주셨다.

제공 자료 목록

07_04_FOS_20090214_KWD_YBI_0001 밭매는 소리

유남옥, 여, 1933년생

주 소 지 : 전라북도 무주군 적상면 사산리

제보일시 : 2009.2.21

조 사 자 : 김월덕, 백은철

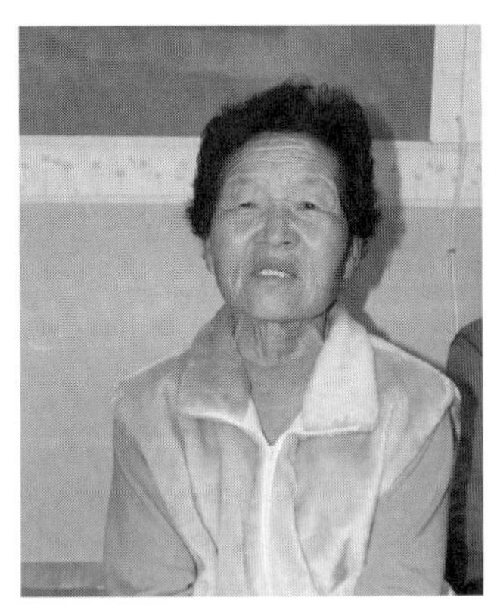

　적상면 사산리 마산마을 태생으로 같은 동네로 시집을 가서 지금까지 살고 있다. 마산마을에서 태어나 결혼한 다른 분이 또 계셔서 택호로 그들을 호칭하였다. 마을 분들

은 제보자를 '담안댁'이라 불렀다. 성격이 활달하고 상황에 따라 우스갯
소리를 잘 하였다. 젊어서 산에 나물 뜯으러 다니던 경험을 생동감 있게
이야기하였다. 연세에 비해 목소리는 좋은 편이나 노래가 기억이 잘 안
나서 생각나는 대로 짧게 몇 마디만 노래했다.

제공 자료 목록
07_04_FOS_20090221_KWD_YNO_0001 청춘가
07_04_MFS_20090221_KWD_YNO_0001 노들강변
07_04_MFS_20090221_KWD_YNO_0002 도라지 타령

이경환, 남, 1963년생

주 소 지 : 전라북도 무주군 적상면 북창리
제보일시 : 2009.2.21
조 사 자 : 김월덕, 백은철

적상면 북창리 초리마을에서 태어난 토박
이로 무주에서 고교 졸업 후 농업에 종사하
며 현재 마을이장을 맡고 있다. 야간에는 친
척이 운영하는 무주읍내 숙박업소에서 카운
터 일을 하고 있다. 그 숙박업소에 묵었던
조사자들에게 같은 마을의 노인회장인 이문
성(남, 76세) 제보자를 소개해 주었다. 이문
성 제보자의 이야기를 옆에서 듣고 있다가
자신이 어렸을 때 들었던 안국사 단청 이야기를 자분자분하게 구연했다.
무주군 제보자 가운데 가장 젊은 제보자이다.

제공 자료 목록
07_04_FOT_20090221_KWD_LGH_0001 안국사 단청이 미완성인 이유

이금기, 여, 1930년생

주 소 지 : 전라북도 무주군 적상면 포내리
제보일시 : 2009.2.21
조 사 자 : 김월덕, 백은철

적상면 포내리가 고향이자 현재는 자녀를 따라 인천에 살고 있다. 작년에 수술을 하고 요양차 시골에 내려와 계셨다. 제보자 사진을 찍으려고 재차 마을을 방문했을 때는 인천에 다시 올라가셔서 만날 수 없었다.

제공 자료 목록
07_04_FOS_20090221_KWD_LGG_0001 노랫가락

이문성, 남, 1934년생

주 소 지 : 전라북도 무주군 적상면 북창리
제보일시 : 2009.2.14, 2009.2.21
조 사 자 : 김월덕, 백은철

적상면 북창리에서 태어나서 자란 토박이로 농업에 종사하며 살아왔다. 무주농고를 졸업하고 군대를 갔다 온 후로 동네에서 계속 농사를 지으며 살고 있다. 본래 포내리 (개안)에 살았으나 양수발전소가 건설되면서 아랫마을인 초리로 이사했다. 농사는 논농사를 주로 하고, 밭작물로 마늘, 고추 등을 하고 있다. 마을에서 이장을 오래 맡아왔고, 노인회장을 5년째 맡고 있다. 약에 관한 책이나 이야기책을 좋아해 집에 많은 책을 소장하고 있고, 마을에서도 이야기꾼으로 통한다. 조리 있고 박진감 있게 이야기를 구연하는 편이다.

제공 자료 목록

07_04_FOT_20090214_KWD_LMS_0001 달집 태우는 풍습의 유래

07_04_FOT_20090214_KWD_LMS_0002 꿀밤이 도토리가 된 사연

07_04_FOT_20090214_KWD_LMS_0003 조을대로 이름을 바꾸어 벼슬한 조꺽쇠

07_04_FOT_20090221_KWD_LMS_0001 패물 훔쳐 간 각고간이와 소금장수 한개구리

07_04_FOT_20090221_KWD_LMS_0002 맹사성과 공당놀이

07_04_FOT_20090221_KWD_LMS_0003 도둑맞은 중국 옥새를 찾아 준 용새 형제

07_04_FOT_20090221_KWD_LMS_0004 천자문으로 글 잘짓는 사위 고른 부잣집

07_04_FOT_20090221_KWD_LMS_0005 필상과 서당 학동들

07_04_FOS_20090214_KWD_LMS_0001 십장가

07_04_FOS_20090221_KWD_LMS_0001 백발가

이봉기, 남, 1936년생

주 소 지 : 전라북도 무주군 적상면 포내리
제보일시 : 2009.2.21
조 사 자 : 김월덕, 백은철

적상면 포내리 토박이로 농업에 종사하고 있다. 마을에서는 노인회장을 맡고 있다. 김순임(여. 70세) 제보자의 바깥어른이기도 하다. 정명오(남. 81세) 제보자가 상여 소리를 끝마친 후에, 흥에 겨워 창부 타령을 하였다.

제공 자료 목록

07_04_FOS_20090221_KWD_LBG_0001 창부 타령

이선자, 여, 1926년생

주 소 지 : 전라북도 무주군 적상면 괴목리
제보일시 : 2009.2.14
조 사 자 : 김월덕, 백은철

　적상면 괴목리 하중마을에서 괴목리 하조
마을로 시집왔다. 젊어서 모심고 밭 맬 때
노래를 많이 불렀다고 한다. 조사 취지를 설
명하자 적극적으로 노래를 불러 주었다. 연
세에 비해 목청이 크고 좋으며 총기도 좋았
다. 제보자는 길게 늘여 빼면서 애잔하게 부
르는 전북 산간지역 특유의 창법으로 모심
는 소리와 밭매는 소리를 양복이 제보자와

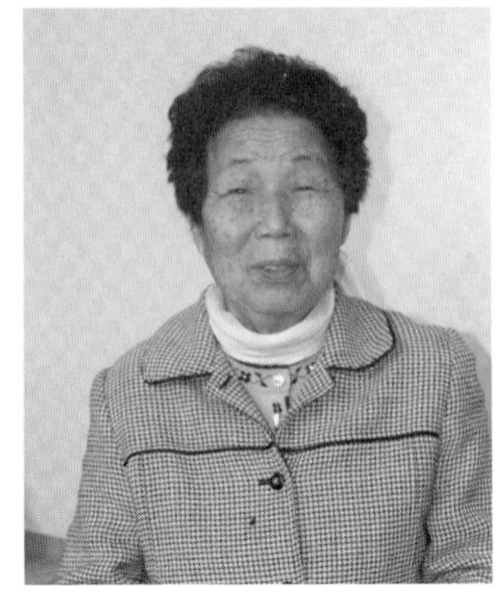

교환창으로 불러 주셨다. 마을회관에 모인 분들은 제보자가 젊어서부터
노래를 잘 하는 사람이라고 말했다.

제공 자료 목록
07_04_FOS_20090214_KWD_LSJ_0001 모심는 소리

이정순, 여, 1934년생

주 소 지 : 전라북도 무주군 적상면 사산리
제보일시 : 2009.2.21
조 사 자 : 김월덕, 백은철

　적상면 괴목리에서 적상면 사산리 마산마
을로 시집와서 지금까지 살고 있다. 조사취
지를 이해하고 곧 노래를 해 주었다. 노랫
말이 기억이 안 나서 노래를 많이 부르지는
못했으나 목청도 좋고 흥도 있어서 노래판
의 분위기를 살려 주었다.

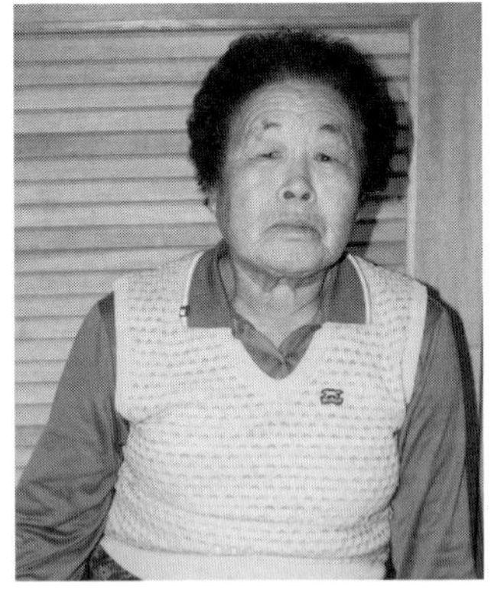

제공 자료 목록
07_04_FOS_20090221_KWD_LJS_0001 시집살이 노래
07_04_MFS_20090221_KWD_LJS_0001 밀양 아리랑

이형진, 남, 1938년생

주 소 지 : 전라북도 무주군 적상면 방이리
제보일시 : 2009.2.22
조 사 자 : 김월덕, 백은철

적상면 방이리 배골마을에서 태어난 토박
이로 농업에 종사하고 있다. 마을회관에 모
여 계신 남자 어른들 중에서 가장 조리 있
게 말씀을 하셨다. 어려서 어른들에게 들었
던 임장수와 말무덤에 대한 이야기를 실제
로 남아 있는 흔적들을 예로 들어가며 차근
차근 구연하였다.

제공 자료 목록
07_04_FOT_20090222_KWD_LHJ_0001 임장수와 말무덤

임인선, 여, 1922년생

주 소 지 : 전라북도 무주군 적상면 북창리
제보일시 : 2009.2.14, 2009.2.21
조 사 자 : 김월덕, 백은철

무주군 설천면 원길산(예전 이름은 기전
리)에서 적상면 북창리로 시집와서 지금까
지 살고 있다. 연세에 비해 매우 건강하고
적극적으로 활동을 하고 있다. 목소리는 가
늘고 곱지만 연세가 높기 때문에 숨이 차서
노래를 길게 부르지는 못했다. 대신 회관에
모인 다른 분들이 노래를 할 수 있도록 분
위기를 북돋는 역할을 해 주셨다. 제보자는

연세가 높아서 제보자가 노래를 하면 청중들은 다른 사람이 한 것과 달리
잘한다고 더욱 큰 호응을 보여 주었다.

제공 자료 목록
07_04_FOS_20090214_KWD_YIS_0001 노랫가락
07_04_FOS_20090214_KWD_YIS_0002 창부 타령
07_04_FOS_20090221_KWD_YIS_0001 노랫가락

장석환, 남, 1933년생

주 소 지 : 전라북도 무주군 적상면 괴목리
제보일시 : 2009.2.14
조 사 자 : 김월덕, 백은철

적상면 괴목리 하조마을에서 태어나 성장
했으며 상업에 종사했다. 제보자의 증조부
형제가 경상도 문경에서 무주 적상면 하조
마을로 이주하여 정착하게 되었다고 한다.
제보자는 국민학교 2학년 때부터 담배농사
를 지었고, 젊어서는 연탄장수를 해서 큰돈
을 벌었다고 한다. 자녀들이 모두 대기업이
나 공직에 진출하여 사회적으로 성공한 것
에 대한 자부심이 강했다. 이장을 약 20년 맡아서 동네일을 해 왔고, 무
주연초조합 총대를 27년간 했다고 한다. 마을에서 상여 소리꾼을 오래 맡
아 해왔으나 최근에는 기력이 없어서 가끔 들어오는 상여 소리 요청도 거
절하고 있다고 한다. 조사자의 요청에 상여 소리를 해 주셨다.

제공 자료 목록
07_04_FOS_20090214_KWD_JSH_0001 상여 소리

장정자, 여, 1937년생

주 소 지 : 전라북도 무주군 적상면 북창리
제보일시 : 2009.2.21
조 사 자 : 김월덕, 백은철

　　무주읍 대차리 차산마을에서 안성면 북창
리로 시집와서 지금까지 살고 있다. 노래판
에 적극적으로 참여하지는 않았으나 여러
사람이 돌아가며 소리를 하자 나중에 짧게
노래를 해 주었다. 목소리는 가늘고 차분한
편이다.

제공 자료 목록
07_04_FOS_20090221_KWD_JJJ_0001 나물 뜯는 소리
07_04_FOS_20090221_KWD_JJJ_0002 청춘가

정금선, 여, 1930년생

주 소 지 : 전라북도 무주군 적상면 괴목리
제보일시 : 2009.2.14
조 사 자 : 김월덕, 백은철

　　적상면 괴목리 하조마을에서 원괴목마을
로 14살에 시집왔다. 인공 때 큰애기를 모
집해 간다고 해서 어린 나이의 제보자를 친
정아버지가 강제로 고향마을의 바로 아랫마
을인 원괴목마을로 시집보냈다고 한다. 젊
어서 모심을 때 노래를 곧잘 불렀지만 그동
안 거의 부른 일이 없어서 많이 잊었다고

했다. 그렇지만 천천히 기억을 더듬어 노래를 불러 주었다. 청이 좋을 뿐만 아니라 연세에 비해 목소리도 힘이 있고 큰 편이다. 함께 노래를 주고받은 김관수 제보자와는 사돈지간이다.

제공 자료 목록
07_04_FOS_20090214_KWD_JGS_0001 모심는 소리
07_04_FOS_20090214_KWD_JGS_0002 창부 타령

정명오, 남, 1929년생

주 소 지 : 전라북도 무주군 적상면 포내리
제보일시 : 2009.2.21
조 사 자 : 김월덕, 백은철

적상면 포내리 토박이로 농업에 종사하고 있다. 마을에서 상여 나갈 때 앞소리꾼으로서 선소리를 해 왔다. 연세에 비하여 목소리가 매우 힘차고 우렁차다. 마을회관에서 어르신들끼리 어울려 술을 한 잔 드신 후에 상여 소리와 유흥요를 불러 주셨다.

제공 자료 목록
07_04_FOS_20090221_KWD_JMO_0001 상여 소리
07_04_FOS_20090221_KWD_JMO_0002 청춘가
07_04_FOS_20090221_KWD_JMO_0003 창부 타령

정석규, 남, 1932년생

주 소 지 : 전라북도 무주군 적상면 사산리
제보일시 : 2009.2.21
조 사 자 : 김월덕, 백은철

적상면 사산리 마산마을에서 태어난 토박
이로 농업에 종사해 왔다. 마을 일을 오랫동
안 맡아서 해왔기 때문에 마을에 대한 유래
와 역사를 많이 알고 있다고 마을 사람들이
소개하였다. 제보자가 동네 어른들에게 들
었던 풍수에 얽힌 이야기를 실감나게 구연
해 주었다.

제공 자료 목록

07_04_FOT_20090221_KWD_JSG_0001 명당 욕심내다가 망한 어의 정자역

정성례, 여, 1931년생

주 소 지 : 전라북도 무주군 적상면 북창리
제보일시 : 2009.2.14
조 사 자 : 김월덕, 백은철

적상면 괴목리 원괴목에서 인근 마을인
북창리로 시집왔다. 남편이 둘째부인을 얻
어서 젊어서는 마음고생을 했지만, 남편과
사별 후 모든 가족이 왕래하며 다 잘 지내
고 있다고 한다. 젊어서 마음 고생한 것에
연연하지 않고 성격이 쾌활하다. 마을에서
놀러갈 때 비단장사 왕서방을 우스운 동작
과 함께 불러 좌중을 웃기기도 하는데 회관
에서 직접 보여주기도 하였다.

제공 자료 목록

07_04_FOS_20090214_KWD_JSR_0001 모심는 소리

정영숙, 여, 1933년생

주 소 지 : 전라북도 무주군 적상면 사산리
제보일시 : 2009.2.21
조 사 자 : 김월덕, 백은철

　적상면 괴목리에서 적상면 사산리 마산마
을로 시집와서 지금까지 살고 있다. 조사자
들의 요청으로 모심는 소리를 짧게 불러 주
었다. 연세에 비해 목청은 좋은 편이지만 노
랫말이 기억이 안 나서 길게 부르지는 못했
다. 노래판에 적극적으로 참여하지는 않았으
나 다른 사람들에게 노래하기를 권유하였다.

제공 자료 목록

07_04_FOS_20090221_KWD_JYS_0001 모심는 소리

한옥분, 여, 1935년생

주 소 지 : 전라북도 무주군 적상면 북창리
제보일시 : 2009.2.21
조 사 자 : 김월덕, 백은철

　적상면 북창리 태생으로 같은 마을로 시
집을 갔다. 다른 사람들이 노래할 수 있도록
독려하는 역할을 하며 적극적으로 노래판에
참여하지는 않았으나 나중에 한 곡조를 짧
게 불러 주었다.

제공 자료 목록

07_04_FOS_20090221_KWD_HOB_0001 임 노래

황복임, 여, 1931년생

주 소 지 : 전라북도 무주군 적상면 사천리
제보일시 : 2009.2.22
조 사 자 : 김월덕, 백은철

무주면 차산리(현재 무주읍 대차리 차산
마을) 태생으로 18세에 적상면 사천리로 시
집와서 지금까지 살고 있다. 찬찬한 성격이
며 목소리는 가늘고 여린 편이다. 전북 산간
지역 모심는 소리 특유의 늘여 빼는 창법으
로 모심는 소리를 몇 소절 짧게 불러 주셨
고, 일제 때 소학교 다니며 불렀다는 노래를
소개해 주셨다.

제공 자료 목록
07_04_FOS_20090222_KWD_HBI_0001 모심는 소리
07_04_ETC_20090222_KWD_HBI_0001 학교에 보내 주세요

명마를 잃고 굴에 은둔한 임장수

자료코드 : 07_04_FOT_20090222_KWD_KYM_0001
조사장소 : 전라북도 무주군 적상면 사천리 성내 마을회관
조사일시 : 2009.2.22
조 사 자 : 김월덕, 백은철
제 보 자 : 강영만, 남, 73세
구연상황 : 무주의 다른 마을이 대개 그렇듯이, 이 마을도 할아버지 할머니들이 방을 따
로 쓰고 있었다. 마을회관에 도착한 시간이 점심시간이라, 점심식사 후에 조
사가 이루어졌다. 할아버지 방에 먼저 들러 마을에 관한 전반적인 이야기를
전해 들었다. 제보자는 특히 여러 가지 지역사회 활동에 참여한 경험이 있어
서 다른 할아버지들에 비해 지명이나 옛날이야기를 더 많이 알고 있었다. 제
보자는 조사자들에게 임장수굴, 적상산성 등에 관해 이야기를 해 주었다.
줄 거 리 : 무주 거문동에 임장수가 은둔했던 임장수 굴에 얽힌 전설이다. 임장수는 준마
두 필을 가지고 있었는데 어느 말을 가지고 세상을 평정을 할까 생각하다가
말을 시험해 보기로 했다. 그래서 임장수와 말은 임장수 바위 위에서 출발하
여 적상산 안렴대까지 갔다 오기 시합을 했다. 임장수가 안렴대를 갔다 온
다음에 말이 도착하자 임장수는 세상을 평정할 말이 아니라고 판단하여 말의
목을 쳤다. 그런데 목을 친 말은 안렴대를 이미 한 번 갔다 와서 임장수가 도
착하지 않자 또 다시 갔다 온 것이었다. 임장수는 말 자국을 보고 뒤늦게 그
사실을 알고, 오판을 하여 말을 죽인 죄책감에 임장수 굴에서 은둔을 했다.

거문동.

(청중 : 거문동에 지금 사람이 사나?)

(청중 : 자기네 사춘 집안만 살아. 딴 사람은 하나도 없어.)

한 일곱 여덟 집 될 거여. 근디 거게가 전에는 한 십오 호 정도 이렇게
살았어. 거문동이라고 하는 데에.

근디 거게 마을 고 위에, 계곡이 이래 있으먼 도로가 있고 계곡이 있으먼,

[방바닥에 표시를 하며] 여기에 마을이 있다고 하면은, 상당히 인제 올라가서, 산 한 사부 오부 능선쯤 돼요. 고 지점에 뭐 있냐면은 임장수 굴이 있어, 임장수 굴. 근디 이제 임장수 굴 그게 임장수 바위, 바위에 밑에 굴이 있어. 그서 임장수가 거기서 은둔하던 굴인데, 그래서 임장수 굴이라고 그래요. 근디 그 임장수 굴에 대한 전설을 좀 얘기를 하자면은, 임장수가 키가 칠 척이여. 키가 칠 척. 육 척이 아니라 칠 척. 그러게 장수요. 근데 그 시대는 우리가 알 수가 없어요.

옛날 그 저, 정감록 비결 그 이후, 이후로 보면 될 거고. 근데 그 임장수가 세상 평정을 하기 위해서 이 분이 이제 장수로 자칭, 이제 활동을 할 시긴데, 그 분이 말을 두 필을 가지고 있었어요. 말을 두 필을 가지고 있는데, 그 중에서 어떠한 말을 내가 가지고 평정을 할 건가 하는 인제 말 시험에 대한 전설여. 그 분이 임장수 바위 거기에 거기에서 딱 올라서서 말을 대 놓고, 여기 적상산에 안림재(안렴대를 말함.)라고 있어요, 안림재.

안림재, 그 안림재 거기, 거기가 이제, 이조 오백 년 실록을 보존했던, 피신을 한 거지. 그런데 거기 바위가 이래 넓은 바위가 있거등. 한 삼십 명이 같이 이래 서 있을 수 있는 넓은 바위가 있어요. 그래서 임장수가, 그 임장수 바위 위에서 말하고 자기하고 저 안림재를 누가 먼저 갔다 올 거냐 하는 시험을 했어, 거기서. 그랬는데, 임장수가 갔다가 왔는데 말이 안 왔거등. 그래서 임장수가 이 말은 내가 쓸 수 있는 말이 아니다 해서 목을 쳤어요, 장수가. 그랬는데, 알고 보니깨 갔다가 이미 왔어요. 왔다가 또 갔다 온 거여.

그래서 임장수가, 임장수가 세계 평정을 할 수 있는 장수가 못 됐다. 거 인제 장수가 자기는 자기가 먼저 갔다 온 것으로 알고, 뒤에 말이 딱 오니까는 너는 내가 쓸 수 있는 말이 아니다 해서 목을 쳤는데, 와서 알고 보니깨 자국을 보니까 이미 말이 갔다가 와서 주인이 안 오니까 또 갔다 온 거여. 두 번을 갔다 온 거지. 근디 이 분은, 임 장수는 한 번뿐이 못 갔다 왔다 그 말여. 그래서 너는 내가 탈 말이 아니다 해서 목을 쳤어. 거 인제 그 뒤에 어째요, 확실히 자기가 쓸 수 있는 말인데 오판을 했잖아. 그래서 그 죗값에 임장수 굴, 밑에 굴이 있는데, 그 굴에서 은둔생활을 했다. 그런 정도로만 알지.

화기를 막아 준 단지봉의 유래

자료코드 : 07_04_FOT_20090214_KWD_PMS_0001
조사장소 : 전라북도 무주군 적상면 괴목리 치목마을 제보자 자택
조사일시 : 2009.2.14
조 사 자 : 김월덕, 백은철
제 보 자 : 박만술, 남, 78세
구연상황 : 마을회관에 나와 계신 마을 분들에게 조사 취지를 설명하고 옛날 이야기꾼 소개를 부탁하자, 모두들 박만술 씨를 소개하였다. 조사자들이 제보자 자택으로 찾아가서 제보자를 만났다. 공직에서 오래 일했던 제보자는 어릴 때부터 어른들에게 들었던 이야기라며, 제보자의 집 앞에서 마주 보이는 산, 말하자면 동네 앞산인 '단지봉'의 유래에 대한 이야기를 해주었다.
줄 거 리 : 동네 어른들에게 들은 바로, 옛날에 치목마을에는 화기(火氣)가 비쳐 동네에 자주 불이 났다고 한다. 화기를 막기 위해서 동네 앞산과 뒷동산에 소금단지를 묻고, 뒷동산에서는 산제를 지내기도 했다고 한다. 동네 앞산은 소금단지를 묻었다고 해서 '단지산' 또는 '단지봉'이라고 불렀다고 한다.

우리 집 앞산에요, 앞산에 저기가 저기서 옛날에 무신 이렇게 빛이 번쩍 번갯불같이 비치면은 우리 동네가 불이 많이 났대요. 근디 그래서 이제 앞에 괴목나무 저 도로변 옆에 거기 저기는 밭이고 산이었었는데 그 숲을 굉장히 중요하게 생각하고 있고, 인자, 거쪽에 가운뎃길로 해서 조금 저쪽으로 좀 산 밑으로 올라가면은 일년의 개 무덤이 있어요.

1년에 개 한 마리씩을 거기다가 묻어서 고사를 지냈어. 그러고 인제 우

리 마을 뒷동산에 저 위에는 산제당이 있는데 산제당 조금 앞에는 요렇게 동고롬한 거시기가 있어. 항아리. 항아리 있었는데 그 항아리는 뭐가 있었는고 하니 소금, 소금단지가 있었단 말이요.

그래서 거기다 소금을, 어릴 때 우리 봤는데, 소금 있었단 말이요. 근데 지금은 있는가 내가 가보든 안 했지만은 그게 어릴 때 가보니까 이렇게 돌로 묻혀져 있는데 한쪽이 조금 깨져 있드라고. 소금을 해마다 거기 채우고. 저 앞에 단지산이라고 저 앞에도.

(조사자 : 단지봉?)

단지봉. 봉우리가 세 개단 말이요. 그 앞에도 거 어디에 그것이 있었다는 얘기여.

(조사자 : 그럼 그 단지봉이 소금단지하고 관련이 있나요?)

그렇지요. 그래야 우리 동네가 그래야 불이 안 난다고 해 가지고. 미신적이지마는. 그렇게 했다고. 우리는 예수 믿으니까 상관없는데. 그런 유래는 있어요.

(조사자 : 앞산에 번쩍이면. 그때 앞산은 어디?)

저기 저기 저거 단지봉.

(조사자 : 단지봉요. 아 저기 꼭대기 보이는 게 단지봉이에요?)

봉 세 개여. 단지산이라고 해. 단지를 묻고 해 가지고 단지산이라 그래. 저기 저 산이.

(조사자 : 그럼 산제 모신 산이 단지봉인가요? 이 동네에서 산제 모신 산이?)

산제 모신 산은 여기고. 뒷동산. 뒷동산. 뒷동산이라고 그러지. 뒷동산. 거기에 저기 소금 묻는 거 있고 개 무덤도 있고.

(조사자 : 단지봉에?)

단지봉에 거기 소금 묻는 데가 어디, 어딘지는 모르겠어요. 어디 있는지는.

(조사자 : 거긴 모르고요? 앞산에 불이 번쩍 비치면 불이 많이 난다는 앞산이 여긴가요?)

예. 예. 앞산에서 거기서 불이 이쪽을 비치면은 여기에 불이 많이 났대. 옛날에.

(조사자 : 단지봉에서 이 뒷동산으로 빛이 비치면은 불이 많이 난다?)

응. 우리 마을로. 우리 마을 쪽으로. 그래서 앞에 숲을 가렸다 그런 얘기여. 빛이 못 오게 하니라고. 그 나무가 인자 소나무가 많이 죽고 거기에 괴목나무 좀 많이 있는데 바로 여 앞에 거기가. 우리 마을의 수호산이지. 뒷동산 거그는.

(조사자 : 근데 왜 개를 묻었을까요?)

그것은 거시기 뭐여 재앙을 방지하기 위한 수단이지. 소금도 그러고. 소금도 마귀 쫓아내는 거. 귀신 쫓아내는 거 하잖어.

안국사 단청이 미완성인 이유

자료코드 : 07_04_FOT_20090221_KWD_LGH_0001
조사장소 : 전라북도 무주군 적상면 북창리 초리 마을회관
조사일시 : 2009.2.21
조 사 자 : 김월덕, 백은철
제 보 자 : 이경환, 남, 47세
구연상황 : 이야기를 잘 하는 할아버지를 만나러 갔다가 제보자를 만났다. 할아버지가 사
         는 마을의 이장이었는데, 할아버지를 잘 따르는 사람이었다. 할아버지에게 옛
         날이야기를 청해 듣고, 마을에 관한 이야기는 없냐고 묻자 지명에 관한 짧은
         이야기를 해 주었다. 뒤에 있던 제보자가 안국사 단청에 관한 이야기도 있지
         않느냐고 하였다. 조사자들이 자세하게 이야기해 달라고 청하자, 자세를 고쳐
         잡으며 구연하였다.
줄 거 리 : 고려 때 월인화상이 안국사를 지었다. 절을 다 올리고 단청을 하기 위해 고심
         하고 있는데 하루는 걸인 같은 사람이 찾아와 단청을 해줄 테니까, 백일 동

안 안국사 안을 쳐다보지 말라했다. 그런데 구십구 일이 되던 날, 월인화상이 궁굼증을 참지 못하고 단청하고 있는 안을 들여다보고 말았다. 학이 단청을 그리고 있었는데, 월인화상이 들여다보는 순간 날아가 버렸다. 안국사 단청은 완성되지 못하고 지금까지 전하게 되었다.

안국사 단청이라고 전설 있는 거 있잖아요? 뒤에 보면은 단청이 한 1메타, 일 평방미터 정도가 안 돼 있잖아.

(조사자 : 예. 왜 안 돼 있대요?)

그게 전설이요 그게. 왜냐면은 옛날에, 그 원래 이 절 짓는 처음에 짓는 사람이, 고려, 언제지? 고려 때 월인화상이라고.

(조사자 : 월인화상.)

예. 월인화상. 그 분이 그 절을 진 거여 안국사. 그 분이 지었는데 단청을 해야 되는데, 단청할 사람이 없어 가지고, 인제 몰라, 나, 그 전설이라는 게 자세하게 모르는데, 단청을 해야 되는데, 단청할 사람이 없는데, 단청을 어떻게 하나 기다리고 있는데, 어디 허름한 뭐야 좀 거지같이 허접한 사람이 거기 안국사로 찾아왔는데, 그 분이 와서 얘기를 했디야.

"내가 이거 단청을 해줄 테니까, 백일 동안 여기 안에 쳐다보지를 말아라. 백일 동안 쳐다보지를 말아라." 그래 가지고, 그 안에 좀 가려 놓고 단청을 하고 있는데, 이 사람이 하도 궁금하니까 구십구 일인가 되던 날, 하루만 내버려둬도 되는데, 너무 너무 궁금하다 보니까, 인제 거기를 가려 놓은 데를 살짝 인제 본 거야. 보니까, 그 학,

(조사자 : 학?)

학이라는 사람이,

[전화 때문에 잠시 이야기 멈춤]

(조사자 : 그 안에 단청을 한 게 학이에요? 새? 학?)

새. 학이 막 왔다 갔다 하면서 막 그리더라 이거여. 그러면서 딱 보니까 쳐다보고 있잖아. 그래서 다 그려 가는데, 고 일 평방미터 정도가 한 평

정도 돼, 한 평, 고 정도 남겨 놓고 이 사람이 딱 쳐다보니까, 학이 훨 날라 간 거야. 그래서 거기가 단청이 안 그려져 있다고 그런 전설이 있어요, 거기. 안국사 가면 거기 안 그려져 있어요.

(조사자 : 진짜에요?)

예.

달집 태우는 풍습의 유래

자료코드 : 07_04_FOT_20090214_KWD_LMS_0001

조사장소 : 전라북도 무주군 적상면 북창리 초리 마을회관

조사일시 : 2009.2.14

조 사 자 : 김월덕, 백은철

제 보 자 : 이문성, 남, 76세

구연상황 : 이문성 제보자와 미리 약속을 한 후 마을로 찾아갔을 때 제보자는 마을 앞까지 나와서 조사자 일행을 기다리고 계셨다. 마을회관으로 안내를 받아 이야기를 나누었다. 제보자는 이전에 조사자들을 만나 이야기를 전해준 경험이 있다고 했다. 제보자가 들려준 이야기는 마을 어른들에게 들은 것은 아니고, 자신이 이야기책에 읽은 것을 나름대로 소화한 것이다.

줄 거 리 : 임금이 보름날 신하들과 달구경을 갔다가 까마귀가 떨어뜨린 편지 한 장을 받는다. 편지 겉에는 뜯어보면 두 사람이 죽고 뜯어보지 않으면 한 사람이 죽는다고 씌어 있었다. 뜯어보니 임금이 달구경 나간 틈을 노려 역적모의가 있다는 내용이 씌어 있어서 임금이 위기를 모면했고, 그 날 달이 밝은 것이 원망스러운 일이라 그것을 가리려고 달집을 태우게 되었다는 내용이다. 삼국유사의 사금갑 이야기를 달집태우기에 맞추어서 개작한 이야기로 보인다.

거 보름날 왜 달집을 처대냐(처지르냐) 하면은, 임금하고 신하하고 신하들하고 하루 저녁에, 그날이 인자 정월 대보름날 저녁이던가벼(저녁이던가봐).

그날 저녁에 인자 참 유난히 달이 밝고, 참, 그날사말고 너무나 달이

밝고 그래 가지고 임금이 야외로 놀러 가자고 해 가지고, 놀러 가서 한참 술을 거나하니 먹고 노는 판인데, 신하들하고.

까마귀가 날라가다가 편지 한 장을 떨어뜨리고 가. 편지를 뜯어보니까 펴 보믄 두 사람이 죽고. 펴 보믄. 안 펴 보면 한 사람이 죽는다고 겉에 써 났거든. 겉에다가 피봉에다가. 그러니까 신하들하고 임금하고 고민이지. 뜯어보자니 두 사람이 죽을 기고 안 뜯어보믄(뜯어보면) 한 사람이 죽을 기고. 그랑깨 인자 거기서도 서로 의견이 각각이지. 뜯어보자는 사람이 있고 뜯어봐서 두 사람 죽느니 차라리 한 사람만 죽고 마는 것이 옳지 안 뜯어보는 것이 안 낫냐고 하고. 그러다 그만 임금이,

"에이, 두 사람이 죽거나 어쩌거나 궁금하니께 한번 뜯어보자."

뜯어보니까 어느 놈 두 놈이 역적모의를 해 가지고 임금이 그날 저녁에 나가는 것을 알고 용상 뒤에 숨어 있다가 임금 들오면 해치고 자기가 들어앉을라고 아 그걸 써놨네. 그렇게 써 있어. 그랑개 두 사람이 뜯어봤응개 두 사람이 죽는 거지. 안 뜯어봤으면 임금 하나만 죽고. 그래 가지고 참 어떻게 간신히 피해서. 그러니까 인자 달이 원망스럽지. 달만 안 밝았으믄은(안 밝았으면) 보름날 저녁에 놀러 나가들 안했지. 야외로. 그렇기 때문에 달이 원망스럽다 해서 달을 안 볼라고 연기로 가루는(가리는) 것이 달집 쳐댕기여.

(조사자 : 아 그렇구나. 이런 이야기를 어디서 들으셨어요?)

아니, 내가 지어서 하지 머.

(조사자 : 지어서요.)

까마귀는 고맙다고, 까마귀는 고맙다고 밥을 주고 개는 까마귀밥을 뺏아 먹는다고 밉다고 개밥은 보름날 안줘 또. 왜 그랑기고 그게 인자 어떻게 됐냐면 달집 쳐대고 왼사내끼를 꽈 가지고 쫙 둘러치고 거기다가 저 소원성취를 빌어서 달아매고 그래 쳐대믄은 그해 소원성취한다는 그렇게 유래 돼 가지고 그래서 달집 찧는 거여.

(조사자 : 예. 달집을 태우게 된 유래네요.)

예, 유래.

꿀밤이 도토리가 된 사연

자료코드 : 07_04_FOT_20090214_KWD_LMS_0002
조사장소 : 전라북도 무주군 적상면 북창리 초리 마을회관
조사일시 : 2009.2.14
조 사 자 : 김월덕, 백은철
제 보 자 : 이문성, 남, 76세
구연상황 : 이문성 제보자와 미리 약속을 한 후 마을로 찾아갔을 때 제보자는 마을 앞까
　　　　　지 나와서 조사자 일행을 기다리고 계셨다. 마을회관으로 안내를 받아 이야기
　　　　　를 나누었다. 제보자는 이전에 조사자들을 만나 이야기를 전해준 경험이 있다
　　　　　고 했다. 제보자가 들려준 이야기는 마을 어른들에게 들은 것은 아니고, 자신
　　　　　이 이야기책에 읽은 것을 나름대로 소화한 것이다.
줄 거 리 : 임금이 난을 만나 산골짜기에 피신 갔다가 토리로 만든 떡과 묵을 먹고 맛이
　　　　　좋아서 토리 대신 꿀밤이라 부르도록 했다. 난을 피해 다시 궁으로 돌아온 후
　　　　　산골짝에서 먹었던 토리 생각이 나서 먹어보니 예전 그 맛이 아니라서 꿀밤
　　　　　이라 하지 말고 도로 토리라고 부르도록 하여 도토리가 되었다고 한다. 도로
　　　　　묵 이야기를 차용하여 만든 것으로 보인다.

그게 이름이 토리였었어. 토리.

(조사자 : 토리. 원래는 토리.)

응. 그래 인자 임금이 난을 만나 가지고 저 어느 산골짜기로 피신을 갔
는데, 그러다가 인저 몇 달을 굶고 그러니까 배가 고플 거 아녀. 그러니까
거기서 토리로 묵을 해 가지고 주는디 뭐 임금이 그때는 배가 고팠으니께
그걸 먹었겠지. 뭐 배 안 고프믄 뜹뜨무리 하니 거 뭐 맛이나 있가니 별
라(별로). 도토리로 떡을 해서 주고 묵을 해서 주니까 거 먹어 보니까,

"이게 뭐냐고." 그라거든. 먹음서. 맛있어. 배가 고프니까.

“토리입니다.” 그랑깨

“이 토리가 이름이 못쓴다. 꿀밤이라고 해라.”

그래서 꿀밤이라고 했단 말여. 그래 갖고 인제 임금이 난을 인제 피해고 와 가지고 평상시에 아 그 산골짝에 가 가지고 먹던 그 생각이 나서, 아 그것 좀 신하들더러 귀해 오라니까 귀해 오니까 뭐 띕뜨무리 하니 맛도 없고 못 먹었거든. 자기가 인자 지어준 꿀밤.

“꿀밤이라고 하지 말고 도로 토리라고 해라.”

도로 토리. 그래서 도토리라고 된 기여 그게. 그래 도토리라는 것은 꿀밤이라고도 하고 도토리라고도 하고 그라는 기여.

조을대로 이름을 바꾸어 벼슬한 조꺽쇠

자료코드 : 07_04_FOT_20090214_KWD_LMS_0003
조사장소 : 전라북도 무주군 적상면 북창리 초리 마을회관
조사일시 : 2009.2.14
조 사 자 : 김월덕, 백은철
제 보 자 : 이문성, 남, 76세
구연상황 : 이문성 제보자와 미리 약속을 한 후 마을로 찾아갔을 때 제보자는 마을 앞까지 나와서 조사자 일행을 기다리고 계셨다. 마을회관으로 안내를 받아 이야기를 나누었다. 제보자는 이전에 조사자들을 만나 이야기를 전해준 경험이 있다고 했다. 제보자가 들려준 이야기는 마을 어른들에게 들은 것은 아니고, 자신이 이야기책에 읽은 것을 나름대로 소화한 것이다.
줄 거 리 : 안양에 사는 조꺽쇠라는 사람이 벼슬하기가 소원이라서 몇 해 동안 모은 삼천 냥을 가지고 벼슬을 사러 한양으로 가는 길에 과천에서 이름 지어주는 사람을 만난다. 그 사람이 삼천 냥을 내고 이름을 새로 지으면 틀림없이 벼슬을 할 것이라고 하여 삼천 냥을 내고 조을대로 이름을 바꾸고 그가 시킨 대로 과천 사거리에 조을대라는 문패를 붙인다. 이 때 나라에 병판이 공석이었는데 신하들이 임금에게 의견을 물으니 임금이 좋을 대로 하라고 하여 신하들이 조을대로 이름을 바꾼 조꺽쇠를 찾아냈고 조꺽쇠는 병판을 했다는 내용이다.

이름을 잘 지른 그 사람 팔자를 피는 기여. 이름에서, 벼슬도 이름으로써 벼슬을 하고 부자 되는 것도 이름 잘 지면 부자 되고.

죽을, 명이 짤룬 사람도 이름으로써 명을 이어 나가는 거여. 거 이름은 질(지을) 적에 사주, 사주하고 오행을 맞촤 가지고 그렇게 해서 이름을 짓는 건디, 그 저 안양에 안양, 서울 안양에 꺽쇠라는 사람이 있어. 조꺽쇠. 성은 조씨고 이름은 꺽쇤디. 이 사람이 어떻게 지독하게 일도 하고 해 가지고 돈을 모아 가지고 벼슬하는 것이 아주 원여, 그 사람. 하도 원이라놔서 돈 그때 당시에 한 삼천 냥만 가지면은 벼슬을 샀다는 거여.

그래 근근이 삼천 냥을 어떻게 해 가지고 몇 년 삼천 냥을 모아 가지고 벼슬을 사로 한양으로 벼슬을 살라고 가니까, 과천 네거리에 안양서 걸어서 인자 과천 서울을 갈라고 내려오니까 과천 네거리에 길가에,

책을 펴 놓고 한 사람이 이름도 짓고 상도 보고 하는 사람이 하나 앉아 가지고 그 사람이 가니까,

"어허 당신 서울로 벼슬 사로 가네." 그라거든. 그냥 보고는. 벼슬 사로 가는 질은 딴 사람들은 아무도 모르는데 그 사람은 그 사람을 보더니마는 꺽쇠를 보더니마는,

"당신, 서울로 벼실 사로 가네. 벼실 사로 가야 안 되아. 내가 이름을 지주믄 틀림없이 벼슬을 사는 거보다 그게 쉽다고." 그랑깨

"이름을 그람 지달라고."

"그냥은 안 된다고."

그래 얼마 주까냐공깨로 삼천 냥을 달라. 이름 짓는 데. 하, 이 사람이 어안이 벙벙하지.

삼천 냥을 몇 해를 해서 근근이 벌어 가지고 사로 가는디 그놈을 다 달라고 하니까.

"아 이거 저저저 이름, 이름 머 저 몇 자 짓는 데 무신 삼천 냥이냐고." 쪼금만 하자공깨로.

"아 그라면 가라고. 나 그라믄 안 지준다고." 그래 아, 아는 걸 보니깨 예사 사람이 아니거든. 보통 사람이 아녀. 그래 가지고,

"그러면 삼천 냥을 드릴팅깨 이름을 지어 돌라고." 그랑개 을대라고 지어줘. 을대. 을대. 그래,

"을대라고 해서 조을대라고 해서 과천역에 사거리 여기다가 집을 하나 얻어 가지고 그 집 문 앞에다가 대문짝만 하게 조을대라고 써 부치라. 그라고 기다리믄은 벼슬은 할 수 있다." 그라거든. 그래 인자 시키는 대로 그라고 기다리고 있다. 거 인자 그때에 임금이 참 시화연풍하고 백성들도 모다 그냥 편안하게 잘 살고. 정치를 잘했던가 봐. 연연이 풍년도 되고. 그란데 병판이라고 병판이면은 병조판서가 국방부장관여. 지금으로 말하면 국방부장관. 병판이 공석여. 비었어, 그 자리가. 그 자리가 비었는데 대신들이 모아 앉아 가지고 병판을 누구를 추천을 하까 하고서 상의를 하고 있는데, 임금이 궁궐에서 삭 나오면서,

"허허 이 좋은 세월에 뭣들 하고 있는가? 뭔 고민 있어서 그렇게 그라고 있느냐고." 그라니까 신하들이,

"아이고 상감마마 아직은 병판이 공석 아닙니까. 그래 병판을 지금 우리가 누구를 추천하까 싶어서 이렇게 상의하고 있는 중이라고." 항깨 임금이,

"허허 자네들 좋을 대로 하게."

[조사자들 웃음]

좋을 대로 하게 그랬단 말여. 아 그라고 임금은 들어갔는데 신하들이 머리를 짜고 앉아서 좋을 대로 하라고 했응깨 조을대라는 사람을 찾아야 되겠거든. 거 인자 사방에다가 각 현감들 군수 막 이런 데까지 공문을 돌렸어. 좋을대라고 있는 사람 찾아 보내라고. 아 그래 안양현감이, 안양현감이 그 저 중앙에 볼일 있어서 올라가다가 보니깨 과천 네거리에 대문짝만 하게 조을대라고 써 붙어 있거든 문패가.

'옳다 인제 찾았다.'

그래 가지고 그 조을대를 데리고 궁으로 들어가 가지고 그 사람이 병판을 했어. 벼슬 삼천 냥 주고 산 거보다 오히려 낫지. 삼천 냥 줬어야 그 병판 같은 거 벼슬 사도 못하고. 아 지금 국방부장관이면 역간(여간) 높은 벼슬여. 그것도 그 사람도 역시나 또 임금 신임 있이 잘하고. 그랬다는 그래. 이름 한 가지 잘 지믄 평생 가난한 사람도 이름 잘 지면은 입에 풀칠은 한다는 기여. 그래 인자 이름을 질라면 그냥 지서는 안 되아. 사주팔자에다가 음양오행을 맞촤서 글자를 뭔 글자를 쓸까 하는 것도 음은 같은 음이지만은 글자 획수로 따져 가지고 음양오행이 있어. 금목수화토로. 그래 풀이해 가지고 잘지믄 이름으로 먹고 사는 기여.

패물 훔쳐 간 각고간이와 소금장수 한개구리

자료코드 : 07_04_FOT_20090221_KWD_LMS_0001
조사장소 : 전라북도 무주군 적상면 북창리 초리 마을회관
조사일시 : 2009.2.21
조 사 자 : 김월덕, 백은철
제 보 자 : 이문성, 남, 76세
구연상황 : 제보자와 두 번째 만남이었다. 제보자는 언제나 유쾌하고 재미있었다. 구연은
마을회관에서 이루어졌다. 이야기를 잘 듣기 위해 제보자를 작은 방으로 모셨
다. 젊은 이장이 따라 들어왔는데, 제보자는 젊은 이장이 자신을 잘 따른다고
했다. 조사 목적을 잘 이해하고 있던 제보자는, 자리에 앉은 지 얼마 되지 않
아 자신이 알고 있는 재밌는 이야기가 있다며 조사자들에게 이야기하기 시작
했다.
줄 거 리 : 옛날에 소금장수가 단골로 다니던 어느 집에서 패물을 잃어버렸는데, 소금장
수가 "갖고간 이가 갖고 갔다"고 말했다. 그 말이 온 동네에 퍼졌는데, 동네
에는 각고간이라는 이름을 가진 사람이 있어서 혐의를 받았다. 각고간이라는
사람이 화가 나서 소금장수를 찾아가 주먹을 내보이며 주먹에 있는 것이 무
엇인지 맞추면 용서해 주고, 맞추지 못하면 가만두지 않겠다고 말했다. 이름

이 한개구리였던 소금장수는 "한개구리 내 팔자야"라고 말했다. 그런데 각고 간이 손에 든 것은 개구리였고, 각고간이는 실제로 패물을 가져간 사람이라서 그만 실토를 했다.

옛날에 소금장수가 한 마을에 단골로 댕기면서 자고 먹는 집이 있어. 근데 그 집에서, 소금장수가 마침 왔는데, 그 집이서 패물을 잃어버렸어. 금반지를. 금반지랑 금목걸이 같은 것을. 그래 인제 그런 얘기를 주인이 하니까, 소금장수가 있다가,

"갖고간 이가 갖고 갔네."

그렇지, 갖고 간 이가 갖고 갔지 딴 사람이야 안 가지고 갔지. 안 가지고 간 사람이 가져갔겠어?

"갖고간 이가 가져갔네." 그랬단 말여. 게 그 소리가 이웃집으로 전해져 가지고 온 동네가 다 소문이 나뻐렸어. 갖고간 이가 갖고 갔단다. 그래 그때 여름이라서 모를 심굴라고, 동네 분들이 전부 다 품앗이로 모를 심구는데, 그 모심구는 데서, 한 사람 입에서 그 말이 나와, 그래 가지고 그 전부 다 그런 말이 나오니까, 한 남자가 그 사람 이름이 각고간이여. 이름 이 각고간이여. 각고간이라는 사람이 자기가 갖고 갔다고 소금장사가 그 라더라고 한께로 부아가 바짝 났단 말여. 바짝 나 가지고, 이놈의 자식이 알면 얼마나 아느냐 싶어가지고, 그 무논에 개구리가 한 마리 있던가 봐. 개구리를 잡아 가지고 소금장사 있는 머무는 집으로 쫓아갔어. 쫓아가 가 지고 화를 내면서,

"니가 그렇게 뭘 잘 안다는디, 이 손에 들은 것이 뭐냐? 이 주먹 안에 들은 것이 뭔가 알면은 너를 놔두고, 모르면 나한테다가 음해를 입혔응깨 가만히 안 둔다고." 막 어리빵을 놔. 아 그러니 그냥 씸박 한다는 말이 갖 고 간 이가 갖고 갔어 그랬는디 뭘 알고 그란 것도 아니고, 아이 큰일 났 거덩. 그래 겁에 질려 가지고 한참 생각하고 있다가, 제 복장을 탁 치면서,

"아이고 한개구리 내 팔자야." 했단 말여. 그 사람 이름이 개구리여.

(조사자 : 한개구리.)

응. 한개구리여. 거시기가, 소금장사가. 아 그렁개 개구리라고 맞혔거든. 손을 쪽 핀개 개구리가 쪽 뻗어 죽어 가지고, [손을 꼭 쥐어 보이며] 꼭 글머지고 이렇게 와 가지고. 그래 또 그 각고간이라는 사람이 또 갖고 갔드라네. 그래 가지고 자기가 갖고 갔다고 고백을 했어. 그렁개 이름을 무시 못 하는겨.

맹사성과 공당놀이

자료코드 : 07_04_FOT_20090221_KWD_LMS_0002
조사장소 : 전라북도 무주군 적상면 북창리 초리 마을회관
조사일시 : 2009.2.21
조 사 자 : 김월덕, 백은철
제 보 자 : 이문성, 남, 76세
구연상황 : 제보자와 두 번째 만남이었다. 제보자는 언제나 유쾌하고 재미있었다. 구연은 마을회관에서 이루어졌다. 이야기를 잘 듣기 위해 제보자를 작은 방으로 모셨다. 젊은 이장이 따라 들어왔는데, 제보자는 젊은 이장이 자신을 잘 따른다고 했다. 조사 목적을 잘 이해하고 있던 제보자는, 자리에 앉은 지 얼마 되지 않아 자신이 알고 있는 재밌는 이야기가 있다며 조사자들에게 이야기하기 시작했다.
줄 거 리 : 맹사성이 온양 순방을 마치고 한양으로 돌아가는 길에, 천안의 어느 술집에서 쉬어 가게 되었다. 맹사성은 한쪽 구석에 앉아 있을 때 젊은 선비 하나가 다가와서 술을 권하며 극진히 대접하였다. 맹사성은 그에게 호감을 갖고 '공당놀이'를 제안하였다. 공당놀이를 통해 맹사성은 그 젊은 선비가 이튿날 열리는 과거를 보러 올라가는 중임을 알게 되었다. 이튿날 선비는 과거를 보고 면접까지 보게 되었는데 그 면접관이 바로 어제 만나 공당놀이를 했던 맹사성이었다. 젊은 선비가 나라의 인재임을 알아본 맹사성은 그에게 벼슬을 주었고, 젊은 선비는 맹사성처럼 일을 잘 했다.

맹사성이가 정승으로 있을 적에, 그 저 온양이 고향이거든. 자기 집이

온양인데, 온양을 하루에 참 내려올 일이 있어서 내려오게 돼 있었어. 정승이 내려 온당깨, 충청도 감사서부터 현감까지 전부가 다 환영 행사를 할라고 나왔어. 그랑개 지금으로 말하면, 말하자면 천안삼거리 거 어디쯤에 정자가 하나 있는데, 그 정자에서 맹사성이,

맹 정승 오드락 현감들하고 전부가 거그서 기다리고 있는데, 먼 데서 웬 노인이 텁수룩하니 소를 타고 오거든. 맹 정승은 옛날부터 소를 타고 댕깄다는겨. 그 소를 타고 오니까 거기 인제 경비 선 사람들이, 길을 인자 딴 사람들 못 가게 하지. 정승이 온다고 하니까. 지금 같으면 뭐 암 것도 아니지만, 아 지금 저 국회, 삼정승이 지금으로 말하면, 국회의장, 대법원장, 국무총리가 삼정승이거든.

그래 그런 높은 사람이 온다고 하니까 그 길가에 아무도 못 댕기게 하지. 그 소를 타고 인제 노인이 오니까 경비원이 가 가지고, 못 간다고 말여. 그렁깨,

"허허, 길을 사람이 댕기라고 해 놓은 길인데 왜 못 가게 허느냐고." 그렁개,

"오늘 저 한양에서 정승나리께서 오신다고 하는데 소인들은 여기 못 간다고."

"어허 쓸데없는 소리 말라고." 그러면서 뿌득뿌득 갈라고 하니까 못 가게 햐.

그러니까 귀에다 대고, "내가 맹고불이라고 그 소리만 해다라."

(조사자 : 맹고불?)

고불여 고불. 옛 고 자 부처 불 자, 그 양반 호가. 그 이름은 맹사성이고 호는 고불이여.

충청감사한테 가서, 맹고불이란 영감이란다고 그랑개, 그 인제 그런 사람들은 고불이라는 양반이 맹사성이라는 정승이라는 것을 알잖아. 딴 사람들은 몰라도. 그랑깨 막 난리가 났네 인제. 더군다나 정승을 못 가게 했

고, 정승인지도 모르고 인사도 못 하고 환영식도 못 했으니 큰일 아녀?

그래 막 서로 막 우왕좌왕 날뛰다가, 그 저 지금으로 말하면 관인, 그 저 군수나 도장이나 뭐 이 사람들이 찍을 수 있는 그 저 관인. 그것을 옆구리 차고 있다가, 저수지에다가 떨어뜨리버렸어. 그래서 그 저수지 이름이 인침정이여. 도장 인 자, 잠길 침 자, 정자 정 자 그래 인침정이고, 그 인침정이라는 정자는, 저수지하고 정자는 지금도 남아 있다는 기여. 그래 그게 인침정으로 이름이 배껬고,

(조사자 : 도장은 누가 빠뜨린 거예요?)

응?

(조사자 : 도장을 빠뜨린 사람이 누구에요?)

그렁개 저저 충청감사가 빠뜨렸지. 감사는 거시기거든, 도지사. 지금으로 말하면.

(조사자 : 결제하는 도장인가 보죠?)

그렇지. 그건 관인여 관인. 그러고 인제 참, 순방을 마치고 맹사성이가 맹고불이가 순방을 마치고, 한양으로 돌아가는 길에, 거저 천안삼거리 어느 요정에 술집에, 거기서 인제, 피곤하고 해서 쉬어 갈라고 그 술집이를 들어갔어. 들어가니까, 각처에서 모인 선비들이 술을 먹고 거기서 얘기를 하고 거기도 쉬고 있어. 그런데 한쪽 구석에 앉았어야 누구 하나가 술 먹어 보라고 소리도 안 하고, 응, 와서 인사하는 사람도 없는데,

한 젊은 선비가 와 가지고, 노인장 여기 와서 같이 술 한 잔 자시고 쉬었다가 가시라고 하면서, 극진하게 대접을 하고 술을 대접을 하고 그런단 말여. 그 인제 이 정승이 그 사람한테 특히나 호감이 갔어. 사람이 아주 참, 바르고 예의도 바르고 참 모든 하는 행실이 모두 원만햐. 그래서 같이 앉아서 둘이 얘길 하고 노는데, 좀 쉬는데, 그저 맹 정승이

"우리 이렇게 재미없이 이렇게 그냥 쉴 게 아니라, 우리 저, 얘기나 하고 서로 문답식으로 내가 물으면은 답하는 식으로 얘기나 하자고."

"그 뭔 얘기를 할끄냐고." 그러니까,

"내가 물을 때마다 공 자를 넣거든, 끄트머리에다가. 공 자를 넣거든 젊은 선비는 답하는 끝 자에다가 당자를 넣어라."고 그랬어.

게 공당놀이여 그기. 공당놀이. 그 인제 맹 정승이 그 젊은이 보고,

"어디 가는 길인공?" 그랬단 말여. 그랑깨 이 사람은 대답하는 소리가,

"한양 간당." 또 정승이,

"뭐하러 가는공?" 그랑개,

"과거 보러 간당." 그랬단 말여. 그랑개 또 인제 정승이 있다가 하는 소리가,

"내가 합격시켜 줄공?" 그러니까, 그 이제 선비는,

"어림도 없는 소리 말당" 그랬단 말여. 그라고서 인제 거기서 웃고 인제 헤어져서 갈 길을 갔단 말여. 고 이튿날이 과거날여. 과거 출제를 누가 냈나 하면은, 이 저 영의정이니까 맹 정승이 내야. 그것도 딴 사람이 내는 것도 아녀. 과거 출제도 그 사람이 내고, 판정관여. 그 사람 채용할 수 있는 그 사람이더란 말여. 아 그래 인제 과거 시험을 고 이튿날 보고서 면접을 보는 시간인데, 면접시간이 돼서 인제 면접인데 전부다 면접을 보고, 이 사람이, 공당놀이 한 그 사람이 들어갔단 말여. 들어갔는데, 들어가도, 그때 당시에는 지금 같으면 말허지만은, 고개를 들고 이렇게 그 사람 얼굴을 바라보고 그러지도 못 했어. 못 할 시절여. 그래 수그리고 있으니까, 이 사람이, 정승이,

"과거 시험은 잘 봤는공?" 했단 말여. 그랑개 이 사람은 하는 소리가,

"잘 봤당." 그랬단 말여.

아 그래 놓고 공당놀이 한 생각 어제, 어제 천안에서 공당놀이 한 생각, 그 생각이 퍼뜩 나가지고 쳐다 봉깨로, 아 그 노인이 떡 판정관으로 앉았단 말여. 그랑깨 막 무릎을 꾸부리고 잘못했다고 죽을죄를 졌으니까 용서해 달라고.

"허허 젊은이 그런 것이 아녀. 참 자네야 말로 우리나라에 인젤세. 자네 같은 사람이 벼슬을 해야 되네. 그래야 우리나라가 올바로 잡히네." 해 가지고 벼슬을 줬디야. 그래서 벼슬을 줬는데, 그 사람 역시 맹 정승마냥 참 참신하게 일을 잘 하더란 거여. 그래 그게 공당놀이여.

도둑맞은 중국옥새를 찾아 준 용새 형제

자료코드 : 07_04_FOT_20090221_KWD_LMS_0003
조사장소 : 전라북도 무주군 적상면 북창리 초리 마을회관
조사일시 : 2009.2.21
조 사 자 : 김월덕, 백은철
제 보 자 : 이문성, 남, 76세
구연상황 : 제보자와 두 번째 만남이었다. 제보자는 언제나 유쾌하고 재미있었다. 구연은 마을회관에서 이루어졌다. 이야기를 잘 듣기 위해 제보자를 작은 방으로 모셨다. 젊은 이장이 따라 들어왔는데, 제보자는 젊은 이장이 자신을 잘 따른다고 했다. 조사 목적을 잘 이해하고 있던 제보자는, 자리에 앉은 지 얼마 되지 않아 자신이 알고 있는 재밌는 이야기가 있다며 조사자들에게 이야기하기 시작했다.
줄 거 리 : 옛날에 '용'과 '새'라는 이름의 형제가 살았는데, 몰래 물건을 감춰 놓고 잘 찾는 것처럼 속이는 장난을 즐겨 했다. 그러다 용새 형제가 잃어버린 물건을 잘 찾는다는 소문이 퍼져 궁궐까지 전해졌다. 그런데 때마침 중국 천자가 옥쇄를 잃어버렸는데 조선에 사신을 보내 물건을 잘 찾는다는 용새를 보내줄 것을 요청하였다. 용새 형제는 떠나면서 어머니에게 모일모시에 사당에 꼭 불을 지르라고 당부하고 중국으로 떠났다. 중국에 도착한 용새 형제는 천자에게 얼마간의 시간을 달라고 하고는 글만 읽으면서 시간을 보내다가 어느 날 밤 부둥켜 안고 울었다. 그 까닭을 묻는 천자에게 조선에 있는 자신들의 집 사당에 불이 났기 때문에 울었다고 하고, 천자가 알아보니 그것이 사실로 밝혀졌다. 이 일을 지켜보던 중국옥새 도둑이 며칠 뒤 용새 형제에게 자백을 하여 용새 형제가 천자에게 옥새를 찾아 주었다. 그러자 유능한 용새 형제를 되돌려 보내지 않으려고 천자는 용상 서랍에 새를 감춰 놓고 용새 형제에게 그것이 무엇인지 맞춰야 조선으로 보내준다고 하였다. 더 이상 꾀를 내지 못

한 용새 형제가 자신들의 이름인 '용새'를 부르며 부둥켜안고 울었다. 그런데 용상에 든 것은 새였고 용새라고 말한 형제는 수수께끼를 맞춘 것이 되어 무사히 조선에 돌아왔다.

옛날에 참, 그건 어느 시댄가도 몰라. 옛날이니까. 옛날에 아버지는 벼슬을, 조그만한 벼슬이래도 그냥 벼슬을 하고, 그 집이 인지 잘 살아 부자로. 잘 사는데, 두 아들이 있어. 두 아들이 어릴 적부터 개구쟁이여. 잘 놀구 뭐, 그냥 별 개구쟁이 짓을 다 햐. 그 이놈들이 차차 차차 큼선, 자기 아버지한테, 맨날 어머니 아버지한테 돈 타가지고 뭐, 간식 같은 것도 사먹고 과자라도 사먹고 할라면 항상 얘기를 해야 되는데, 아 이놈들이 꾀를 냈어. 우리 저 돈을 달래서 타지 말고, 자발적으로 어머니 아버지가 주게코롬 꾀를 낸 것이 뭐냐면,

우리가 뭔 물건을 숨겨 놨다가 찾아준다고 하고서 복채를 받자. 두 형제간이. 그 전에, 거 저, 어느 작명가가 그 집을 들려 가지고 아들을 보더니마는, 애들 이름을, 큰놈은 용이라고 짓고, 용. 작은놈은 새라고 지라고 그랬어. 그래 용새. 아예 막 호적에부터 용새로 한 자 이름으로, 용아, 새야. 그 인제 큰놈 불를라면 용아, 작은놈 불를라면 새야, 둘 다 불를라면 용새야, 이렇게 불른단 말여.

인제 하루는, 아침에 참, 아침상을 보는데, 그렁개 식모가 아침상을 딱 봐 놨는데, 요놈들이 가서 은수저 은저분을 갖다가 감춰 버렸어 몰래. 식모 몰래. 암도 몰래 둘이 딱 감춰 놓고는, 아 저 밥상을 갖고 들어가서 그 주인한테 이렇게 갖다 바쳤는데, 수저가 있어야지. 수저는 분명히 식모는 놨는데 수저가 없단 말여. 긍개 난리 났지. 막 그 식모가 발성, 새파랗히 질려 가지고, 큰일이거덩. 그 실수래도 보통 실수가 아녀. 그러니 온 집 안을 다 찾아봐도 그 은수저 은저분이 없어. 긍개 아들이 있다가,

"아 그거 내가 찾아 줄까요? 우리가 찾아 줄까요?" 그런단 말여. 즈들이 감춰 놨으니까. 그랑개,

“그럼 찾아도라.”

“허허 그냥 찾는가요? 복채라도 좀 있어야지.” 그렁개 인제 돈을 얼매를 준깨로,

[손가락으로 간지를 짚는 시늉을 하며] 아 이놈들이 뭐 손가락을 이랬싸고 갑자을축 뭐 어짜고 했쌓더니만 갖다 내놓거든?

한두 번이 아녀. 돈 떨어지면 자주 그랴. 그런 짓을. 긍개 가들이 하는 짓인지를 몰라. 감쪽같이 안 보이게 하니까 뭐든지.

게 이것이 이웃집으로 전파가 되고, 사뭇 전파가 됐단 말여. 그래 가지고 궁궐까지 알았어. 소문이 났어 그만. 그란디 그때 마침 중국 천자가 옥새를 도둑을 맞았어.

옥새라는 것이 인제 그 저 증명여, 즉 말하자면, 천자면 천자, 왕이면, 우리나라에도 왕은 옥새가 있잖아. 그래 가지고 중국에서 아무리, 응, 성인들 데려다가, 아는 사람들 데려다가 찾을라니 찾을 도리가 없어. 그래 가지고 조선으로 사신을 보냈어. 조선에 잘 찾는 사람이 있다는데 그 사람을 좀 중국으로 보내 달라고. 그때 당시만 해도 조선은 적은 나라요 중국은 큰 나라기 때문에 그 나라에 덕을 보니까, 안 보낼 수가 없는 거여. 그 이제 대신들이 모아 가지고, 모여 앉아서, 누구를 보내까 하다가, 한 사람이,

“그 아무것이 아들 형제간이 그 뭐를 잘 찾는당께 가들을 보내기로 하자.” 그래 가지고 가들이 인제 차출이 됐어 인제. 긍개 저 아버지는 큰 걱정이지.

이 철부지 어린 것들이, 백지 장난으로 그렇게 했을 겐디, 이거 이렇게 임금이 가들을 보내기로 결정이 됐으니 안 보낸다 소리도 못 하고, 집이 와서 식음을 전폐하고 누워 있으니까,

“아버지 왜 그러느냐고.”

“야 이놈아 느들이, 이놈들아, 느들이 지금 중국 천자가 옥새를 잊어버

렸는디, 도둑맞았는디, 그 옥새를 찾으러 느들을 보내기 차출이 됐으니 큰일 아니냐. 다시는 느들 얼굴도 못 볼 거고, 중국 한 번 갔다 허면은 느들 얼굴도 못 보고 그럴 거니, 아 내가 그냥 태평하게 있을 수가 있느냐.”

항깨로,

“아버지 걱정 말아요.”

그라더니 자기 어머니, 자기 아버지도 몰래, 자기 어머니를 살짝 불러 가지고,

“어머니 어머니, 우리 중국을 건너가면은 다시 만나고 싶소? 못 만나고 싶소?” 그러니까, 아 어느 부모가 다시 살아와서 만나기를 원하지, 싫다고 하는 사람이 어데 있었어.

“그래 꼭 만나고 싶어요? 다시 만나고 싶어요?” 그러니까,

“그래 만나고 싶다.”

“그러면 우리, 나하고 우리하고 약속한 거 이것을 꼭 실천을 해야지, 실천 안 하믄 우리는 못 살아옵니다. 그러니까 꼭 실천을 하라고.”

“그래 뭐냐 실천이?”

우리 집 사당에다가, 내가 날짜를 정해줄티매, 불을 질르라고 했어. 당에 불을 질르라. 사당이면 신주를 저 조상들을 모시는 사당이란 말여. 거기다 불을 질르라고 하니, 어느 부모가 그걸 한다고 하겄어 또. 그러나 아들을 볼라면은 안 하면 또 안 되겄고. 그 인제 날짜를 정해줌서 아들이 인제 그날 불을 질르라고. 게 자기 어머니하고 둘이 약속을 딱 했어. 서이서 인제. 약속을 하고 애들은 중국을 갔단 말여. 인제 불을 질르라는 날짜, 또 그런 것을 감안해 가지고 딱 맞춰서 애들이, 한 달이면 한 달, 중국 가 가지고 인제 천자한테 가서, 우리가 옥새를 찾을티매 한 달 여유를 달라고 그렇게 얘기를 한 거여.

“그렁개로 아 한 달 아니라 아무 때라도 느들이 찾는다 약속하는 대로 날짜는 주마.”

그래 가지고 한쪽에다가 인제, 방을 깨끗하게 참 정해 놓고, 거기다가 인제 둘을 느놓고 밥 갖다 멕여 가면서, 항상 순행을 돌고. 그 이놈들이 그 순행 도는 사람이 가 보면, 저녁마동 공부만 하고 앉았어. 글만 읽고 앉았어. 날짜가 어지간히 돼 가는디도 글만 읽고 앉았어. 그 인제 순행 도는 사람이,

"오늘은 뭐 하던가?" 물어보믄,

"아, 글만 읽고 앉았습디다. 글만 읽고 앉았습디다." 그란단 말여.

어지간히, 인자 기한 날짜가 어지간히 돼 가니까, 하루저녁은 이 놈 둘이 부둥켜안고 운단 말여. 막 울어. 그랑개 순행 돌고 온 사람이 천자한테 와서,

"엊저녁에는 어떻게 된 건지, 둘이 부둥켜안고, 막 슬피 울더라고." 그랑개 인제 천자가,

"그러면 그렇지 지까짓 놈들이 뭘 찾아."

못 찾으니까 날짜는 돌아오지, 못 찾으니까 겁이 나서 운다 그거여. 그래 불렀어. 긍개 인자 부르니까,

"너희 엊저녁에 왜 울었느냐?" 그랑깨,

"예. 한국에 있는 우리 집에 사당에 불이 났습니다."

그래서 그 한국으로, 저, 조선으로 연락을 하니까 마침 그날 그 시간에 불이 났어. 그것까지도 알아, 중국에 앉아서 한국에 불 난 것까지도 아니, 도둑놈이 큰일 났어 인자. 그 발써 뭐 자기는 잽힌 거나 틀림없단 말여. 그 인자 며칠 그라다가 한 이삼 일 날짜가 남았는데, 하루는 이 사람들이 인제 용새가, 자고서 소변 볼라고 식전에 나온깨, 그때가 인제 추울 때, 서리 오고 할 때던가, 처마 밑에 어떤 놈이 한 놈이 와서 꾸부리고, 밤새 드락 꾸부리고 앉아 가지고,

등떨이에 서리가 하얗이 묻어 가지고 있어. 그렁개,

"웬 사람인고?" 그라니깨,

“아이고 지가 옥새를 가져간 사람이라고.” 그랑깨,

“응, 너 올 지를, 당신이 여기 올지는 알았어. 어. 알았지만 물어보는 거라고. 지금 나도 알고 있는디, 도대체가 옥새는 어따 숨겨놨는가? 자네가 옳은 소리를 하는가 안 하는가 보기 위해서 묻는 거니까 똑바로 갈차 달라고.” 하니깨,

아, 한국에 불 난 것까지 알고 그것 때문에 도둑놈이 벌써 자수를 했는디, 똑바로 안 갈켜 줄 수가 있어? 그래,

“어느 연못 안에다가 던졌다고.”

“엉, 알았어. 그러면 이게 저 천자가, 자네라는 것을 내가 발표를 하면 자네가 죽을기니까, 자네는 지금부터 흔적도 없는 데로 가 버리라고.”

아 살려주니 얼마나 또 고마울 일여. 그 인제 그 기한 날짜가 딱 돼서, 오라고 해서 인제 참 가니까 천자가 물어.

“너, 느들 찾았느냐?” 그렁깨로,

“예. 찾았습니다.” 그라거든. 아 그랑깨,

“어디 있느냐고. 급한깨 어디 있냐고.” 그랑깨로,

“아, 그럴 것이 아니라, 장정으로 인부 백 명만 내주시오.”

궁개 백 명을 냈어. 그 인제 물을 펐단 말여. 연못 물을 퍼니까, 그 갯벌 속에 그 옥새가 묻혀 있거든. 그래 찾았어. 찾았어도 천자도 겁나게 좋지. 옥새를 도둑맞았다가 찾았으니까. 좋으나 한편으로는 요놈들을 조선으로 내보내기가 싫어. 아 그런 큰, 머리 좋고 큰사람들을 조선으로 내보내기가 싫어서 꾀를 낸 것이, 신하들 보고 새를 한 마리 잡아 오랬어. 게 새를 잡아다가 용상 빼다지에다 딱 넣어 놓고, 그놈들더러 인제 가들더러 물었어 용새보고.

“이 안에 들은 것이 무언가? 알면은 한국으로, 조선으로 보내주고, 모르먼은 조선으로 안 보내줄팅깨, 이거 알겄느냐?”

아이고 이거 뭐 옥새 찾은 것은 뭐, 자기 어머니하고 약속을 해 가지고

가고, 사당에다가 불 질른 것 때문에 알았지, 찾았지. 이것까지는 생각도 못 하고서 있었는데, 아 큰일 났거든, 조선으로 돌아오들 못햐. 그서 둘이 서로 형이 뭔 소리를 하까 동생이 뭔 소리를 하까, 얼굴만 바라보고 있어도 서로 뭐 묵묵부답이여. 새파랗히 얼굴은 질려 가지고. 그래 끌어안고 둘이,

"아이구 용새야. 여 와서 이렇게 될지 누가 알았냐." 울었단 말여.

아하 천자가 보니까, 용새라 하니깨, 용상 빼다지 속에 새가 있으니까 용새지. 그 인제 빼다지를 확 연깨로 새로 푸르륵 날라가.

"야 이건 알기는 아는구나. 그러나 느들은 해치던 못 하것다."

그래 가지고 내보내고 그 다음부터 중국에서 천자가 한국에다가, 건드렸다가는 한국을 만만히 봤다가는 그 용새들 때문에 안 되겠거든. 그래 가지고 아주 뭐 참 잘 중국하고 조선하고 잘 지냈다는겨. 그래서 이름을 용새라고 지 준 그 사람이 성인여.

(조사자 : 용새라는 이름을 지어 준 사람이.)

그렇지. 그 사람이 아는 사람이지. 앞으로 그런 일이 야들을 있을 기라는 것을 알고서 그렇게 지어 줬거든.

천자문으로 글 잘 짓는 사위 고른 부잣집

자료코드 : 07_04_FOT_20090221_KWD_LMS_0004
조사장소 : 전라북도 무주군 적상면 북창리 초리 마을회관
조사일시 : 2009.2.21
조 사 자 : 김월덕, 백은철
제 보 자 : 이문성, 남, 76세
구연상황 : 제보자와 두 번째 만남이었다. 제보자는 언제나 유쾌하고 재미있었다. 구연은
          마을회관에서 이루어졌다. 이야기를 잘 듣기 위해 제보자를 작은 방으로 모셨
          다. 젊은 이장이 따라 들어왔는데, 제보자는 젊은 이장이 자신을 잘 따른다고

했다. 조사 목적을 잘 이해하고 있던 제보자는, 자리에 앉은 지 얼마 되지 않
아 자신이 알고 있는 재밌는 이야기가 있다며 조사자들에게 이야기하기 시작
했다.

줄 거 리 : 어느 부잣집에 딸이 하나 있었다. 그 집에서 천자문을 잘 짓는 사람을 사위로
삼겠다고 방을 붙였다. 그 방을 보고 두 사람이 부잣집으로 왔는데 그 집 처
녀가 처마 밑에서 오줌 누는 것을 보고 ‘여송지성’이라고 한 사람은 탈락하
고 ‘천유불식’이라고 한 사람은 합격을 했다. 합격한 사람이 처녀 방에 들어
가서 ‘도사금수’라고 했더니 주인이 다시 쫓아냈다. 그날 비가 와서 이 사람
이 담장 옆에 앉아 담벼락에 귀를 붙이고 ‘화채선영 하올 것을 도사금수 하
였다가 운등치우 궂은비에, 속이원장 하노이다’라고 중얼거렸다. 이 말을 행
랑에서 들은 주인은 그를 데려다 사위를 삼았다.

　천자문을, 천자문을, 천자문 가지고 글을 잘 짓는 사람은, 그 저 어느
부잣집에 참, 규수가 하나 있는데, 딸이 하나 있는데, 그 딸을 인제 시집
을 보낼라는데, 천자문으로 글 잘 짓는 사람은 사우를 삼겠다고 방을 붙
였어. 그러니까 한 놈이 저저 천자 꽤나 읽었던가, 인제 두 놈이 그 집을
갔어. 문 앞에 감서 딱 인제,

　“주인장.” 불러 가지고, 그래서 왔노라고 얘기를 하니까, 처녀가 방문
열고 나오더니마는 처마 밑에다 오줌을 눠, 그 사람들 들어오는데. 그랑
깨 한 놈이 있다가, 같을 여, 솔 송, 갈 지, 성할 성. 그 천자문에 있어.

　“여송지성이로다.” 그라니까 나가랴. 앞에 들어간 놈은 쫓아냈어. 게 뒤
에 들어가는 놈이,

　“천유불식이로다. 내 흐르는 것이 쉬지 않는 거 같으다.”

　오줌 나오는 그 줄기를 보고, 내 흐르는 것이 쉬지 않는 거 같으다, 내
천, 흐를 유, 아니 부, 쉴 식이거등. 그렁깨 들어오랴 그 사람은. 그 사람
은 합격을 해서 들어갔는데, 그 처녀 방으로 들어가 보니깨 기가 맥히게
꽂으로 뭘로 단장을 해 놓고 그랬어. 그래,

　“도사금수로다.” 그랬단 말여. 도사금수, 그림 도, 쏠 사, 새 금, 짐승
수. 게 도사금수라고 하니까 나가랴. 쫓기났어. 그래 자기 아버지 방에 행

랑방에, 문간 있는데 거기 있는데, 그날 마침 비가 왔어. 비가 오고 담에
다가 귀를 붙이고 그 벼락에다 귀를 붙이고 앉아서 하는 소리가, 이놈이,
화채선영 하올 것을, 그림 화, 채소 채, 신선 선, 신령 령, 화채선영 하올
것을, 도사금수 하였다가, 운등치우, 구름 운, 날 등, 이를 치, 비 우, 운등
치우 궂은비에, 속이원장 하노이다. 속이, 붙일 속, 귀 이, 담 원, 담 장,
거 운등치우 궂은비에 속이원장 하노이다. 귀를 담에 붙이고 있다고 인제
그렇게 중얼거리니까 아 그것을 주인이 알아들었어, 아버지가. 아버지가
그 소리를 알아듣고 들어오라고 했어. 들어가서 참 말을 시켜보니깨 공부
도 좀 꽤 하고 머리도 좋은 놈여. 그래서 사우를 삼았어.

필상과 서당 학동들

자료코드 : 07_04_FOT_20090221_KWD_LMS_0005
조사장소 : 전라북도 무주군 적상면 북창리 초리 마을회관
조사일시 : 2009.2.21
조 사 자 : 김월덕, 백은철
제 보 자 : 이문성, 남, 76세
구연상황 : 제보자와 두 번째 만남이었다. 제보자는 언제나 유쾌하고 재미있었다. 구연은
　　　　　마을회관에서 이루어졌다. 이야기를 잘 듣기 위해 제보자를 작은 방으로 모셨
　　　　　다. 젊은 이장이 따라 들어왔는데, 제보자는 젊은 이장이 자신을 잘 따른다고
　　　　　했다. 조사 목적을 잘 이해하고 있던 제보자는, 자리에 앉은 지 얼마 되지 않
　　　　　아 자신이 알고 있는 재밌는 이야기가 있다며 조사자들에게 이야기하기 시작
　　　　　했다.
줄 거 리 : 선생이 자리를 비운 사이 서당에 필상이 찾아왔다. 서당이 칠판에 '선생은 내
　　　　　불알이요 학동은 제미십이다'라고 적어 놓고 갔다. 소리나는 대로 이해한 학
　　　　　동들이 선생이 돌아오자 필상이 큰 욕을 적어 놓고 갔다고 말한다. 선생은
　　　　　욕이 아니라 '와서 선생을 뵙지 못했고, 학동은 모두 열 명이 못 된다'는 뜻
　　　　　이라고 풀이해 준다.

서당에 학생들이 공부를 하고 서당에 앉았는데, 선생이 그날 마침 어데 나갈 일이 있어서 외출하게가 되어 가지고, 외출을 하게가 됐어. 그래서 나갔는데, 필상, 필상이라고 저 분필같이, 저저 붓, 먹 팔러 댕기는 필상(筆商)이 있어. 파는 사람이 있어.

(조사자 : 아 상인 상.)

응, 상인, 필상이라고. 붓 장사. 서당으로 댕기거든. 필상이 와서 보니까 선생이 없거든. 그렁깨, 분판에다가, 분판에다가 써 놓고 가기를 뭐라고 써 놓고 갔냐,

'선생은 내불알이요, 학동은 제미십이다.' 아 이렇게 써 놓고 갔단 말여. 아 학생들이 읽어 보니까 선생은 내불알이요, 학동은 제미십이다 써 놓고 갔응개 큰 욕을 써놓고 갔거든. 선생님이 오니까 학생이,

"아, 필상 한 분이 오셔 가지고 선생님 이렇게 욕을 써 놓고 갔다고." 그러니깨, 선생님이 보니까 욕이 아니거든.

"야 이놈들아 그게 욕이 아니다."

선생은 내불알이요는, 선생은 올 래, 아니 불, 뵈일 알, 와서 선생을 뵈이덜 못 했고, 뵈일 알이라고 있어 뵈일 알.

(조사자 : 뵐 알.)

응. 그 선생은 내불알이거든. 내가 와서 선생은 보덜 못 했으니까 내불알여. 학동은 제미십이다. 학동은, 배우는 아들은 모들 제, 아니 미, 열 십. 학생은 전부다 합하여 열 명도 못 되더라. 그렇게 써 놓고 간 게 그게 하나 욕이 아녀.

임장수와 말무덤

자료코드 : 07_04_FOT_20090222_KWD_LHJ_0001
조사장소 : 전라북도 무주군 적상면 방이리 배골 마을회관
조사일시 : 2009.2.22
조 사 자 : 김월덕, 백은철
제 보 자 : 이형진, 남, 72세
구연상황 : 배골은 길을 사이에 두고 자리한 작은 마을이었다. 다른 마을과 다르게 할아
버지들과 할머니들이 회관에서 같은 방을 쓰고 있었다. 할아버지 세 분이 계
셨는데, 농담도 잘하시고 유쾌하셨다. 조사자들이 조사 목적을 설명하고 옛날
이야기를 청하자, 가장 쾌활했던 제보자가 마을에 전해지는 임장수와 말무덤
에 대한 이야기를 구연해 주었다.
줄 거 리 : 거문동 임장수가 말을 시험하기 위해 화살을 쏘면서 말에게 화살보다 빨리
도착해야만 쓰겠다고 했다. 임장수가 화살을 쏜 후 건너가서 보니, 말이 화살
을 찾느라고 둔전거리고 있었다. 그래서 임장수는 화살이 먼저 도착한 줄 알
고 말의 목을 쳤는데, 그러고 나자 화살이 그때서야 날아왔다. 임장수가 애석
하게 생각하여 말무덤을 크게 만들어 주었다.

여기 한 일 킬로 들어가면 그짝 마을이 있거든. 거기 보면은 임장수 똥
눈 이렇게 큰 치가 똥독가래가 있어. 옛날에.

(조사자 : 똥가래요?)

(청중 : 똥독가래가 아니라 바위가 요렇게 두 개가 있어.)

(조사자 : 아, 바우가요.)

(청중 : 긍개 이제 다리 양쪽 대고 똥 누라고 이렇게 해 놨어. 시범이
딱 돼 있어 독이.)

그래서 임장수가 거기서 나와서 거기서 변을 보고 산성, 산성을 말을
타고 산성까지 뛰었더래야. 그게 인제 전설이지. 거기서 뛰어 가지고 임
장수가 산성 날망서, 여기, 여기가, 무슨 봉이지? 저기?

(청중 : 떡갈봉?)

아녀, 원앙산인가 그려.

(조사자 : 원앙산?)

응 그럴 거여. 원앙산이여. 고 밑이 말무덤이 있는디, 거기서 임 장수가 활을 쏘면서 말도로(말에게),

“이 화살보다 니가 앞이 가면 말을 쓰고, 만약 화살이, 말이 뒤따라 가면은 화살보다 뒤따라 가면은 너는 못 쓴다고.”

이렇게 해서 인제, 화살을 쏘고, 말을 뛰니까, 뛰어서 인제 거기 있으니까, 딱 와서 보니까 말이 이렇게 된전거리거든? 화살 그놈을 찾니라고. 그래 목을 탁 치니까, 장수가 임장수가 그러고 낭개, 그때서야 화살이 날라오더랴.

(청중 : 화살이 늦게 왔지.)

(조사자 : 사실은 말이 빨리 왔는데요.)

응. 말이 앞이 뛰었는디. 거기서 활을 쏘고 뛰었는디. 그래서 하도 거시기 해서 그 말을 거기에다가 무지하게 시방 크게 써 놨어.

거기 한 번 가봐 인제. 거기 가면은 겨울에도 무덤에서 짐이(김이) 무럭무럭 나.

(조사자 : 말 무덤이 지금도 있다구요?)

그래 인제 그것이,

(청중 : 내가 파 묻었어, 그 전이. 거기서 죽은 것을.)

전설이지. 인제 전설이 내려와 있는디, 실제로 본 사람은 없어. 전설이 그렇고.

명당 욕심내다가 망한 어의 정자역

자료코드 : 07_04_FOT_20090221_KWD_JSG_0001
조사장소 : 전라북도 무주군 적상면 사산리 마산 마을회관
조사일시 : 2009.2.21

조 사 자 : 김월덕, 백은철
제 보 자 : 정석규, 남, 78세
구연상황 : 마산마을은 회관 건물을 최근에 새로 지어서 깨끗하고 따뜻하였다. 마을 어른
들은 회관에서 점심과 저녁을 같이 드시고 저녁 늦게까지 놀다 가신다. 할아
버지방에 모인 분들이 마을의 유래와 역사에 관한 여러 이야기를 하다가 제
보자가 자신의 집안 얘기를 하나 하겠다고 하면서 이야기를 시작하였다.
줄 거 리 : 마산에 살던 사람 중에 어의(御醫)를 하던 정자역이라는 사람이 있었다. 중묏
날 꼭대기에 묘를 쓰고 발복하여 아주 잘 살았는데 세도를 지나치게 부려서
악명이 높았다. 그래서 어느 도사가 사실을 알아보려고 허름한 차림으로 변
장을 하고 그 집에 유숙을 청하였다가 문전박대를 당하였다. 과연 소문대로
인 것을 알고 도사는 의복을 제대로 갖추고 다시 그 집에 방문하여 하룻밤
유숙하게 되었다. 이 도사가 풍수인 것을 알고 정자역은 대접을 잘 하며 좋
은 자리를 잡아 달라고 하였다. 도사는 세도를 너무 부린 그 집안을 망하게
하려고 가짜 명당을 알려주었고, 정자역은 명당을 차지하려는 욕심에 택일하
여 묘를 파서 옮겼다. 그 후에 정자역의 집안은 그만 망해 버렸다.

그 한 가지 내가 얘기 좀 하까? [제보자가 얘기를 하나 하겠다고 운을
뗀다.] 여기 중묏날 얘기 했지? 중묏날 꼭대기다가 옛날에 정자역 씨라고
하는 분이 묘를 썼는데 그 묘가 참 좋았댜. 그래 갖고는 지금 양곡창고
관리, 양곡창고를 지은 그 터에다가 집을, 말하자면 입 구 자로 집을 짓고
살았었는데, 옛날 몇 백 년 전 이야기야.

그랬는데 이 양반이 그때 당시에 나라 임금의 의원을 했어. 지정의원을
했어, 말하자면. 그래서 세력이 굉장하드라네. 거기다 묘를 써 갖고서는
그렇게, 세력을 그렇게 부렸었드랴, 옛날에. 그랬었는데 그 집이서 워낙
막 세력을 부링개 그때 당시도 암행어사처럼 도사가 다녔던 모양이지?

참말로 그런가 싶어서, 세력을 너무나 부린다 이거여. 참말로 그런가
싶어서 가장을 하고 왔드랴. 말하자면, 변장을 하고, 말하자면, 거리의 얻
어먹는 사람으로 변장을 해 갖고 가서 하루저녁 자고 가자고 항개, 이런
순 재수 없이 이런 것이 와서 그란다고 그냥 막 몽둥이찜질을 하다시피
해 갖고 쫓겨났다는겨. 하! 역시 들은 대로구나 허고서는 그 사람이 그 다

음에 인제, 몇 달 지났을 테지.

그 때는 간 의관이라, 아주 의복이 날개라고 좋게 선비 스타일로 해 갖고 인제 그 묘를 갔드랴. 가닝개로 거 역시 있드라는겨. 정자역이라고 하는 분이. 그래

"하룻저녁 자고 갑시다." 헝개

아래 우로 보닝개 참 선비거든. 그래 자고 가자고 헝개,

"아, 자고 가시라고." 그래 그 집에서 하루저녁을 자는디,

근디 시험을 하려고 간 판잉개 거시기를 다 했을 티지만, 줄거리만 얘기한다고 보면 그려. 그 인제, 그 집이서 하도 자면서 이런저런 얘기를 허다봉개, 이 사람이 말하자면 도사처럼, 그때는 인제,

(청중 : 암행어사)

암행어사처럼, 말하자면 지관을, 말하자면, 묏자리 잘 보는 사람을 그걸 보고 뭐라 그랴?

(청중 : 풍수)

풍수노릇을 했드란겨. 그라면선 내가 아무것이 무슨 얘기 별별 얘기 다 했을 테지만은, 그랑개는 그 정자역이라고 하는 사람이 있으면 더 주고 싶다는 욕심이 있잖아.

"아, 그렇게 잘 아시면은 우리 할아버지 산소가 요 중묏날 꼭대기에 있는데 저 묏자리를 한번 보고 가실라요?" 하고 인제 그러닝개,

"아 그라라고."

아 그래 갖고 인제 아침을 잘 얻어먹고 그 날망에 가서 봉개 과연 역시 좋드랴. 묏자리는 참 좋은데 이 사람이 해코지를 할라고 보닝개, 작정을, 이 사람이 모사를 하기를, 거기서 앉아서 내내 박종호가 부치는 그 밭뙤기 가운데 있는, 묘가 있어. 실화여 이게.

(청중 : ○○ 밭에가 있어요.)

"저기 저기가 참 좋은 자리가 하나 있는데 저런 자리가 묵었다고." 그

럼선 혼자 앉아서 인제 풍수가. 그래 인제, 그런 얘기를 항개

"어디가 그렇게 좋은 데가 있냐고."

막 바짝 그냥 세상에 간이라도 내 줄 드키 막 하드란겨. 그렁개 그럴 맘이 있냐고 하는디,

"아, 좋다는디 내 그거 한다고."

그래 이 묘를 파서 그리 옮긴다는겨. 그래 갖고 하루 날을 받아갖고 정한 좋은 날을 받아서 택일을 해서 이렇게 해서, 인자 그 다음에 묘를 써 줬드라. 써 주는디, 묘를 파닝개 참말로 그런지 어짠지 모르지만은, 묘 파는 그 순간에, 떡술이 왜, 불 때면 막 짐이 푹 솟득기 그렇게 먼 디서 봉개 짐이 푹 솟드랑겨.

그라고 나서 그 뫼를 거기다 묘를 써 주서. 우리 집안여. 내내 해야. 알고 보면, 옛날에.

우리가 계속, 내가 한 5년 전까지도, 5년 전이냐 십 몇 년 전이냐. 금초를 해 줬어. 우리 집안이라고 해서. 후손이 없단 말여. 자손이 없어. 그래서 인자 지금은 안 하고 묵후고 있는데. 그런 사실이 있어. 그래 갖고는 그 뒤로 막 폭 망해 버렸어. 자손도 없고 그려. 그런 묘가 여기가 그런 천마시풍 자리라고 하는 데가 여기 중묏날 꼭대기 그런 묘가 있어. 내가 그 전에 어른들한테 들은 얘기야.

모심는 소리

자료코드 : 07_04_FOS_20090214_KWD_KGS_0001
조사장소 : 전라북도 무주군 적상면 괴목리 원괴목 마을회관
조사일시 : 2009.2.14
조 사 자 : 김월덕, 백은철
제 보 자 : 김관수, 남, 86세
구연상황 : 원괴목 마을에서는 2층 건물로 지어진 마을회관을 1층은 회관으로 사용하고
2층을 임대하였는데, 조사 당일은 2층 입주자가 이사한 날이라 술, 떡, 과일
등을 가져와서 마을 사람들이 회관에 모여서 함께 드시면서 환담을 나누고
계셨다. 조사 취지를 설명하자, 사돈지간인 정금선, 김관수 두 분 제보자가 함
께 교환창으로 모심는 소리를 해 주셨다. 모심는 소리를 해 주신 두 분은 사
돈지간이지만 서로 농담을 하며 친근하게 대하였고, 마을회관에 모인 마을 분
들도 노래하는 분들을 호응해 주어 분위기가 시종 화기애애하였다.

농창농창 베루야 끝에 슬피 우는 두견새야
나도 죽어서 후세상 가면 낭군 먼저 셍길라네(섬길라네)
서 마지기 논배미가 반달만치 남았구나
니가 무슨 반달이냐 초생달이 반달이지
초생달만 반달인가 그믐달도 반달이지
그믐달만 반달인가 우련 님(우리 님)도 반달일세

창부 타령

자료코드 : 07_04_FOS_20090214_KWD_KGS_0002
조사장소 : 전라북도 무주군 적상면 괴목리 원괴목 마을회관
조사일시 : 2009.2.14

조 사 자 : 김월덕, 백은철

제 보 자 : 김관수, 남, 86세

구연상황 : 원괴목 마을에서는 2층 건물로 지어진 마을회관을 1층은 회관으로 사용하고
2층을 임대하였는데, 조사 당일은 2층 입주자가 이사한 날이라 술, 떡, 과일
등을 가져와서 마을 사람들이 회관에 모여서 함께 드시면서 환담을 나누고
계셨다. 조사 취지를 설명하자, 사돈지간인 정금선 김관수 두 분이 노래를 해
주셨고, 마을회관에 모인 마을 분들도 노래하는 분들을 호응해주어 분위기가
시종 화기애애하였다.

아니 노지는 못하리라

봄 들었네 봄 들었네 이 강산의 삼천리 봄 들었네

푸른 것은 버들이요 누른 것은 꾀꼬리요

황금 같은 꾀꼬리는 버들가지에 왕래하고

백설 같은 흰 나비는 장다리 밭으로 날아든다

장다리꽃도 꽃이라 하니 오는 나비를 괄세하네

에라 요것도 사랑이라고 하고 오시는 손님을 괄세하네

모심는 소리

자료코드 : 07_04_FOS_20090222_KWD_KMR_0001

조사장소 : 전라북도 무주군 적상면 사천리 구억 마을회관

조사일시 : 2009.2.22

조 사 자 : 김월덕, 백은철

제 보 자 : 김말례, 여, 77세

구연상황 : 이웃 마을을 조사하다가 소개 받고 들른 마을이었다. 마을회관에는 할머니 8
분이 앉아 계셨다. 조사 목적을 설명하고 이웃 마을에서 소개받아 왔다고 조
사자들을 설명하고, 노래를 청하였다. 처음에는 노래를 못 한다고 사양하다가
조사자들의 거듭된 요청에 모심는 소리를 짧게 해 주었다. 제보자 이후에 다
른 분들도 노래를 하기 시작했다.

물꼬는 철철 물 넘겨 놓고 우런 님 어디 가고 오실 줄 몰라

청춘가

자료코드 : 07_04_FOS_20090222_KWD_KMR_0002
조사장소 : 전라북도 무주군 적상면 사천리 구억 마을회관
조사일시 : 2009.2.22
조 사 자 : 김월덕, 백은철
제 보 자 : 김말례, 여, 77세
구연상황 : 이웃 마을을 조사하다가 소개 받고 들른 마을이었다. 마을회관에는 할머니 8
분이 앉아 계셨다. 조사 목적을 설명하고 이웃 마을에서 소개받아 왔다고 조
사자들을 설명하고, 노래를 청하였다. 처음에는 노래를 못 한다고 사양하다가
조사자들의 거듭된 요청에 노래를 불르기 시작했다. 다른 할머니들은 박수를
치거나 가사를 일러주며 흥을 돋우었다.

칠팔월의 수숫잎은 철이나 알고 흔들건만

우리 집이 시누아씨 좋다 철도 모르고 흔드네

청춘 하늘이 잔별도 많고요

요내야 가슴에 좋다 수심도 많구나

술과 담배도 내 속을 아는데

한 품에 든 임도 좋다 내 속을 모르네

언제는 날 좋다고 날 사랑하더니

돈 씨다(쓰다) 돈 떨어징개 좋다 날 괄세하는구나

청춘가

자료코드 : 07_04_FOS_20090222_KWD_KBD_0001
조사장소 : 전라북도 무주군 적상면 사천리 구억 마을회관
조사일시 : 2009.2.22
조 사 자 : 김월덕, 백은철
제 보 자 : 김복단, 여, 81세
구연상황 : 이웃 마을을 조사하다가 소개 받고 들른 마을이었다. 마을회관에는 할머니 8

분이 앉아 계셨다. 조사 목적을 설명하고 이웃 마을에서 소개받아 왔다고 조사자들을 설명하고, 노래를 청하였다. 제보자는 젊어서 술과 담배 좋아하고, 노래 부르기를 좋아했지만 지금은 나이가 들어서 노래를 못 한다고 거절하다가, 조사자들의 거듭된 요청에 노래해 주기 시작했다. 다른 할머니들은 박수를 치거나 가사를 일러주며 흥을 돋우었다.

술이랑 먹걸랑 주정을 말고서
임이라고 만나거든 좋다 이별을 말어라
싫거든 말어라 싫거든 말어라
네 잡놈 아니라도 좋다 나 살 길 쌨더라(많더라)
우수야 경첩에 대동강 풀리고
우런 님 말씀에 좋다 이내 속 풀린다
꽃 피고 잎 필 때는 오만 새가 다 오더니
꽃 지고 잎이 진개 에헤 눈먼 새도 아니 오네
대구산(덕유산) 상산에 외홀로 선 낭구(나무)
날과 같이도 에헤 외홀로 섰구나

임 노래

자료코드 : 07_04_FOS_20090222_KWD_KBD_0002
조사장소 : 전라북도 무주군 적상면 사천리 구역 마을회관
조사일시 : 2009.2.22
조 사 자 : 김월덕, 백은철
제 보 자 : 김복단, 여, 81세
구연상황 : 이웃 마을을 조사하다가 소개 받고 들른 마을이었다. 마을회관에는 할머니 8분이 앉아 계셨다. 조사 목적을 설명하고 이웃 마을에서 소개받아 왔다고 조사자들을 설명하고, 노래를 청하였다. 제보자는 젊어서 술과 담배 좋아하고, 노래 부르기를 좋아했지만 지금은 나이가 들어서 노래를 못 한다고 거절하다가, 조사자들의 거듭된 요청에 노래해 주기 시작했다. 다른 할머니들은 박수

를 치거나 가사를 일러주며 흥을 돋우었다. 이복임 제보자가 한 소절을 내 놓
자 김복단 제보자가 이어서 불렀다.

임아 임아 줄 살살 밀어 줄 떨어지면 정 떨어진다
줄이사 떨어지든 마든 들은 정일랑 변치를 마라

청춘가

자료코드 : 07_04_FOS_20090221_KWD_KSS_0001
조사장소 : 전라북도 무주군 적상면 포내리 상중 마을회관
조사일시 : 2009.2.21
조 사 자 : 김월덕, 백은철
제 보 자 : 김삼순, 여, 77세
구연상황 : 면사무소에서 어르신들이 많은 마을이라고 소개해 주어 찾아간 마을이었다.
회관 할아버지 방에 먼저 들러 할아버지들과 이야기를 나누었다. 할아버지들
에게서 마을에 관한 전반적인 이야기를 듣긴 했지만 적당한 설화 구연자를
찾지는 못했다. 다시 할머니 방으로 자리를 옮겨 제보자를 만났다. 조사자들
이 조사 목적을 설명하고 노래를 청하자, 처음에는 사양하다가 이내 노래를
불러 주셨다. 분위기가 무르익자 다른 할머니들과 노래를 주고받으며 흥겹게
노래하였다.

시고 뜹어도(떫어도) 독엣술 맛 좋고
한 몽뎅이 맞아도 에헤 본 남편 좋더라 이후후후
나를 울리네 군인병 영장이 나를 울리네
우천부(우체부) 배달이 지랄병 들렀냐
우런 님 소식이 좋다 종무 님 소식이네
청산에나 불난 거는 만인간이 알건마는
요내 속에 불난 것은 에에 어느 누가 알거나
신작로 끝나드락 가는 게 옳겄냐

시리 간장 녹히가며 에헤 사는 게 옳겠냐
밥 먹기 싫은 건 됐다가나 먹어도
임 보기 싫은 것은 에에헤 일시를 못 보요
각시는 작아도 치매는 질어서(길어서)
신작로 난 먼지를 에헤 다 씰어 가는구나 좋다
입맛은 까끌까끌 밥맛은 없구요
검정치마 흰 저구리 에에헤 내 눈만 그시네(속이네)
시집살이 못하면 친정살이 하구요
친정살이 못하면 에헤 날 개주가라네(가져가라네)
갈 길이 바빠서 타구시(택시를)를 탔더니
되지못한 운전수가 에헤 연애를 걸자
노래나 한마디 불러나 났다고
요내야 시집살이를 에헤 내가나 못할쏘냐
술은 술술이 잘 넘어나 가는데
찬물에 냉수는 에헤 입 안에 도는구나
뭐하러 났더냐 뭐하러 났더냐
막막한 요 세상에 에에 뭐하러 났더냐
산이 높아야 골도나 깊으지
조그만한 여자 속 에에 깊을 수 있더냐
열두 시 오라고 호도마끼(시계) 줬더니
일이삼사 몰라서 좋다 새벽 한 시 왔구나
남산의 풀잎은 푸리서(푸르러서) 좋고요
우리 집의 서방님은 좋다 젊어서 좋구나
가지 많은 둥구나무 바람 잘 날 없고요
자슥 많은 요내 속이 좋다 맘 좋을 날 없더라

노랫가락

자료코드 : 07_04_FOS_20090221_KWD_KSS_0002
조사장소 : 전라북도 무주군 적상면 포내리 상중 마을회관
조사일시 : 2009.2.21
조 사 자 : 김월덕, 백은철
제 보 자 : 김삼순, 여, 77세
구연상황 : 면사무소에서 어르신들이 많은 마을이라고 소개해 주어 찾아간 마을이었다. 회관 할아버지 방에 먼저 들러 할아버지들과 이야기를 나누었다. 할아버지들에게서 마을에 관한 전반적인 이야기를 듣긴 했지만 적당한 설화 구연자를 찾지는 못했다. 다시 할머니 방으로 자리를 옮겨 제보자를 만났다. 조사자들이 조사 목적을 설명하고 노래를 청하자, 처음에는 사양하다가 이내 노래를 불러 주셨다. 분위기가 무르익자 다른 할머니들과 노래를 주고받으며 흥겹게 노래하였다.

시들새들 봄배추는 밤이실(밤이슬) 오기만 기다리고

옥에 갇힌 춘향이는 이도령 오기만 기다린다

이팔청춘 소년들아 백발 보고나 반대마라

우리도 어그저께는(엊그저께) 소년이더니 백발 되기가 아주 쉽다

청춘가

자료코드 : 07_04_FOS_20090221_KWD_KSI_0001
조사장소 : 전라북도 무주군 적상면 포내리 상중 마을회관
조사일시 : 2009.2.21
조 사 자 : 김월덕, 백은철
제 보 자 : 김순임, 여, 70세
구연상황 : 면사무소에서 어르신들이 많은 마을이라고 소개해 주어 찾아간 마을이었다. 회관 할아버지 방에 먼저 들러 할아버지들과 이야기를 하였다. 할아버지들에게서 마을에 관한 전반적인 이야기를 듣긴 했지만 적당한 설화 구연자를 찾지는 못했다. 다시 할머니 방으로 자리를 옮겨 제보자를 만났다. 조사자들이

조사 목적을 설명하고 노래를 청하자, 처음에는 부끄러워하시며 사양하다가
이내 노래를 불러 주었다. 분위기가 무르익자 다른 할머니들과 노래를 주고받
으며 흥겹게 노래하였다. 제보자는 이봉기 제보자와 부부이다.

남의 집 서방님은 장두칼을 차는데

우리 집 서방님은 좋다 부죽땡이(부지깽이)도 못 찬다

저 건너 가는 게 우런 님 아닌가

수숫잎이 아론아론 좋다 영 못 봤구나

우리들 연애는 솔방울 연앤데

바람만 불어도 좋다 떨어질까 염려로다

신작로 넓어서 길 걷기 좋구요

전깃불 밝어서 좋다 임 보기 좋더라

베틀 노래

자료코드 : 07_04_FOS_20090214_KWD_KYJ_0001
조사장소 : 전라북도 무주군 적상면 괴목리 치목마을 삼베짜기 공동작업장
조사일시 : 2009.2.14
조 사 자 : 김월덕, 백은철
제 보 자 : 김영자, 여, 73세
구연상황 : 치목마을은 '삼베 짜는 마을'로 알려져 있고, 마을 안에 부녀회에서 관리하는
삼베 짜기 공동작업장이 있다. 조사자들이 마을에 갔을 때는 부녀회장과 제보
자 두 사람이 작업장에 나와 있었다. 제보자는 베 짜는 소리 하며 일하는 장
면이 텔레비전에 나온 적도 있다고 하였다. 조용하고 차분해 보이는 제보자는
처음에는 노래를 잘 하지 못한다고 거절하다가 부녀회장과 조사자들이 거듭
청하자 베 짜는 소리 일부를 불러 주었다.

오늘날로 하심심하야

베틀이나 놓아 보세

베틀다리 네 다리요

베틀몸은 두 몸이요

잉앳대는 삼형제라

눌림대는 독신이요

베틀을 놓세 베틀을 놓세

옥난간에다 베틀 놓세

낮이 짜면 일광단이요

밤에 짜면은 월광단이라

일광단 월광단 다 제치 놓고

정든 임 품으로 잠자로 가세

청춘가

자료코드 : 07_04_FOS_20090214_KWD_KJO_0001
조사장소 : 전라북도 무주군 적상면 북창리 초리 마을회관
조사일시 : 2009.2.14
조 사 자 : 김월덕, 백은철
제보자 1 : 김점옥, 여, 75세
제보자 2 : 정성례, 여, 79세
구연상황 : 초리 마을회관에서 이문성 제보자를 만나 설화 몇 편을 들은 후에 할머니 방
으로 가니 몇 분이 모여 계셨다. 조사 취지를 설명하고 노래를 청하자, 노래
를 해 주셨다. 김점옥, 정성례 제보자가 돌아가며 불러 주었다.

우리 연애는 솔방굴(솔방울) 연앤데

광풍만 불어도 어허 떨어질까 염려로다

하모니카 불거든 임 온 줄 알고요

종도리새(종달새) 울거든 에헤 봄 온 질 알아요

우리 둘이 연애는 이야 솔방굴 연앤데

새중간에 저 잡년이 좋다 왜 농간 치나

가지 많은 방솔나무 바람 잘 날 없고요

자슥(자식) 많은 어머니 에헤 맘 좋을 날 없어요

높은 산의 불국사는 산천포를 울리고

우리 집의 저 인간은 좋다 나를 울리네

파랑새 노래

자료코드 : 07_04_FOS_20090221_KWD_KJO_0001
조사장소 : 전라북도 무주군 적상면 북창리 초리 마을회관
조사일시 : 2009.2.21
조 사 자 : 김월덕, 백은철
제 보 자 : 김점옥, 여, 75세
구연상황 : 이야기를 잘하는 이문성 제보자를 만나러 갔다가 제보자를 만났다. 제보자를
　　　　　 포함 노인 십여 분이 회관 큰 방에 모여 계셨다. 먼저 이문성 제보자와 작은
　　　　　 방에서 조사를 진행한 후, 다시 큰방으로 옮겨와 제보자와 다른 청중들을 만
　　　　　 났다. 큰방에는 할머니들만이 빙 둘러앉아 계셨는데, 노래를 청하자 처음에는
　　　　　 노래하기를 사양하였다. 조사자들이 한 분씩 돌아가며 노래를 청하였다. 제보
　　　　　 자는 부끄러워하면서도 재미있게 노래 해주었다. 첫 소절을 제보자가 부르자
　　　　　 옆에 있던 분들도 함께 따라하여 뒤에 가서는 거의 합창이 되었다.

새야 새야 파랑새야 녹두낭케(녹두나무에) 앉지 마라

녹두꽃이 떨어지면 청포장사 울고 간다

딸 노래

자료코드 : 07_04_FOS_20090221_KWD_KJO_0002
조사장소 : 전라북도 무주군 적상면 북창리 초리 마을회관
조사일시 : 2009.2.21
조 사 자 : 김월덕, 백은철

제 보 자 : 김점옥, 여, 75세

구연상황 : 이야기를 잘하는 이문성 제보자를 만나러 갔다가 제보자를 만났다. 제보자를
　　　　　포함 노인 십여 분이 회관 큰 방에 모여 계셨다. 먼저 이문성 제보자와 작은
　　　　　방에서 조사를 진행한 후, 다시 큰방으로 옮겨와 제보자와 다른 청중들을 만
　　　　　났다. 큰방에는 할머니들만이 빙 둘러앉아 계셨는데, 노래를 청하자 처음에는
　　　　　노래하기를 사양하였다. 조사자들이 한 분씩 돌아가며 노래를 청하였다. 제보
　　　　　자는 부끄러워하면서도 재미있게 노래를 불러 주었다.

딸아 딸아 막내딸아 곱게 먹고 곱게 커라

오동나무 장롱이다 바리바리 실어줌세

아기 어르는 소리

자료코드 : 07_04_FOS_20090221_KWD_KJO_0003

조사장소 : 전라북도 무주군 적상면 북창리 초리 마을회관

조사일시 : 2009.2.21

조 사 자 : 김월덕, 백은철

제 보 자 : 김점옥, 여, 75세

구연상황 : 이야기를 잘하는 이문성 제보자를 만나러 갔다가 제보자를 만났다. 제보자를
　　　　　포함 노인 십여 분이 회관 큰 방에 모여 계셨다. 먼저 이문성 제보자와 작은
　　　　　방에서 조사를 진행한 후, 다시 큰방으로 옮겨와 제보자와 다른 청중들을 만
　　　　　났다. 큰방에는 할머니들만이 빙 둘러앉아 계셨는데, 노래를 청하자 처음에는
　　　　　노래하기를 사양하였다. 조사자들이 한 분씩 돌아가며 노래를 청하였다. 제보
　　　　　자는 부끄러워하면서도 재미있게 노래해 주었다. 김점옥 제보자가 노래를 부
　　　　　르자, 옆에 앉아 있던 박상용 할머니가 한 소절을 덧붙였다.

달강 달강 서울 가서 밤 한 톨을 주서다가(주워다가)

독 안에다 넣어 놨더니 생쥐란 놈이 들랑날랑 하더니

다 까먹고 밤 한 톨 남았네

껍데길랑 애비 주고 비늘랑은 에미 주고

알랑알랑 너랑 나랑 쪽 쪼개 먹자

모심는 소리

자료코드 : 07_04_FOS_20090221_KWD_KCS_0001
조사장소 : 전라북도 무주군 적상면 북창리 초리 마을회관
조사일시 : 2009.2.21
조 사 자 : 김월덕, 백은철
제 보 자 : 김춘설, 여, 85세
구연상황 : 이야기를 잘 하는 할아버지를 만나러 갔다가 제보자를 만났다. 제보자를 포함 노인 십여 분이 회관 큰 방에 모여 계셨다. 먼저 할아버지만 모시고 작은 방에서 조사를 진행한 후, 다시 큰방으로 옮겨와 조사를 계속하였다. 큰방에는 할머니들만이 빙 둘러앉아 계셨는데, 노래를 청하자 서로 못한다고 거절만 하였다. 조사자들이 한 분씩 돌아가며 노래를 청하였다. 제보자는 85세의 고령임에도 불구하고 목청이 높고 좋았다. 회관에 모인 청중들도 잘한다고 추어주었다.

담송 담송 닷 마지기 반달만치 짓다랐네(남아 있네)
초승달만 반달인가 우련 님도 반달이네

베틀 노래

자료코드 : 07_04_FOS_20090222_KWD_KCS_0001
조사장소 : 전라북도 무주군 적상면 사천리 성내 마을회관
조사일시 : 2009.2.22
조 사 자 : 김월덕, 백은철
제 보 자 : 김칠선, 여, 77세
구연상황 : 무주의 다른 마을이 대개 그렇듯이, 이 마을도 할아버지 할머니들이 방을 따로 쓰고 있었다. 마을회관에 도착한 시간이 점심시간이라, 점심식사 후에 조사가 이루어졌다. 할아버지 방에 먼저 들러 마을에 관한 전반적인 이야기를 전해 들었다. 할머니들은 거실에 모여 계셨는데, 숫자가 꽤 많았다. 제보자는 곱고 부드러운 인상인데, 황복임 제보자가 노래한 뒤에 이어서 처녀 시절에 불렀던 베틀 노래를 짧게 불러 주셨다.

하늘 보고 베틀 놓고 구름 잡아 잉애 걸고

달칵 달칵 짜닝깨로 뒷집 할머니 오시더니

그 베 짜서 뭐 할랑가

우리 시누 시집갈 때 가메(가마) 휘장 둘러줄세

그 남지기(나머지) 뭐 할랑가

우리 시누 시집갈 때 버선 구녕 막아줄세

꿈 노래

자료코드 : 07_04_FOS_20090222_KWD_KCS_0002
조사장소 : 전라북도 무주군 적상면 사천리 성내 마을회관
조사일시 : 2009.2.22
조 사 자 : 김월덕, 백은철
제 보 자 : 김칠선, 여, 77세
구연상황 : 무주의 다른 마을이 대개 그렇듯이, 이 마을도 할아버지 할머니들이 방을 따로 쓰고 있었다. 마을회관에 도착한 시간이 점심시간이라, 점심식사 후에 조사가 이루어졌다. 할아버지 방에 먼저 들러 마을에 관한 전반적인 이야기를 전해 들었다. 할머니들은 거실에 모여 계셨는데, 숫자가 꽤 많았다. 제보자는 자신이 어릴 때 불렀던 노래라고 하며 노래를 불러 주었는데 노랫말이 더 있지만 기억이 나지 않아 끝까지 하지는 못했다.

그날 저녁 꿈을 뀐깨 텃밭에를 가닝깨로

옥일꽃이 피었었네 그 꽃을 꺾어다가 밀창문에 걸어 놨다

그날 저녁 꿈을 뀐깨 우리 언니 곤댕기일세

그날 저녁 꿈을 뀐깨 우리 오빠 곤잿님(곤대님)일세

시집살이 노래

자료코드 : 07_04_FOS_20090221_KWD_PGS_0001
조사장소 : 전라북도 무주군 적상면 북창리 초리 마을회관
조사일시 : 2009.2.21
조 사 자 : 김월덕, 백은철
제 보 자 : 박경순, 여, 71세
구연상황 : 이야기를 잘 하는 할아버지를 만나러 갔다가 제보자를 만났다. 제보자를 포함
노인 십여 분이 회관 큰 방에 모여 계셨다. 먼저 할아버지만 모시고 작은 방
에서 조사를 진행한 후, 다시 큰방으로 옮겨와 조사를 계속하였다. 큰방에는
할머니들만이 빙 둘러앉아 계셨는데, 노래를 청하자 서로 못한다고 거절만 하
였다. 조사자들이 한 분씩 돌아가며 노래를 청하였다. 제보자는 부끄러워하면
서도 재미있게 노래 해주었다. 제보자는 시집살이 노래를 하면서 원래는 더
길지만 노랫말이 생각이 안 나서 더 이어서 하지는 못했다.

움도 담도 없는 집이 시집 삼년을 살고 나니

시어마님 하는 말씀 아가 아가 며늘아가

진주나 낭군을 볼라거든 진주 남강 빨래 가게

진주 남강 빨래를 가니 물도 좋고 돌도나 좋네

철버덕 철버덕 빠는구나

난디없는(난데없는) 팔짝 소리 옆눈으로 슬쩍 보니

하늘과 같은 갓을 쓰고 구름과 같은 백마를 타고

못 본 듯이도 지나갔네

흰 빨래는 희게 빨아 검은 빨래는 검게 빨아

집에라고 돌아오니 시어마님 하는 말씀

아가 아가 며늘아가 진주나 낭군을 볼라거든

건넌방으로 건너가게

건넌방으로 건너가서 문을 열고 쳐다보니

기생첩을 옆에다 끼고 권주가만 부르는구나

문을 닫고 이리 서서 오색가지 약을 놓고

맹지(명주)나 석 자 목에 걸고 황천대학 입학했네
진주나 낭군 버선발로 뛰어나와 하는 말이
기상첩(기생첩)은 삼 년이요 본첩은 백 년인디
억울하게도 되었구나

나물 뜯는 소리

자료코드 : 07_04_FOS_20090221_KWD_PGS_0002
조사장소 : 전라북도 무주군 적상면 북창리 초리 마을회관
조사일시 : 2009.2.21
조 사 자 : 김월덕, 백은철
제 보 자 : 박경순, 여, 71세
구연상황 : 이야기를 잘 하는 할아버지를 만나러 갔다가 제보자를 만났다. 제보자를 포함
　　　　　노인 십여 분이 회관 큰 방에 모여 계셨다. 먼저 할아버지만 모시고 작은 방
　　　　　에서 조사를 진행한 후, 다시 큰방으로 옮겨와 조사를 계속하였다. 큰방에는
　　　　　할머니들만이 빙 둘러앉아 계셨는데, 노래를 청하자 서로 못한다고 거절만 하
　　　　　였다. 조사자들이 한 분씩 돌아가며 노래를 청하였다. 제보자는 부끄러워하면
　　　　　서도 재미있게 노래 해주었다. 제보자는 시집오기 전에 산에서 나물 뜯으면서
　　　　　어머니한테서 배운 노래라고 설명했다. 노랫말은 모심는 소리와 같지만 곡조
　　　　　가 빠르고 나물 뜯으면서 불렀다고 한다.

　[친정어머니와 나물 뜯으러 가서 친정어머니한테 배운 노래를 하겠다
고 말한다.]

　　　방실방실 웃는 임은 못 다나 보고 해가 졌네(졌네)
　　　짔는 햇랑 잡지를 말고 방실방실 웃는 임을 잡아 놨다
　　　새는 날로 또 다시 보세 이후후후후

나물 뜯는 소리

자료코드 : 07_04_FOS_20090221_KWD_PGS_0003

조사장소 : 전라북도 무주군 적상면 북창리 초리 마을회관

조사일시 : 2009.2.21

조 사 자 : 김월덕, 백은철

제 보 자 : 박경순, 여, 71세

구연상황 : 이야기를 잘 하는 할아버지를 만나러 갔다가 제보자를 만났다. 제보자를 포함 노인 십여 분이 회관 큰 방에 모여 계셨다. 먼저 할아버지만 모시고 작은 방에서 조사를 진행한 후, 다시 큰방으로 옮겨와 조사를 계속하였다. 큰방에는 할머니들만이 빙 둘러앉아 계셨는데, 노래를 청하자 서로 못한다고 거절만 하였다. 조사자들이 한 분씩 돌아가며 노래를 청하였다. 제보자는 부끄러워하면서도 재미있게 노래 해주었다. 제보자가 시집오기 전에 열 대여섯 살 때 어머니와 산에서 나물 뜯으면서 어머니가 하시는 것을 듣고 배운 노래라 한다. 원래 가사가 남 날 때 나도 났건만 남이 타는 복을 나는 왜 못타고 났느냐는 내용이 있다고 한다. 이 노래를 듣고 제보자는 어린 나이에도 마음이 쓰르르 했다고 설명했다.

나도 언지나 돈 많이 벌어서

고대나 공실(고대광실) 높은 집이 집 지어 살꺼나

내 소원 되더라 내 소원 되더라

고대공실 높은 집이 집 지어 살기가 내 소원 되더라 이후후후

창부 타령

자료코드 : 07_04_FOS_20090221_KWD_PGS_0004

조사장소 : 전라북도 무주군 적상면 북창리 초리 마을회관

조사일시 : 2009.2.21

조 사 자 : 김월덕, 백은철

제 보 자 : 박경순, 여, 71세

구연상황 : 이야기를 잘 하는 할아버지를 만나러 갔다가 제보자를 만났다. 제보자를 포함

노인 십여 분이 회관 큰 방에 모여 계셨다. 먼저 할아버지만 모시고 작은 방
에서 조사를 진행한 후, 다시 큰방으로 옮겨와 조사를 계속하였다. 큰방에는
할머니들만이 빙 둘러앉아 계셨는데, 노래를 청하자 서로 못한다고 거절만 하
였다. 조사자들이 한 분씩 돌아가며 노래를 청하였다. 제보자는 부끄러워하면
서도 재미있게 노래 해주었다. 청중들이 "호박같이 둥굴" 하는 노래를 해 보
라고 하자 이 노래를 하였다. "한가들 집안 아니면 나 살 곳 없는가"라는 노
랫말을 내 놓자, 청중이 크게 웃었고 제보자의 시누이가 되는 한씨 집안의 한
청중이 왜 한가들을 들먹이느냐고 하였다.

살면은 말면은 말지 이곳이 아니면 나 살 곳 없는가
한가들(제보자가 시집온 집안을 말함.) 집안 아니면 나 살 곳 없
는가
이곳이 아니면 저곳에 살고 저곳에 못살면 이곳에 살고
호박 같은 요 세상이 이리도 둥굴 저리도 둥굴 살아나 보세
얼씨구 좋구나 저절씨고 아니 아니 놀지는 못하리로구나

신세 한탄 노래

자료코드 : 07_04_FOS_20090221_KWD_PGS_0005
조사장소 : 전라북도 무주군 적상면 북창리 초리 마을회관
조사일시 : 2009.2.21
조 사 자 : 김월덕, 백은철
제 보 자 : 박경순, 여, 71세
구연상황 : 이야기를 잘 하는 할아버지를 만나러 갔다가 제보자를 만났다. 제보자를 포함
　　　　　노인 십여 분이 회관 큰 방에 모여 계셨다. 먼저 할아버지만 모시고 작은 방
　　　　　에서 조사를 진행한 후, 다시 큰방으로 옮겨와 조사를 계속하였다. 큰방에는
　　　　　할머니들만이 빙 둘러앉아 계셨는데, 노래를 청하자 서로 못한다고 거절만 하
　　　　　였다. 조사자들이 한 분씩 돌아가며 노래를 청하였다. 제보자는 부끄러워하면
　　　　　서도 재미있게 노래 해주었다. 제보자는 약장사에게서 배운 노래라고 소개하
　　　　　면서 노래를 불렀고, 청중들도 호응해 주었다.

처녀야 사정은 총각이 알고 총각 사정은 처녀가 알고

나와 같은 인생은 어느 누가 사정 사정을 알아주나

니 한탄 내 한탄 한탄을 말구 한탄을 내가 하구

어정세월로 넘겨나 가면서 살아보세

잘 났어도 한평생 못 났어도 한평생

사람 평생이 잠깐이요

잘 살아도 한평생 못 살아도 한평생

어정세월로 넘겨나 가면서 살아보세

청춘가

자료코드 : 07_04_FOS_20090221_KWD_PMS_0001
조사장소 : 전라북도 무주군 적상면 포내리 상중 마을회관
조사일시 : 2009.2.21
조 사 자 : 김월덕, 백은철
제 보 자 : 박명성, 여, 70세
구연상황 : 면사무소에서 어르신들이 많은 동네라고 소개해 주어 방문한 마을이었다. 마
        을회관 할아버지 방에 먼저 들러 할아버지들과 이야기를 나누었다. 할아버지
        들에게서 마을에 관한 전반적인 이야기를 듣긴 했지만 적절한 설화 구연자는
        찾지 못했다. 다시 할머니 방으로 옮겨서 할머니들을 만났다. 조사자들이 조
        사 목적을 설명하고 노래를 청하자 처음에는 노래하기를 사양하였으나 거듭
        노래를 요청하니 나중에는 흥에 겨워하며 노래를 불러 주셨다. 나물 뜯으러
        가서도 노래하고, 여럿이 모여서 놀 때도 노래하고, 옛날엔 여럿이 모여 국수
        만 삶아 먹더라도 노래를 했었다고 과거를 추억하였다. 분위기가 무르익자 제
        보자는 다른 할머니들과 노래를 주고받으며 흥겹게 노래하였다.

우리 어머니 우리 아버지 날 곱게 키워서

요 산중 아니면 에헤에 나 줄 디 없던가

청춘 하늘이 잔별도 많고요

요내야 가슴이 에헤에 수심도 많구나

사구라 숲 속이다 임 세와(임 세워) 놓고서

임인지 꽃인지 좋다 분간을 못하것네

각시는 작아도 치매는 질어서(질어서)

마리(마루) 통통 굴러가면 에헤에 술값을 내라네

임 보러 갈라고 빗었던 머리는

동남풍이 불어서 에헤에 다 헌틀어졌구나(헝클어졌구나)

깊은 산 고드름 봄바람에 풀리고

이내 가슴에 맺힌 근심 에헤에 어느 세월에 풀리랴

세월 네월 가는 건 아깝지 안해도(않아도)

우리 청춘 늙어지는기 에헤에 정말로 아깝구나

시고 뜲어도 독엣술 맛 좋고

한 몽뎅이로 맞아도 좋다 우런 님 좋더라

나물만 먹고서 물만 마셔도

날과 같은 임만 에헤에 만내를(만나를) 주지요

산내끼(새끼) 백발은 쓸모나 있건만

우리 인생 백발은 에헤에 쓸모도 없더라

투가리 깼다고 조 지랄 하는데

말(물) 양푼이나 깼으면 에헤에 간 내먹겠네

정 들었다고 속내품(속에 있는 말) 말어라

정 들고 못살면 에헤에 안한 말 난단다

우리 집 서방님은 명태잽이를 갔는데

바람아 강풍아 좋다 석 달 열흘만 불어라

남의 집 서방님은 일력구(인력거) 타는데

우리 집의 저 물건은 좋다 쳇바쿠도 못 타네

산이 높아야 골도나 깊지요

조그만한 여자 속 에헤에 깊을 수 있느냐
가는 디(데) 족족야 정들여 놓고서
이별이 잦아서 에헤에 나 여기 왔느냐
떴다 보아라 안창남 비항기
요내야 같이도 좋다 홀로나 떴구나
시집살이 못하면 친정살이 하구요
친정살이 못하면 에헤에 날개주 갑시다
서산에 지는 해야 지고 싶어 지느냐
날 버리고 가는 임 어허어 가고저(가고 싶어) 가느냐 좋다

신세 타령

자료코드 : 07_04_FOS_20090221_KWD_PSS_0001
조사장소 : 전라북도 무주군 적상면 사산리 마산 마을회관
조사일시 : 2009.2.21
조 사 자 : 김월덕, 백은철
제 보 자 : 박성숙, 여, 78세
구연상황 : 오후 늦게 도착한 마을회관에는 이미 저녁 식사 준비로 바빴다. 저녁 먹기 전에 할아버지들에게 마을에 관한 전반적인 이야기를 들었다. 저녁을 먹고 난 후 할머니 방에서 조사를 진행했다. 할머니들이 방안에 죽 둘러앉아 계셨고, 조사자들이 한 분씩 앞에가 노래를 청하는 식으로 조사가 진행되었다. 처음에는 부끄러워 노래를 안 하시다가 거듭된 요청에 노래하기 시작했다. 나머지 할머니들은 박수도 치고 같이 부르기도 하면서 흥을 돋우었다.

느 집 가품이 얼마나 좋아서
나리낭창 땋던 머리 좋다 요 신세가 되었나

나비 노래

자료코드 : 07_04_FOS_20090222_KWD_PJS_0001
조사장소 : 전라북도 무주군 적상면 사천리 구역 마을회관
조사일시 : 2009.2.22
조 사 자 : 김월덕, 백은철
제 보 자 : 박정숙, 여, 78세
구연상황 : 이웃 마을을 조사하다가 소개 받고 들른 마을이었다. 마을회관에는 할머니 8
분이 앉아 계셨다. 조사 목적을 설명하고 이웃 마을에서 소개받아 왔다고 조
사자들을 설명하고, 노래를 청하였다. 제보자는 다른 사람들의 노래가 다 끝
난 다음에 노래를 하겠다고 하며 노래를 불러 주었다.

나비 나비 노랑나비 청산까지나 가는 나비
가다 가다 저물걸랑 꽃벙석에가 타고 가게

청춘가

자료코드 : 07_04_FOS_20090222_KWD_PJS_0002
조사장소 : 전라북도 무주군 적상면 사천리 구역 마을회관
조사일시 : 2009.2.22
조 사 자 : 김월덕, 백은철
제 보 자 : 박정숙, 여, 78세
구연상황 : 이웃 마을을 조사하다가 소개 받고 들른 마을이었다. 마을회관에는 할머니 8
분이 앉아 계셨다. 조사 목적을 설명하고 이웃 마을에서 소개받아 왔다고 조
사자들을 설명하고, 노래를 청하였다. 제보자는 다른 사람들의 노래가 다 끝
난 다음에 노래를 하겠다고 하며 노래를 불러 주었다.

우리가 살면은 몇 백 년 살꺼나
많이나 살면은 한 백 년 살지요
나를 울리네 나를 울리네
이 세상 금전이 좋다 나를 울리네

금전이 중하면 금전을 따리고(따르고)
사램이 중하거든 좋다 사람을 따려라

나물 뜯는 소리

자료코드 : 07_04_FOS_20090221_KWD_BSI_0001
조사장소 : 전라북도 무주군 적상면 북창리 초리 마을회관
조사일시 : 2009.2.21
조 사 자 : 김월덕, 백은철
제 보 자 : 백석이, 여, 74세
구연상황 : 이야기를 잘 하는 할아버지를 만나러 갔다가 제보자를 만났다. 제보자를 포함
노인 십여 분이 회관 큰 방에 모여 계셨다. 먼저 할아버지만 모시고 작은 방
에서 조사를 진행한 후, 다시 큰방으로 옮겨와 조사를 계속하였다. 큰방에는
할머니들만이 빙 둘러앉아 계셨는데, 노래를 청하자 서로 못한다고 노래하기
를 사양하였다. 조사자들이 한 분씩 돌아가며 노래를 청하였다. 제보자는 부
끄러워하면서도 재미있게 노래 해 주었다. 나물 뜯으러 가서도 하고 놀 때도
하고 아무 때나 하는 노래라고 한다. 다른 할머니들도 박수를 치거나 웃으며
크게 호응해 주었다.

뒷동산에 밤 따는 처녀 밤 한 톨만 던져 주소
외톨밤을 던져 줄까 쌍톨이밤을 던져 줄까
외톨쌍톨 다 제쳐 놓고 하룻밤만 자고 가소
자고 가는 건 좋지만은 만사 우시(우세)가 내 우시네
뒷동산에 고목나무 겉이 썩어야 넘이 알지
속이 썩은들 누가 아니 요내 속이 거름이 된들
한 품에 든 임도 몰라 주네
얼씨구 절씨구 기화자 좋네 아니 놀지는 못하리라

댕기 노래

자료코드 : 07_04_FOS_20090222_KWD_SCW_0001
조사장소 : 전라북도 무주군 적상면 방이리 배골 마을회관
조사일시 : 2009.2.22
조 사 자 : 김월덕, 백은철
제 보 자 : 송초원, 여, 77세
구연상황 : 배골은 길을 사이에 두고 자리한 작은 마을이었다. 다른 마을과 다르게 할아버지들과 할머니들이 회관에서 같은 방을 쓰고 있었다. 조사자들은 할아버지들에게 마을에 관한 전반적인 이야기를 전해 듣고 나서, 옛날 노래도 들려줄 것을 청하였다. 할아버지들은 노래는 제보자가 잘 한다며, 제보자를 마을회관으로 모셔왔다. 제보자는 귀가 어두운 편이었다. 마을 어르신들의 도움으로 제보자에게 옛날 노래를 청하여 들을 수 있었다. 부끄러움이 많이 편이었지만, 아는 만큼 노래는 다 불러주었다. 할아버지들과 할머니들은 옆에서 농담도 하고 박수도 치며 흥을 돋우었다. 처녀시절에 고향인 무주읍 용포리 친구들에게 배웠다고 한다.

댕기 댕기 떠 떠다 준 내 댕기

뒤 뒷집 김도련님이 떠 떠다 준 댕기

우리 어머니 저 접어준 댕기

나 혼자만 사 사나(산) 댕기

나 혼자만 디리 디맀더니만은(들였더니)

담장 밖으로만 넘 널어졌네

물동우를 여 옆에다 찌고

따발이(또아리)를 홀목(손목)에다 걸고

희면진 디름(데름) 되돌아를 가서

댕기나 주쇼 으셔나(어서나) 주쇼

소문도 없이 주 줏은 댕기를

사 상관 없이를 넘 너를 주랴

오복사 쬐끼(조끼)다가 금시계 줄 걸고

춘향이 방으로 잠을 자러 간다

우리 오빠 호령이나 댕기

우리 올케는 누 눈치나 댕기

나 혼자만 사 사나 댕기

나 혼자만 디리 디렸더니만은

담장 밖으로만 넘 널어졌네

담장 안으로만 넘 널어졌네

오복사 쬐끼다 금시계 줄 걸고

춘향이 방으로 잠을 자러 간다

모본단 쪼끼다가 금시계 줄 걸고

춘향이 방으로 잠을 자러 간다

밭매는 소리

자료코드 : 07_04_FOS_20090214_KWD_YBI_0001
조사장소 : 전라북도 무주군 적상면 괴목리 하조 마을회관
조사일시 : 2009.2.14
조 사 자 : 김월덕, 백은철
제보자 1 : 양복이, 여, 78세
제보자 2 : 이선자, 여, 84세
구연상황 : 상여 소리를 녹음하자 거의 정오가 가까워졌고, 마을회관에서는 마을사람들
이 함께 모여서 점심식사를 하였다. 식사 후에 할머니들 방을 방문하였다. 할
머니방에 모인 사람들은 대략 20명 정도였는데, 동네에 '신식 노래' 잘하는
사람은 많은데 '구식 노래'는 잘 모른다고 하였다. 그 가운데서 이선자, 양복
이 제보자 두 분이 교환창으로 밭매는 소리를 불러 주셨고, 모여 계신 분들은
노래에 호응해 주었다.

이내 밭골 어서 매고 임의 밭골 받아 매세

사래 질고 광넓은 밭에 목해(목화) 따는 저 처녀야

느그 집이 워디길래 해가 지도 아니나 가나

우리 집은 양두산 너메 초가삼칸이 내 집이라

맘이나 있거든 날 따라오고 맘이나 없거든 미끄러져라

청춘가

자료코드 : 07_04_FOS_20090221_KWD_YNO_0001

조사장소 : 전라북도 무주군 적상면 사산리 마산 마을회관

조사일시 : 2009.2.21

조 사 자 : 김월덕, 백은철

제 보 자 : 유남옥, 여, 77세

구연상황 : 오후 늦게 도착한 마을회관에는 이미 저녁 식사 준비로 바빴다. 저녁 먹기 전
에 할아버지들에게 마을에 관한 전반적인 이야기를 들었다. 저녁을 먹고 난
후 할머니 방에서 조사를 진행했다. 할머니들이 방안에 죽 둘러앉아 계셨고,
조사자들이 한 분씩 앞에가 노래를 청하는 식으로 조사가 진행되었다. 처음에
는 부끄러워 노래를 안 하시다가 거듭된 요청에 노래하기 시작했다. 나머지
할머니들은 박수도 치고 같이 부르기도 하면서 흥을 돋우었다.

우리 집이 있을 때는 씨암닭 같았는데

당신네 집이 오닝개 에헤에 비 맞은 장닭이로다

사구라 나무 밑에다 임 세워 놓고서

임인지 꽃인지 에헤에 분간을 못 하겠네

노랫가락

자료코드 : 07_04_FOS_20090221_KWD_LGG_0001

조사장소 : 전라북도 무주군 적상면 포내리 상중 마을회관

조사일시 : 2009.2.21

조 사 자 : 김월덕, 백은철

제 보 자 : 이금기, 여, 80세

구연상황 : 면사무소에서 어르신들이 많은 마을이라고 소개해 주어 찾아간 마을이었다. 회관 할아버지 방에 먼저 들러 할아버지들과 이야기를 나누었다. 할아버지들에게서 마을에 관한 전반적인 이야기를 듣긴 했지만 적당한 설화 구연자를 찾지는 못했다. 다시 할머니 방으로 자리를 옮겨 제보자를 만났다. 제보자는 원래 고향은 이 마을이지만 현재는 인천에서 거주하고 있는데, 겨울 동안 요양을 위해 무주에 내려와 계신 분이었다.

꽃 좋다 탐내지 말고 모진 손으로 꺾지를 마라

꽃이라도 낙화가 되면 오던 나비 아니 오네

우리라도 늙어지면 오던 임도 뒤돌아서네

십장가

자료코드 : 07_04_FOS_20090214_KWD_LMS_0001

조사장소 : 전라북도 무주군 적상면 북창리 초리 마을회관

조사일시 : 2009.2.14

조 사 자 : 김월덕, 백은철

제 보 자 : 이문성, 남, 76세

구연상황 : 읍내에서 초리마을 이장님을 만나 제보자를 소개받았다. 제보자는 옛날이야기 구연을 잘 하는 분이어서 이야기를 몇 편 들었다. 이야기 구연을 마친 후, 제보자가 노래 한 마디 하겠다고 하며 이 노래를 불러 주었다. 춘향이가 신관 사또에게 끌려가 매를 맞으면서 부르는 상황이라고 설명했는데, 열 대까지 다 부르지는 못하고 석 대까지만 불렀다.

[춘향이가 신관 사또한테 끌려가 가지고 매를 맞는 상황이라고 설명한다.]

한 대 맞고 하는 말은 일 자로 아뢰리다

일편서거 우리 낭군 일각삼추 보고지고

일부종사 굳은 마음 일시형액이 가소롭네

일만 번 죽사온들 일로변경 하오리까

두 대 맞고 하는 말은 이 자로 아뢰리다

이군불사는 충신이요 이부불경 열녀로다

이월유도 맺은 가약 이성지합이 분명하니

이천 리 유찬안들 이심을 두오리까

세 대 맞고 하는 말이 삼 자로 아뢰리다

삼색구사 하드래도 삼강을 잊으리까

삼강에 빛난 마음 삼종지의 품었으니

삼생가약 굳은 절행 삼월화류로 아지 마소

백발가

자료코드 : 07_04_FOS_20090221_KWD_LMS_0001
조사장소 : 전라북도 무주군 적상면 북창리 초리 마을회관
조사일시 : 2009.2.21
조 사 자 : 김월덕, 백은철
제 보 자 : 이문성, 남, 76세
구연상황 : 제보자와 두 번째 만남이었다. 제보자는 언제나 유쾌하고 재미있었다. 제보자
는 조사자들에게 몇 개의 이야기를 들려주었다. 조사는 회관에서 이루어졌다.
제보자에게서 이야기를 듣고 조사자들이 민요를 채록하기 위해 방을 옮겼을
때, 제보자도 따라 들어왔다. 할머니들에게서 노래를 청하여 듣고 난 후, 제보
자에게도 노래를 청하였더니 짧게 노래를 불러 주었다.

공도라니 백발이요 면치 못할 기(게) 죽음이라

천황지황 인황시녀 요순우탕 문무지공(문무주공)

도덕이 광천하다

창부 타령

자료코드 : 07_04_FOS_20090221_KWD_LBG_0001
조사장소 : 전라북도 무주군 적상면 포내리 상중 마을회관
조사일시 : 2009.2.21
조 사 자 : 김월덕, 백은철
제 보 자 : 이봉기, 남, 74세
구연상황 : 면사무소에서 어르신들이 많은 마을이라고 소개해 주어 찾아간 마을이었다.
회관 할아버지 방에 먼저 들러 할아버지들과 이야기를 나누었다. 할아버지들
에게서 마을에 관한 전반적인 이야기를 듣긴 했지만 적당한 설화 구연자를
찾지는 못했다. 할머니 방으로 자리를 옮겨 노래를 듣고 난 다음, 할머니 방
에 들른 제보자에게도 노래를 청하였다. 제보자는 김순임 할머니와 부부이다.

나물 먹고 물 마시고 팔을 비고서 누웠으니
대장부 살림살이 요만하먼은 만족하지
얼씨구나 좋다 절씨구 아니 노지는 못하리라

모심는 소리

자료코드 : 07_04_FOS_20090214_KWD_LSJ_0001
조사장소 : 전라북도 무주군 적상면 괴목리 하조 마을회관
조사일시 : 2009.2.14
조 사 자 : 김월덕, 백은철
제보자 1 : 이선자, 여, 84세
제보자 2 : 양복이, 여, 78세
구연상황 : 상여 소리를 녹음하자 거의 정오가 가까워졌고, 마을회관에서는 마을사람들
이 함께 모여서 점심식사를 하였다. 식사 후에 할머니들 방을 방문하였다. 할
머니방에 모인 사람들은 대략 20명 정도였는데, 동네에 '신식 노래' 잘하는
사람은 많은데 '구식 노래'는 잘 모른다고 하였다. 그 가운데서 이선자, 양복
이 제보자 두 분이 모심는 소리를 한 소절씩 교환창으로 불러주셨고, 다른 분
들은 호응해 주었다.

노세 노세 젊어서 노세 늙어지면 못 노나니 이후후후

저 건네 가는 게 우런 님 아닌가

호박순에 간들간들 내 눈만 쇡이네 이후후후

간다 하니 왜 또 왔나 울고 갈 데 왜 왔든가

노세 노세 젊어서 놀아 늙고 병들면 못 노느니 이후후후

저 건네야 덩덕산에 실패 겉은 울 어머니

임의 정도 좋지마는 쉥편 같은 나를 두고 갔네 이후후후

날 두고 가는 임은 가고저(가고 싶어) 가나

황해도라 금강산은 돌아갈수락 경치가 좋아

우리 집의 정든 임은 살아갈시락(살아갈수록) 정리도 좋으네

날 두고 가는 임은 가고저 가나

시집살이 노래

자료코드 : 07_04_FOS_20090221_KWD_LJS_0001
조사장소 : 전라북도 무주군 적상면 사산리 마산 마을회관
조사일시 : 2009.2.21
조 사 자 : 김월덕, 백은철
제 보 자 : 이정순, 여, 76세
구연상황 : 오후 늦게 도착한 마을회관에는 이미 저녁 식사 준비로 바빴다. 저녁 먹기 전에 할아버지들에게 마을에 관한 전반적인 이야기를 들었다. 저녁을 먹고 난 후 할머니 방에서 조사를 진행했다. 할머니들이 방안에 죽 둘러앉아 계셨고, 조사자들이 한 분씩 앞에가 노래를 청하는 식으로 조사가 진행되었다. 처음에는 부끄러워 노래를 안 하시다가 거듭된 요청에 노래하기 시작했다. 나머지 할머니들은 박수도 치고 같이 부르기도 하면서 흥을 돋우었다.

우리 집이 시어머니 염치도나 좋으네

저 잘난 걸 낳아 놓고 날 데려 놓고 콩 볶득기(볶듯이) 볶네

우리 집이서 클 적에는 울타리 밑이 봉숭환디

느 집이 오닝개로 비 맞은 장닭이네

노랫가락

자료코드 : 07_04_FOS_20090214_KWD_YIS_0001
조사장소 : 전라북도 무주군 적상면 북창리 초리 마을회관
조사일시 : 2009.2.14
조 사 자 : 김월덕, 백은철
제 보 자 : 임인선, 여, 88세
구연상황 : 초리 마을회관에서 이문성 제보자를 만나 설화 몇 편을 들은 후에 할머니방
으로 가니 몇 분이 모여 계셨다. 조사 취지를 설명하고 노래를 청하자, 노래
를 해 주셨다. 제보자는 초리 마을회관 할머니방에서는 가장 고령이시다.

마당 가운데 모탯불은 겉이 타야 넘이 알지

속이 타니 누가 아냐 뒷동산에 고목나무

속이 썩으니 누가 아냐 겉이 썩어야 넘이 알지

창부 타령

자료코드 : 07_04_FOS_20090214_KWD_YIS_0002
조사장소 : 전라북도 무주군 적상면 괴목리 초리 마을회관
조사일시 : 2009.2.14
조 사 자 : 김월덕, 백은철
제보자 1 : 임인선, 여, 88세
제보자 2 : 정성례, 여, 79세
구연상황 : 초리 마을회관에서 이문성 제보자를 만나 설화 몇 편을 들은 후에 할머니 방
으로 가니 몇 분이 모여 계셨다. 조사 취지를 설명하고 노래를 청하자, 노래
를 해 주셨다. 임인선 제보자가 먼저 부르고 나서, 정성례 제보자가 뒤를 이

어서 불렀다. 임인선 제보자는 할머니방에서는 가장 고령이시다. 그래서 임인
선 제보자가 노래를 하면 주위에서 잘한다고 다른 분이 할 때보다 더욱 북돋
워 주었다.

노세 젊어서 노세 늙어지면은 못 노나니
화무는 십일홍이요 달도 차면은 기우나니
포로족족 범나비 쌍쌍 양류청산에 꾀꼬리 쌍쌍
노자 좋다 젊어서 놀아 늙고 병들면 못 노느니
화무는 십일홍이요 달도 차면은 기우나니

노랫가락

자료코드 : 07_04_FOS_20090221_KWD_YIS_0001
조사장소 : 전라북도 무주군 적상면 북창리 초리 마을회관
조사일시 : 2009.2.21
조 사 자 : 김월덕, 백은철
제 보 자 : 임인선, 여, 88세
구연상황 : 이야기를 잘 하는 할아버지를 만나러 갔다가 제보자를 만났다. 제보자를 포함
  노인 십여 분이 회관 큰 방에 모여 계셨다. 먼저 할아버지만 모시고 작은 방
  에서 조사를 진행한 후, 다시 큰방으로 옮겨와 조사를 계속하였다. 큰방에는
  할머니들만이 빙 둘러앉아 계셨는데, 노래를 청하자 서로 못한다고 거절만 하
  였다. 조사자들이 한 분씩 돌아가며 노래를 청하였다. 제보자는 88세의 고령
  임에도 노래를 기꺼이 불러 주셨다. 특히 제보자가 노래할 때는 청중들이 잘
  한다며 더욱 북돋워 주었다.

노세 젊어서 노세 늙어지면은 못 노나니
우리 인생 늙어나지면 어느 시절에 젊어져랴

상어 소리 / 달구 소리

자료코드 : 07_04_FOS_20090214_KWD_JSH_0001
조사장소 : 전라북도 무주군 적상면 괴목리 하조 마을회관
조사일시 : 2009.2.14
조 사 자 : 김월덕, 백은철
제 보 자 : 장석환, 남, 77세
구연상황 : 제보자는 마을에서 상여앞소리꾼을 오래 해왔다고 한다. 마을회관 방문 시간
이 오전이어서 제보자는 상여 소리 하기를 매우 꺼려하였다. 몇 시간 동안 많
은 이야기를 나누고, 또 제보자의 집에 가서 개인적인 일을 도와드린 후에야
상여 소리를 들을 수 있었다. 제보자는 상여 소리 앞소리 사설은 그때그때 상
황에 따라 자신이 생각나는 대로 지어서 메기고, 후렴은 무주의 다른 지역과
같이 '어하홍'이라고 하였다. 제보자는 집에서 상여가 나갈 때부터 상황을 절
차대로 설명해 가면서 상여가 나갈 때 부르는 '운상소리'를 한참 한 후에, 묘
를 다지면서 부르는 '다지는소리'를 짧게 불러 주었다.

07_04_FOS_20090214_KWD_JSH_0001_s01 〈상여 소리〉

　　스물네 명 유대군은 줄을 골라서 늘어서요
　　대매군이 다 오셨으면 앞뒤 고잽이 마구리 들고
　　요 자리다 정상을 하고 발인제를 모시고요
　　방향지지로 가십시다

[이렇게 하고나서 발인제 지낼 준비를 하여 발인제를 지낸다고 설명한다.]

　　영이기가 왕즉유택 재진견례 영결종천

[발인제 지낼 때 위와 같이 말한다. 발인제 후에 다시 소리를 한다고
설명한다.]

　　스물네 명 유대군은 줄을 골라서 늘어서요
　　대매군이 다 오셨으면 앞뒤 고잽이는 마구리 들고

홍줄목을 고이 나누어 줄을 골라서 늘어서요

한 사람이 줄을 지면 열 사람이 괴로우니

줄을 골라서 늘어서요

이씨 문중 김씨 가모(이씨집안 김씨여자가 죽었을 때)

어하홍 어하홍

어제 아래 성턴 몸이

어하홍 어하홍

인도환생 하기 위해

어하홍 어하홍

먼뎃사람은 듣기나 좋고 곁엣사람은 보기나 좋게

한몫지기 소리를 해요

어하홍 어하홍

열 사람은 다 잘 하는데 한 사람이 잘 못하네

협심해서 소리해요

어하홍 어하홍

부락의 남녀노소 어른들은 안녕히 계십시오

어하홍 어하홍

어제 아래 성턴 몸이 오늘날에 병이 들어

어하홍 어하홍

인도환생 하기 위해

박씨부인은 영결종천이 되었구나

북망산천 가는 길은

산도 높고 골도 깊네

어하홍 어하홍

어이 갈꼬 어이 갈꼬

나 홀로서 어이 갈꼬

어하홍 어하홍

나 홀로 갈라하니

한숨은 쉬어 동남풍이 되고

어하홍 어하홍

한숨은 쉬어 동남풍이 되고

눈물은 흘려 사해가 되니

어하홍 어하홍

이왕지사 갈 바에는

우리 부락 청소년에게

어하홍 어하홍

명복이나 많이 주고 가십시오

어하홍 어하홍

일가친척이 많다 해도

어하홍 어하홍

어느 친척이 동행하며

친구 벗이 많다 한들

어느 친구가 대신 갈까

어하홍 어하홍

07_04_FOS_20090214_KWD_JSH_0001_s02 〈달구 소리〉

산지조종은 곤룡산이요

수지조종은 황해수라

에헤루 다지호

덕유산 명기는 여 와서 주춤

에헤루 다지호

나물 뜯는 소리

자료코드 : 07_04_FOS_20090221_KWD_JJJ_0001

조사장소 : 전라북도 무주군 적상면 북창리 초리 마을회관

조사일시 : 2009.2.21

조 사 자 : 김월덕, 백은철

제 보 자 : 장정자, 여, 73세

구연상황 : 이야기를 잘 하는 할아버지를 만나러 갔다가 제보자를 만났다. 제보자를 포함
노인 십여 분이 회관 큰 방에 모여 계셨다. 먼저 할아버지만 모시고 작은 방
에서 조사를 진행한 후, 다시 큰방으로 옮겨와 조사를 계속하였다. 큰방에는
할머니들만이 빙 둘러앉아 계셨는데, 노래를 청하자 서로 못한다고 거절만 하
였다. 조사자들이 한 분씩 돌아가며 노래를 청하였다. 제보자는 부끄러워하면
서도 재미있게 노래해 주었다. 다른 할머니들도 박수를 치거나 웃으며 크게
호응해 주었다.

　　백설 같은 흰 나비는 부모님 문상을 입었던가

[제보자가 노랫말을 잊어버리자 청중들이 다음 노랫말을 알려준다.]

　　소복단장 곱게 하고 장다리 밭으로 날아드네
　　새야 새야 포롱새야(파랑새야) 녹두 낭키(나무에) 앉지 마라
　　녹두꽃이 떨어지면 청포장사 울고 간다

청춘가

자료코드 : 07_04_FOS_20090221_KWD_JJJ_0002

조사장소 : 전라북도 무주군 적상면 북창리 초리 마을회관

조사일시 : 2009.2.21

조 사 자 : 김월덕, 백은철

제 보 자 : 장정자, 여, 73세

구연상황 : 이야기를 잘 하는 할아버지를 만나러 갔다가 제보자를 만났다. 제보자를 포함
노인 십여 분이 회관 큰 방에 모여 계셨다. 먼저 할아버지만 모시고 작은 방

에서 조사를 진행한 후, 다시 큰방으로 옮겨와 조사를 계속하였다. 큰방에는 할머니들만이 빙 둘러앉아 계셨는데, 노래를 청하자 서로 못한다고 거절만 하였다. 조사자들이 한 분씩 돌아가며 노래를 청하였다. 제보자는 부끄러워하면서도 재미있게 노래 해주었다. 다른 할머니들도 박수를 치거나 웃으며 크게 호응해 주었다.

우리야 연애는 솔방굴(솔방울) 연앤데
바람만 불어도 좋다 떨어질까 염려로다

모심는 소리

자료코드 : 07_04_FOS_20090214_KWD_JGS_0001
조사장소 : 전라북도 무주군 적상면 괴목리 원괴목 마을회관
조사일시 : 2009.2.14
조 사 자 : 김월덕, 백은철
제 보 자 : 정금선, 여, 80세
구연상황 : 원괴목 마을에서는 2층 건물로 지어진 마을회관을 1층은 회관으로 사용하고 2층을 임대하였는데, 조사 당일은 2층 입주자가 이사한 날이라 술, 떡, 과일 등을 가져와서 마을 사람들이 회관에 모여서 함께 드시면서 환담을 나누고 계셨다. 조사 취지를 설명하자, 사돈지간인 정금선, 김관수 두 분 제보자가 함께 교환창으로 모심는 소리를 해 주셨다. 모심는 소리를 해 주신 두 분은 사돈지간이지만 서로 농담을 하며 친근하게 대하였고, 마을회관에 모인 마을 분들도 노래하는 분들을 호응해 주어 분위기가 시종 화기애애하였다.

원아 원아 밀양원아 나 작다고 타박 말게
낮은 낭케(나무에) 유자가 열고 높은 낭케 석류가 여네 후우우
유자 석류 금실이 좋아 한 숭어리 둘 달렸네
춘하추동 부는 바람 떨어지까 염니로다(염려로다) 이후후후
서 마지기 논배미가 반달만치 남아 있네
니가 무신 반달이냐 초승달이 반달이지

초승달만 반달이냐 우런 님이 반달이네 이후후후

서산에 지는 해 지고저(지고 싶어) 지냐

날 두고 가시는 임 가고저(가고 싶어) 가냐

가시기는 가시더래도 정과 맘을 두고 가게

임아 임아 정든 임아 이후후후

세월이 갈라면 혼자나 갈 것이제

아까운 내 청춘 왜 데려 갔는가

창부 타령

자료코드 : 07_04_FOS_20090214_KWD_JGS_0002
조사장소 : 전라북도 무주군 적상면 괴목리 원괴목 마을회관
조사일시 : 2009.2.14
조 사 자 : 김월덕, 백은철
제 보 자 : 정금선, 여, 80세
구연상황 : 원괴목 마을에서는 2층 건물로 지어진 마을회관을 1층은 회관으로 사용하고
2층을 임대하였는데, 조사 당일은 2층 입주자가 이사한 날이라 술, 떡, 과일
등을 가져와서 마을 사람들이 회관에 모여서 함께 드시면서 환담을 나누고
계셨다. 조사 취지를 설명하자, 사돈지간인 정금선 김관수 두 분이 노래를 해
주셨고, 마을회관에 모인 마을 분들도 노래하는 분들을 호응해주어 분위기가
시종 화기애애하였다.

화무는 십일홍이요 달도 차면 기우나니

인상(인생)은 천문인데 아니 놀고도 나 못살것네

아니 아니 노지는 못하리라

하늘과 같이 높은 사령(사랑) 하해같이도 깊은 사령

칠년대한 가무신 날에 빗발같이도 안긴 사령

창병화(당명화)에 양거비(양귀비)는 이도령의 춘향이라

일년 삼백에 육십 그날에 하루만 못 봐도 못살 사령
에 뜨러 에뜨러러러
니가 내 간장 다 녹히는구나 좋다

상여 소리 / 달구 소리

자료코드 : 07_04_FOS_20090221_KWD_JMO_0001
조사장소 : 전라북도 무주군 적상면 포내리 상중 마을회관
조사일시 : 2009.2.21
조 사 자 : 김월덕, 백은철
제 보 자 : 정명오, 남, 81세
구연상황 : 면사무소에서 어르신들이 많은 마을로 소개한 마을이었다. 마을회관 할아버
지방에 먼저 들러 할아버지들과 이야기를 나누었다. 할아버지들에게서 마을
에 관한 전반적인 이야기를 듣긴 했지만 별다른 설화 구연자를 만나지 못했
다. 조사를 위해 할머니방으로 옮겨갔다. 할머니들에게서 노래를 듣고 난 후
상여 소리를 하신다는 제보자를 소개받았다. 마침 옆방에 계셔서 할머니방으
로 모셔와 노래를 들었다. 귀가 조금 어두운 편이었지만 목청은 젊은 사람 못
지않게 크고 힘찼다.

07_04_FOS_20090221_KWD_JMO_0001_s01 〈상여 소리〉

어하홍 어화홍

[우리가 하는 대로 하는 것이라고 한다.]

명사십리 해당화야 꽃 진다고 설워 말고
우리 인생 가는 길이 길 좀 키워 다라
어하홍 어하홍
이미 나는 죽었소 황천길을 나는 가네

동네 어른 노수 양반들 안녕히들 잘 계시소
나 가는데 잘 가라고 축원이나 해여 주소

[또 해야 하느냐고 묻고 주변에서 잘한다며 계속 하라고 권한다.]

가면 가고 오믄 왔지 인생 한번 가는 길에
꿈이 도도 올 수 있냐 맘이 도도 올 수 있냐
우리 인생 한번 가면 다시 올 길 바히 없다
이팔청춘 소년들아 나 죽는다고 원하지 말고
너희 부디 잘 살어라

[더 해야 하느냐고 묻고는 계속한다.]

세상천지 만물 중에 인생이라 타여나서(태어나서)
부모은공 못다 갚고 이팔청춘 살랬더니
백발 위에 만경하야 만경장치 나는 가니
부디 부디 잘들 사소
에허어야
부모님 전 효도할라고 내가 망신되었더니
북망산천 가는 질이 부모님 전이 효돕니다
한 살에 철을 몰라 두 살에 철을 알아
이삼십이 넘어서 부모님 효성을 알았더니
천지천지 분할루에 세상천지 만물 중에
인생이라 태어나서 부모은공 내 못 갚고
세상천지 살다가서 북망산천 나도 가요
어린 아들 너 잘 살어라 나는 북망산 가니까로
부디 부디 잘 살어라 우해청산 나는 가니

나 간다고 원통해 하지 말고 부디 부디 잘 살거라

07_04_FOS_20090221_KWD_JMO_0001_s02 〈달구 소리〉

어허어 달기호

덕유산 명기가 이 바닥에 주춤주춤 떨어졌구나

어허어 달기고

여보시오 대메군들 의원일정 하여 주소

청춘가

자료코드 : 07_04_FOS_20090221_KWD_JMO_0002
조사장소 : 전라북도 무주군 적상면 포내리 상중 마을회관
조사일시 : 2009.2.21
조 사 자 : 김월덕, 백은철
제 보 자 : 정명오, 남, 81세
구연상황 : 면사무소에서 어르신들이 많은 마을로 소개한 마을이었다. 마을회관 할아버
지방에 먼저 들러 할아버지들과 이야기를 나누었다. 할아버지들에게서 마을
에 관한 전반적인 이야기를 듣긴 했지만 별다른 설화 구연자를 만나지 못했
다. 조사를 위해 할머니방으로 옮겨갔다. 할머니들에게서 노래를 듣고 난 후
상여 소리를 하신다는 제보자를 소개받았다. 마침 옆방에 계셔서 할머니방으
로 모셔와 노래를 들었다. 귀가 조금 어두운 편이었지만 목청은 젊은 사람 못
지않게 크고 힘찼다.

산천초목에 불 질러 놓구서

진주야 남강에 에 좋다 물 실로나 갈꺼나

강원도 철로에 지남철 붙었나

한번 간 우리 남편 에 좋다 다시 올 줄 모르느냐

창부 타령

자료코드 : 07_04_FOS_20090221_KWD_JMO_0003

조사장소 : 전라북도 무주군 적상면 포내리 상중 마을회관

조사일시 : 2009.2.21

조 사 자 : 김월덕, 백은철

제 보 자 : 정명오, 남, 81세

구연상황 : 면사무소에서 어르신들이 많은 마을로 소개한 마을이었다. 마을회관 할아버
지방에 먼저 들러 할아버지들과 이야기를 나누었다. 할아버지들에게서 마을
에 관한 전반적인 이야기를 듣긴 했지만 별다른 설화 구연자를 만나지 못했
다. 조사를 위해 할머니방으로 옮겨갔다. 할머니들에게서 노래를 듣고 난 후
상여 소리를 하신다는 제보자를 소개받았다. 마침 옆방에 계셔서 할머니방으
로 모셔와 노래를 들었다. 귀가 조금 어두운 편이었지만 목청은 젊은 사람 못
지않게 크고 힘찼다.

얼씨구 좋다 절씨구 아니야 노지는 못하리라

언지(언제) 먹던 막걸리냐 언지나 쓰랴는 금전인가

먹고 씨고 씨고나 먹고 거드렁거리고 놀아 보세

모심는 소리

자료코드 : 07_04_FOS_20090214_KWD_JSR_0001

조사장소 : 전라북도 무주군 적상면 북창리 초리 마을회관

조사일시 : 2009.2.14

조 사 자 : 김월덕, 백은철

제보자 1 : 정성례, 여, 79세

제보자 2 : 임인선, 여, 88세

구연상황 : 초리 마을회관에서 이문성 제보자를 만나 설화 몇 편을 들은 후에 할머니 방
으로 가니 몇 분이 모여 계셨다. 조사 취지를 설명하고 노래를 청하자, 노래
를 해 주셨다. 정성례 제보자가 첫 소절을 시작하자, 임인선, 장점옥 제보자가
돌아가며 한 마디씩 이어서 불러 주었다.

담송담송 닷 마지기 모를 심어 영화로세 이후후후
담송담송 닷 마지기 반달만치 남아 있네
지가 무신 반달인가 우런 님(우리 님)이 반달일세 이후후후
팔랑팔랑 남갑사 댕기 곤때도 안 묻어 날받이 왔네 이후후후
열락서산이(일락서산에) 해 떨어지면 월추야 동산에 달 솟아오네
이후후후

모심는 소리

자료코드 : 07_04_FOS_20090221_KWD_JYS_0001
조사장소 : 전라북도 무주군 적상면 사산리 마산 마을회관
조사일시 : 2009.2.21
조 사 자 : 김월덕, 백은철
제보자 1 : 정영숙, 여, 77세
제보자 2 : 유남옥, 여, 77세
구연상황 : 오후 늦게 도착한 마을회관에는 이미 저녁 식사 준비로 바빴다. 저녁 먹기 전
에 할아버지들에게 마을에 관한 전반적인 이야기를 들었다. 저녁을 먹고 난
후 할머니 방에서 조사를 진행했다. 할머니들이 방 안에 죽 둘러 앉아 계셨
고, 조사자들이 한 분씩 앞에가 노래를 청하는 식으로 조사가 진행되었다. 처
음에는 부끄러워 노래를 안 하시다가 거듭된 요청에 노래하기 시작했다. 나머
지 할머니들은 박수도 치고 같이 부르기도 하면서 흥을 돋우었다. 정영숙 제
보자가 2소절, 최순심 제보자가 3소절, 유남옥 제보자가 1소절을 각각 불렀
다. 최순심 제보자는 노래를 부르고나서 집에 일이 생겨 바로 귀가하였다.

담송담송 닷 마지기 반달만치 남아 있네
니가 무슨 반달이냐 초승달이 반달이지 이후후후
물꼬 철철 물 실어 놓고 쥔네 한량 어데 갔소
등 너메다 소첩을 두고 낮이나 가고 밤이 가네 이후후후
낮이로는 놀러 가고 밤이로는 잠자러 갔네 이후후후

오늘 해도 다 되었네 우련 님은 어데를 갔소 이후후후

임 노래

자료코드 : 07_04_FOS_20090221_KWD_HOB_0001
조사장소 : 전라북도 무주군 적상면 북창리 초리 마을회관
조사일시 : 2009.2.21
조 사 자 : 김월덕, 백은철
제 보 자 : 한옥분, 여, 75세
구연상황 : 이야기를 잘 하는 할아버지를 만나러 갔다가 제보자를 만났다. 제보자를 포함
노인 십여 분이 회관 큰 방에 모여 계셨다. 먼저 할아버지만 모시고 작은 방
에서 조사를 진행한 후, 다시 큰방으로 옮겨와 조사를 계속하였다. 큰방에는
할머니들만이 빙 둘러앉아 계셨는데, 노래를 청하자 처음에는 못한다고 사양
하였다. 조사자들이 한 분씩 돌아가며 노래를 청하였다. 제보자는 부끄러워하
면서도 재미있게 노래해 주었다. 다른 할머니들도 박수를 치거나 웃으며 크게
호응해 주었다.

철둑 너머 사구라 꽃은 봄이 되면은 싱글벙글
우리 집이 우련 님은 나만 보면 싱글벙글

모심는 소리

자료코드 : 07_04_FOS_20090222_KWD_HBI_0001
조사장소 : 전라북도 무주군 적상면 사천리 성내 마을회관
조사일시 : 2009.2.22
조 사 자 : 김월덕, 백은철
제 보 자 : 황복임, 여, 79세
구연상황 : 무주의 다른 마을이 대개 그렇듯이, 이 마을도 할아버지 할머니들이 방을 따
로 쓰고 있었다. 마을회관에 도착한 시간이 점심시간이라, 점심식사 후에 조
사가 이루어졌다. 할아버지 방에 먼저 들러 마을에 관한 전반적인 이야기를

전해 들었다. 할머니들은 거실에 모여 계셨는데, 그 수가 꽤 많았다. 조사자가
모심는 소리를 청하자 모여 계신 분들 중에서 제보자가 가장 먼저 노래를 해
주시겠다고 하였다.

담송 담송 닷 마지기 반달만큼 남았구나
니가 무슨 반달이냐 초승달이 반달이지
초승달만 반달이냐 그믐달도 반달일세

도라지 타령

자료코드 : 07_04_MFS_20090221_KWD_KSS_0001
조사장소 : 전라북도 무주군 적상면 포내리 상중 마을회관
조사일시 : 2009.2.21
조 사 자 : 김월덕, 백은철
제 보 자 : 김삼순, 여, 77세
구연상황 : 면사무소에서 어르신들이 많은 마을이라 하여 찾아간 마을이었다. 회관 할아
버지 방에 먼저 들러 할아버지들과 이야기를 나누고 마을에 관한 전반적인
이야기를 들었다. 적당한 설화 구연자를 찾지 못해서 할머니 방으로 자리를
옮겼다. 제보자는 할머니 방에 계신 분들 중에서 가장 활발하고 적극적인 분
으로 노래를 부르며 매우 흥겨워하였고, 청중들도 즐거워하였다.

도라지 도라지 백도라지
어디 날 디(데)가 없어서 양바우 틈어리 났느냐
한두 뿌리만 캐어도 우련 님 반찬은 되더라
얼씨구 좋네 기화자 좋네 아니 놀지는 못 하리라
나물 캐러 간다고 요리 핑계 저리 핑계 가더니
총각 낭군 무덤에 삼우제 지내고 앉았네

도라지 타령

자료코드 : 07_04_MFS_20090214_KWD_KJO_0001
조사장소 : 전라북도 무주군 적상면 북칭리 초리 마을회관
조사일시 : 2009.2.14
조 사 자 : 김월덕, 백은철
제 보 자 : 김점옥, 여, 75세

구연상황 : 초리 마을회관에서 이문성 제보자를 만나 설화 몇 편을 들은 후에 할머니 방
으로 가니 몇 분이 모여 계셨다. 조사 취지를 설명하고 노래를 청하자, 노래
를 해 주셨다. 먼저 장점옥 제보자가 작은 목소리로 앞 소절을 부르고 나자,
김점옥 제보자가 뒤에 이어서 또 한 소절을 불러 주셨다.

도라지 캐로 간다고 요리 핑기(핑계) 조리 핑기 대더니

논두렁 밭두렁 밑이서 시집갈 공부만 하노라

에헤용 에헤용 에헤에용 어여라난다 기화자자 좋다

니가 내 간장을 스리살콩 다 녹인다

도라지 도라지 백도라지 심심산천에 백도라지

어데 날 디가 없어서 용바우 틈어리가 났느냐

에헤용 에헤용 에헤에용 어여라난다 기화자자 좋다

니가 내 간장을 간이설설 다 녹인다

도라지 타령

자료코드 : 07_04_MFS_20090221_KWD_KJO_0001
조사장소 : 전라북도 무주군 적상면 북창리 초리 마을회관
조사일시 : 2009.2.21
조 사 자 : 김월덕, 백은철
제 보 자 : 김점옥, 여, 75세
구연상황 : 이야기를 잘 하는 할아버지를 만나러 갔다가 제보자를 만났다. 제보자를 포함
노인 십여 분이 회관 큰 방에 모여 계셨다. 먼저 할아버지만 모시고 작은 방
에서 조사를 진행한 후, 다시 큰방으로 옮겨와 조사를 계속하였다. 큰방에는
할머니들만이 빙 둘러앉아 계셨는데, 노래를 청하자 처음에는 사양하였으나
조사자들이 한 분씩 돌아가며 노래를 청하자 차츰 노래를 불러 주셨다.

달롱개(달래) 캐로 간다고 요리 핑계 저리 핑계 가더니

논둑 밭둑 밑이여 시집갈 공부만 하노라

에헤용 에헤용 에헤요 어여라 난다 기화자자 좋다

니가 내 간장 간이 슬슬 다 녹인다

사발가

자료코드 : 07_04_MFS_20090221_KWD_PSS_0001

조사장소 : 전라북도 무주군 적상면 사산리 마산 마을회관

조사일시 : 2009.2.21

조 사 자 : 김월덕, 백은철

제 보 자 : 박성숙, 여, 78세

구연상황 : 오후 늦게 도착한 마을회관에는 이미 저녁 식사 준비로 바빴다. 저녁 먹기 전
에 할아버지들에게 마을에 관한 전반적인 이야기를 들었다. 저녁을 먹고 난
후 할머니 방에서 조사를 진행했다. 할머니들이 방안에 죽 둘러앉아 계셨고,
조사자들이 한 분씩 앞에가 노래를 청하는 식으로 조사가 진행되었다. 처음에
는 노래를 안 하시다가 거듭된 요청에 노래하기 시작했다. 나머지 할머니들은
박수도 치고 같이 부르기도 하면서 흥을 돋우었다.

석탄 백탄 타는 데에 연기도 짐도 아니 나네

요내 가슴 타는 데에 연기도 짐도 아니 나네

에헤요 에헤요 에헤에요 어여라 난다 기화자자 좋다

니가 내 간장 스리슬슬 다 녹인다

도라지 타령

자료코드 : 07_04_MFS_20090222_KWD_SCW_0001

조사장소 : 전라북도 무주군 적상면 방이리 배골 마을회관

조사일시 : 2009.2.22

조 사 자 : 김월덕, 백은철

제 보 자 : 송초원, 여, 77세

구연상황 : 배골은 길을 사이에 두고 자리한 작은 마을이었다. 다른 마을과 다르게 할아
버지들과 할머니들이 회관에서 같은 방을 쓰고 있었다. 조사자들은 할아버지
들에게 마을에 관한 전반적인 이야기를 전해 듣고 나서, 옛날 노래도 들려줄
것을 청하였다. 할아버지들은 노래는 제보자가 잘 한다며, 제보자를 마을회관
으로 모셔왔다. 제보자는 귀가 어두운 편이었다. 마을 어르신들의 도움으로
제보자에게 옛날 노래를 청하여 들을 수 있었다. 부끄러움이 많고 찬송가를
많이 불러 옛날 노래를 다 잊어버렸다고 했지만 기억나는 대로 성심껏 노래
를 불러 주었다.

도라지 도라지 도라지 강원도 금강산에 백도라지

어디가 갈(날) 데가 없어서 양바위 가위(바위) 틈어리가 났느냐

에헤요 에헤요 에헤요 어여라 나간다 기화자자 좋다

니가 내 간장 스리살살 다 녹인다

노들강변

자료코드 : 07_04_MFS_20090221_KWD_YNO_0001
조사장소 : 전라북도 무주군 적상면 사산리 마산 마을회관
조사일시 : 2009.2.21
조 사 자 : 김월덕, 백은철
제 보 자 : 유남옥, 여, 77세
구연상황 : 오후 늦게 도착한 마을회관에는 이미 저녁 식사 준비로 바빴다. 저녁 먹기 전
에 할아버지들에게 마을에 관한 전반적인 이야기를 들었다. 저녁을 먹고 난
후 할머니 방에서 조사를 진행했다. 할머니들이 방안에 죽 둘러앉아 계셨고,
조사자들이 한 분씩 앞에가 노래를 청하는 식으로 조사가 진행되었다. 처음에
는 노래하기를 사양하다가 거듭된 요청에 노래하기 시작했다. 나머지 할머니
들은 박수도 치고 같이 부르기도 하면서 흥을 돋우었다.

노들강변에 봄버들 휘휘 늘어진 가지나에다

무정세월 한 허리로 칭칭 동여서 매어나 볼까

에헤요 봄버들도 못 믿으리로다

푸르른 저기 저 물만 흘러 흘러서 가노라

도라지 타령

자료코드 : 07_04_MFS_20090221_KWD_YNO_0002
조사장소 : 전라북도 무주군 적상면 사산리 마산 마을회관
조사일시 : 2009.2.21
조 사 자 : 김월덕, 백은철
제 보 자 : 유남옥, 여, 77세
구연상황 : 오후 늦게 도착한 마을회관에는 이미 저녁 식사 준비로 바빴다. 저녁 먹기 전
　　　　　에 할아버지들에게 마을에 관한 전반적인 이야기를 들었다. 저녁을 먹고 난
　　　　　후 할머니 방에서 조사를 진행했다. 할머니들이 방안에 죽 둘러앉아 계셨고,
　　　　　조사자들이 한 분씩 앞에가 노래를 청하는 식으로 조사가 진행되었다. 처음에
　　　　　는 노래하기를 사양하셨으나 거듭된 요청에 노래하기 시작했다. 나머지 할머
　　　　　니들은 박수도 치고 같이 부르기도 하면서 흥을 돋우었다.

도라지 도라지 도라지 심심산천에 백도라지
어데가 날 데가 없어서 왕바우 틈서리가 났느냐
에헤용 에헤용 에헤요 어여라 난다 기화자자 좋네
니가 내 간장 스리살쿵 다 녹인다도라지 타령

밀양아리랑

자료코드 : 07_04_MFS_20090221_KWD_LJS_0001
조사장소 : 전라북도 무주군 적상면 사산리 마산 마을회관
조사일시 : 2009.2.21
조 사 자 : 김월덕, 백은철
제 보 자 : 이정순, 여, 76세
구연상황 : 오후 늦게 도착한 마을회관에는 이미 저녁 식사 준비로 바빴다. 저녁 먹기 전

에 할아버지들에게 마을에 관한 전반적인 이야기를 들었다. 저녁을 먹고 난 후 할머니 방에서 조사를 진행했다. 할머니들이 방안에 죽 둘러앉아 계셨고, 조사자들이 한 분씩 앞에가 노래를 청하는 식으로 조사가 진행되었다. 처음에는 서로 노래하기를 사양하였으나 차츰 한두 분씩 노래를 해 주셨다. 제보자가 노래를 시작하자 회관에 계신 할머니들이 함께 불러 합창이 되었다.

날 좀 보소 날 좀 보소 날 조꼼 보소
동지섣달 꽃 본 듯이 날 좀 보소
아리 아리랑 쓰리 쓰리랑 아라리가 났네
아리랑 고개로 넘어간다
정든 임 오셨는데 인사를 못해 행주치마 입에 물고 입만 방긋
아리 아리랑 쓰리 쓰리랑 아라리가 났네
아리랑 고개로 넘어간다
사내끼 백발은 쓸 곳도 많은디 우리 인간 백발은 쓸 데도 없네
아리 아리랑 쓰리 쓰리랑 아라리가 났네
아리랑 고개로 넘어간다

학교에 보내 주세요

자료코드 : 07_04_ETC_20090222_KWD_HBI_0001
조사장소 : 전라북도 무주군 적상면 사천리 성내 마을회관
조사일시 : 2009.2.22
조 사 자 : 김월덕, 백은철
제 보 자 : 황복임, 여, 79세
구연상황 : 무주의 다른 마을이 대개 그렇듯이, 이 마을도 할아버지 할머니들이 방을 따로 쓰고 있었다. 마을회관에 도착한 시간이 점심시간이라, 점심식사 후에 조사가 이루어졌다. 할아버지 방에 먼저 들러 마을에 관한 전반적인 이야기를 전해 들었다. 할머니들은 거실에 모여 계셨는데, 그 수가 꽤 많았다. 빙 둘러 앉은 할머니들에게 조사자들이 한 분씩 다가가 노래를 청하는 식으로 조사가 진행되었다. 홀애비가 딸을 키우는 이야기이다. 제보자는 소학교 때 불렀던 노래라고 소개했다.

아버지 학교에 보내 주세요

저 건네 저 학생을 쳐다 보세요

꺼먹 치마 흰 저고리 책보를 끼고

학교에 가는 것이 저는 불버요(부러워요)

나도 울 어머니 살아 계시면

매일 아침 머리 곱게 빗겨 주시며

학교 가라 학교 가라 하시련마는

어이 해서 내 몸 하나 요요(이렇게) 되었나

생각하면 가슴이 무너지는 듯

■엮은이 소개

김익두 전북대학교 국어국문학과를 졸업하고 동 대학원에서 문학박사 학위를 받았
다. 현재 전북대학교 인문대학 국문학과 교수로 재직 중이다. 한국공연문화
학회장, 문화재청 문화재위원을 역임하였다. 현재 한국풍물굿학회 회장. 주
요 저서로 『판소리, 그 지고의 신체 전략』(평민사, 2003), 『한국 민요의 민족
음악학적 연구』(민속원, 2012) 등이 있다.

김월덕 전북대학교 국어국문학과를 졸업하고 동 대학원에서 문학박사 학위를 받았
다. 현재 전북대학교 국문학과 강사로 재직 중이다. 주요 논문으로 「세시기
를 통해서 본 세시풍속의 재구성과 재탄생」(2009), 「무주 지역 구비문학의
전승양상과 지역적 특성」(2010), 「시집살이노래와 여성 개인서사의 상관성」
(2011) 등이 있다.

허정주 원광대학교 영어영문학과를 졸업하고 전북대학교에서 문학박사 학위를 받았
다. 현재 전북대학교 국문학과 강사로 재직 중이다. 주요 논문으로 「정평구
설화의 세계와 문화적 의미」(2010), 「가왕 송흥록 생애사의 종합적 고찰」
(2012), 「한국 곡예/서커스의 역사적 전개 양상에 관한 '역사기호학적' 시론」
(2012) 등이 있다.

백은철 전북대학교 국어국문학과를 졸업하고 동 대학원에서 문학석사 학위를 받았
다. 현재 전북대학교 국문학과 강사로 재직 중이다. 주요 논문으로 「판소리
의 근대적 재생산에 관한 연구」(2012)가 있다.

증편 한국구비문학대계 5-8
전라북도 무주군

초판 인쇄 2013년 10월 21일
초판 발행 2013년 10월 28일

엮 은 이 김익두 김월덕 허정주 백은철
엮 은 곳 한국학중앙연구원 어문생활사연구소
출판기획 장노현

펴 낸 이 이대현
펴 낸 곳 도서출판 역락
편   집 권분옥
디 자 인 이홍주

주   소 서울시 서초구 반포4동 577-25 문창빌딩 2층
등   록 1999년 4월 19일 제303-2002-000014호
전   화 02-3409-2058, 2060
팩   스 02-3409-2059
이 메 일 youkrack@hanmail.net

값 40,000원

ISBN 978-89-5556-089-3 94810
     978-89-5556-084-8(세트)